Dead while Alive

生死叠加

3932　2984　0655　0502

一桩事先张扬的密诱案

余之言　著

作家出版社

目 录

番　外

上卷

引 言

《冣之书》

0382 0648 0037 2579

　　作为一次尝试性写作，我充满激情地把一个中国女子，从第一次世界大战尘埃中发掘出来，以小说形式呈现在世人面前。这个金陵籍女子，因了与年轻军官唐莫寂少校的情缘，而与这架轰然转动的战争绞肉机发生了关联。我一个德裔作家，之所以要把一个金陵女子写入小说，是因为我只有沿着这个写作视角前行，才有可能找到我父亲"德国少校"和兄长维希·科赫在中国的踪迹。

　　我从未去过中国，冥冥之中觉得，这辈子可能是去不了中国了。但我对金陵并不陌生。最早，是通过中国古典小说《金陵十二钗》来认识那块圣地的。到随我小说主人公彭冣再一次亲近金陵，年轮已是1916年的初夏了。

　　彭冣是金陵望族彭家的千金小姐，自小是被当作男丁放养的。野性十足的她，经常跟随当建筑师的父亲考察古建筑。父亲攀不上的高处，或钻不进去的穹顶，全由她攀上爬下。久而久之，她心里便装下了金陵千百座老房子。那年月，中国童子军运动方兴未艾，社会开化之风助长了彭冣放荡不羁的习性。也正是受益于此，这个十七岁的女孩，才有资格英姿飒爽地走进我的小说。

　　起初，按中国政府规定，只有十七岁以下男童方能参加童子军。但是，这个另类而鬼机灵的彭冣，仿学古人花木兰女扮男装而报名混进了训练营。一经参训，她一分一秒、一招一式都不想糊弄。她付出比男童多几倍的香汗苦泪，成了多个项目的最强者，先后斩获童子军大比武测量制图、战地救护等两项冠军。她因此受到了教官唐莫寂少校的青睐。然而，唐莫寂并不晓知，他亲手调教出来的这个佼佼者，竟然是个女儿身。

一天，唐莫寂的未婚妻杨梅儿到训练场看热闹。几个在泥水里习练武装越野的童子军，不小心溅了杨梅儿一身泥水。杨梅儿急了，非说那几个野小子是有意为之，连哭带闹要唐教官惩罚肇事者。唐莫寂训练场上似老虎，在未婚妻面前却成了病猫，柔声细语好一番相劝，也没压下杨梅儿的怒火。上校总教官是杨梅儿父亲的部下，见状说想出气还不简单，于是就鞭笞了三个孩童。本来没有彭眲什么事，她气不过，就借终点冲刺之势，直接扑向了路边的杨梅儿。这一扑力量山大，二人在泥水里连翻了几个滚儿。还是男女授受不亲的年代，一个十七八岁的小伙子，当众与教官的女人滚抱在一起，这还了得！无奈之下，彭眲把唐教官叫到一边，说了两句话。第一句，我爱上了你，爱得死去活来，爱得妒火中烧。我冒犯你那杨梅儿是身不由己。第二句话，我是一个女孩子。不信，就叫杨梅儿过来对我验明正身。唐教官一看彭眲那眼神，就信了。可杨梅儿不信，就在彭眲胸上狠狠拧了两把，差点拧掉那两粒尖肉。彭眲一声惨叫，疼出了眼泪，咬牙切齿地喝道："娇妖女人，你给我等看两年！"

结果，还不到两年，唐莫寂便成了彭眲怀里的男人。这一番男欢女爱，却是在欧洲战场上发生的。当年，有报纸详尽披露了唐莫寂只身远赴欧陆战场的传奇经历。

幼年时，唐莫寂曾入金陵法国教会学校学习法语；长大后，在高等学堂完成了学业，即被保送进了金陵军官学校学习。毕业后留校执教。因能说一口流利的法语，与法国驻金陵使节交情甚好。这一年，他产生了"世界甚大，要出去看看"的念头。在法国使节的帮助下，他走出了国门。有人说，他是为了躲避女人而离开金陵的。但这一说法无从考证。有史料考证的，倒是他在法国军官学校当了战术教官。那里是跟德军作战的前沿地区，他几次提出到前线作战，但当时中国人还没有参战资格，他只能待在后方，辅助战事。

机会终于来了。1917年8月，中国向德国正式宣战，但并未真正派出军队。唐莫寂即刻向国内申请直接参战。他被编入法国外籍志愿军义勇挺进团，成了当地唯一直接参战的中国军人。一次，他受了伤。把他从阵地上抬下来的，竟是两个中国劳工。在中国宣战前后，北洋政府曾先后数次向英法两国派出华工计十四万人，组成中国劳工旅担负战勤任务。这一天，一个眉清目秀的劳工出现在了唐莫寂面前。这个人便是彭聚。

唐莫寂从金陵消失之后，彭聚故伎重演，女扮男装，偷跑到九珠湾外婆家，假借三表兄姒平海之名，加入了中国赴法劳工队。到了法国战场，她四处打探唐莫寂下落。因唐莫寂中国军人身份和英名已远播四方，并不难找。彭聚见到唐莫寂后，说的第一句话便是："这一生，你休想溜出我的手掌心！"

法军将领担心，这个打起仗来不要命的中国军人会有什么闪失，日后不好向中国政府交代，便亲自前来命令唐莫寂退出前线，却被他果断谢绝。他说："我即中国！若退出战斗，吾心何在，国面何存！"此言把个彭聚激荡得热血沸腾。自此后，彭聚与唐莫寂，一个在阵后野战救护，一个在火线英勇杀敌。战斗间隙，二人世界便没有了一切，彼此相亲相爱得如战火一般浓烈。

后来有一天，死神降临到了唐莫寂头上。德军占领了索姆河畔的英法阵地。彭聚忍痛召集运送弹药、修缮战壕的三百华工，冲入阵地，与德军拼死一搏。当援军赶到时，华工已战死过半。彭冣一阵撕心裂肺地哭喊，带领华工残部，举着铁锹镐头，抬着唐莫寂尸体，高呼着"中国军人"，一口气把德军赶出十余里地。

令彭冣惊奇不已的是，被华工团团围住的一个德军少校，拒不放下武器，竟然用娴熟的中国九珠湾方言讲和，并说他曾在九珠岛李村驻防过十一年："德意志帝国军人，护卫九珠湾子民有功，很受咱老百姓拥戴。"说着，他甩过来一张照片。这是他在九珠岛上德国占领该岛纪念碑前，与两个中国女人的合影。这两个女子，一个眼里流露出屈辱，一个眼里喷射着怒火。

彭冣哪是好骗的。她用九珠岛话骂道："还恩娘的觍着个臭脸说有功！今个俺们非铲死你个贼子不可！"说完，一挥手，几十把铁锹镐头举起。德国少校赶忙扔掉武器，双膝跪地，连喊"饶命"，随即又掏出一沓照片，高高举过头顶。照片上，是一对年轻夫妇在九珠岛举行婚礼时的场景。新娘是个中国姑娘。她笑得很甜。

德国少校说，早前，他在九珠岛驻防时，恰巧九珠岛德方食品公司需要面点师。他儿子维希·科赫便应聘到了中国。后来，儿子还开办了一家自己的糕点店。再后来，少校奉命换防回国，儿子为爱情和生意留在了九珠岛。出人意料的是，日德在九珠湾爆发了战争，儿子儿媳自此再没有了音信。

眼前，德国少校趴在地上连连磕头，拜托中国劳工回国后帮他寻找亲人。彭冣拿过那对小夫妻在蛋糕店前的合影，心里油然升起了一股亲切感。这种感觉，并非来自甜笑的九珠岛姑娘，而是蛋糕店背景中一座古塔感染了她。这座九层木塔始建于唐朝，在中国建筑界颇有名气。她曾多次进去考古勘察，甚是喜爱。

彭冣让德国少校在这张照片背后写清他德国的家庭住址和儿子儿媳姓甚名谁，便揣起了照片。然后，问他还有什么话要留给儿子儿媳。没想到，德国少校做出了一个决绝动作：摸起一把大刀朝自己胳膊狠狠砍去。他发誓，回国后即刻解甲归田，永不再拿刀枪作恶。就这样，德国少校以断臂求生的方式，侥幸逃过一死。中国劳工放了他。彭取说："刚才，我看了那对小夫妻在古木塔前的合影，心里突然明白了一个理儿——真正有罪的，是狗日的战争！"

撤下阵地后，彭取悲伤过甚，抱着唐莫寂尸体哭骂了一天一夜。她先是尽数德国佬和日本鬼子侵占中国九珠岛欺凌百姓之罪行，后是大骂万恶的战争绞肉机，还骂眼前这场战争是狗咬狗一嘴毛，直骂得怒火攻心，几乎昏死过去。

一战结束后，彭取回到了金陵彭家庄园，生下一个男孩，取名叫彭寂。之后，彭取独守老宅，终身不嫁，潜心研造古园建筑。

那彭寂天资聪颖，敏而好古，自小受私塾公堂重教，文化学识甚深，尤其受母亲古建筑术熏陶颇巨，祖屋精魂早已浸其骨髓，入其心脉。多年后，在母亲鼎力相助下，他成了彭家古建筑术最有权威的师法者和承袭人。令人始料不及的是，彭寂亲手设计，亲自监工，用时三年，建造起一座幽邃迷宫大宅院之后，便在彭家庄园消失了。

彭寂销声匿迹源出何因？去了哪里？彭家人闭口藏舌，讳莫如深。后来，其母彭取也在彭家庄园消失。有人说，她是带着满腔悲愤离家出走的。她留下话来："将来某一天，世上某一处古迹老屋，便是我彭取的葬身之地。"

是彭取母子背弃了彭家庄园，还是彭家庄园驱逐了彭取母子？我暂且无从知晓。但是，彭寂最后三年建起的那座大宅院，其迷宫构造原理，却被我琢磨得清清楚楚——彭寂之手法，本是集彭家历代古建筑术之大成，仅在几个关节点上密添了某些诡异创新，才使得他建造的宅院，似乎超越了先辈。事实上，其内核结构远不及百年老园。

之后，在这部小说《冣之书》里，由诸多情节、事件和人物关系组成的故事迷宫，大都是依据彭家庄园建造原理和彭家先辈古筑秘术而效法虚拟出来的。尤其，按着"兵者，诡道也"的寓涵，给彭寂安排了一段从军岁月。为此，专门依仿其祖上"彭氏八卦阵图"阵法精髓，虚构了一座九宫八卦意形布局的营盘，使之成了彭寂演绎诡兵生活的重要场所。之所以要设计这么个情节，是想表达我一个顽固思想，即，任何性质的任何战争及其兵营、战场，不管它外在形式如何，其内在皆跑不出"九宫八卦"之涵盖，不外乎奇门遁甲，神机鬼藏，百变而不离其宗。而本质上，皆为外括战争大势，内诉兵心将意；尽释守阵与破阵、运筹与化解之辩证，恪守"逢聚固己，逢泄破耗"之训诫，最终让战争历史在每个兵士身上得以完结，使千万个惶惑的心灵变得永久安宁。

想必大家都看出来了，其实，我在这里写下的，只是《冣之书》一个半截子梗概，从艺术品质和内容上来看，还远远不是一部完整小说，尚需日后勤奋耕作，极尽周详圆润。至于接下来《冣之书》里的故事将怎样发展，人物命运谁主沉浮，敬请等看该小说之正版详本，此梗概不再赘述。

第一章

虚幌无声

5711 1610 2477 5116

多年以后，看完小说《冣之书》之正版详本，余元谋将会回想起1946年6月中原突围战之前，由他担纲破译的一部密码——冣密。此乃当年国民党军绝字号甲等高级密。那时，他还没有看过这部小说，甚至连作者是谁都未曾听说过。

眼下，余元谋仔细研读《冣之书》数遍，竟然感到这部小说的迷宫制造原理，很像早年那部冣密。于是，他去图书馆查阅了该小说的出版情况。

　　作者：德裔作家哈特·科赫
　　发表地：德国、中国
　　所用文字：德文、中文
　　发表时间：因所查资料书角破损，只能看清"197□□□月"字样。

由此推测，那个战乱年代，蹑足行伍之间，编制冣密的国民党军编码师，读过这部小说的可能性几乎为零。除非这部小说早在几十年前就有了草稿，且恰巧被国军编码师看到。事实上，这种巧合是不存在的。然而，余元谋心鼓一敲：小说《冣之书》中这个"冣"字，以及彭冣这个"冣"字，与冣密那个"冣"字，彼此有没有某些关联？

应该没有！不可能有！可偏偏这部最密与这部小说迷宫的内核构造，二者从表面上看风马牛不相及，本质上却暗合着某些异曲同工之妙。更为蹊跷的是，当年，在久攻最密而不破的胶着状态下，猛然间出现了一件怪事：余元谋在冥冥之中偶发了一番感悟，其中却不包含任何一个密码专业术语。

世上万事万物，皆有可能组成迷宫魔窟。如果一个人能同时选择一切可能，同时分身无限个自我，而走向每一条岔道，那么必然有一个分身能找到迷宫魔窟的出口。然而，在现实生活中，这种包含"同时分身无限、同时选择一切"的同时性是不存在的。世上从没有抽去时间因素的纯粹空间。要想彻底解决问题，就得到真实的宏观世界里，去寻找在某一时间、某一节点上所确定的那个唯一性。但是，到头来，那个唯一性本身，也是一种犹如雌雄同体状态下的叠加。显然，这种叠加依旧隐含着不确定性。因此，必须揭开特定事物的盖子，通过观测来辨清现实，方能找到那个真正的排他性唯一。

后来，余元谋才知道，哈特·科赫最擅长在其小说里，运用镜子及其旋转映射原理，来反复制造由时空交叠而成的迷宫。他留给读者的，往往是如何才能找到那个排他性的唯一，从而击碎包含无限可能的那团玄秘。

谁都没有想到，余元谋当年偶发的那番非密码专业性的感悟，正巧与哈特·科赫小说迷宫之内涵不谋而合了；更没人想到，余元谋当年就找到了打开最密的密钥串，而帮助他发现重大线索，引导他找到切入抓手的，也恰恰正是那番另类感悟。最密的彻底破译，反过来又促使这番感悟持续发酵，进而启发他写出了一篇学术文章——《加密映射与解密映射之唯一性互逆雏论》，开创了某机要部门对战争密码学理论研究之先河。

一旦读懂了哈特·科赫的小说，余元谋更加坚定了一个判断：

当年，国军㝡密编码师很像是看过《㝡之书》的，且悟透了其内质及涵核原理，并效法挪用到了㝡密之中。至于那编码师是何时何地，又是怎样看到这部小说的，余元谋自然不清楚（同密码破译师一样，敌军编码师身份及其一切也都是绝密的。他们所有的生命时光，都被铸进了铁壳子里，外人休想窥探到一丝光影）。

关于当年我方破译㝡密的情况，一直未见到官方任何文字记载，在密码学界却早有传说。但没有哪一种传说与其真相有关！为这事，余元谋与王小娇曾有过一次对话。

他说："几十年过去了，如果还继续对那段历史保持缄默，那将会谬种流传。或许真相会在当事人刻意缄默中永久湮没！从某种意义上说，缄默就是撒谎。"

她说："虽然历史没有留下你我的真名实姓，但是，在中原突围战中，因㝡密被破译而获救的每一条生命，都是对密码破译师的最高奖赏。难道不是这样吗？难道这还不够吗？难道……你还想要什么？"

他说："我是想要什么吗？乱弹琴！难道，你没看出我想说出真相的诚切心情？"

她说："别别别，千万别从你余元谋嘴里说出真相。不然，那个编码师命系悬壶般的技术王国及其精神世界，便会轰然倒塌！大家都有点怜悯之心好不好呀？！"

他说："谁说不是呢。说心里话，我真不忍心看到那个编码师毁于过往遗患！所以，我俩得相互配合，共同做一些必要遮掩，以迷乱他心智，阻止他晓知内情。"

她说："况且，当年破译㝡密的技术详情，对敌方或曾是敌方的㝡密编码者，都是要终身保密的。这是铁律！"

他说："那当然。这还用你提醒！"

这一刻，余元谋不由得想起了前不久与㝡密编码师会面时的情景。

　　那一天，余元谋饱含深情地说："在过往的某一时刻，我已经成为你家人般的朋友了。这句话，是《㝡之书》里说的。"

那个最密编码师似笑非笑，冷冷地说："你窜改了原意。《最之书》中说，'在将来的某一时刻，我必然会成为你的敌人'。难道不是这样吗？"

"为什么非得是这样？为什么非得以暴力方式解决问题？"

"那年月，自围剿苏区红军之日起，乃至长征及其之后的战争中，国军编制的密码，屡遭共军破译。实为奇耻大辱，终身之恨！因此，我等欲斩'破之患'，你辈必成'我之敌'！"

"作为战败者，这些年，难道你除了仇恨，就再也没有别的什么了？没错！仅从技术层面看，编码师与破译师就像老鼠和猫一样，是一对天然的敌人。现在看来，你是一辈子都不想走出最密迷宫了。"

"没错！我的密码编码技术，我的迷宫制造手艺，神圣不可侵犯！破我之立者，虽远必诛！"

"所以说，当年，你自己'立'的能耐不足，才潜入解放区去远诛'破'你之人。要我说，你头脑中那种破与立的关系是极其狭隘的。"

"长期以来，在我头脑里，仅有技术上的破与立，从无政治上的敌与我。即便是在战争年代，我做了某些军事伤害行为，那也仅是出于对破我最密者之憎恨及其复仇心理，一心想借用多种方式干掉我密码技术上的对手，绝无政治立场上的任何动机。总之，我从来都是唯我编码手艺和技术迷宫是从。你仔细想想，那《最之书》中的主人公，不也都是痴醉于各自制造的迷宫里而不能自醒吗？！"

"我就纳闷了，那时候兵荒马乱的，你怎么就读到了《最之书》手稿？"

"你别总拿这部书说事。我千真万确地告诉你，在整个战争年代，我从未听说，更没读过《最之书》。我的最密也与这本书没有丝毫关联。绝对没有！我是在近几年才知道有哈特·科赫其人其作的。"

"我不信，我真的不信！密码编码明明是个密码技术和数理逻辑问题，为什么在你的戰密中，那些由深不可测的时空结构编织而成的建筑哲学逻辑，却时有倍增密障、叠加迷局？要知道，类似这些制造迷宫的原理和手法，那可是《戰之书》里彭家人的精专和最爱呀。"

"恐怕这也是你余元谋的精专和最爱吧?！要不然，当年你怎么能够破得了我那戰密。姓余的，难道你是金陵彭家后裔?"

"别瞎说我！今天就说你和那彭戰！"

"我只能再告你一句：我的真实姓名叫彭寂！"

"废话，谁还不知道你叫彭寂?！天下姓彭的人多去了，难道你这个彭寂，与小说《戰之书》中那个彭寂还有什么关联?"

"你就拿这本破小说给我瞎搅和吧！"

"什么叫瞎搅和?！众所周知，那个彭戰和彭寂本就是《戰之书》中的人物；而现实生活中也并无一个彭家古建筑群。小说都是虚构的。虚构就是不存在！你懂吗？可是，让我无法破解的是，你那部戰密，怎么看都像是依小说《戰之书》为蓝本而炮制出来的。前几年，我曾分别让几个年代的密码学专家，把《戰之书》与戰密进行结构比对鉴定，得出了惊人一致的结论：二者在内核结构关系上乃为父子！这就非常复杂而科学了。所以说，这些年，我一直想搞清楚，在编制戰密之前，你彭寂是如何得到《戰之书》手稿的？不过，能把一本小说繁殖成一部高级密码，并应用于战争，这本事也真是天下无双了。你即便承认是借鉴了人家小说的独特内核原理，也不丢人！而我，当年根本就不知道世上还有这本《戰之书》。当时，我之所以能够破得了你的戰密，是得益于一个密码破译师的职业灵感。破译师的职业灵感，既虚幻又真实，它稍纵即逝，却能摧枯拉朽；它有时能捅破天幕，有时能撬动地球。说通俗点，破译师的职业灵感是一种能力，且是一种能够解决重大问题的高强之能力！"

"说我彭家古建筑群并不存在，这是弥天大谎！胡说八道！彭家有史上最古老最隐秘的族谱宗札为证，《彭家镇志》也有权威记载，五六百年之前，彭家其人其事及其建造的庄园，便赫然耸现于金陵彭家后裔地界上了。彭家血统长久不衰，世代族脉英才辈出，一再传承着制造迷宫建筑的独门绝技，并保守着这个已成为本能的神圣秘密。彭最及我彭寂所为，便是彭家历史长河中的一个真实片段。怎么？有了外国人写的一部什么狗屁迷宫小说，你就想把我彭家家史及其古老庄园，都变成虚无吗？哼！用虚构抹杀真实，天理何在？！你非让我承认当年的最密源自后来的《最之书》，而你也一再扬言之所以能破得了最密，也是因为借助了与《最之书》内核不谋而合的灵感。你为什么非要这样说？难道，你是想以此转移人们视线，而刻意掩盖什么吗？"

"我再说一遍，密码破译师的职业灵感是个宝。你彭寂，最好认可我在破译最密上所表现出来的强大破击力！"

后来，终于有人在官方撰写的《中国革命情报史》第一百六十八页上，见到了一段相关破译最密的文字记载，大意是：

经调查证实，1946 年 6 月之前，哈特·科赫的小说《最之书》尚未出版，而成稿没成稿，亦无处可查。但这本书或其手稿，肯定从未以任何方式传播到中国。也即，那年月，国军编码师和我军破译师，在编制或破译最密时，均未曾读到过哈特·科赫的小说；通过走访原国民党军被俘高官和查阅缴获的敌军机要档案得知，最密编码师的真实姓名叫彭寂，确系享有"民国花木兰"之美誉的金陵女英雄彭最之独子。亦即，金陵地界上现确实存在彭家古建筑群，彭家也真有彭寂其人。彭寂曾对我军破译师余元谋破开冣密颇为不服，指证"余元谋亦为金陵彭家后裔，余早前便已知晓彭家迷宫建筑制造原理，并悟透了相关建筑哲学逻辑在密码编制中的变种应用，否则，共军仅凭真本事正面强攻硬打，是破不了国军'不死码'冣密的"。的确，彭家族系历代世袭庞大，分支繁杂，但经组织多方考证认为，余元谋籍贯姑苏城，生于姑苏城，祖宗八代均与彭家族系支脉及其轶史逸事毫无关联。因此说，彭寂以一个八竿子打不着的借口，为冣密败破而开脱，实为"醉死不认半壶酒钱"的无耻之举。

余元谋想，其实，就是承认彭家庄园现实存在还能怎样？之前看过《冣之书》手稿又能如何？一如"有一千个读者就有一千个哈姆雷特"，每一个读过哈特·科赫的人眼中，都有一座不同的《冣之书》及其迷宫。重要的是，谁能找准彭寂眼中那个排他性的唯一，才是破解了冣密的关键！

余元谋叮嘱自己，再见到那个彭寂时，一定要给他一个忠告："在密码对抗中，永远不要低估敌人的智力和能力；最好不要憎恨和仇视你密码专业领域里的对手。因为，他可能是最早，甚至是唯一能够发现你自身缺欠或技术漏洞的人！"

已经发生的相关事实足以证明，那个彭寂，绝对是个有仇必报的人。当年战争中，他正是败于此！

1978年11月间，余元谋和彭寂又有了一次密切接触。那时，余元谋职业身份刚过解密日，走出长达近三十年的保密期，深感无密一身轻，便与彭寂相伴去了一趟德国波恩，到那里蹭了一场国际密码学术研讨会。

"二战时期交战国多方的密码破译专家、密码机设计师、通信技术专家、情报军官和历史学家应邀参加了会议。为期四天的会议，公开研讨了一个战争史上保守得最长最严的机密——二战期间，英国密码学家破译了德军'恩尼格玛'密码，并将所获大量情报用于盟军作战，从而大大缩短了二战进程。与会者一致认为，几十年过去了，密码情报在二战中的作用，必须重新审视。二战历史有必要重写！"

会议主办方并未邀请中国方面与会。可那个彭寂不知从哪儿得到了消息，便拉上余元谋，厚着脸皮前去旁听了会议。

自然，正式会议上没有中国方面发言的份，他俩便在会下寻找一切机会和由头，与那些密码学大咖名家相约闲聊，意在借机宣传抗战时期国共方面破译日军密码的战绩。余元谋随身带来了一部当年的日伪军密码及其破译资料。这部密码叫菊密。看上去，彭寂对带来菊密颇有微词。余元谋解释说："这是唯一一部我俩都熟悉的日伪密码，有利于咱俩联手搞宣传。况且，抗战期间，因破译菊密而获得的情报效益特别显著，为取得作战胜利发挥过重要作用，今天在这里正经拿得上桌面。"彭寂摆手说："我从来对密报内容及其情报效益不感兴趣。我关心的只是密码本身的巧术技艺。"余元谋笑说："猜谜语却对答案不感兴趣，只沉醉于解开谜语的方法和过程。这在当年国共两军中，恐怕除了你也真没谁了。"彭寂若有所思："其实，我对每一部密码都是尊崇的。在我心里，一部密码犹如一座古建筑，有着逻辑之美，纯粹之美。它们始终都是单纯而干净的。要说一部密码、一座房屋肮脏，那也是密码里包藏的某些战争秘密肮脏，房屋里居住的某些战争贩子肮脏！"

另外，他俩还想约请与会名家学者，帮助鉴定一下当年那个冣密结构的优劣。按彭寂的话说，要让西方密码技术权威见识见识中国冣密的强度。显然，对冣密评价如何，决定着对彭寂编码水平和余元谋破译技术高低的认定。没承想，这些西方大佬对中国方面带来的情况毫无兴趣，尤其对与彭家庄园迷宫制造原理相关的话题，连听都懒得听。可这个彭寂，偏偏还像年轻时那样受不得冷遇，耐不住寂寞，便从社会学角度，对西方名流的情爱观对破译思想的影响，发表了一通奇特的感慨。可他刚刚余兴未尽地闭上嘴巴，就被一位英国密码破译专家泼了一脸德国黑啤。彭寂借酒兴而取笑故人阿兰·图灵是同性恋的一番言辞,激怒了对方。阿兰·图灵是二战时期破译德军"恩尼格玛"密码的核心人物,通常是被同行当作智慧之神来崇拜的。因此,没谁能容忍这个不受欢迎的中国人,以性取向来污辱他们的大英雄。

"其实,阿兰·图灵也是我心中的神!这次来德国,我有参谒这位大师精魂的想法。这几天,借助西方专家学者的研讨,我又一次走进了阿兰·图灵的技术王国。说实话,作为一个曾经的密码破译者,我对阿兰·图灵是顶礼膜拜的!所以,我认为,今天你彭寂这么干,吃一脸黑啤理所当然!"下来后,余元谋一针见血地点出了彭寂头脑中的潜意识,"就像一个耗子永远痛恨世界上所有的猫一样,编码师对破译师也有着天然的敌意。这便是你彭寂对阿兰·图灵不恭的心理动机。"

彭寂却不以为然,说这是由根深蒂固的政治偏见导致的:"你想啊,国际上研讨密码破译对二战进程的影响,为何不正式邀请中国人参加?难道中国方面的密码破译,对世界反法西斯战争暨抗日战争的胜利没有积极影响?绝对有啊!国共破译了诸多日军密码,这是铁打的事实呀!然而,人所共知的是,西方却有人别有用心地把二战之东西战场荒谬地割裂开来,偏重西方战场而故意轻薄东方战场之作用,包括忽略东方战场之情报战业绩。其目的是昭然若揭的。所以说,即使我彭寂对阿兰·图灵没有大不敬,他们也不会把我俩当盘菜的。这些年,西方那些战功卓著的大佬们,在称量二战果实时,一再提防着来自东方的不速之客。"

余元谋频频点头:"说得极是!再往历史深处看一步。第一次世界大战期间,应英法两国援求,我国政府先后派出十四万山东籍劳工赴欧陆战场支援作战,最终战死无数。而战后英国人撰写的欧战史,公然抹灭了华裔的参与。请注意,后来,正是那个叫哈特·科赫的德裔作家,借由其小说《冣之书》,把中国人的参与写进了欧战史空白处。这足以说明,虚构的小说往往比历史传记更逼近真实。最近,我对小说的虚构特性,有了重新认识!我觉得,哈特·科赫是个伟大的作家。仅此一点,他便为世界战争文学史做出了贡献。"

"是的。有时候，小说中的虚构人物，会在真实生活中原样重现。这次，我本想去趟法国索姆河，祭奠一下埋在那里的那个中国英灵唐莫寂。可现在，我改变了主意，去不去无所谓了。刚被外国佬羞辱了一番，我心里不痛快。"彭寂气不打一处来，"老子的冣密在机械编码技术上，确实不能与德国佬的'恩尼格玛'密码相提并论，但在编制中文密码迷宫所需的数理逻辑与建筑哲学逻辑的互动、转换及其嫁接技术上，冣密是最巧最奇的！那些外国佬连听都听不懂。"

"冣密乃当年密码之最，迷宫之王。现在，实在无须这些狗屁外国佬给它个什么狗屁评价！"余元谋脑筋转了个弯，一字一句地说，"说实话，过去很多时候，我一直以为，破译与编码，实质上是特别聪明战胜一般聪明的较量。后来，我经常问自己，编制一部密码和破译这部密码，何者更难？渐渐地，经历的密码战例多了，我才明白，编制一部密码更难！破译者应该时刻对编码者心怀敬意。说准确点，破译者与编码者，并不存在谁比谁更聪明的问题。"

"呵呵。密码之最！迷宫之王！这八个字，终于从你余元谋嘴里说了出来。其实，我早就揣摩准，这些年，你内心对冣密技术的高品质，一向是暗自认可和尊崇的。倘若你早一点大鸣大放地说出这八个字，道明今天这一番编与破关系的解读，或许我就不到西方大佬这里来贴人家冷屁股了。"顿然，彭寂泪流满面，"事实上，随着岁月的沉积，我对冣密的反刍回味，以及重新认识越来越深，早已有了继续架构、深层密潜、递进编制的浓厚兴趣。近两年，我居然从冣密身上嗅到了'薛定谔的猫'的味道。真的，你别不信！这种味道，是在一天深夜，从窗外悠悠然飘浮而来，进入了我的梦乡。"

余元谋听罢，呆立许久，喃语道："真是巧了！去年，在仲秋夜梦中，我也曾嗅到过'薛定谔的猫'的味道。那个奥地利物理学家，针对冣密的编与破技术，与我对谈了整整一个晚上。"

彭寂双手抚脸，抽泣不止："其实，当年我编写冣密时，头脑中毫无任何前沿科学的概念，想的全是古老庄园里的古老建筑术与传统密码技术的融合问题。谁会想到，冣密在我脑子里存活了二三十年，同步繁殖了二三十年，现在居然散发出了某些前沿科学的气息。令人奇怪的是，作为聂密破译者，你同样也梦到了那只外国猫及其主人。"

余元谋不假思索地说："你应该知道，每一部密码始终都是有呼吸的。密码的诞生，跟婴儿的诞生完全相同。一部密码就是一个人，一个不断成长壮大起来的人。无论是生它养它的父母，还是一心要消灭它的敌人，都时刻在关注着它的成长和生死。就像聂密，自从它被投放战场的那一天起，它就把编码者与破译者的生命都吸附走了。这些年，尽管聂密早已被破译，但你我的魂魄都未曾离开过聂密一天。它在你彭寂心中一直活着，并持续再生，臻于完美，渐趋绝善；而我也同样痴迷其中，一刻也未曾停止过对你头脑中不断繁殖的新生代聂密的猜想、盲解和破击。由此可见，在漫长的无限想象中，你我时有幻化出一些稀奇古怪的想法，嗅到一些什么阿猫阿狗骚狐狸的味道，这全在常理之中，一点都没什么好奇怪的。"

"是的。聂密虽遭破译，它却没有死，一直在你我心里永生。这一点，我从未怀疑过。让我闹心的是，当初，它为什么会被你余元谋肢解而破？我当然知道，这是你我之间的一个学术问题。好了。既然是你我之间的事，那就真的无须这些狗屁外国佬给它一个什么狗屁名分了。走，咱们打道回府！"

"从我军方面来看，当年，聂密是别无选择的，它必须要被破译掉！这个可不是什么学术问题，而是一个严峻的政治问题。对了。当年，你彭寂为何就不问问你的国民党主子：老鹰和鸽子本来可以同在一片蓝天下飞翔，为什么非要让一个吃掉另一个？我看，这是一部分人不允许另一部分人存在呀。公正地说，谁都不能毫无理由地存在，但谁也不能毫无理由地不让别人存在。那年月，在中原大地上，恐怕有不少人，宁肯一直低着头想象着鸽子永久处于生死叠加状态，也不愿抬头仰望蓝天，看见鸽子被老鹰吃掉的那个真实而悲惨的结局。"

"这既然是个政治问题，我便毫无兴趣。严格地说，在一知半解、似懂非懂的状态下，把聂密与薛定谔的猫、中原上空的鸽子和老鹰，硬扯在一起说事儿，这对前沿科学是不恭敬的。我看，这纯粹是闲人附庸风雅之无聊作为，或是痴人说梦、走火入魔之癫狂妄想。这全是让那个朂密给闹的。行了，不提这个不着边际的话题了。我们回国！"

二人就真的回了国。

余元谋说："这次师法之旅，未到英国布莱奇利庄园参观，甚是遗憾。那可是破译'恩尼格玛'密码的神圣之地哟。"

彭寂说："这次未到法国索姆河祭拜，我却没觉得有什么遗憾。那里埋葬的，只不过是使我成为遗腹子、私生子、狗杂种而饱受彭家上下歧视的孽根。那个男人本已同那个杨梅儿有了婚约，却又和彭寂在战火中孕育我，从而给我们母子留下了长久祸患。是的。这些年，我总是跟自己较劲，一直接受不了把自己带到世界上来的那个男人。"

余元谋说："从个人感情角度讲，你有这种怨恨似乎可以理解。但从国家节操角度看，那个埋葬在索姆河的英灵，还是应该得到尊敬的。我知道，现在，你心理接受程度，以及国家政治外交条件等，都还不成熟，如若让那个英灵尸骨还乡、魂归故里极其困难。但是，你彭寂应该有这个想法和愿望才是。因为，那个男人终究是你的生父，终究是你母亲一生中唯一爱过的男人。"

彭寂打断他："没想到，一个与此行目的毫不相干的死鬼，会触动你的心。行了，你就别给我添堵了，这个男人，以后不许再提！我看，还是说说你自己吧。其实，这次你未去布莱奇利庄园拜谒，也不应抱憾什么！'恩尼格玛'只不过是一部成就了盟军破译者的机器，而朂密才是由无数座奇特的迷宫组成，且凝结了编码者无穷智慧的杰作。说实话，我憎恨那个生我的男人，也抗拒彭家人对我的歧视，却终生迷恋彭家庄园里那些祖传建筑迷宫和技艺。"

余元谋说："其实，你憎恨那个男人是没有道理的。好好，不说这个。你不知道吧，我还未曾去过彭家庄园。我想去见识一下。"

彭寂即刻显现出一脸自得："那咱俩就跑一趟南京。去了你才能真正领略到我彭家庄园的迷人魅力！"

彭余二人辗转数日，到了彭家镇。

彭寂在庄园古建筑群前站定，微微一笑，示意余元谋只身进去："彭家庄园，主要由三个庞大而古老的建筑群，共计333座深宅大院和穿插其间的三座特大山水花园组成，其布局走势，神机莫测；堂舍亭阁，配置隐妙；暗堂曲径，各宅尽有；密室复道，巧连互通；院廊层层叠叠，回还往复；巷弄忽分忽合，似堵似通。行走其间，迷茫无尽，总觉路在前头，却又极难通达。眼下，任凭你余元谋真有分身之术，也休想走得出来！"

结果，余元谋没费吹灰之力，便清清爽爽地从一座座迷宫建筑中穿行而过。彭寂等在庄园出口，见余元谋笑意深长地走了出来，连声哀叹："几十年没有回故里了，怎么觉得我彭家庄园愈发不堪一击了?!"

"牢不可破的东西矗立在你心里。你把中文方块字迷宫演绎到了极致，创造出了一部奇葩密码！最密，用独属你的方式，把尽量多的汉字凝聚到了彭家建筑群魂魄之中。外人只有破解了你的内在，把握住了你的心脉，才可能阅尽看懂最密所藏内容。你真不简单哩！"余元谋像是想起了什么，急急地说，"刚才，我行走在庄园里，在一座老屋前，猛然间看到一块门匾，上写'可卿书屋'。细看方知，是'可聊书屋'。书屋乃静雅之所，可聊什么？看上去，这座老宅怪兮兮的，屋顶上还长着一座诡异烟筒。这烟筒底部是个三棱柱，中间衔着圆柱体，上端坐着一个正十二面体。"

彭寂急匆匆走进庄园。他看到，在那座怪异老宅的正堂里，坐着一个左脸疤痕斑斑的女人。他与女人眼神碰撞在了一起。他脸色大变，迟疑一下，转身欲走。那块老匾牌突然悬断落地，"可聊书屋"四字散裂，匾牌夹层中露出一册藏书，故纸封面上记有"金陵十二钗"字样。

疤脸女人站了起来。彭寂冲那卷古书深鞠一躬，扬长而去。余元谋紧随其后，惊讶地说："我破译了那个疤脸女人稍纵即逝的目光。我从她眼神里看到了很多景象，以及景象背后的层峦叠嶂。看得出，她在极力压抑着不让某种景象流转，却还是没斗过自身意志，在一瞬间迸发了出来。她似乎等到了几十年来都在等的东西！那一瞬，她等到了什么？告诉我！她究竟是谁？"

"莫问我！有能耐自己破解去！"说话间，彭寂隐身于古院深处。余元谋追将进去。走着走着，突然，在曲径通幽的尽头，一众六人手持大棒拦住了他的去路。

"刚刚一瞬，是的，就是刚刚一瞬，我豁然明白了一切！你余元谋早就知道这个女人是谁了，却假装不认识；你明明来过彭家庄园，却谎称从未来过。居然还处心积虑地抛出一部外国小说，以及与小说不谋而合的所谓灵感，来混淆视听，掩瞒你机事不泄。哼哼！还假惺惺地和我探讨文学虚构与生活真实问题，诱逼我承认当年冣密源自《冣之书》草章初稿。你这样故意撒谎言，荒唐胡扯，原来全是为了给我再施迷障。欲盖弥彰哟！现在，我终于搞清楚冣密灭顶之灾的真正缘由了！"

余元谋没有被眼前的阵势所吓倒，沉稳地说："好你个自以为是之徒！既然密码来源于人，也应该终结于人。冣密为何就不能被我等破译？！难道你不知道，密码越艰难、越繁杂，破译师思维越疯狂、越锐利吗？但是，实话告诉你，我还真不是单靠一时疯狂而破了你冣密的。我是靠第三只耳朵，听到了天外一个古老的声音。这个声音，诱我偶发了一番不包含任何密码专业术语的感悟。而这番感悟，能让古老庄园上的门窗张嘴吐露真言，让古屋上的秦砖汉瓦显现和颜悦色，让沉默千百年的造屋神灵，穿越时间和空间鸿沟，来对我窃窃私语，从而道尽构建迷宫庄园的所有秘密。我知道，这就是我那千呼万唤的职业灵感。一个密码破译师的职业灵感，依附天赋，源自念怀，迸于情浓！我正是靠这种独特而少见的职业灵感，拿下了你的冣密！"

"啊呸！别三番五次地拿密码职业灵感来粉饰你那厚脸皮了。什么天赋、念怀、情浓，都与技术要素无关，仅靠这些玩意儿，你能破得了我那冣密？！哼！就你这本事，哪有资格享有破译大师称号。哼！好个排他性的唯一选择！你以那种极其卑诡的方式，找到并破解了我冣密编码思想的灵感源头，我不服！"六人一面，挡在前头，急说不止。

余元谋后腰被大棒死死抵住。原来，背后还有第七个人。渐渐这七个人聚合成了一个人。这个人，自然是那个彭寂。余元谋这才看清，自己被渐渐逼进了幻影叠闪的六棱镜墙角里，只觉得眼前一竿六影，虚像恍惚，难辨真假。

"你不服那是你的事！在你彭寂头脑里，天赋、念怀、情浓都与技术要素无关，更与密码职业灵感无关，可你感觉到了没有，它们却与薛定谔的猫密切相关！是的。也是在这两年，我才体察到这一点。那一天，一个惊梦醒来，我突然感觉到，早年我那番不含任何密码专业术语的感悟，其中蕴藏着浓浓的薛定谔的猫的骚腥，只是它一直被捂得密不透风，我先前没有闻到罢了。"余元谋后腰被顶得生疼。

彭寂一副穷凶极恶的样子："接下来，你是不是还会说，那只骚猫也与整个间谍世界中的你我唇齿相依呢？算了吧，你搬出一只猫做挡箭牌也无济于事。哼！依凭我有仇必报的秉性，这一棒子是要砸在你脑壳上的。但看在我俩斗法多年的情分上，就免你头崩脑裂。可你这硬棒一生的腰杆子，务必要吃我三棒子！我要让你尝尝断了腰巴骨的滋味。"说着，他抡起了木棒子。

疤脸女人出现在六棱镜里，六双手架住了六根木棒，阻挡住了一场暴行。然后，她缓缓地说："可卿苦苦等了二三十年，你彭寂总该正眼看看我了吧。"

彭寂怒目圆睁，逼视着疤脸女人，恶狠狠地说："今天你还活着，便说明了过去的一切！太可怕了！真是太可怕了。说到底，是我犯了大忌呀！现在看来，那部狗屁外国小说，并非一无是处，至少里面还有八个字颇具醒世作用：逢聚固己，逢泄破耗！真是天机一泄，万古悲哀呀！"

彭寂越说越激动，瞬间似狂魔附身，愈加歇斯底里地喊叫起来，嘴里吐出的却是一串串杂乱无章的数字，带着煞气，闪着寒光，似咒语，像钢鞭，真真淫威四射，一副要把眼前的男女都统统杀掉的劲头。

2875 2156 7657 9381 0382 0648 1378 6036 8287 7223
6713 4025 3126 6064 2259 8142 7265 9255 7845 0660 8576
5985 7879 7656 7844 1527 5147 8322 5657 3713 2456 9226
5845 4333 3414 1575 7411 8244 1417 0713 7669 2514 7376
4340 7731 2424 7331 9504 8295 1560 5969 3115 9149 8583
6403 7540 9012 7169 6029 3213 2530 8258 2442 3553 9485
7428 4146 8789 9158 2155 1741 1042 4778 8248 8918 5503
2546 3812 2519 9241 2593 5212 3606 8176 8318 0811 4871
8772 2982 4511 6386 3017 0452 0825 8824 1314 5031 5096
4746 6237 3767 3230 3733 3792 8091 7457 3161 1754 7762
0873 7126 7601 6184 5232 1020 3771 6691 5512 9557 4326
0587 6339 6752 3532 8839 2337 1336 0938 6353 0359 2662
1526 7176 1596 0474 0517 0356 8035 6234 0732 1482 0924
6885 7658 8535 4053 0424 8332 7356 5236 1837 4036 6861
1751 7870 7873 0326 5366 8645 3832 2421 1478 8646 4173
9511 7568 5641 7879 3645 7476 2255 6171 3215 4369 2942
8308 7123 7175 6835 0726 6944 5131 4684 7371 4372 7626
1746 1776 4349 8320 1491

余元谋明白，这彭寂已身不由己地进入了一种癫狂状态。这种状态，是长年繁殖在心里、发酵在脑海里的冣密作祟而引发的，从而导致一种浓烈的情绪，借由他七窍及全身汗毛孔，在一瞬间喷射而出。

当然，作为曾经的冣密破译者，余元谋心里同样长年生长着冣密。刚才那一串串码子，一经进入他的耳朵，在脑海里接连打了几个筋斗，即刻生成了明文。随即，他显摆出胜利者的神情，以挑战的口吻，大声读出了这段明文内容。

行了就让冣密的灭顶之灾成为我这个编码师的灭顶之灾吧哼哼让那个在真实的空间里去寻找由某一时刻的某一个节点上所确定的唯一性见他妈的鬼去吧悲不自胜属谁老子才是东方不败哼哼逢聚固己逢泄破耗你们这样破了老子老子死也不服谁说破我术业者故兵不顿而利可全一派胡言老子死不瞑目老子就是不死老子使出绝招就会堵死你们困死你们绕死你们老子永远不会被破解不死码永远属于老子的等着瞧吧绝招来也绝招来也绝招来也

大概是彭寂见这段密文被轻易译出，气恼至极，似急猴般原地转起圈来。显然，这一刻，他已经情绪失控。可谁也没有想到，他会突然飞身撞向那锋利的六棱镜墙。

余元谋只顾集中精力破译眼前那些乱云翻飞的码子，待醒过神来伸手去阻拦时，抓住的却是六棱镜中的一个空幻飞影。

本来，冣密是一部已破密码，对于余元谋来说已轻车熟路，他大可不必因过于凝心苦思而忽略彭寂的过激行为。要怪就怪他彭寂在迷乱中下意识地设了一个套，出人意料地把那段话中"冣密"二字，用中文明标组合异码做了替代。这样一来，密码中突然出现了明码，且"冣"字还是一个组合八码字"0382 0648"，且这种情况还恰巧出现在文首位置，这不得不让余元谋一开始便陷入了压码强记、深思费解之中。尽管当年他就曾遇到过这组异码，但二三十年过去了，冷不丁出现在不该出现的位置上，还是让他没有过快反应过来，导致动作迟缓了一步，一把没有抓住飞身撞墙的彭寂。

在这一天的每一刻，以及在以后的许多时光里，余元谋记忆中一直保存着彭寂在人世间的最后离别形象。从彭寂临终口吐狂言中明显感觉出，在刹那间，他思维魔癫，时光倒转，幻中穿越，一心想制造一个纯粹的技术手段，来阻止冣密被破译，才下意识地撞向了六棱镜墙。这是因为，当年，在冣密入口处，这个诡计多端的编码者，先行设计下了两个连体的秘密机关。

　　首先，彭寂根据彭家庄园一架古老的"悬魂梯"制造原理，隐设了一个数字魔梯。祖上老梯，是一架拥有四个90度拐角的四边环形楼梯，通过巧妙利用墙壁、台阶、光线、阴影和特殊标志而产生迷惑性，来欺骗人的感官，使人上台阶、下台阶、转弯、走岔道都毫无察觉，以至于困在老梯里循环行走，永远找不到梯口。彭寂受其原理启发，借用数学中的陷阱数，故意留下多组特定数字信息，暗施数字催眠法，建起了一架类似悬魂梯的数字魔梯。这个魔梯的关键，在于对三位数的陷阱数495和四位数的陷阱数6174的巧妙运用。彭寂在魔梯中，任意埋设下多组三位数电码和四位数电码，加密成结构复杂的数字模型，故意给出多个错误信息和漏洞痕迹，误导破译者进入循环重排求差操作，其结果却总是在495和6174之间转来转去，难以走出迷局。

　　其次，与这架数字魔梯首尾相连的，是一个险恶的玄关。彭寂的设想是，破译者即便侥幸走出数字魔梯，眼前还挡有一个神奇的入门玄关。若想进到最密核心机体内，肯定先要破掉打烂这个入门玄关。而这个由机巧灵动、虚幌四伏的镜面宫组成的玄关，恰恰最不怕的就是破碎。它越破碎，镜面就越多，就越有迷惑性和阻击力。在这座镜面宫里，作为掩护要素，还随机穿插进了若干个毫无意义的虚码；利用返照原理隐藏进了多个影子空格；又谎填了一些与真正加密原理相悖逆的密表算式。这样一来，当你一锤子砸下去，不是砸碎了一座万恶的镜面宫，而是迅速繁殖生成了无数座更加万恶的新镜面宫，继而映射出你破不尽的新影像、新谜团、新魔幻。很明显，事情到了这一步，保证最密之核不被打开的唯一办法，就是诱骗破译者先行击碎入门玄关，制造出如此这般的万镜宫，使其自陷绝境，困死其中。所以，彭寂在急心虚幻、走火入魔状态之下，见余元谋没有上钩，便自己慌抢一步，以颅碎镜，癔妄阻敌。这可能就是他嘴里那个千呼万唤的"绝招来也"。

毫无疑问，这个彭寂，纯粹是自绝于最密技术魔幻之中，死在了自己隐设的绝招之下。想想真是可怕。最密已被破译了这么多年，它的主人却还沉浸在对最密的幻想之中，并且为保住心中这座密码堡垒牢不可破，居然还以死制造虚幻陷阱来阻敌抗敌，这实属世间罕见。可悲！可泣！可叹！可敬！

这一刻，疤脸女人见酿成惨祸，顿时绝望。她坐在地上，抱着彭寂尸体痛泣不已。然后，她缓缓站起身，冲余元谋深鞠一躬，说："您总算把这个男人送到了我面前，兑现了几十年前，您在战争年间给我的那个郑重承诺！当然，彭家庄园终究是他彭寂不得不来的地方。可我预猜了一百种可能，唯独没想到他一见到我就去死。请您告诉我，这是为什么？这些年，我对你俩之间到底发生了什么一无所知，但我能够感觉得到，你俩之间似乎有着你死我活的过节。对了，他嘴里吐出的那一窝数字，你为何就能听得懂呀？还有，那个最密是谁？是个男人，还是个女人？"

余元谋看着这个极度悲伤的女人，一时不知说什么好。疤脸女人叹了口气，擦干了眼泪："彭寂他已经死了，这一切，我都无须再听到答案了。该结束了！一切都该结束了！不结束还等什么呢？他一死了之，根本就没考虑过我这个人的存在，更不在乎我等了几十年的幸福和眼前这微不足道的灾难！这个结局出乎我意料。现在，我活在这个世上，已经没有任何意义了。"

话音未落，她也猛然撞向了那座六棱镜墙。镜墙本已被彭寂撞得八破九裂，镜刀纵横，疤脸女人再撞上去，顿时血肉横飞。临终，她喊出的最后一句话竟然是："等等我！可卿来也！"而眼里闪烁着的，也是一股浓浓的爱恋之光。

余元谋依然没有反应过来，未能拦下飞身撞镜的疤脸女人。他流下两行浊泪，坐地久思不起。

看来，我还是没有彻底破解彭寂的内心！早知如此，何必把他诱引回来。谁能想到，都几十年过去了，他还会对这件事有如此敏感的悟透力？！哎呀，我这是怎么了？难道，仅仅是为了兑现战乱年代那个承诺？抑或是自己潜藏多年的阴暗心理在作怪？呵呵，脚踩一场获胜的战争，得意地向对手炫耀自身杰作，展露冣密败破的初始缘由，这算什么本事？你明明知道，彭寂有那个不可治愈的心病，为何还不做因果分析地让疤脸女人在他面前现身？轻率哟！这可不是你余元谋的一贯做派呀！

余元谋站起身，摇摇晃晃走向大门。

突然，一阵轰天响地，身边一座百年危房及廊道相连的偏房，几乎在同时倒塌。顿时，翻滚而起的尘埃，像扇动着两只巨型翅膀的蝴蝶，扑面而来。

余元谋没有慌乱，也没有躲闪，反而席地而坐。该来的一定会来的，一如你今天迈进彭家庄园，躲是躲不掉的！

当猛烈的灰尘把人淹没的时候，余元谋莫名其妙地想到了那个著名的蝴蝶效应——

"一只南美洲亚马孙河流域热带雨林中的蝴蝶，偶尔扇动了几下翅膀，两周以后，竟然引起了美国得克萨斯州的一场龙卷风。"

以此类推，这座老宅倒塌时所产生的气浪，若干时日后，是否会掀翻远方九珠岛上古老的灯塔，吹断山西张家大院老屋顶上的古怪烟筒，刮出法国索姆河畔古战场上的将士尸骨？是否还会把中原宣化店树林里的那棵老树连根拔起？抑或还会时光倒流，把多年前隐藏在战争背后的那场生死密战，吹得漫天黄沙，血气飞扬？

尘埃落定之后，这个泥人端坐在厚积的浮土之上。他像是坐在了历史的年轮中心，静思长眠，纹丝不动。他是不敢动！他胸脯没有起伏，鼻孔没有喘息，甚至连落满灰尘的眼睫毛也不敢眨动一下。他怕生出一丝气流，吹起身边尘土，搭乘一只蝴蝶，掀起巨流旋风，去扫荡历史，毁灭现实。

余元谋真的被眼前倒塌的老屋吓着了！他的心，一下子又缩回到了久远的战争年代："许多揪心事就是从那一刻开始的。故事发生在中原突围战前夕。那时，人们头脑中还完全没有'突围'这个意识。"

多年之后，《中国革命情报史》推出了修订版本。该书更加详尽地记叙了中原突围战中的密码情报工作。某市国家保密局一位文学爱好者，还据此写出了一部长篇小说，艺术地再现了那段惊心动魄的谍报生活；同时，也赋予了那场战争以新的内涵和独特意义，却莫名其妙地给小说起了个洋名，叫《薛定谔的猫》。

针对该小说中最密的编码与破译，有军史评论家说，这是一场发生在国共血肉战场上，堪称专业级之经典密码战。我方相关密码破译人员，有着队伍上最聪明的脑袋，是历次革命战争中最有用、最急需的人才之一。而随着战争的结束，该职业已撤编终结，那些职业密码破译者，也在战火燃尽之时销声匿迹了！那么，这些屡立奇功的无名英雄都去了哪里？有人说，他们以平民百姓的身份，隐身到了社会各个角落。那个给学校看大门的老头，那个在街头卖冰棍的老太，那个在山上垦荒种树的大叔，那个教语文、数学或外语的老师，那个某技术研究所工程师，那个环保局局长、公安厅副厅长，等等，可能就是他们。他们默然无声地从事着普普通通的工作，周围没有人知道他们到底是谁。由保密性所决定，之后多年，也从没有相关部门和知情人去寻觅这些昔日英才的下落。是呀，在机事繁乱、神秘敏感的历史沉积面前，谁会去自寻烦恼、自找麻烦！就像那层厚厚的浮土飘尘，谁能保证它不会一石激起千层埃呢?！

然而，还真有不怕麻烦的。某市国家保密局那位勇敢无私而又有历史责任感的作者，就写下了这部与那段历史紧密相联的长篇小说，想以此来颂扬那群可爱的另类英雄。当这个年轻人捧着书稿，去拜请余元谋雅正时，先郑重其事地说了一段话："其实，那场密码战，整整持续了几十年，直到那个最密编码者及疤脸女人撞镜墙而死，才算真正结束。那么，这场发生在编码者与破译者之间的持久战，其核心要义体现在哪几个方面呢？也就是说，这场特殊斗争的特殊意义到底是什么呢？这正是我今天想求教于您的。"

没想到，余元谋听罢此言，当即就把那本小说稿抛出了窗外。

"历史的天空再无冣密！"

"让薛定谔的猫见鬼去吧！"

"人生本过客，何必惹尘埃。要知道，某些隐秘战史是不可触碰的。我郑重奉劝你，还是罢手为好！"

小说作者很执拗，坚持要把话说完。

"我写这部小说的目的，是想让公众意识到，并非只有打入敌人内部的特工、潜伏者和照相机才是情报来源，而核心情报最重要的提供者，往往还是隐藏在战争背后的密码破译师。这个职业曾真实地存在于战争之列。今后，再讲革命光荣传统时，有必要告知后辈，还有这样一群曾做出过特殊贡献的密码脑袋、精英功臣，需要人们铭记；还有这样一种神秘的红色基因，需要展露真颜，传承光大！"

余元谋闭上双眼，久久未语。

小说作者下楼拣回了小说稿。

余元谋这才说："如果你真是为这个目的而写作的，那么，这就注定你这部小说成不了优秀作品。原因嘛，一是你还未真正悟透那些主人公的品性。他们大功不语，习惯无名，喜好无声。在他们看来，因密码被破译而取得的每一场胜利、所获救的每一条生命，已经证明了其自身价值，但这并不是居功扬名的资本。是的，他们最排斥的就是铭记。要知道，忘却他们，是对他们最好的纪念；抹去他们在战争中的影子，是对其卓越战功最好的颂扬。二是那场密码战，并非结束于冣密编码者撞墙而死。因为，那本是编码者与破译者之间的灵魂之战，而灵魂是不死的。那么，这场源自冣密的密码战，也会是持久的，永恒的，无休无止的。"

"明白了！我回去重写。老英雄，后会有期！"小说作者抱着小说稿离去。

第二章

假 面 中 原

0250 7240 0022 0626

在中国革命战争公开史料中，或者在一般性涉密文件上，谁都未曾见到过这样的文字记载：在革命队伍的日常生活里，在朝夕相处的战友面前，居然也存在由组织出面而伪装的假恋人、假夫妻。

没有记载，不等于没有事实！抗战胜利不久，在中原军区机关就有这么一对儿！男的叫江春水，女的叫关悦然。二人同属军区机关供给部，现职皆为军需官。

成为假夫妻之前，先得假恋爱。战争频仍，男女婚恋自有苛刻条件，单位规定：男满二十八周岁、女满二十周岁，一方军龄六年以上者，方能恋爱结婚。江春水有一条不够：他刚满二十四周岁。明明违反规定条件，组织上却硬逼二人装出在背着组织谈情说爱；明明彼此之间有着八辈子也走不到一起的天然隔阂，却要在人前人后做出相互爱慕、来往密切的假把戏。关键是，这一切务要装得真，演得像，绝对不能让局外人看出假来。一旦被识破，绝对要给予纪律处分。

组织上是认真的！

尽管江春水和关悦然之间，在很多方面合不来，却在一点上达成了一致。二人找组织表明了一个态度："周围不少同志即便符合规定也不结婚，有的甚至连恋爱也不谈，都把个人问题放一边，专心致志打敌人。可组织上却让我俩如此这般。我俩不服！退一步说，违规恋爱，组织上可以眼瞎耳聋当哑巴，可群众眼里揉不进沙子。群众越信以为真，就越鄙视我俩这种违规恋爱行为。到时候，我俩的威信和进步就会失去群众基础。这个问题，希望组织上能立字为证，保证我俩今后前程不受任何影响！"

听罢此言，组织上火了，一拍桌子，仅怒吼了一嗓子，这二人便乖乖地按要求假戏假做起来。

"抗战期间，有多少革命情报工作者，在敌营中长年假装汉奸，甘愿背负骂名，甚至由此'遗臭万年'。他们都说什么了？！现在，让你二人在自家门里假装个恋人都受不了了？什么觉悟？对了，警卫连就调来了一个这样的假汉奸，他叫张治山。那就是你俩学习的榜样！去找找差距吧，年轻人。"

这种累人的假把戏，就像戴着面具跳舞一样让人难受。这一天，二人在极度反感的心境中，迈出了假把戏的第一步，肩并肩地走向了树林。进了林子，又都不由自主地跳将开来，相隔八丈远各走各的路。忽地听到后边有人来，又赶紧挨近挽起胳膊亲密着走。亲密中却夹杂着几分生硬，尤其一眼即见男方从骨子里透出了不情愿。女方悄声说了句"你这是想挨处分呀"，这才换来了一个暧昧动作。

来人是一个挎短枪、两个背长枪的。挎短枪的，粗粗拉拉，神情木然，说话轰天响地："干什么的？大白天的，男男女女钻树林子，像话吗？报上单位、姓名？"背长枪的一指挎短枪的，介绍说，这是警卫连副连长张治山同志。江关二人心里一暗：这就是那个曾经的假汉奸了！于是乎，小心报上姓甚名谁，并现编了理由："钻林子是为了抄近路，抄近路是为了到三团公干。"

那莽汉副连长步步紧逼："到三团公干什么？"江春水瞬间择准一个有效的掩饰方式，彰显了一下军需官的专业素质，一口气说清了部队当前窘困。

"现在军区各部队的供给标准，由原来每人每天小米1.3斤，油2钱，盐2钱，肉2钱，菜7两，下调为每人每天小米7两，油1钱，盐1钱，菜4两，肉取消；马干费，由原来的驮炮及骑兵每日0.2元，普通骡马每日0.15元，驴子每日0.1元，调整为驮炮及骑兵每日0.1元，普通骡马驴子每日0.06元；办公费也降到了团部5元，政治处8元，供给处7元，卫生部6元，营部4元，连部3元。就是诸如此等标准，很快还要下调。这次，我俩到三团就是征求下调意见的。估计呀，会收罗上一箩筐骂娘声。本来，这个现行供给标准，是我和关悦然扒拉了三天三夜的算盘珠子精打细算出来的。这已经是很难维持部队最低战斗力了。现在又要降，恐怕官兵思想上和身体上都会接受不了。"

关悦然也接过话茬发起了牢骚，意在表明她心里也装着半个家："就是呀就是呀。抗战胜利果实还未咽下肚，蒋介石就到咱嘴里抠食来了。军区上下6万人马，被围困在方圆不足百里、屯聚百姓40万的宣化店地区，造成给养极度紧缺。就拿这擦枪费来说，现在降到了每月马步枪2分，花机关枪0.1元，轻机枪0.2元，重机枪0.3元，迫击炮0.5元，山炮0.7元；印刷、马药、鞋掌修理等杂支费，每团每年标准也仅剩25元了；每个班津贴费和鞋袜费两项相加，都精确到了小数点后三位数：1.198元。这可怎么办哟？还能怎么办？想办法呀！这不，我俩进林子就是想顺路找些能充饥的野菜，好向部队推广。可是，这里的野菜属本地独有，品种罕见，难辨毒性，不敢轻易让部队吃哟。"

江关细说供给标准的突兀表现，看似并未使莽汉副连长感觉出什么异样来："这年月，军需官也不好当哟。"关悦然眉毛一挑，故意盯了莽汉一眼，高扬了声调："是啊。这些钱物数字是数字，却又不仅仅是数字。这些数字，可不一般哟，愁煞人心哪！"莽汉面色依旧木然。关悦然接着说："字字都是把快刀，天天割得人心直流血呀。"

江春水泪都下来了："国民党，黑心肠，封锁了所有可能运输粮食和外购的渠道，还在我边沿地区故意抬高粮价，吸引解放区粮食外流，分明是要困死人嘛。我方派出几拨外购粮食的人员，无一人能返回，全被龟孙军给暗杀了。"

"遭天杀的蒋匪帮！饿死人非要他偿命！不过，毒死总比饿死强。挖了野菜送过来，我张治山先试吃。毒死我不用谁负责。放开了挖，越多越好！"莽汉菜色脸上溢出怒火，硬邦邦地扔下话走了，

"总有一天，血债要用血来还！"

假汉奸，真英雄！江关二人早就听说了这张治山的来历。以前，张治山曾在闽南偏远小镇沽源当过多年假汉奸，为新四军提供了不少机密情报。抗战胜利后，因过去隐藏太深，装得太像，在当地"民愤"极大，难以洗清"汉奸罪名"；又因涉及过去地下党的机密，短期内还不能公开他的假汉奸身份，也恢复不了他清白名誉。于是，当地上级组织用心良苦地给他搞了个假枪毙。由过去他的单线联系人、沽源镇上唯一知道他过去假汉奸身份和眼前假枪毙真相的镇民老石头，以收尸的名义，把装死的他送出了沽源地界。这也符合他的想法。他不想在小镇上受憋屈，提出要隐姓埋名，到作战部队痛痛快快打仗去。于是，他怀揣能证明自己过去地下党身份和革命功绩的相关材料，只身远赴鄂西部队报到。报到时，姓名已改成了张治山。至于他的真名实姓，已被原地下党组织永久隐匿起来。到部队后，他被分派负责驻地保卫工作。此人识间辨谍抓特务的本事了得，不久便在二连挖出一个内奸，在驻地杂货店挖出了一对儿。这仨货，都是军统秘密派过来的潜伏小组。

之后，张治山自然是随行部队南征北战。一次，在担负掩护团首长突围任务中，一干人饥寒交迫，恰好路遇一地主老宅，张治山便带两名化装战士进院筹粮。临走，他居然搂草打兔子，朝后院东厢房内连扔两颗手榴弹，把个趁战斗间隙来睡地主小老婆（或是其他什么不正经女人）的国军旅长给炸死了。当晚，敌追击部队群龙无首，乱作一团，张治山所在团趁机突出重围。张治山因此荣立战功，一时名声大噪。随之，一个笑话流传开来："那个敌军旅长，临终前爬向躺在血泊里的女人，随鲜血喷喊出四个字来，却是'可卿等我'！"张治山最烦听这个笑话了："以讹传讹，无聊至极！"

后来，经组织严密考察，张治山又被调遣到中原军区机关直属队，任命为警卫连副连长。这个时期，中原军区周边国共对峙极度紧张，国民党特务渗透无孔不入，营地内外防间防特任务极其繁重。应该说，张治山来得正是时候。此人文化程度不高，却人粗心细，嗅觉敏锐，经验丰富，揪住一些蛛丝马迹，扫除了驻地村镇不少安全隐患。他"中原福尔摩斯"之称号自此鹊起，也多次受到组织表扬。

在官兵眼里，张治山为人低调，只用干实事来说话。尤其人品极正，疾恶如仇。在基层干部中，威信颇高。当然，他还是个一诺千金的人物。这不，在林子里承诺过要为部队尝吃野菜，就真的从军需处取来十七种野菜，让炊事班煮了，他独自连吃七天，最终试准九种野菜可以充当军粮。自己却被抬进卫生队急救，差点中毒身亡。

本来江春水、关悦然出于本职要以身试吃野菜的，但张治山一再缠磨，称自己从小就是吃野菜长大的，有丰富的辨尝毒菜经验，没必要再让其他同志冒那个险。看着那副苦出身的模样和八头牛都拉不回的劲头，只好让他把野菜提走。

江春水、关悦然去卫生队看他，感动得稀里哗啦。他却龇出一嘴绿牙直乐："我被毒死就一条命，你俩毒死一个便是两条命。战地爱情多好啊！放开了去爱吧。我保证再不到林子里去惊扰双对鸟了。"

关悦然对这个话题不感兴趣，一直盯着他那口绿牙看："这是哪种野菜着色不褪？我那儿有上千件军装正愁没染料呢。"张治山一怔，说："狐尾菜茎。不过，这菜六十八度以下有毒，要沸煮三刻钟以上才行。"江春水听风就是雨："张副连长快给警卫连下命令，全体出动去挖狐尾菜。这样我便能省下三四十元的染料费。"

张治山沉了脸，瓮声瓮气地说："你看，为了省俩钱，活生生地把一对恋人苦逼成了神经质。蒋介石，真该死！"

江春水也脸一沉，"嘘"了一声："别恋人恋人的瞎嚷嚷。我俩这点私密事儿，你是不是想让全军区的人都晓知呀。真是的。"

"你看你这点胆子，还像个男人不？真和咱这张大英雄没法比。"关悦然嘴角一挑，不屑地说。

再与张治山直接接触，是几个月之后的事了。那个时期，宣化店军民"粮食几乎断绝，给养已到无米之炊的程度"。正逢美国人马歇尔到汉口视察，周恩来强烈建议："由八路军晋察冀解放区和山东解放区拿出两万吨粮食，卖给位于北平、太原、济南等处的国军，以换取现金，然后，中原军区再拿这些现金，在武汉购买同等数量的粮食转运到宣化店。"军调部三方代表一番激烈争论，最终总算通过了周之意见。

然而，军需官江春水、关悦然，对武汉那两万吨粮食望眼欲穿，却也未盼到一粒米兑现到位，倒是等来了国民党军要围歼中原军区的绝密情报。

这是1946年6月，内战一触即发。就是在这个时候，我军破译了国民党军包括最密在内的多个重要密码，从中获取了大量核心内幕情报，其中包括"蒋介石密令各部迅速向各进攻区域集结，尽快完成对共军中原军区包围态势及攻击准备，于6月30日发起总攻，务在48小时内全歼中原李先念部"。所得密报还显示，蒋军预判我中原主力一旦遭遇攻击，必将向东北方向突围。

我军多渠道掌握了详尽敌情，及时洞察了敌之意图，据此断定国军会把主力大部兵力集中在东线和北线。于是，便拟定了以主力西向为主，分三路实施突围之计划。

上级认为，这次突围行动能否获得成功，取决于事前能否秘而不宣，机事不泄。为此，中原军区指挥员巧布迷障，智斗强敌，要上演一场空城计。同时，还将实施声东击西之计谋，为军区主力冲出强敌内层包围圈，而争取宝贵的三天时间。

6月26日，宣化店地区同往日没有什么两样。中原军区司令部大门上牌匾高悬，官兵进出有序，里面不时传出嘀嘀嗒嗒的电台声。佩戴着臂章的巡逻队照常在街上穿行，操场上操练声依然响彻云霄。各部队伙房炊烟袅袅，间或飘出几丝炒米的香气。有人看见军区几位大首长，正在悠闲散步，还不时与随从有说有笑。中午，军调部驻宣化店执行小组成员美方和国军代表，均收到了晚上在军区礼堂观看文艺演出的邀请。

下午，军需处关悦然正在核对刚换防来的部队供给名单，看见带人巡警的张治山从窗前走过，就笑说："核对新调防来的部队名单已经够我忙的了，这原部队名单里还常有差错，这不是添乱吗？看什么看？说的就是你。擦枪费名单上写的是张治山，而服装发放名单上签的却是张治山，你到底是治山还是治山？"

张治山接过名单看罢，憨笑道："我没什么文化，多写个点少写个点有什么奇怪的。我这就翻翻看，把张治山都加上一个点儿。嘿嘿。文化人就是瞎认真，多一点少一点的，还不都是个我吗？"

江春水把算盘珠子拨拉得山响，脸露坏笑："这可不一样，有那一点才是你张治山，少那一点就变成另一个人了。"

关悦然莫名其妙，问："少那一点就变成谁了？"又忽地发现张治山右耳垂是残缺的，就说："少了这一点儿垂肉，不也还是他张治山吗？"

江春水又笑："少了那一点，他就变成太监了。"

"你看你这文化人，在女同志面前也说荤话。"张治山一手翻着花名册，一手摸着残缺右耳，一脸庄重，"你还别说，子弹不长眼，不知哪天再打掉哪件垂肉郎当，也不稀罕。就是掉了脑袋，也是眨眼之间的事。可我张治山不在乎。在革命面前，个人生命算个啥！"

关悦然忽然觉得，右耳的伤残，像是赋予了张治山几许高深莫测的神气，耳垂缺口处溢出的似乎都是浓浓的威严和荣耀。

晚饭过后，文艺演出开始。镇北方向突然传来几声枪响。江春水关悦然没去看节目，正在加班整理账目，听到枪声并没慌乱，算盘珠子照样拨拉得稳当而清脆，把账目收了个尾，才出来看了看。刚巧，迎面碰上了急跑而过的张治山。他气喘吁吁地说："不好了，炊事班的李向西要逃跑投敌，被我警卫连击毙。我这就去礼堂报告给首长。"

江春水一怔，拦下张治山："你说什么？李向西要投敌？可有证据？"

张治山又要跑："有，当然有！他身上藏有一根银条，一本密码本和一些干粮。"

江春水拉住他，急说："眼前的关键，是要保护好现场，你赶快回去武装警戒！关悦然你也一起去现场。我去报告首长。"

"啊呀，你说得对，保护现场是重点。突发事件急抓瞎，事不等人。那就辛苦江大军需官跑一趟礼堂吧。"张治山又像是想起了什么，拉住江春水，神秘地说，"我差点忘了提醒，那个密码本可是个重要证据，但那本子里的码子花里胡哨，没人能看懂，是不是调密码破译专家过来鉴别一下？不然，没法给这个事件定性。听说我军密码破译专家个个能耐大过神仙。当然，这些神人，肯定是天天藏在大首长和主力部队身边，不是谁想见就能见到的。但愿今天我运气好。"江春水着急走人，说："平常少言寡语的，今晚哪来这么多话？我在队伍上吃机关饭也这些年了，从来没听说，更没见过有什么密码破译专家。估计那都是些传说，专门吓唬敌人的。"

江春水朝礼堂急跑而去。到了礼堂门口，慌得连证件都掏不利索了。哨兵放行，他上气不接下气地跑到前排张政委面前，压低嗓门喊了一声："报告首长，李向东，噢，一个叫李向东的战士想逃跑投敌，被我警卫连张副连长当场击毙。请首长过去看看。"

张政委陪军调部代表一行大戏正看到兴头上，听罢，不得不起身急去。尽管江春水是压低嗓门报告的情况，但周围坐着的领导和各路要员也都听了个清楚。美军和国军代表们见状，交头接耳好一阵，才继续看戏。

出了礼堂，张政委说："你看你这军需官，账上数字算得精，遇事却慌神，听不得枪响，见不得死人，看把你紧张成什么样了。"

江春水平静下来，心说："自己确实够慌乱的，竟然连东西都不分了，硬把个李向西说成了李向东。"

张政委到了现场，保卫部负责内卫工作的同志早到了，汇报说："一根银条，一般非个人私存，从公家盗取的可能性大；身上揣有一个密码本，这是个敏感证据，基本可判定持有者的敌特身份；衣袋里装着两个野菜团子和几把炒米，这分明是要远跋投敌。"

张政委下达命令："此事严密封锁消息，外泄者军纪严惩；此案交由保卫部内卫科从速查处，不得有误！"

第二天上午，江春水、关悦然正在整理账目，听到外面有人喊，出门看到是刘副司令和关主任来了。刘副司令笑说："关主任来和我攀亲戚，说他侄女正在和我外甥谈恋爱，我不信，就过来看看。春水呀，你今年才二十四，可不敢违反部队规定哟。"

关悦然挽住关主任的胳膊，悄声僵气地说："叔，没影的事儿，您千万别信！人家是大司令的外甥，咱关家可高攀不上。不过，说心里话，就凭他那小样、那德性、那耗子胆，我不稀罕！"

刘副司令一指关主任："老关你看，关家侄女不稀罕刘家外甥，你这亲攀得可是剃头挑子一头热哟。好了，顺脚看一眼，都全须全尾的，回去可给他们父母报平安了。"

每天惯常巡警到此的张治山看见这一幕，"嘿嘿"一乐，悄声道："原来你们都是高干子女呀！我说怎能都干上了这皮毛都伤不着的平安差呢。"江春水一瞪眼："治山呀治山呀，不好好巡你的逻，在那儿说什么风凉话呢？"张治山凑过来问："那李向西的案子怎么样了？我的人没错杀了人吧？那该死的李向西到底是哪家的坏蛋？"

关悦然制止他："治山呀治山呀，你一个外勤警卫官，别乱打听内卫安保上的事。风声这么紧，多嘴可没好处。不过，我看你这'福尔摩斯'绝非浪得虚名。你眼里盯上的，手里抓到的，枪下倒下的，肯定都是大坏蛋。我对你有信心！"张治山腰杆一挺，笑说："那当然！咱是谁！"

接下来的两天，张政委继续陪军调执行小组狩猎、听戏、打麻将。傍晚，张政委代表军区首长宴请军调小组成员。当美军和国军代表酒兴正浓时，张政委突然宣布："鉴于国民党军屡屡践踏停战协议，图谋进攻我中原解放区，我中原主力部队已经被迫撤离了宣化店。"军调执行小组成员大吃一惊，匆匆离去。

当晚，江春水、关悦然等十三位机关人员被告知，即刻撤离宣化店。掩护这一干人撤离的，是外勤警卫连。上级倒不隐讳避嫌，明确告诉警卫连，这一干十三人皆是各部队首长的亲眷子弟，务必要安全护送到延安。

连长李文华听罢，悄声发了句牢骚："干部子女，比我们这些凡夫俗子的命金贵，军情如此紧急，也不忘搞特殊，居然弄个警卫连专程护卫。"

张治山大局意识还行，说："不管他们是谁，凡非战斗人员，都得有战斗部队护卫。不然，谁战斗力强谁打出去，让这些后勤人员留在这里等死呀！"

第三章

因 密 而 生

0936 1378 5079 3932

　　刚当兵那会儿，彭寂还是个胸无大志、痴迷儿女情长的糊涂兵。一个偶然的机会，他发现旅长手里有本古版《红楼梦》，就惦记上了。

　　其实，金陵彭家也有一本《金陵十二钗》，是删削"秦可卿淫丧天香楼"一节之前的最后一个版本。外面传说，此版本早已亡佚，却没人晓知彭家祖上隐藏下来一部绝版孤本。彭寂自小知道此版厉害，比甲戌本《脂砚斋重评石头记》，及后来版本《红楼梦》要好上几倍。祖辈人历来藏掖秘处，彭寂却总能偷拿到手，且能安全放回。就这样，他利用小小诡计，曾无数次痴走大观园，尤其对相关秦可卿的内容百读不厌，梦想有朝一日，自己要拥有一本此等好书。然而，他知道，在祖辈人眼里，他这个彭家后人的性命，远不如这部孤书重要。他彭寂万万不敢盗为己有！

　　现如今，远在孤寂兵营，彭寂贼胆淫心难自抑，就偷偷在旅长的马棚放了一把火。旅长三件宝，两花一《红楼》，件件命根子。爱骑枣花儿发出索命般嘶鸣，卫兵们玩儿命冲进了火海，太太翠花却死命拖住旅长不放。其实，旅长那股不要命往火里冲的劲头拉是拉不住的，是太太一声断喝叫停了他："欧阳，你敢！"欧阳旅长怕翠花怕得要死，这在队伍上是出了名的。就在这关口，彭寂趁机溜进了旅长内室。事先，他已偷偷在十二个兵士习训簿上，模仿人家笔迹，分别写上了《红楼》十二钗各判词中一句。

十多天后，欧阳旅长才发现《红楼》宝书丢失，久寻不见，却陆续在习训簿上发现线索，便把那十二钗兵士逼讯了个遍，最终有三人屈打成招，却又拿不出书来。

一天，旅长路过岗哨，彭寂收枪挺胸，轰然背了段"秦可卿淫丧天香楼"，并说把那十二兄弟都放了，盗《红楼》者寂也。旅长说，我《红楼梦》中并无此章节！冒名顶替者同罪！彭寂说，你之《红楼》差矣，彭家有绝版未删减的《红楼》一部，愿意献出！旅长一惊一喜一哆嗦，二话不用再说，带上彭寂及那十二兵士，亲赴远奔金陵彭家镇而去。

彭家自然死不献书。

有兵士来报，彭寂不见了。

"小兵伢子，你跑了和尚还能跑了这庙吗？"旅长带人在一座幽宅中，捉住了正与一女子厮混的彭寂。

这女子居住的幽宅建筑风格颇为别致，仅那矗立在房顶的烟筒就很扎眼。烟筒底部是个三棱柱，中间衔着圆柱体，上端坐着一个正十二面体。然而，旅长已顾不上抬头看那古怪烟筒。此刻，他脑壳轰然炸响的是：眼前这位女子活脱脱一个秦可卿呀！

殊不知，秦可卿正是旅长多年梦中每每求逮而不得的可心人！那个人见人爱、兼具钗黛之美的绝色女人，在大观园王国大戏尚未开启之时就以死谢幕了，这在旅长心头留下了死活也了却不了的缺憾。他对小说匿藏在美人早逝过程中的许多暗示、隐喻和谜团，久思而不得其解。可他一天得不到完整答案，便一天也放不下那个秦可卿。现如今，尚未删削"秦可卿淫丧天香楼"章节的宝书现世，他岂能等闲视之。心说，死活也要把这宝贝书本搞到手啊！

今儿细问方知，眼前这个酷似秦可卿的女子本也姓秦，是彭寂之本家守寡兄嫂，实比彭寂还小两岁。叔嫂私通爱得死去活来。彭家为掩盖乱伦之羞，才悄然把彭寂远投兵营的。

眼下，旅长当然不会想到，这彭寂终是耐不住寂寞，诡搞了个一石两鸟，既偷了他旅长的《红楼》宝书，又借机回彭家祖宅私会了情人。

旅长心里盘算再三，给彭家指明了两条路：交出书，我国军第九旅明招彭秦氏当兵从戎，给足彭家好名声；不交书，则烧尽彭家古建筑群。旅长抱怨说："我知道，彭家古园始建于宋元年间，至清康乾时最为盛极。历代祖建古院无数，座座幽深曲套似迷宫鬼窟，仅那彭秦氏幽院老宅，我等进去辗转半天，才捉到这对已幽会多时的男女；我等又费了半天劲，才转出宅门来。这彭家园子真真是天下少见，尽是宝宅呀。但是，今天如不依我，立马就让这千宅百院变成灰土。"

无奈之下，彭家人捧出了《金陵十二钗》，却提出了一个请求：帮彭家了断孽缘！

旅长满口答应，表示要让这叔嫂二人，南旅北兵，永不相见！

彭家敲锣打鼓，把戎装在身的彭秦氏送出了镇子。

旅长驻足镇边许久，一副流连忘返的神情，自言自语道："彭家庄园，尽是古董级建筑，仰之弥高啊！我哪舍得真把这些老宝贝老建筑烧掉，吓唬吓唬彭家罢了。妥了妥了。宝书、爱卿都到手。凯旋归营!"

回到队伍上，彭秦氏恢复原名秦凤岚，在旅部卫生队做了见习护士；旅长同那彭寂成了红学知己，并允许彭秦二人月余谋面一次，喝喝茶，叙叙旧。但务要做到，动不越规，行不逾矩，违者必惩。

显然，对于彭家，旅长食言了；而对于彭秦，谋面而不得相亲，甚是残酷。

后来，军部要特招文化底蕴深厚的兵士去电台部，尤其重招智灵诡异之士。旅长说，我九旅数彭寂是佼佼者。尤其，他身上文化是赛过学界大儒的！

果不其然，彭寂一接触上电讯电码，学上密码编纂，心里便没了一切。他长久扑进业务培训之中不能自拔，其痴迷程度，令众同行佩服至极。他专业悟性之高，让导师们也都赞叹不已。他把自小穿行于书中大观园学来的诡道柔技，与编码学知识有机结合，极尽实践编创，促其密码技术长进明显。《红楼》中诸多才子佳人貌、秦可卿秦凤岚及其书内书外情，在他头脑中渐渐远去，留下的皆为枝枝权权的幽径，园中套园的迷宫，勾心斗角的人谋，阴阳两界的权术。尤其，又频繁与彭家古宅迷宫制造技巧交合衔接，碰撞演绎，生发出了无数个造迷编码方略，案案出人意料，惊奇万分。

彭寂业务表现出色，引起了上级电讯部门的注意，很快被特批入无线电技校深造。之后，他激情经久不衰，陆续把彭家祖宗各代建造术中独门绝技全都拿出来，与各类密码编码术融合杂交，繁衍相生，仿造演变出多部迷宫式密码，堪称甲等高级密。

彭寂由此成了军机编码界一棵松。据说，其诡异才学还传到了蒋委员长那里。之前，国军密码连年屡遭共军破译，被蒋委员长视作"重大挫失！奇耻大辱！"。现有了彭神人，党国便机事不泄。蒋委员长遂下令，破格晋升彭寂为少校编码师。

某一天，国军一次稳操胜券的围歼行动，出人意料地失败了，共军两个团，居然全员全装地在国军三个准重甲师眼皮子底下溜掉了，还在突围末期顺手牵羊，干掉了国军一支后勤保障分队。

那一夜，彭寂做了一个噩梦，狂呼乱叫声惊醒了同舍众人。谁都不知道他梦到了什么。天一亮，他去找了上峰，悲哀地报告，我部在用密码森密、磊密、淼密等，均已被共军破译。这次围歼行动之所以失败，就在于共军详尽获取了我部密码情报。

上峰听罢，如彭寂一样悲哀，骂娘声不绝于耳。这个时候，彭寂拍起了胸脯，说经他综合提炼、伪套变种曾用编码术，对彭家新发现的祖藏四十七张园林古宅秘图构造，进行解剖分析，扬弃借鉴，创新编就了一部绝对高难的密码，叫眹密。不过，此密还尚需时日改进。之后，再送国军破译部门试破，然后，再构建，再改进，再试破，最终定密落编，重推重用。

上峰在彭寂胸脯上咚咚咚捶了三拳，说："我等着！要么等来一部特等高级密，要么等来一颗尔之首级。"

果然，半年后，眹密横空出世。经国军密码技术权威鉴定，下了个"十年之内，无人可破"的结论。

有了这个结论，国军上上下下甚是兴奋。上峰拍拍彭寂的肩，笑笑说："好了。你这颗脑袋保住了！"没想到，彭寂一脸刚毅，说："长官，我这颗脑袋不要了，想交出去。对，务必交出去！不交出我这颗脑袋，便难保国军密码机密长治久安！"

接着，彭寂提出了一个骇人听闻的想法："在编码技术上，我已黔驴技穷，不可能再编研出像冣密一样的甲等高级密。也就是说，冣密编码水平，已达到了中文传统密码的最高境界，以后也无法超越！因此，我要退出编码师岗位，去干一件默然无声却又惊天动地的大事儿。"

话说到这里，彭寂停下不说了。待上峰支走左右，他才接着说："我要潜伏到共军内部，去寻机干掉那个或那些屡破国军密码的敌手！这是保证国军密码安全最为直接最为长效的措施。"

上峰愣怔多时，脑筋一下子没转过弯来。

彭寂又说："干掉共军一个或多个密码破译师，比消灭共军几个主力军团还重要！这项任务非我莫属！常被恶狗咬的人通狗性。我了解共军破译师的口味，也能嗅出他们身上的气味。就让我用这种特殊方式，去保我军密码安全吧！这次潜伏，我独刀一把，独棋一枚，不需上下线，不要联系人。我交出这颗脑袋，抱定一去无回的决心！干掉共军一个密码破译师，我不赔不赚；若连窝端了他们，国军冣密从此再无隐患！只要冣密永生，我宁愿赴死！请长官成全！"

上峰没说话，遂纠集众亲信干将研究彭之想法的可行性。

几天后有了结果：剑走偏锋，出其不意，方能获得奇效。可行！可干！干去吧！

之后，彭寂及多个专业部门，极其机密地做了三个月的前期准备，制订了详尽而周密的系列计划，便开始了行动。

临行前，上峰说，此次行动使命光荣，任重道远，生死难料，彭寂你的体己私事，还有什么需要组织上关照的？

彭寂想都没想，一字一句地说："欧阳旅长个人生活不检点！"

上峰犹豫了一下，说，那可是国军一员虎将！剿共英雄哟！欧阳之生活作风，纯属个人小节问题，罪不该罚。党国军人，大度为怀，还是以剿共大业为重吧！

彭寂听罢，没再犹豫，说："我一个即将赴死之人，心里应唯有冣密安全为最高，而不该还纠结这等身外闲事杂情！"

上峰说，欧阳旅长就那毛病，屡教不改。彭老弟，你别给他计较。不就一个女人吗？放下吧！

彭寂笑笑说："与党国利益相比，一个女人轻如鸿毛！这事儿，算我没说。"

第一阶段行动顺利结束。在一个电闪雷鸣夜，彭寂做了一个清晰可触的长梦。

一梦醒来，他迷怔多时才回过神来：自己正躺在共军的干草通铺上，身边熟睡的是一个班的共军兵士。彭寂把一杆长枪往怀里搂了搂，心说："他们就是我将要朝夕相处的'革命战友'了！"

之后多日，那个噩梦在心中勾起的不舒适感，一再激起彭寂思虑重重。

事情居然可以这样干？令人震惊！不过，从技术角度看，不择手段地去追求某种极致效果，可以理解！没错！完全可以理解！今后，我彭寂一定要心无旁骛、脚踏实地、风风光光地——当好一个"革命军人"！

午时三刻，深秋草枯叶衰，天地肃杀气浓。共军解放区闽南沽源镇西山刑场上，一溜排开十三名罪者，都曾是效忠日军的铁杆汉奸。这次，共军调用了昨天刚临时驻防下来的英雄三连，担负此次行刑任务。

三连连长李二娃带十二兵士持枪上阵，其余官兵全副武装，实施刑场戒严。场外远坡上百姓观者如云。此时，整个刑场上，只有连长李二娃一人密晓十三名罪者当中，有一个人要假枪毙，而作假缘由以及这人下一步去向也被密告清楚。李二娃心想："这种奇事还是第一次碰上。"便亲自行刑该罪者。他死死盯着那张神秘莫测的脸，摆出一副疾恶如仇的样子，随即一声怒吼："狗汉奸，去死吧！"子弹悲愤而出，一颗击中了插在后背的"亡命牌"上，一颗擦掉了右耳垂肉一块，那人两眼一瞪便扑地装死。李二娃上前验尸补枪，也是打在了那人腋窝下。一个镇民奉密令过来收尸，李二娃悄然抹了一把耳朵血在假死者脸上，又顺手塞其衣袋里两个窝头，然后帮着抬尸到破板车上，盖上一床破被子，其间，还看似不经意地同那镇民耳语了几句，车才吱扭扭远去。

待十三具尸体全被收走，远坡上观者散尽，李二娃才下令收队，回营地收起锅灶，队伍开拔继续远行。

傍晚时分，英雄三连走出百里地，行至两个解放区之间地带，突遭强敌埋伏。最终，李二娃和他的三连无一人生还。三连战斗作风极其顽强，致使国军一个加强团也伤亡半百，在现场留下几袋粮食，迅疾离去。

共军随即发电抗议国民党军破坏和平，侵犯解放区，惨杀英雄三连的罪恶行径。国军很快声明说，毫无侵犯贵军属地之意，是我暂编二团押运军粮路过此地，偶遇共军一支武装奇袭抢粮，才导致火并。双方均伤亡惨重，甚为痛心。今后，国共要和为贵，极尽可能避免这种误会发生。

事情过去月余，曾替假死汉奸收尸，并护送其潜出沽源地界的那个镇民，在一次乘船渡河时，突遭暴风雨，发生了沉船事故。他和船上九名镇民全部溺亡。

当时，抗战刚胜利不久，国共摩擦骤急，战事接连不断，应接不暇，自然没人把假枪毙、三连被歼、镇民溺亡等三者串到一条线上去想事。加之，假枪毙事件异常神秘，人知甚少，与此相关的诸事诸情，很快便在各自范围内销声匿迹了。

一个处心积虑造就的重大军事阴谋，就这样湮没在了战乱之中。

第四章

谁 人 克 捷

6142 0086 0344 2212

这一天，王小娇想谈点个人感情方面的事，余元谋却顾左右而言他，大谈特谈起革命理想来。

王小娇气不打一处来："干革命不是夸夸其谈！你我到延安干啥来了？默默无闻干大事，不言不语破密码来了！我可没见过谁靠好嘴皮子吹破了敌军密码。"

"干我们这一行的，要习惯人前人后捏着嗓子说话，你怎么就做不到呢？整天密码长密码短的挂在嘴边，你何时才能把保密意识培养成你的第二天性？"余元谋精准地抓住了王小娇的话把儿。

王小娇巧妙躲闪开："少说别人，多做自己，比什么都强。感情是两颗心的真诚相待，而不是一颗心对另一颗心的敲打！"

"谁敲打你那颗糟心了？谁要跟你谈感情了？！"余元谋误入歧途，不小心弄丢了那个话把儿。

王小娇又往沟里带了他一把："冷血动物才不会谈感情呢！"

"你居然还骂好人？你才是冷血鬼呢！"余元谋急了。

这种撕咬式交流，是余王二人之间的常态相处方式。别人难以忍受，他俩却习以为常。多年了，不咬不撕不舒服。

按说，他二人是不该动不动就撕咬的。因为，彼此是姑舅亲关系，打小的青梅竹马。

少时，王小娇父母感情不和，天天吵架；又各忙各的事，各交各的友，都没心思照顾幼女。王小娇便常年生活在外婆家。外婆家有两样东西她极稀罕，一是满楼的书本本；二是两天不打架就想得慌的小表哥。说起来，小表哥真正走进她心里，是因为他给她改了名字。她十五岁生日那天，他一口气说完一段话，转身跑掉了。

"我今天才发现，你这长相太扎人眼了。狐仙子脸，狐仙子腰，还有那细长腿，尤其那走路的样子，叫什么来着？对，狐步，猫步！我看你妖里妖气，妖媚鬼怪，是个典型的小妖精！以后呀，你就别叫王小娇了，我看呀，叫王小妖才合适！王小妖！王小妖！"

他以为她会生气，没想到，她却说："你这是在夸我漂亮呀，你说的这全是大上海大明星的相貌和做派哟！好了，以后我就叫王小妖了！这个名字真好听，我喜欢！"

自此之后，他便不能再叫她王小娇，必须叫王小妖她才肯理他。再后来，这个称呼就成了习惯，一直没改掉。当然，这二人共同感兴趣的还是那些书。苏州文脉源远流长，余家藏书耕读之风历代繁衍不衰，至晚清总藏书量已达十七万卷。二人自小在古书堆里长大，看尽了自己想看的书。平时最爱干的事，是在藏书楼里做游戏。开始是藏起一本书让对方找；后是点出一首诗让对方找；再绕点，是挑出一句话让对方找。不给任何提示，随意点出一句古语，让人在十余万卷藏书里去查找，你说该有多难。但彼此都不服输，愈发在读书上用心。长大了，又常以出谜题、设谜字难为对方；还运用文字设置密码，把一件事、一件物藏于密码之中，让对方破解。后来有几年，二人又对迷宫般的古建筑产生了兴趣，院中院、套中套、屋之妙、径之曲、廊之幽，东钻西串，爬进爬出的，委实让人着迷。所不同的是，王小娇醉心于大观园，最喜欢对《红楼梦》建筑及其故事深钻细研；而余元谋则在苏州园林建筑里无节制地耗时费力，直发展到读尽了多地名园书籍，竟能把一部《六朝古园林晰札》倒背如流。渐渐发现，二人尤其对各类书中一些玄奥隐秘的信息格外痴迷，似乎天生就有解谜猜闷的癖好，经常不由自主地被诸多秘密吸引到某些陌生领域里去。

那一天，二人对书的雅兴被王小娇的一个问题所打断："人们都知道，历朝历代严禁同姓通婚，那么，为何贾宝玉、林黛玉却能被准许近亲结婚？当然，宝黛终是没结成，那是另一回事儿。"

问题提出来了，二人都不作答，还疏远了往来。身边没人说姑舅亲不能通婚，是他俩自己在潜意识里，罕见一致地不想提姑舅亲这个概念。都是博览群书的人，从外国书中晓知了近亲结婚的危害。于是觉得，彼此防止心与心接近是一生中最大的难事。开始是各自在心里挣扎，后发展到想尽办法让对方讨厌自己，甚至故意冒犯、伤害对方。往往一件其乐融融的事，到头来却总是相互撕咬得遍体鳞伤。

这种尴尬状况持续了多年。后来感到，还是多看古书能消解这种尴尬人尴尬情尴尬事儿。于是，就愈加勤奋地读书，那苦功下得令人发指。化茧成蝶终有时。二人在同一年被燕京大学录取。这在不知其尴尬内情的人眼里，着实成就了一段"龙凤双璧"的佳话。

多年以后，在淮海战役前夕，国军某王牌军曾启用过一部密码，密钥便是"尴尬人难免尴尬事"。王小娇很快破译掉了这部密码。她并非受《红楼梦》第四十六回章目启发，而是自己和余元谋之间那种情感尴尬状态，痛触了她职业灵感，使她顿悟开窍。这部尴尬密的破译，导致战役开始后，国军一个建制军军部，被共军包了饺子。该军欧阳军长遭遇活捉时，人正在内室忙着调解一明一暗两个姨太的矛盾。这两个愤怒的绝色女人，被欧阳军长的手枪顶着额头，都没挡住彼此把对方挠成满脸花。面对解放军黑洞洞的枪口，欧阳军长居然把子弹射向了这两个姨太："就你俩这德性，加在一块也比不上刘青红一颗脚指头。既然脸皮都不要了，那还留尔等何用?!"说完，才缴械投降。被审讯时，他说的第一句话竟是："寡人此生终是自绝于'尴尬'二字上了！"接着，又说："若是贱内刘青红已遭俘获，恳请贵军高抬贵手留她一条命。只要刘青红不死，本人便肝脑涂地效忠贵军。"那一瞬，王小娇彻底明白，这个欧阳军长为何要启用一个尴尬密钥了。

大学期间，余王这对尴尬人感到，最舒服的交流方式，还是相互撕咬。撕咬到一定程度便是谁也不理谁，有时一连数十日相互间不说一句话。这一天，从图书馆借书回来的余元谋发现，王小娇正在校园林荫道上款款前行。他想到，赌气已有多半个月，当哥的该主动点了。于是，他蹑手蹑脚地跟上去，把一捧柳絮儿撒在了她头发上。她正一挺一送走得欢，并未发觉。他则像没事人似的哼着歌子超过了她，然后猛地转身"嗨"了一声："小妖，哪里逃?!"他愣住了。她并不是她，只是身条身段背影像极了她，而模样容貌并不相像。可细看就会发现，她眼睛眼神却酷似她——欢快的目光如两只迅疾的春燕，似两泓清澈的小溪，又像这无忧无虑的飞絮儿。但终究又不是王小娇。他尴尬至极，连连道歉。这女孩倒是不惊不恼，一边择着头发上的柳絮儿，一边轻盈盈地说："你是学姐王小娇的同班吧? 常见你俩出双入对的。我的背影都被你班同学认错好几次了，还被人家在背后拍过肩膀呢。王小娇为此也找过我。嘿嘿，后来，我俩就成好姐妹了。我当然知道，小妖是你对那学姐的爱称。可我母亲也是小妖小妖的把我叫大的。不过，我这个小妖本属汤姓。"余元谋一句话还没说，就打心眼里喜欢上了这个心直口快的小学妹。后来，他便常与两个小妖一起参加一些活动。这个汤姓小妖可是个积极分子哩，校内外凡有进步人士秘密组织的活动，她总是抢着去参加。久而久之仨人就处成了好朋友。有一次，王小娇又同余元谋互怼闹气。王小娇郑重约余元谋出来，煞有介事地把汤小妖介绍给了他，言明让他二人建立恋爱关系。余元谋自然不干。王小娇却锲而不舍，乱点了好些日子的鸳鸯谱："既然你心底深处去除不掉姑舅亲的阴影，那就另找个非姑舅亲相好吧! 这个小妖，后看背影像，前看眼睛像，这种感觉多好啊。你俩就放开了相好吧。我没意见。我真的没意见!"可余元谋有意见："我对汤小妖这个人不感兴趣。我只是对世上为啥会有两双如此相像的眼睛感兴趣。说白了，我想探究清楚她汤小妖脸上，为何长了一双王小妖的眼睛? 我当然知道，你给我介绍对象是在赌气。以后，决不允许再拿这种事儿胡闹！白白搅扰了人家汤泛涵的感情生活。人家小学妹还从没有谈过恋爱呢，这让我多难为情啊。"王小娇这才真怒了："啊呸，原来你心里是当真了呀。人家汤泛涵才没当回事呢，是你居心叵测！好个姑舅亲，吃着碗里的，看着锅里的，我跟你没完！"汤泛涵，是汤小妖的真名实姓。

那一年春节放假回苏州，余元谋决计只身去投奔延安。他知道家人都去了客运站围追堵截，便一人悄然去了货运站扒车。他上了一列空煤车，却一眼看见另一列装满煤炭的车上趴着王小娇。他冲她打手势，意思是说空车才是北上的，她坐错了方向。他本来是要赶她回家的，可她说，她破解了一个不同寻常的谜题——他余元谋身世之谜！她发现，平日里相敬如宾、从不像她父母那样天天吵架的舅父舅母，却各自有了外遇，只是碍于家族名声，都没声张。尤其，她无意中在藏书楼置顶书架隐秘处，发现了一本少有人读的古书，其内夹藏着一封情书。那是舅母的老情人写来的。信中提及，余元谋本是舅母和她老情人的血脉。她看罢，先是五雷轰顶，后是咬破嘴唇硬是把笑声咽了回去，然后，偷偷拿情书到照相馆拍了照片，又把情书原件放回了原处。在空煤车上，余元谋本来是要把那情书照片毁掉的，可转念一想，又收藏起来。（这一藏就是几十年。）

到了延安，二人不约而同地隐瞒了姑舅亲关系。平日里，彼此一想这事脑袋就大，常常乱得醒不过神来，都成心病了。

近亲不能通婚，是科学！在科学面前，情为何物？可是，可是，一个新名词说，实质上，二人本不是生物学上的姑舅亲！手里藏着那张情书照片，心里便驻扎下了一个随时都在说服自己的秘密。可是，可是，彼此心里硬是过不了这一关。终究是名义上的表亲！感情上的表亲！习惯上的表亲！习惯可不是个好东西，有时也能害死人！平时一照面，头脑里的第一感觉，还总是表哥表妹。看来，多年心理上缔结成的表亲关系坚如铁！怎么办？不知怎么办。那就还按习性来吧。咬！掐！怼！以弄疼对方为乐事！哎哟哟。都是出来闯天下的人了，怎么反倒连自身这点破事都理不清了呢？生物学？这新词儿，好神秘哟。

队伍上很快发现这二人文化修养不浅。恰巧，有单位正急需读书破万卷的人。于是，二人双双被招进了某机要单位。这里政治审查极其严格，可是，居然，最终，组织上没有注意到彼此这层姑舅亲关系。余元谋总是唤之"王小妖"，却引来了组织提醒："在革命队伍里，怎么能这样称呼革命同志呢？革命同志怎么能喜欢别人这样称呼自己呢？整天小妖小妖的，像什么话？！"可二人就是改不掉这个毛病。这事反映到了大首长那里。大首长说："叫什么名字，是每个同志的自由！共产党人什么妖魔鬼怪没见过，岂能被一声'小妖'所吓倒？形象似小妖并不可怕，心里红满天便是革命人！"王小娇这下来了劲："如果革命需要，我会带着这身妖媚，这张狐脸，高呼着'王小妖'，去赴汤蹈火，英勇献身！我王小妖说到做到。"没错，是"王小妖"这个名字，在一定程度上掩护了这层姑舅亲关系。二人心里明白，其实，彼此并没有对组织撒谎。本来就没有血缘关系嘛。本来就不是生物学上的姑舅亲嘛。承认了才是对党组织不忠呢！

这个单位工作性质属超级机密：侦听敌军电台讯号，破译敌军密码电报。嘀嘀，如鱼得水！经过严格习训专业基本功，又苦读相关军事书籍和敌情敌况资料，二人一出徒上岗，自身破译技术便有了长足进步。尤其，超强的文字语言能力，猜字捉字破题功夫，很快在实战中见到奇效。不久，二人双双被送进上级电讯班进行培训深造。结业后，组织上又专门配备三个高师淬火传帮带数月，他俩便开始独当一面。没想到，二人合作破译的首例密码，居然是个怪异的加表密码。他俩拿到抄获的足量密报，请那三个高师鉴别密码性质。高师们对密码基本面进行研究，终是给出了一个暧昧结论：四不像！诡密异码！还有一股臭烘烘、阴森森的古风渗出！

"这说明国军编码师里有通古之才。我们像是站在了一座古建筑门前。"

"我一向欣赏古建筑中的数学之美。像圆弧坦拱建造术，中国结固梁法，数列叠涩砌石法，黄金分割比，以及圆周率、抛物线、勾股定理在架构中的运用，对称矩阵与反对称矩阵的辩证借鉴，等等。这些东西活用在建筑中，都妙不可言。但与密码技术放在一起说事，就有些不可思议了。"

"这不难理解！其一，密码术是造文字数字迷宫，古建术是造建筑物迷宫。既然二者都是迷宫，那必定会有些通理在其中；其二，古建筑中的数学之美，是你我都看在眼里的，实质上内藏了某些应用数学原理。而现在越来越多的中文密码，也都含有复杂的数理技巧。那么，能使一座古建筑千百年牢不可破的某些数学应用原理，为什么就不能借用过来，用以加固一部密码的强度呢？这可有出其不意之效哟！"

"说得好，四不像的主子，肯定占了古建筑术的便宜。这个人有可能是个古建筑通。你觉得呢？"

"别说那么多废话了。干！"主攻方向确定之后，实干苦干加巧干是决定因素。最终，四不像密码被一举拿下！

连续昼夜攻关，王小娇瘦弱成了一张纸，走路轻飘飘的，不再有一步三摇的身姿；余元谋胡子头发都长成了野人，也顾不上收拾一下。这一次，他二人受到了同行同事的普遍赞誉。显然，是身怀古建筑术这个独特因素，为他俩攀上四不像密码顶峰搭建了阶梯。

平日里，在密码破译分工中，王小娇大都是充当假想敌，为防者；自然余元谋为攻者。攻防双方每每一开战就直接上刺刀，厮杀强度一步到位，极其残酷！这取决于二人自小养成的那种对抗撕咬状态。彼此觉得，这是他俩之间最熟悉最顺手的合作方式了。

事物的恶性循环，往往使职业行为上的撕咬，演变成日常交往中的撕咬，大大影响了同志关系。组织上调解多次，毫无效果，二人撕咬愈加凶猛。恰巧，上面进行工作调整，中原军区急需密码破译骨干，余元谋被调离了延安。三个月后，组织上又不得不重新调整。因为，余王二人一旦分开，双方便都失去了灵感和破击力。居然，谁都破不开密码了！没办法，就把王小娇也调到了中原军区。

余王二人在中原军区相见，先是谁也不理谁。一周后，才不得不相互交流。因为，此时碰上了一个大钉子。这个钉子，比天高，比地牢！这是国军已启用数月的一个高难度密码。其用中文明码标注了密码名称：冣密！

嗬嗬，明码标注！这大有公然叫板共军破译师的味道。当然，这也是国军方面故意彰显冣密坚不可破的信心。同时，也有威慑共军破译师的意图。

二人不信这个邪，上来就是几番高强度猛烈攻击。算盘珠子连续骤响了七天七夜。结果，越打越乱套，越算越繁杂，每每被碰得头破血流！气得差点把算盘砸稀巴烂了。其实，这个阶段的中文密码，靠拨拉算盘珠子运算的活并不多。但是，二人觉得，这个冣密似乎不同寻常，有可能隐藏着大量的诡异运算。然而，他俩还是破算不尽，败下阵来。一通折腾过后，除闻到了之前那个古建筑通的一点气味外，没有找到任何缝隙。

诡异迷宫！古怪透顶！离经叛道！通古奇才！他奇在何处？才寓何方？世上遍地古厦，哪家藏其魂魄？

那个国军编码师真真是个变态狂啊！

冷静！冷静！再看看！再想想！再分析分析！还有啥子好分析的哟，事儿都明摆在这里呢。这该死的冣密，似乎躲开了国军过去所有建制密码的命门和弱点，一切共性特征都消失得无影无踪，根本无法判断这密码是怎么编制出来的。二人憋闷得发狂，完全不知道发生了什么，整天如热锅上的蚂蚁惶惶不可终日。灵感、直觉、运气、妙招、巧法、绝技，似乎在一瞬间都统统向他俩关上了大门。

此时，假想敌王小娇凶巴巴地一阵吼叫："你余元谋不是能看穿浮土下面的原石和乱石下面的金矿，以及附着在金疙瘩上的神秘密码吗？你把牛皮都吹到天上去了，现在遇到硬茬却没了主意。吹，你再吹呀？！"

余元谋像是没听见，只顾对着树林里那棵最粗的老树看蚁军激战。他惊奇地发现，一支红蚂蚁小分队，把黑蚂蚁主力诱引到树干上厮杀，而红蚂蚁主力却去树根下掏黑蚂蚁老巢中的蚁蛹。

王小娇愤怒到了极点。余元谋呀余元谋，你哭了半天，却不知道是谁死了。你这是没把我这个假想敌研究透啊。我预设了一个二次替代环节，并故意露出马脚，目的却是防止这个环节被你发现咬死。就这么一个小小诡计，还真迷住了你的双眼。你太坚信你那套靠不住的魔法了。你围绕我这个假想敌的一切特点，虚构出近百个让自己都难以忍受的诡异层面，然后一层层去剥，一个个去啃。你一心希望你这个魔法能应验，能显灵。可是，这是徒劳的。那个冣密最大的阴谋，就是让破译它的人无休止地探索下去，无穷无尽地寻找下去。因为它在外围浮面上，给你虚设了众多个使你认为走得通的开口，诱引你时时刻刻都感觉到，你迈进去的那个门里，埋伏着敌人千军万马，其火力兵力都在等着联手杀掉你一人。于是，你触白刃，冒流矢，义无反顾，计不旋踵，真以为找到了敌人老巢，可以大显身手，以少胜多了。这可是最为可怕的呀。敌人就站在高处，笑眯眯地看着你像一头瞎眼驴子转圈，活活把自己累死。你太自以为是了。我朝你翘起了二次替代的尾巴，你都不伸伸手揪撮毛闻闻味儿，只顾去全面撒网。这就像一个怀春的女子，朝她心目中的白马王子搔首弄姿，那王子却连正眼瞧一眼都不瞧。你说，你多伤人自尊！

突然，余元谋脱掉了鞋子，左右开弓地对着老树上的蚂蚁掌起了鞋底子，还凶狠地喊道："为了破解冣密，我必须成为冣密制造者，为了成为冣密制造者，我必须无休止地去寻找。累死活该！"

王小娇怒火急旺，正想以更加凶狠的姿态回击他，却发现他两只光脚上爬满了红黑蚂蚁。她想都没想，也脱了两只鞋，狠劲朝他脚面拍打起来。红黑蚂蚁一旦受到异族攻击，便空前团结起来，另一支蚁军顺王小娇光脚攻上了她两条白腿。

余元谋被打得原地蹦高，忽地瞥见王小娇白腿上蚂蚁比树上还密。于是，高喊一声："王小妖，你我那一吹八个滴溜乱转，一碰七个筋斗鹞翻，一走六个曲里拐弯的鬼机灵劲儿哪去啦？再不快跑，我俩和老树都得被蚁军被冣密活活吞噬掉！"他拉起王小娇拼命朝河边跑去。二人跳进河里好一阵扑腾，才摆脱了红黑蚁军的纠缠。

之后几天，二人俨然成了心中无望的人，谁都不再碰那堆密码资料。没法碰，一碰一头血。

"天下乌鸦一般黑。天下密码却各有各的险恶。"

"其实，天下密码都隐藏着一个共性的谜：任何一个密符，都在叙说着战争的残酷、杀人者的战栗、失败者的沮丧、胜利者的狂吠、武伐者的毒计和再战者的阴谋。这句话应是揭示了战争密码的本质。"

"这就是战争密码的本质吗？事实上，心醉神迷的编码者和心醉神迷的破译者，心里都充满了神圣或亵渎。终有一天，编码者与破译者都会幡然醒悟：过去的一切，皆为尴尬人做尽了尴尬事！"

"是啊，战争中的尴尬人尴尬事尤其多，有心的无心的都能碰上。"

"前些天，我就听说了一件尴尬人闹出的尴尬事。说的是，一个敌军旅长，被我军人员炸死时，居然连连喊着'可卿等我'而奄息垂绝地爬向了一个女人。可是那个'可卿'，竟是翻滚着伤身，躲开男人临终索拥，怀抱一本古书，躲在一边去孤卧等死。所幸，那个女人并没有死掉，却伤了半片脸，被送进了国统区附近的于庄教会医院，现在还在那里疗伤呢。"

"没准这个女人背后，还另有一段凄美的爱情故事哩。唉。这世上，两情朝暮下，成就鸳鸯偶的美事多去了，为什么眼前的我与你，却天天互怼撕咬，血光四溅？不行，我得去会会那个可卿。"

"你说得对。与其天天在冣密里死磕无果，还不如跳出冣密去玩儿两天。我冥冥之中觉得，这个女人可卿，没准还真同《红楼梦》大观园有某些瓜葛呢。"

"我倒是期望能从这个女人那里，听到对宝黛爱情和二宝关系的独到解读。单单为这个，我也得跑一趟。"

"其实，从某种意义上说，密码破译师也是冒险家，甚至是大赌徒！"

"没错。战争密码有时也是隐藏在平民生活里的！"

余王二人进教会医院病房时，那个伤脸女人正在看一本古书。王小娇把一大包草药膏放在桌上，伤脸女人送上来满脸感激的神情。王小娇不由得吃了一惊。她拿了古书遮去女人左边伤脸，悄声对余元谋说："你看看，仅半片好脸，也活脱脱一个书中秦可卿！"

余元谋却盯住那本古书不撤眼。这可是绝版古书《金陵十二钗》哟！只可惜，不知何年被火烧掉了半张书皮。看来，这"可卿"之名，还真叫得有些来头。却问："这部宝贝古书与现版《红楼梦》相比，在描述大观园建筑物上有何区别？"

伤脸女人想了片刻，说："我发现，大概有十三处描述有所不同。"

余元谋眼里异光频现："以前我是读过《红楼梦》的。我觉得，这书对大观园中院馆楼堂庵榭洲的描述，与《六朝古园林晰札》中某些建筑案记相比，虽用字有异，内涵却惊人一致，旨在提倡于静态建筑配置中，张扬随情适性的生活方式。我认为，'随情适性'应是人类居所之魂！"

伤脸女人问："你俩也是考察古建筑的学者吧？前两年，一对考察古建筑的学者夫妇，多次到金陵彭家庄园考察过。他俩西装革履，还自带着行李卷，背着测量仪器。当地很多人都认识他们。那女的可漂亮了，好像叫什么林徽因。哎。你们是一伙的吧？"

"对，我们是一伙的。男的叫梁思成。这对夫妇可是建筑学专家呢。"余元谋没犹豫，张口说来。

伤脸女人说："那对夫妇见了彭家古园子，那个亲哟，像是亲到骨子里去了。说那古园子里，建筑奇迹比比皆是。"

"彭家庄园与《金陵十二钗》，还有您，这到底是怎么回事呀？"余元谋好奇心顿起。

伤脸女人目光远去："这些年，每每看《金陵十二钗》，都感到书中有好几处建筑描述，与彭家庄园建筑神似！不知是彭家庄园依照《金陵十二钗》描述而建的，还是《金陵十二钗》依照彭家庄园来写的？当然，我天天以泪洗面看这古册子，并不是为看书里的古建筑，而是念怀书外的一个人儿。"

"你说，在蚂蚁眼里，老树与人腿的区别在哪里？"余元谋问得莫名其妙，拉了一把王小娇，"走，我俩得去干件大事了。"

王小娇也急急地说："对，我俩得跑一趟金陵了！彭家庄园，好神奇哟！"

伤脸女人说："我这伤还没好，不能陪你们去。你俩去找那对学者夫妇作向导吧。他俩每隔一年，在这个季节，就来小住一段日子。你们都是同行，好相处哟。"

伤脸女人帮王小娇梳理了一下头发，又摘下自己的玉凤银簪，别到王小娇头上："你看你这头杂乱长发，这到庄园里爬梁走栋的，还不被挂摔下来。"

王小娇送上感激的目光："嗬！这宝物，真货哟，好漂亮。回来再完璧归赵。"

"真金白银也不一定都是好东西！"伤脸女人苦笑一下，"你若真喜欢，就送你了。你若嫌肮脏，随手扔掉便是。按说，送人肮脏之物用，是不礼貌的。"

学者夫妇刚从重庆回到金陵，果然与余元谋王小娇一见如故。这年月，碰到痴迷古建筑的同行可不容易。四人极其默契地在彭家庄园足足泡了一周。

有庄园常客陪着，倒没人对余元谋王小娇的身份产生怀疑。看得出，当地国民政府公职人员对梁林夫妇很是尊重。最后两天，梁林夫妇却对余王研究方向产生了疑问。余王对庄园构建中幽冥迷局的偏爱，和依据建筑中数算原理而散发开来的无限想象，让人百思而不得其解。多问几句，却又有意回避建筑之外的任何话题。梁林夫妇就想，莫非碰上了世界级大考古学家？抑或碰上了某种领域里神秘莫测的高人？

让人没有想到的是，对余王二人身份有所怀疑的，还有一干便衣武装。这干人并非当地驻军，而是远军一个旅长的私派人员。据说，这旅长纯粹是出于对彭家庄园古建筑群的痴迷喜爱，而主动出钱出兵行暗中保护之义务的。所以，对彭家庄园古建筑群构成威胁的任何不安全因素和不明身份人员，都逃不过这帮便衣人员的眼睛。

这帮人通过暗中观察，觉得余王二人言行举止太过神秘，对庄园古迹也太过迷醉。于是，决定行抓捕审讯之责。

就在感觉大难临头之时，由于慌乱躲闪，王小娇发辫被树枝挂住了。她猛一甩头，长发似乌云般飘散开来。哇！这头长发好漂亮呀。便衣队那个头头眼珠子瞪得山大,盯看的却是甩落在地上的一枚玉凤银簪。

王小娇百般警惕,脱口说道:"这是好姐妹赛可卿的东西。你想干什么?"

"好姐妹赛可卿?"那头儿先是一愣,随即一摆头,"这玉凤银簪我认得。放行!"

那帮人很快在眼前消失。余王二人转身跑掉了。

回去后,余王二人又去找了伤脸女人。那几天,仨人聊得极为投机。其实,伤脸女人同余元谋聊的,也只是彭家庄园有多好,彭家庄园在那个男人眼里有多好;而女人与女人之间聊的就更简单了,只聊那个男人有多好!聊到情浓处,伤脸女人直掉眼泪,王小娇就贴了那半片伤脸,陪着一起哭。哭够了,王小娇见余元谋离开,便说:"其实,我与你是一对同病相怜的痴情女!我对眼前这个男人,也是痴爱而不能得!我还不如那书里的宝黛和二宝,人家虽也爱而不得,可天理上是允许他们爱的呀。可我俩这姑舅亲,自个心里不允许,这理上也不允许。到头来,落了个爱得毫无道理。"

伤脸女人搂了王小娇瘦肩:"妹子,只要有心有情,终有一天会等到的。有情人终成眷属!这才是天大的公理。等吧等吧!"

余元谋进屋来,提出想借看几天《金陵十二钗》。伤脸女人擦了把眼泪,说:"拿去吧拿去吧。连这个女人一起拿去吧!"

"拜托一件事儿。帮我寻寻书外的那个男人,好吗?"几天过后,再来还《金陵十二钗》时,伤脸女人说,"不急,你们留意着寻。我等,我等,一百年我都等!"

"你帮我俩考古,我俩帮你找人,这很公平。"余元谋郑重地说,"可这兵荒马乱的,我不能保证有朝一日,真能把那个男人送到你面前。不过,我们会努力的。"

伤脸女人下得床来,冲余元谋深深鞠了一躬。

让伤脸女人有所不知的是,余元谋对《金陵十二钗》做了整本复制。在接下来的日子里,又和王小娇一起,对照现版《红楼梦》《六朝古园林晰札》,以及彭家庄园考察札记,进行了持久而剧烈的撕咬，还比对之前已破开的那几个同类型密码，组织了再生发，再扩展，再猜想，再争论。

至此，条件基本具备，余王二人这才谨慎地向冣密实施了系列攻击。

冣密攻坚战是一场史无前例的硬仗。

余王二人先是小心翼翼地进入了那架数字魔梯，一度感到似曾相识，却总是找不到梯口。王小娇额头隐隐作痛，猛然间想起曾在彭宅一架怪异楼梯上碰破过头皮。还是余元谋把她头皮血抹在墙壁上，依次做了多个特别标记，才得以走出梯口。此时，余元谋骂了句"妈的悬魂梯"，便扑进了数字魔梯里。当二人爬出黑洞，初战告捷时，王小娇也爆了粗口："妈的陷阱数！"

来不及喘口气儿，二人又跌跌撞撞地试闯入门玄关。先撬揭外表固模，寻找入口端面，数经观测、旋摸、针探，才掐准了那个万恶的镜面宫玄机，总算得出了"以不破而破之"的思路。最终，通过倒剥剀口，侧击壳体，摘割连钩，整体移除了入门玄关，瓦解了敌之"逢破必绝，困竭而亡"的阴术，打开了直逼冣密内核的一条缝隙。余王同声骂道："从钥匙孔里偷窥不算本事！老子要的就是拆掉你整块门板！哈哈。龟孙，你没想到吧！"

接着，余王二人又一次化装潜回彭家庄园，有针对性地再考察再联想再重构，在脑子里建造了一座完全不一样的彭家庄园，却是比眼前真实的园子复杂万倍。

在黎明前的黑暗之中，二人心满意足地悄然离去。这次进入彭家庄园，已轻车熟路，专挑没人出没的幽暗路线走，没有再遇到那支便衣武装。当然，也没再去麻烦那对学者夫妇。其实，余王二人最想见到的，是那个彭宅古建术一脉传承人彭冣！

在到达彭家庄园的第一天傍晚，王小娇无意之间爬进了一座古楼顶夹层中。

这里残阳无法照进，檩梁结构模糊一片，却隐约感觉奇特罕见。她兴奋不已，逐木逐板地摸着看着，嘴里还念念有词："古人高明，古人高明呀。"

突然，正前方出现两点光亮。是两只眼睛。开始以为是猫头鹰，细看却是一张人脸。蓬发垢面，瘦脸长脖，破衣烂衫。

这是个女人。

女人挥动着一把寒光四射的木工斧，警觉万分，压着嗓门问道："稀客为何深潜彭宅？何许人也？"

王小娇惊恐应对："仙者息怒。我乃梁上考古之人，却非梁上君子！"

女人收起斧头，打开天窗，把一卷绳尺甩过来："天下考古是一家，帮把手丈量下这架古梁。"

女人手忙嘴也不闲着，把彭宅特色做了一番介绍。王小娇更是急着把想问的都问了个遍。二人在夹层中钻来爬去，好不疲惫。渐渐地，王小娇倚在梁架上睡着了。

不知过了多久，王小娇在朝阳中爬出屋顶。余元谋急火火走过来："我找了你整整一夜，你居然钻进这老房顶里睡大觉！"

王小娇又爬回顶层，愣头愣脑地问："女人呢？那个女人哪去了？"

余元谋不解："哪有什么女人？我看你是睡糊涂了吧。"

接下来的两天两夜，王小娇爬了多处尖顶幽层，却再也没见到那个女人的影子。

王小娇犯愣沉思："这个女人整夜只说古建筑，却只字不提其身份。可我隐隐觉得，她正是我心里想定的那个彭冣。"

余元谋说："听彭家人讲，那彭冣早死在了五台山一座古刹梁架之上。彭家派人去认领的干尸，就地埋在了五台山脚下。"

"难道，我与那彭冣，是在梦里相见的？不可能！不可能是个梦呀！"王小娇如数家珍般复述了一遍昨夜听到的彭家古建筑术要义。

余元谋惊叹道："是啊。仅靠一夜惊梦，不可能悟透彭家几百年造屋精髓。难道，你果真知遇了奇人彭冣？"

王小娇笑了："我总算把你也带进了梦里。但是，确实不像是个梦，我觉得是真真见到了那个彭冣！"

余元谋一脸茫然，苦笑着摇了摇头："看来，是五台山脚下的野鬼孤魂夜归家园了。"

归队后，余王互怼撕咬得愈加激烈。二人先是对《金陵十二钗》中与彭家庄园神似的那几处建筑物进行剖析辩论；后是针对那个男人眼中的彭家庄园，展开一栋一梁、一砖一石、一草一木、一桌一椅、一门一窗、一字一画的细究深挖；最终，把重点落到了伤脸女人对那个男人自身情况的了解上。伤脸女人所知道的那个男人的大事小情、学识结构、优长劣短、处事态度、性格脾气、习惯做派等等，都统统列入了余王的掌握与算计当中。当然，也对王小娇与彭冣梦中相见过程及其所言之术，展开了再理论，再甄别，再比对，再深研。

这一天，二人就某一问题发生激烈争执，余元谋一怒之下摔了喝水碗；王小娇冲余元谋头顶拍了一算盘。靠算盘吃饭的人，最忌讳别人用算盘砸脑袋。余元谋气急败坏，猛出一爪子，王小娇一躲闪，被抓掉了两颗纽扣，还被狠狠地推了一掌。

王小娇啐了他一脸唾沫："好你个姑舅亲，又不想结婚，为什么还要撕破人家衣服？看，看，还看！转过脸去！"

余元谋怔住了，眼珠子足足有半个时辰没动一下。这表情，显然不是被她胸前那片好景儿惊着了，倒像是脑子出了毛病！

王小娇吓坏了，顾不得掩下衣服，使劲摇晃他。可他岿然不动。

突然，他一把揪住王小娇衣领，把她死死抵在墙上。他额头顶了她额头，鼻息直喷得她脸酥痒难忍。

瞬间，她由惊恐转为激动，发自心底的战栗涌遍全身。她闭上双眼，等待着那份慌乱时刻的到来。果然，耳边罕见地飘过一阵柔声细语："我终是看清了，看清了你王小妖！看清了你王小妖皮肤脂凝暗香；看清了你王小妖婀娜俊俏。哦，你的妖媚真是越来越具体了，全身上下哪儿哪儿都彰显着小妖二字。"忽地，却又变成了一阵恶语："好你个小妖精！居然偷偷钻进庄园那龙脉相连的七口水井底下，到幽深的地下水道里去搞名堂。还把进入水道的唯一机关，藏在房顶上那座古怪烟筒里。这让我找死也找不到你的踪影呀。"

余元谋冒火的双眼逼视着王小娇。王小娇酥软如泥，瘫坐在地，一时难以从沁心如梦的境遇中走出来，更跟不上余元谋的脑筋急转弯，喃喃说："怎么，你的脑子没有出毛病？怎么，这种时候，你还想和我谈密码？怎么，你在给我空耍流氓？"

余元谋转身离去。她尖叫一声："来人哪，余元谋耍流氓了呀！"他一惊，停住了脚。她伸出手，软软地说："过来，拉我起来好吗？怎么，你不想给我耍流氓？"

他又要走。她还是一声尖叫："余元谋耍流氓了呀！"然后，还是软软的："拉我起来嘛。我想看看你耍流氓时的模样。"

他蹲下身来，手猛抬她下巴，喝道："变态狂，妖气十足的变态狂！"她狐脸尖下巴，像个还没长熟的嫩巴葫芦！他满把实掌地握着，一下一下往上抬着，两排洁白的牙齿居然碰出了"嗒嗒嗒嗒"的电码声，细听方知是："一丘之貉！"

片刻，王小娇清醒过来，下巴还被他抬着，张口说话都困难，但还不得不说："我有什么办法呢？那头人兽就是这么干的。我提早预测到，就他那性格，就他那偏好，就他那积累，就他那强项，就他那个人儿，他这么干的可能最大！我只是嗅其臭气，寻其遁迹，猜其思路，全盘仿造，大概其建构出了这样一个迷局，给你当活靶子打。我作为假想敌，能和敌人心脉有瞬间相通，在思路和技术上合二为一，已经相当不容易了！你还这么在感情上折磨我！你个胆小鬼。我饶不了你！"

她挣扎着站起来，朝他脚面狠狠踩去。他蹦跳开来，嘴上还在吆喝："你俩狗男女！太卑鄙了！太下作了！太诡异了！太坑人了！别怪我弄死你俩！写！写！我说你写！"

余元谋说了整整一个晚上。

王小娇写了整整一个晚上。

天亮时，二人趴在桌上打了个盹，睁开眼又连续干了三天三夜；睡了一个囫囵觉，接着还是三天三夜没合眼。

这一天，冣密终于彻底达成破译！

待王小娇看清冣密的整体面目时，好一阵义愤填膺，怒不可遏。

她突地把密报稿撒向空中，仰天大笑三声，急速旋转身子，抡圆了胳膊，左右开弓地给了余元谋两记响亮耳光。然后，她又哭又笑地喊叫起来。

叫你虚晃我空羞一场！
叫你撩得我难受心慌！
叫你悲秋不念思春肠！
叫你面冷心贼少胆量！
叫你傻呆呆不耍流氓！
叫你好端端想吃耳光！
妹子憋屈打了才亮堂！

君子报仇不在早晚，暴力穷尽脸皮真解气呀。王小娇见余元谋脸上显出手掌红印，而额头皮上还未打上手印子，就又跳起来狠狠补了一掌。然后，她瘫软在满地稿纸上，眼神里问题求解仍在继续，抑扬顿挫地说："全脸皮覆盖才叫暴力穷尽，漏掉一掌一指、一字一码，都可能导致前功尽弃。恰恰，就这一字一码，往往暗藏着无限战机，关乎着前线将士的生死！暴力穷尽，破尽天机。难哟！苦哟！累哟！"

"王小妖哟，你打人耳光都犯职业病！无字天书倒是破了，可我满脸没一处不火辣辣地疼。"余元谋拉起王小娇，飞跑而去。他俩又去找了那个伤脸女人。然而，伤脸女人却不见了。

教会医院里的人说，伤脸女人还没好利索，就在一天晚上，偷偷离开了病房。遂派人在周边寻找数日，终是没见人影儿。

他俩一直提着的那口气儿一下破泄而出，浑身像散了架，很想倒头睡他三天三夜。可是，这颗心却怎么都平静不下来，脑海里依然闪烁着刀光剑影。

这场残酷的白刃战，天天血肉横飞哟。面目可憎的最密，真真世上少见！

看看庄园里那七口水井，有序分散在某七院七宅之中，却是仿照春季北斗七星的位置布局的，依次命名为天枢井、天璇井、天玑井、天权井、玉衡井、开阳井和瑶光井。而其地下水道，则井井相通，龙脉相连。用天枢井的深度，乘以天枢井与天璇井之间地下水道的距离，所得一个数字；再以天璇井的深度，乘以天璇井与天玑井之间地下水道的距离，又得出一个数字；依次类推下去，到了瑶光井，共得出六个不同数字。然后，再从瑶光井依次反向往回乘，到了天枢井，又得出六个不同数字。如此循环往复，迭代生成，所得各个数字，便是最密内核机体的主密钥系列。从天璇井经天枢井，向外延伸一条直线，大约延长5倍多距离，便是北极星的位置。而这个位置，正是房顶上一座由三棱柱、圆柱体、正十二面体构成的怪异烟筒。由三棱柱、圆柱体、正十二面体等各自体积，减去各自腹中烟道的空间容积，所得三个数字，便是最密入门玄关的三个随机密钥。始作俑者！王八蛋！居然放着更为简便易行的方式不用，却费力耗神地从他老祖宗的水井里，挖出了主干密钥串；从他老祖宗的烟筒里，掏出了随机密钥。这损招儿，能活活把人憋死！

还有，那一眼难见真容的核心部位！在普通人眼里，这个核心，充其量就是把所有秘密，完全附着在千百万册书页间，随机隐匿于迷乱无序的时空里。而在那个变态狂那里，却是在地面上建起了百座庄园，架了千里幽廊，修了万镜迷宫，从而组成了最密机体内核编制。这个编制，把密码编码与数理逻辑之结合，推向了技术极致，呈现出了超常强度和精细密度。到了这一步，王牌破译师也都会觉得，这是最密之终端内核了，再也高不到哪里去了。然而，现实是，这仅仅是一个底座，更诡秘更高端的真核，却被一系列由深不可测的时空结构编织而成的建筑哲学逻辑网，给密匝匝地罩死了，并且还一再持续生成甲壳，无序倍增密障，随机叠加迷局，真真把那千百万册藏书，幻化成了翻阅不完的页码、难以穷尽的字符，尤其把多表多层的替代与易位技术演绎到了变态。说到底，是这个变态狂，在宏观理论上，把相关数理逻辑和建筑哲学逻辑，依次进行粉碎，碾磨，糅合，再粉碎，再碾磨，再糅合，直至变种成了一种全新的狗杂种逻辑。

这个狗杂种逻辑用于密码编纂，才是最最要人命的呀！然而，别怕！千万别怕！你魔高一尺，我还道高一丈呢。最终，还不是让心如明镜的我姑舅亲要了他的血命！

身有体悟，方能道破天机；微观察焉，才可说得具体。那就再换一个角度说说这事儿！没错。从逆向映射和细节剖解中可以看出，这个变态狂是用神道之手，拿九宫八卦阵法原理，同他老祖宗古筑秘术做了巧妙结合，构造起了最密核心支柱。这正是，九宫算，五行参数，犹如循环。二四为肩，六八为足，左三右七，戴九履一，五居中央。基于初始，泛幻交甚。真可谓，九宫之法，用之多端，取的是一定之规与万变之妙的良性互动，把一将纵横、双雄决位、三星分轨等招法，运用到了极致，从而激活了河图洛书的原始魔力。其实，如此直白的描述，更容易让人五迷三道，倒不如用密码专业语言说得清楚。即，这个变态狂，从进口错乱，到多层多进，再到出口错乱，均通过报密钥、日密钥、月密钥、年密钥等多重控制来选取我需，作用加密，最终编制出了大体量目标密码。显然，像最密这种大体量密码，与战场战术情报无缘。这本是一部适用于军队传递战略级情报和重大核心机密的密码！

那么，这个变态狂，是如何想到要启用九宫八卦阵法的呢？或者说，我姑舅亲是如何猜准这个变态狂，会启用九宫八卦阵法的呢？原来，我姑舅亲发现，在彭家庄园里，有多座古屋老房，都变通借鉴了汉代九宫算、九宫术。即便有了这一重要发现，我姑舅亲也没急着对九宫术算本身展开总攻，而是先借用了九宫中所蕴涵的扩散性思维来谋划攻略。即，把将要探究的核心目标置于中央，把同核心目标有关联的各种联想和推猜，分为八个研究方向，再由中央出发去分析思考，从而使每一个方向得出八种不同创见。然后，才稳妥地分别依循那六十四种不同创见，对纵、横、对角等三个方位的具体数阵，展开一一攻算。最终，经过一百九十二个回合的连续破击，总算拿下了顽堡。

"真的没有那么神秘。其实，最密内核结构再简单不过了。"事后，王小娇对余元谋说，"在我眼里，它就是一个空间，或是一段时间，或是一本天书，或是一个梦幻。"

余元谋打断她："说准确一点，他心中的最密、我心中的最密、你心中的最密，实际上就是空间、时间、书本、梦幻等四者的融合物、叠加体！"

王小娇抢着说："它就是把这四者砸碎了而重新融合的一团固化岩浆，一座水泥浇筑，一堆鲜美狗屎！"

余元谋皱了皱眉头："它并非臭不可闻。用哲学思想来解释便是：在最密内核中，存在着两种形影不离、相互叠加的模式。一个是嵌套模式制造了最密之无限的形态链条；另一个是循环模式制造了最密之无始无终的时间维度。尤其是，最密里的嵌套和循环，并非单纯的镶嵌、套用和重复，其过程一直在受到一系列非正常逻辑、规律和因果关系的严密制约。也即，有一整套非常规的、常人无法理解的诡异体系，在背后强势支撑着最密。"

王小娇愈加兴奋："没错。从这个角度去理解时间+空间+书本+梦幻=最密，就一通百通了。这正是，最密无敌，谁人克捷？逢狭绝孤，敌手安措?! 说到底，是我余王二杰神勇！"

第五章

远诛之旅

6678 6121 0037 2464

军情十万火急！从最密破译中获取的第一份情报，便震惊了中原军区高层。

这份情报，居然是蒋介石铁壁合围我中原军区的绝密命令。其中的码子，个个像把飞刀，把筋疲力尽的余王二人扎成了筛子。余元谋攥着几张密报，坐在凳子上昏睡过去。王小娇把他揽在怀里："傻哥笨蛋哟。我临死就不能听你一句'可卿等我'？妹子还不如那个伤脸女人呢。"她先是"嘤嘤"，再是"呜呜"，最后号啕大哭起来。一口气儿没上来，哑声卧在了余元谋脚下。

余元谋已是鼾声如雷。梦乡里，出现了针尖，线头，蚁穴，细缝，芝麻，发梢等。这些东西，都隐藏在了沙子里、杂草中、米桶里。他一丛一丛翻找杂草，一粒一粒筛过沙子和米粒，把自己都累瘫了，找了七七四十九遍，却什么都没有找到。

原来，这些针头线脑、碎发缝穴，根本就不存在。全是他自己的想象和怀疑。

想象无限！怀疑一切！这本是密码破译师的职业习性，也是两把最锐利的武器。没有它们，任谁连一字一码也破不出来。

然而，把职业习性带进日常生活中，就会麻烦连连，忧愁不断。今天，这一帘幽梦，余元谋竟然梦到了那个假汉奸张治山。那家伙一会儿变成了针尖线头，一会儿又变成了芝麻发梢，在蚁穴里，在细缝中钻来串去，就是抓不住他。

日有所思，夜有所梦。早些时候，余元谋、王小娇听说了张治山的传奇经历，甚是兴奋。好啊。当下，中原军区正需要此类忠诚卫士。安保人才难得呀。然而，第一次与这个张治山正面接触，他俩便悄然给人家上了个措施。

在这样一个无可争议的好同志、老地下面前，余王二人居然犯了职业病，且犯得毫无由头！那纯粹是瞎幻想，疑心病！一见面，二人便心照不宣地向张治山彰显了一番军需官的素质——以一窝数字的形式，诉说了中原军区物资装备的困窘。

很早之前，鉴于中原军区安全环境的严峻形势，上级做出了一个秘密决定：从事绝密工作的密码破译师，在军区广大官兵面前，务必改名换姓，隐藏其真实身份，从事日常工作以掩护职业；参加常规军事行动，切不可让周围官兵看出端倪；密码破译工作，要在保证绝对安全的情况下，以多种掩人耳目的方式实施展开。

最终，余元谋、王小娇的掩护身份，被上级确定为后勤机关军需官，姓名改为江春水、关悦然。但是，就他二人来说，在破译工作中，已经形成了铁打难分的合作关系。破密码经常是不分昼夜的。作为正常的同事关系，男女军需官白天在一起工作没什么，若是夜间经常厮守在一起，必定令人生疑：军需官的差事，哪有那么多班要加？这男男女女黑灯瞎火的在干什么？

组织上想了个办法：还能干什么？在谈恋爱呗！热恋中的男女，有事没事，总想找借口泡在一起，这有什么好奇怪的吗？！

所以，余王二人要恋爱。必须恋爱！至于彼此爱与不爱、能爱不爱、真爱假爱、规定上允许爱不允许爱，领导就管不了那么多了。而具体采用何种方式去恋爱，当事者自己妥善处理去吧。连这点破事儿都搞不机密，还当什么绝密级破译师？！

绝密级破译师自有绝密级破译师的素质！余王二人在张治山面前，苦诉中原军区物资供给困难，那是有阴暗目的的。不经意中，他俩给张治山下了一个套——说出的那两组物资供给斤两数量，那可不是一般数字。依序组合便是：1322 2771 1402 0150 1010 0658 7643 6402 0102 0305 0725 1198。其实，这是用闽南一带地下党常用密码加密而成的十二个字：潜伪攻法装师伏默者者者者。

显而易见的是，闽南地下党这部常用密码，用过的人听到这组数字，可能会有所反应。而毫无接触者，则会把它当作一般的钱物数字来听了。

那为什么不把这十二个字设计成一句完整的话呢？余王二人是不想让张治山察觉出有人在用密码试探他。这十二个字不成话，没构成什么实际内容，便能让张治山觉得没有陷阱。

实际上，余王二人要的就是张治山听到熟码后的瞬间反应。有反应，肯定是闽南来的真地下工作者；没反应，也可能不是真地下工作者，也可能是个粗心的真地下工作者。不是地下工作者却装作是，这可能就是坏人。当然，也可能是好人。其实，这一试探，从根本上不能说明任何问题，但可以当作一个综合分析考虑问题的因素。

由此可见，密码破译师的严苛谨慎作风，以及多年养成的职业习惯，或叫职业病，是多么地可怕。他们对任何一个初次接触的人，都会自然反应出百倍警觉和万般疑心。

而这一次，这个张治山对余王那十二个字的试探，表现出在短暂一瞬毫无反应。王小娇又用提醒的口吻做了强调："这些钱物数字是数字，却又不仅仅是数字。这些数字，可不一般哟！愁煞人心呀。"他还是没反应。

这是余王二人，最初对张治山没有怀疑的怀疑，不是疑点的疑点。如果接下来没有发生一些杂七杂八的事情，这个不是疑点的疑点，就真的不是疑点了。

那天傍晚，余王二人正在拢账，听到枪响走出来，碰到了跑过来的张治山。张治山要去礼堂向大首长报告，说是一个叫李向西的战士要去投敌被击毙。

一个优秀破译师，基于一个针鼻大小的事实，往往能在瞬间爆发出高强的想象力和破解力。就在这一刻，余元谋凭着超乎寻常的职业素质，把以前那个不是疑点的疑点，与眼前的两个事实迅速联系在了一起。

一个事实是，那个叫李向西的战士，名义上是个炊事员，实际上，一打起仗来，便成了密码破译师们的机要运输工。李向西这个隐秘身份，是通过了组织严格政审的，周围普通官兵并不知晓。这就决定了他政治上是可靠的，一般不会叛变革命。他被人打死，可能事出有因，或是遭人诬陷。

第二个事实是，我军获取详尽情报后，决定主力向西突围。在这个危急时刻，部队上下戒备森严，安保措施极其严密，如果有潜伏特务要急于送出这个情报，却又找不到机会，他会怎么办？最直接的办法，他会把情报透露给军调小组中的国民党军特。

想到这些，"李向西"这个名字敏感地刺激了余元谋："李向西"，代表的不正是"李部主力向西去"的意思吗?！

在这个基础上，余元谋接着联想幻推。

那一天，王小娇不经意间让张治山看他在花名册上的签名少了一个点，写成了"张治山"。天赐良机，张治山一边改他的名字，一边看清了刚换防过来的部队番号，当即想到，原来，中原军区主力已经有一部分被悄悄调防了。看来，自己观察判断出的情况是准确的。偶然间，他又在花名册上发现了"李向西"这个名字。嗬！在这要命的时刻，天上掉下来个"李向西"。老天对咱不薄呀！对一个训练有素的特工来说，事情到了这一步，不难知道接下来该怎么做了。

余元谋这一番奇特想象，促使他灵机一动，决定接替张治山去礼堂报告首长。他的想法是，自己的想象和判断准与不准，先防患于未然再说。在跑向礼堂的路上，他便想好，当着军调小组成员的面，一定要把"李向西"故意误说成"李向东"。

解放后，曾在国民党军潜伏过的我方人员谈到了这么一个细节：当时，中原军区的"空城计"和"声东击西"战术，并未被军调小组中军统人员识破。在礼堂看戏过程中，有人报告警卫连副连长张治山，击毙了要潜逃投敌的战士"李向东"。这个暗语，军统特务当场也没反应过来。是第四天我军宣布中原军区主力已撤离宣化店后，军调小组紧急撤回，见到其上峰，才恍然大悟，明白了张治山杀死"李向东"的良苦用心。再加之，我军以一个旅伪装成主力向东猛打，声东击西战术奏效，军统方面则立刻上报了"李部主力已向东突围"的情报，实实入了我军的圈套。

李向西被杀现场是那片镇边树林。从礼堂回到现场后，余元谋看到从李向西身上搜出来一根银条、一本密码本、两个野菜团子、几把炒米，就更加相信李向西不是特务了。李向西作为机要运输工，这几年身上是添了根针，还是少了根线头，都是有人检查登记在案的。他怎么能藏有这么多要命的东西！尤其，当余元谋一眼看清，那个密码本居然是曾经的日伪军密码，上面标有"菊密"二字时，心想，对斗大的字不识一箩筐的李向西来说，日伪军密码简直就是天书，他哪能用得了这个！

余元谋悄悄与王小娇交流了看法，二人判断惊人一致。细心的王小娇还说，印象中，花名册上李向西是福建清风镇人。而作为破译师，她能记牢中国很多城镇位置，知道清风镇与沽源镇是邻镇。这又与张治山接近了一步。她想到，昨天张治山翻过花名册，想必连李向西籍贯都入了他的法眼。于是，她也凭借一个破译师从千万个可能中猜破一种可能的职业积习，依靠有没有蛛丝马迹，也要怀疑一切的思维定式及其暴力穷尽疑点的惯性，把张治山身上多种因素想了个遍。心说："对不对的，就怀疑他一次吧。且慢，他可是传说中的假汉奸真英雄哟！是你亲耳所闻抓国民党特务的高手、炸死敌军旅长的功臣呀！是你亲眼所见挺身试吃毒野菜，而差点丢了性命的无私无畏之人哪！这样的先进分子岂能遭到怀疑？太过分了吧，太无中生有了吧，太鸡蛋里挑骨头了吧。对呀，他鸡蛋里若没有骨头，他怕个啥？就怀疑他了！怎么着吧？谁还能把我的鼻头咬下来。"

张治山从花名册上看到李向西的情况后，便瞅了个机会，以清风沽源老乡的身份，把李向西拉到没人处，苦苦哀求说自己有胃病，好多天没有正经吃东西了，能不能从炊事班弄点吃食出来。现如今，吃食金贵，炊事员偷粮如偷钱，那是要犯纪律的。李向西自然不干。张治山就跪下了，还吐出一汪血水来。大小也是一个副连长，人被饿到这份上，脸面都顾不得了。要怪就怪那蒋介石困死人不心疼！李向西偏偏是个心地善良的兵，平日里又特别注重老乡感情。曾经有一个五十多岁的乡党老兵得了病，李向西行军打仗走到哪里就背他到哪里，足足照顾了半年。俩人都亲成了父子。在一次攻取日本鬼子城门战斗中，这对父子兵装扮成淘粪工混进城去，炸死了城门内八个鬼子，打开了城门，立下了功劳。为这事，李向西才被选调进了军区机关当兵。此时，李向西见副连长老乡病饿成这个样子，心就软了。张治山怕小老乡偷粮被发现，便仔细交代晚饭后趁大家都去看戏时偷出食物，送到树林里来。晚饭一过，李向西就悄悄进了树林。张治山带两个战士在林边巡逻，见林子里有躲躲闪闪的人影，便命令两个战士前堵后截。李向西本来心里有鬼，又是第一次偷粮，被人一追，自然吓晕了头，拼命往林子深处跑。张治山则下令开了枪。逃跑者被击毙。他让两个战士继续搜林，看看还有没有逃者同党。他则趁机把一根银条、一本密码本悄悄塞进了死者李向西的衣袋。为什么非要塞一本密码进去？张治山做了仔细构想：仅偷盗一根银条两个菜团几把炒米是罪不至死的，谁打死他谁便脱不了干系；如果身上再添件能证明是特务身份的物件，那他就死有余辜了。而张治山身上唯一有的，就是这本密码本了，却是日伪军用版的。若装进李向西的衣袋里，这容易让人想到他可能是遗潜下来的日伪特务。顾不了那么多了。总归能证明被乱枪打死的人是个特务就行。

关于这本日伪版菊密，余元谋分析，周围的官兵，包括李向西在内，并没有谁曾在日占区长期待过，也没有谁有机会深层次接触日伪人员。只有英雄"假汉奸"张治山长年在日占区生活过，有这种密码本的可能性最大。但张治山即便是国民党特务，身上为什么会揣一本日伪军用密码呢？余元谋推测，菆密太过庞大也太核心太机密，不适合潜伏特务随身使用。而国军不少密码又都难逃我军破译师法眼，保证不了绝对安全。把旧时日伪军密码拿出来用，倒是个出其不意之招。我军不会想到，鬼子都投降了，还会有人用日伪军密码。且这种口袋型密码本便于携带隐藏。还有，他这种形式的潜伏，能偷用到我军电台发报的机会极少，藏个密码本只是备缓急之用。

这里还有一个秘密，不动声色地扎在余王二人心里。这部菊密早在抗战时期，就被余王二人破译开了。那么，菊密又是如何到了国军手里的呢？不外乎，要么是国军也破译了菊密，要么是国军从投降日伪军手里收缴而来的。余王暗笑，无论怎么说，那张治山做梦都没有想到，自己会揣进怀里一个祸害。这部菊密，注定是他张治山敲开地狱之门的砖头，用之必绝！

此时，余元谋不再多想，急忙把张治山是特务重大嫌疑的事报告给了首长。开始时，首长对余元谋这种臆想式推断不太认可。余元谋就又提供了一个细节："李向西身上共中三弹，其中，有一颗子弹穿过李向西右衣袋射入了身体，而装在这个衣袋里的密码本上却没有弹孔。这说明，密码本是李向西被打死之后才装进去的。显然，黑夜里，那张治山并没有看清死者衣袋上的弹孔。"

首长带保卫局的同志亲自重验尸体，还让余王再次鉴别了菊密本真伪，这才重重拍了余元谋的肩膀。

这样一来，余王一切直觉、想象、怀疑和猜断，就有了事实依据。

张治山是特务的可能性极大！那么，这张治山到底是国民党哪个系统派来的特务？他潜伏到中原军区有何任务？尤其接下来，他还要干些什么？

首长提出了问题。王小娇做出了分析。一是张治山可能就是一个普通特务，潜伏过来搜集情报，碰上大情偷大情，碰上小报也捎带。二是敌人费了如此大周折安插进来一个特务，可能还有更深层的战略目的，要么是针对我大首长来的，要么是针对我核心机要人员来的，包括屡破国军密码而激怒了老蒋的我军密码破译师。如若真是这种情况，那他张治山抛出一个密码本，是否也是想密诱出我军密码破译专家？想象得出，为了达到这个目的，他可能会孤注一掷。他舍弃应急用密码本菊密，便意味着割断了与其上级组织的唯一联系，使自己成了一枚死棋。由此可见，这个狗特务是下定了赴死决心的。他这是在等待时机，梦想干出一件铲除心腹大患之行动。

余元谋的分析似乎更有道理。现在，我首脑主力已去无踪，抓无影。另外，因了众多绝对保密措施实施得好，我核心机要人员相关情况，在张治山眼里还是迷局一团，漆黑一片，他想做点什么也极其困难。而他的潜伏身份，还没有任何迹象表明已暴露，甚至在他心里，他这个名声赫赫的假汉奸，功劳等身的大英雄，还自我感觉良好呢。所以，他目前的心理状态是：伪装潜伏到如此地步实属不易，身负党国大任还未完成，自己尚需继续潜伏。鉴于此，我方最好的办法，就是从长计议！将计就计！

余元谋一副胸有成竹的样子："总之，要悄无声息地万无一失地高妙周密地全心全意地——逆用张治山！请注意！我方在制定计策时，要给足他诱饵，目的是要让他感到自身还安全，感到组织还信任；更要让他感到，还能至深潜伏下去，还有成就使命任务的希望。"

王小娇赶紧打断余元谋："别自作聪明，在首长面前显摆你高明了。你这点小计小谋，还是留着同我搞假恋爱时再用吧。"

首长笑了："你俩的假恋爱着实演得好！如果将来这副司令外甥、大主任侄女能假戏成真，那我们不就亲上加亲了。"

王小娇瞪一眼余元谋："就他那小样，没戏！不过，首长别老拿干部子女的话题开玩笑好不好？也不照顾点群众情绪。"

此时此刻，首长对两位破译师职业上的超然想象力和缜密判断力，在破案识谍方面的从实运用，已欣然认可。于是，就先基于余王判断和分析，制定了万全之策，细布了下一步行动。

让王小娇没有想到的是，在中原军区被围歼的绝境之中，大首长愈急愈乱愈加把干部子女的暧昧话题，拿到桌面上说起事来。

当晚，大首长亲自把一干人召集在一起，紧急训话，部署任务。

"鉴于当前危急形势，大部队集中突围已无法达到隐蔽性，整个军区实施的大都是化整为零、分散突围策略，当然还有化装突围的。各种方式不同，但最终目的只有一个，突围出去，生存第一，胜利第一。这是党中央下达的明确指示。刚刚，军区紧急决定，把在后勤机关工作的十三名干部子女，由警卫连护送突出包围圈，长途辗转潜回延安。你们这十三株革命的秧苗子，都是在马背上摇篮里长大的，能活下来不容易，一路上要格外小心。这次负责专项护送任务的，是外勤警卫连。连长李文华同志和副连长张治山同志，都是战斗英雄，尤其张副连长在对付敌特方面能力非凡，大家都要好好配合行动。连长、副连长给我听好，把这十三名干部子女安全护送到延安，你俩便是中国革命的功臣，便是那些首长父母的恩人，至少会有两代革命军人永远记着你俩的功绩。我代表革命者，代表父母亲，拜托两位连长了！"

这一番话下来，两位连长眼里噙满了泪水。也有干部子女流下泪来，抓了两位连长的手，大有海誓山盟的味道："到了延安，组织给你俩立多大功，那是组织上的事。但自此一生，咱们哥几个就是亲兄弟了。这种生死交情，终身难忘！"两位连长擦了把眼泪，连连说："都是为了革命大局，我们将誓死完成护送任务！请组织放心！"张治山显得尤为激动，涨红着脸，眺望着西北方向，好好地憧憬了一番。

　　连长李文华、副连长张治山，率领一支特殊小分队，在这天深夜悄然离开了宣化店。这一众人，利用敌军围追堵截主力部队而造成的地带缝隙，昼伏夜出，避实就虚，巧妙迂回，很快潜出了敌内层防地。小分队越走越疲惫，又数次与小股敌军遭遇，硬打悄绕造假势，眼见着就要钻出中原敌军外层包围圈了。就在这个时候，小分队遇到了军区部门一个严姓部长，他急需兵力去执行重大军事任务，警卫连被调走另用了，仅剩下副连长张治山及两个战士留下来护卫十三名干部子女。路途险恶，兵单力薄，下面的路该如何走，大家一时没了主意。

然而，天无绝人之路。当时一个情况帮了大家的忙。那两年，正巧因黄河决口而流离长江沿岸的难民需要返乡，国民政府为难民专门开辟了一条北返的通道。张治山决定把这十六人都化装成老百姓，见机混进难民流。化装术是他这个老地下的强项。他根据这十几人的年龄、相貌、口音和气质，精心设计每个人化装后的身份，编造了各自经历。加之，早在突围之前，上面通过联合国救济总署在宣化店设的办事处，为一些同志办了相关证明。部队机关还制造了一些惟妙惟肖的假证件，包括外国通讯社的记者证、国统区百姓的身份证，甚至还有国民党军队的军官证。这就为化装突围创造了良好条件。但在后续行动期间，还是先后遇到了三次险情。

第一次是行进到田埂山关卡时，一个国民党军官发现关悦然细皮嫩肉，不像个逃难的乡下人，怀疑是共军便衣，非要扣下来详查。江春水掏出美国通讯社记者证，一通英语说下来也没用。关悦然也把记者证拍得山响，并用英语骂了人也无济于事。不得已，张治山亮出了国军军调小组官员的军官证。可那个国民党军官不认他这一壶，依旧要带走关悦然。大家都看出来了，这是个淫心重的官油子。他是看上了关悦然这个人。后来，还是张治山把这个家伙叫到一边，悄声说了一句话，居然就被放行了。下来后，大家问张治山用了什么招。张治山坏笑："我说，别看关悦然细皮嫩肉，可她有那个什么什么病。"关悦然一听，把行李狠狠砸向张治山。其实，关键时刻，是张治山偷偷亮了下自己军统局的真证件，说了句"坏了毛老板的事，我让刘麻子要你的命"，才震住了局面。刘麻子是那个淫官所在部队的军长。

第二次险情是这样出现的。在行动中，有几个身单体弱的女同志，一路上总是疲惫拖拉，影响了行进速度。张治山便让几个身体好的男同志，与其假扮成夫妻帮带搀扶。这既方便了行走，又起到了掩护作用。到了沿途难民点夜宿，人多铺盖少，需要每两人同卧一张破被单子。对男女同卧这种把戏，江春水很不情愿。张治山悄声提醒："本就是恋人，再深入一步，有啥难为情的？"可说下天来，江春水死也不钻关悦然的被窝。张治山低吼一声："你要脸还是要命？干部子女玩假正经的，可不多见！"一听此言，江春水赶紧钻进了关悦然的破被单子下，心说："哼，闹得我好像不是个干部子女似的。"

这天半夜，进来几个兵搞夜查。一个兵见一条破被单子下有异动，就一下抽走了被单子，却见这对和衣躺着的男女之间，居然放着一根干枣刺枝。一见这种怪现象，那帮兵认定是假夫妻，有共军嫌疑，便绑走了这男女二人。这对男女正是江春水和关悦然。这次，大家装扮的是几家子难民，都破衣烂衫肤黑皮污的，那些假证件便不敢再用。这下都傻了眼。张治山说了句死马当活马医吧，就去了。一顿饭的工夫，他把二人都带了回来。张治山告诉大家，这次用招很简单，把身上用于生活的银票塞给了那几个兵。关悦然没心思理会这些，正悄声骂江春水："一个大男人家，心像针鼻儿大，昨天惹你不高兴，今天就用枣刺枝对付我。不就钻一个被窝吗？难道，我还能把你的鼻头咬下来？"此时，张治山正在回想刚才给驻军高师长打电话的情景。心说，仅凭贿赂那几个小钱儿，哪能解决得了放人的问题。

第三次是进入河北邢台地界时，路过一座古刹，不知那张治山着了什么魔，非要进去看看，一看便被吸引住了。江春水关悦然进去想把他拉出来，却见他正骑在屋顶古梁架上，专注辨认一块古木牌匾上的字迹。急催了两次，他便不耐烦了，吼道："催什么催！每次出状况的还不是你俩？自己一天天假正经样，还来管别人。"

这时，从东门进来一个人称"欧阳军长"的高官，左右陪有绝色女子，正由一众兵士护卫着游看古刹。看到叫花子居然对古建筑感兴趣，还爬梁上栋去考古，便起了疑心，非要带走这一众破衣。

张治山急出一头大汗，一指江春水关悦然说："俺同这两个叫花头打赌，俺要是敢上梁抓住那条大花蛇，他俩就把讨要来的两个圪蛋蛋全让给俺吃。"说着，冷不防冲到欧阳军长身边，"算俺倒霉，蛇没抓着，胸脯子反被蛇咬了。你看看俺这伤口，好深哩。"

兵士们一下围上去护卫军长。张治山趁机掀衣亮了下军统局证件，小声说："我是毛局长的人，正在执行特殊公务。"见欧阳军长直发愣，就又说："老旅长，你不是被共军的手榴弹炸死了吗？"然后高声叫道："我就是死也要抢到那两个圪蛋蛋吃。"

欧阳军长明白过来，低声说："当年，老子在阎王殿门口溜达了一个多月才醒过来。老子大难不死有念想，游遍天下名胜为后福。看多了才知道，世间处处大观园，无处不有秦可卿呀！"然后，又捂鼻子躲开，大声叫道："一群臭叫花子，还被毒蛇咬了，快快赶将出去！滚！都给我滚！"

出来后，大家看到张治山胸脯上有两处血印子，急说："快去找治蛇伤的药呀。"张治山狡黠一笑："哪有什么大花蛇，是我自己掐破的。"

一个假汉奸，一个地下工作者，一个国民党特务，居然能从骨子里流露出对古建筑痴迷不尽，这让江春水又想了许多。

江春水早就从古书上对华北一带古建筑群分布情况了如指掌。于是，在之后西行的路上，他先后两次默不作声地把小分队往有古建筑的方向领，目的是继续考察张治山对古建筑的态度。果然，那张治山远远一见塔檐刹顶，就乱了方寸，全然顾不了自己言行，毫无察觉江春水的计谋，还给江春水指指点点哪儿是宋代结扣，哪儿是明朝回廊。一路上，江春水似是东一句西一句乱问些古建筑的话题，张治山每每打开话匣子便收不拢嘴，行话术语连着篇往外蹦。这使得过去那个没文化的莽汉副连长形象荡然无存。一次，他居然还深情地说："这古建筑哇，就像男人觅知己，无论你遇见谁，她都是你生命中该出现的那个人，绝非偶然，她一定能教会你点什么。"直听得关悦然眼神飘忽，内心忧伤，不由得附和说："绝非偶然又能怎样呢？说到底，这些砖头瓦块堆积起来的物件儿，没血少肉缺温度，它又如何能与正常人产生感情共鸣?!哼，只不过是个不乱于心，不动于情，不念过往，不美将来的冷血鬼罢了。"江春水自然听出了其中暗含，于是说："心静则智生，心乱多愚起。本是无情物，何处染风尘。"关悦然"哼"了一声："好个无情物，古庙石头生，和尚蠢脑壳，傻狗一身孤。"张治山听出了名堂，笑说："你俩这是在打哑语，说情话吗?!少安毋躁，躁悲伤身，抑或伤情，甚乎心死，莫为也。"关悦然抹身走掉了："谁会和一个呆子打情骂俏!"心里却说："今天，我和江春水满口的文词妙句倒是颇具诱惑，弄得这个自称没文化的副连长有些忘乎所以，文绉绉的小词儿也跟着我俩蹦得欢实。"

这一天，在山西老塔河一带，听说附近有一座张家庄园，面积大过一镇两乡。张治山眼睛都绿了。关悦然想拦着他别进去，被江春水悄声制止："不要拦，由他去。正好咱俩也和他交交手。"

在张家大院转了半天，才仅看了一个东北角。不难看出这二百多座古宅园院，是历朝历代逐步建起来的，却是按着统一规划沿袭的，既有鲜明的张家特色，又具多朝代风格。江春水与关悦然一对眼神：浑然天成，各有千秋！这山西张家大院与金陵彭家庄园有一拼！

第一天，基本上是跟着张治山转。穿行于院套院屋连屋曲径叠廊之中，大家走得天昏地暗，觉得方向转瞬即变，已分不清东西南北，以致在时间和空间上错觉频出。一眼即见，唯有那个张治山独醒。当然，江春水和关悦然是装糊涂！晚上，借宿张家大院一隅。张治山几乎一夜都在屋脊巡更道上走墙飞顶。显然，是夜色下的老屋古韵把他激荡成了狂人。他真真是痴迷沉醉了。江关二人也是一夜悄跟其后，察其行踪。

第二天一早，小分队该上路了。张治山却联系镇上一管事，商定好要帮镇上清理大院修缮遗留垃圾。队伍暂且不走。关悦然不干了。张治山很强硬，说这一干人他说了算："不揽点活儿挣下些干粮，下面的路吃什么？难道吃你关悦然的细皮嫩肉？"江春水悄然帮嘴："张副连长言之有理，糊口第一，生存第一。"

接下来，江春水和关悦然悄悄配合着，一边收拾垃圾，一边在千门百廊中，有选择性地关闭了一些宅户，虚掩了一些后窗，巧开了一些巷道廊口院门，还横搭了一些廊梯。这样，就改变了张家大院现有行走路线。他俩心里明白，南北同古老宅，本有相似之处，一经这番变更，就更像极了彭家庄园某种特定状态下的布局走势。而这种在开关之间所形成的特定状态非常有讲究，其中所隐含的建筑奇巧竟能呼风唤雨。这些本是以前那个貌似彭冣的女人，在彭家庄园那个似梦非梦的夜里告知关悦然的。说的是：彭家祖上在建造庄园时，便按照某种祖传构筑原理和方法，巧妙设计了街道房屋、山水花园、小河流水等所筑位置、间距和高度，利用相互之间风向风速变化产生的压力梯度和势力差，依凭再生风载荷机理和巷道风洞效应，制造出高湍流度风场涡流区，以图在急需时通过开关某些预设好的街廊、巷口、门窗，形成特定风口风道而借势聚能起风吸水，达到消防灭火之效用。那是1937年12月，听说日军从上海一路打过来，实施的是"三光"政策。彭冣想到，再也无人能够阻止得了侵略军的兽行，大概只有圣天仙神和祖上留下的建筑奇迹，才可能会免除灾难。于是，她让家人把庄园东西南北几个显要处古建筑，紧急伪装成了老君台、孔子庙、徐福殿等，并把整个庄园香火烧得异常旺盛。她还让彭家上百个大姑娘小媳妇，都趴藏到深宅高屋顶上去。那彭秦氏则在那座怪异烟筒背后躲了七天七夜；而彭冣自己则天天怀抱一把锋利的斧头，后背插一杆深红摇旗，在老君台内梁架上端坐着，通过天窗口瞭望着外面动向，指挥着庄园上下各种应对。那些日子，她做好了背水一战，与家园共存亡的准备。那一天，一支日军小分队闯入了彭家庄园，果然就被这浓烈的神宅鬼府气氛所震慑。鬼子们胆战心惊，很快在曲街套院中迷失了方向。怒急之下，堆薪举木，想放把火烧它个三宅两院，却见街道巷口百门千窗突然敞开若干处，经由微弱风流引动，瞬间狂风大作，三园湖面和小河流水之上旋风乍起，挟裹着条条水龙直冲云霄，千百张水帘倾泼于房屋之上；与此同时，又见雨水中有无数只水神鸥吻四处跳跃，喷水播雾。这阵势，一下子吓呆了鬼子兵。遂想行凶杀人却又不见人，浓烟厚雾中鬼形魅迹、白衣灵幡飘忽闪动，阴暗处不时传出鬼哭神泣，煞是瘆人，便胡乱放了一阵枪，夺门而逃。

那一夜，关悦然对彭冣所言这一建筑奇迹很感兴趣，却没有机会付诸实验，甚是遗憾。没承想，今天，总算得以在山西张家同古老园里实施一番。

晚饭过后，两声枪响划破夜空。江春水慌里慌张地跑进屋，急冲冲地喊道："镇南足有一个营的国军，正在挨院搜查一干叫花子。"张治山还沉浸在古建筑里，想了想说："这枪声是在我们房前屋后打的。是你们谁走火了吗？一有枪声，这纸里可就包不住火了。还傻愣着干啥？快跑呀！"

此时一刻，关悦然想象中的狂风挟水化雨之神威并没有出现。她想，这是南北两座古园性质大体一致，而构造规模、布局细节及精度多有差异所造成的。或也是天公不作美，风神不为，机缘不到所致。不过，还是实实有了一点聚势起能之态，小风乍起，阵风忽现，一时满街尘土飞扬，几处花池流水也见泛波起雾。

在夜幕风尘之中，一干十六人由张治山跑前引导，穿门破窗，爬梯走墙，溜廊闪道，在各宅院及街巷间一路飞奔。张治山极像熟走彭家庄园，很快把大家平安地带出了张家大院建筑群。在镇北树林里，他见后面悄无枪声，也无追兵，就说："呵呵，天助神宅，呼风唤雨，大家莫要怕！这一来，国军就是转到天亮也转不出张家大院。你等少安毋躁，喘息休整，我去去就回。"话音未落，他人不见了。江春水凑到关悦然耳边："刚才那两枪，是我在后院偷偷打的。嘿嘿，哪有什么国军追兵哟。"关悦然颇为得意："你猜这个时候，他老张干什么去了？我知道。"江春水说："我也知道。"

江关二人来到一座古宅前，攀墙爬上屋顶，果然看到有人影在院中北屋窗前静立。

屋内亮起了油灯。一个女人的身影映在窗纸上。窗外男人一哆嗦，又靠前挪了一步，继续呆立。直到灯灭影没，窗外人才缓缓后退，翻墙而去。

江关二人站在屋顶烟筒前，久久未动。这烟筒，底部是个正十二面体，中间衔接圆柱体，上端立着一个三棱柱。

"与彭家庄园那座怪异烟筒相比，尽管这烟筒底部与上端位置颠倒了，但并不影响整座老宅风格的神似度。想必这处老宅，白天路过时也是惹了那老张眼的。"

"今夜，在你我暗自制造的突发事件面前，老张竟然下意识表现出轻车熟路。看来，我俩的计谋见到了实效。那肯定就是他了！"

关悦然望着北屋凝思，说："一宅老屋，一个女人，足以把一个游子唤进故里梦乡。"说着，她搂住了江春水。

江春水躲了躲，说："细想想，这一生，你我只能藏在各自的心里了！以后，甭这样！"

"此话当真？"

"老天都没办法把我姑舅亲从小到大的日日夜夜消蚀掉。所以，我俩没有明天。你想呀，若有明天，谁还会等到今天？！"

"该死的姑舅亲！该死的心不死！那只有我去死了！"关悦然扬起双臂，纵身向老屋下跳去。

江春水拦腰把她抱住，冷冷地说："你若爬上这座高高的烟筒，再往屋下跳，可能摔得更狠，死得更快。"

"再见了，亲爱的表哥。"关悦然痛苦万分，果真就爬上了那三棱柱烟筒顶。

月光下，江春水仰脸看着，督促说："跳呀，跳呀，跳下去就一了百了了！"

关悦然转过身去，背对他，又扬起了双臂："你我若有缘，来世再相见。"

江春水并不慌，缓缓地说："看来，你这是真要舍下这姑舅亲了。可我告诉你，你若真死了，日后再破敌军密码，我找谁搭档去？！你是知道的，技术上离了你的配合，我那密码灵感便会消失，好多活儿都得抓瞎。一个革命破译师，居然殉情而死，你让组织上怎么想？！"

关悦然沉默片刻，说："仅凭这姑舅亲，真没什么好牵挂的。倒是这身上的革命任务，还能留人一时。那我就再暂活几日。"

她又跳回到屋顶，"哗啦"一声踩碎了两片老瓦。她苦苦一笑，悄声说："你以为，我真会为这姑舅亲尴尬情去死呀。值得吗？你说为你值得吗？！"

这时，老屋门"吱扭"一声开了，传出女人一番脆声声的怨气："好你个孬种头！在我房上屋下，门前窗下，夜夜闹鬼，都闹了整整三年了。你又没那个豹子胆，连累得我跟你一起干耗光阴。你真真不是个男人！"

月光下，老屋里飞出几件衣衫裤褂。

江关二人屏住呼吸，半天不敢动弹。

一溜白光索性蹿出屋门，随即一声尖叫："孬种头！孬种头！你给我下来！"说着，两物件"嗖嗖"飞上屋顶，差点打到江春水脸上。

是一双绣花鞋。

"今晚，你若是再不下来，今晚，你若是再不迈进我这门槛，明天！明天这老屋就摆灵堂！有种你就别来哭我。我说到做到！"

白光溜溜，亭亭玉立。炽燃着火焰，升腾着热气，直逼得月亮躲进了云层。

天色一暗，白光又闪回老屋。

关悦然悄声说："看这双鞋，不是小裹脚。天足哟。"

"好一个开化的爽仙女子。"江春水声调有些怪异，"看来，那个男人，真真是个孬种头！"

"啊呸！你哪有资格说这话！"关悦然从墙头上跳下去，独自咯噔噔地走了。

此刻，就听到脚下老屋门"咣当"一声被重重摔上，震得屋顶直颤抖，一声歇斯底里的喊叫又传扬上来："胆小鬼！孬种头！"

江春水两腿一软，差点滑下屋檐，心里暗叫："尴尬冤家何其多，无猜情缘难风流。"

他眼望明月，呆坐到半夜。临走前，他故意咳嗽了几声，意在让屋里的女人听清，今夜屋顶闹鬼的，不是她那个胆小鬼孬种头般的男人。

明天这老屋可别真摆了灵堂哟。

这一夜，他那心被揉搓得稀碎。

一干十六个叫花子进延安防地时，遭遇了众兵埋伏，随即被带到了一座窑洞前。屋里吼声震天响："把国民党潜伏特务张治山押走严审！"

　　张治山大吃一惊，还没反应过来，就被冲出来的两个兵绑了。他挣脱着，叫道："我护送十三个干部子女安全归来，功不可没！为何诬陷我是特务？"

　　一个大首长笑呵呵地走出窑洞。"我实话告诉你！这一干十三人，无一人是干部子女。干部子女都在前线浴血奋战呢；也没有哪一位与首长沾亲带故，什么司令外甥主任侄女的，那都是为这个局设而假造的。他们全是普通百姓家的普通一兵。不！他们并不普通，都是给我一个兵团，也舍不得换走一人的大破译师和侦听高手！都是艺高不自大、功高不说话的无名英雄！都是对党绝对忠诚、信仰特别坚定、纪律无比严明、作风十分刚强的宝贝疙瘩！这些千里眼，顺风耳，密码脑袋，我一个也少不得！之前，中原军区刚实施突围时，除留下一部分密码破译师、侦听员要随行主力保障作战任务之外，其他一些破译师和侦听人员都得分散突围撤回延安。这下，怎样才能把这些宝贝人才安全转移出中原，成了我最大的担忧。后来，还是江春水同志建议，巧借潜伏特务张治山来完成护送任务。不得不说，这一招风险不小，可又没有其他更好的办法。这些日子，众英雄音信全无，我在延安坐卧不宁，吃睡不香。今天，你们总算都全须全尾地回来了。"

　　张治山被死死扭着，脸上布满疑惑，眼睛瞪得山大。

　　江春水盯看着他，快速读了一段数字：1322 2771 1402 0150 1010 0658 7643 6402 0102 0305 0725 1198。接着说："其实，这是当年地下党在电报新编明码基础上的一部变种密码。"然后，他粗略讲了一遍加密原理。张治山听罢，明白了一切，觉得没有再掩饰下去的必要，就张口译出了这段数字的相关明文：潜伪攻法装师伏默者者者。随即叫道："在那些物资供应标准数字里，藏的却是潜伏者、伪装者、师法者、默攻者。当时我怎么就没听出来呢。这四者，说的都是我的秘密身份及其任务呀。不过，师法者算是对我美言了。我知道，你俩心里实际想要说的是，抄袭者！我猜透了你们那浅薄之心，你们以为我那宝贝最密是抄袭之作。你们，浅薄！浅薄！都是浅薄之徒！"

"治山呀治山呀，是你想多了哟。当时，我们可没想这么多，也不知道这么多，对你还没有更多怀疑，只是想用那些物资斤两数字，随便试探你一下而已。"江春水用力扯着张治山耳朵说，"兄弟，你指给我看看，哪个是浅薄之徒呀？"

大首长把江春水的手从那个怪状耳朵上挪开，说："张副连长，护驾辛苦！谢谢啦！这一路上，卡卡逢凶化吉，处处遇难成祥。看来，国军各部真是给足了你张副连长面子。"

江春水冷冷一笑："眼前，我倒是很想知道，他是怎样秘密杀害并冒名顶替闽南沽源镇假汉奸，而混进革命队伍的？他们为何就单单选准了那个假汉奸下手？看来，闽南沽源镇我地下党组织中，肯定有国民党的奸细。还有，他右耳残缺掉的这一块垂肉，是用枪打掉的，还是用刀剁掉的呢？军统这帮孙子偷梁换柱的把戏做得真够细致的呀。"

大首长说："暗杀并冒名顶替我方人员混进解放区，那可是军统的拿手好戏。1943年，戴笠策划军统特务冒充我八旅田守尧旅长潜入延安，企图刺杀毛主席的勾当，就差一点让他们得逞，真险哪。行了，不说这些了。张治山潜伏案前传，那会是一场残酷而真实的谍战戏，还是交给我政治保卫局去审吧。把人带走！"

张治山像是刚回过神来，脖子一梗，昂首挺胸地走了。

"看他这劲头，哪像被俘敌特，倒真像护驾有功的胜利者。"江春水说。

关悦然说："此人乃彭寂也！"

大首长一愣，问："彭寂是谁？"

江春水说："国民党军王牌编码师！大名鼎鼎的冣密，便是出自他手！"

"可当时中原军区上报说，张治山就是一个普通潜伏特务。没说他是个编码师呀？"大首长不解。

江春水说："那时候都还不知道他张治山的深层底细，没人把他与冣密联系起来。"

大首长说："吃瓜在先，认出瓜农在后。难道那瓜农身上留有瓜的余香？"

江春水知道大首长不是密码行业出身，就想把事情说得通俗易懂些。"在中原，我们破译了冣密，知道其内核原理具有深奥的古建筑性；在突围前后，从种种迹象中，也怀疑张治山至少具有普通特务身份。后来，在奔袭延安途中，我们碰到多处古建筑。张治山对此过度痴迷，刺激了我等破译师的独特思维，发现他的行为不能再用正常逻辑和规律来解释。那么，冣密内核结构的古建筑性，与一个对古建筑极度痴迷的特务之间，有没有必然关联呢？这个时候，破译师的职业灵感又闪现出了威力，我俩这才逐步破解了张治山的真实身份。当然，山西张家大院那座长着怪异烟筒的老宅及屋里的女人，也因其酷似性而无意间帮了我们的忙。"

"这张治山编制冣密是故意打破常规，而他对古建筑过度痴迷，是无意间自然流露。这二者好像有些区别。"大首长似懂非懂，说的却也不无道理，"不管怎么说，一个被层层假象包裹着的人，的确很难被识破真面目。有此眼力者，应为高人。"

"密码破译师的本能，就是善于撕破假象。"江春水没有顺着首长语意往上爬，他愈发亢奋，只顾说着自己的得意之处，"肢解过冣密，再遇到冣密的主人，我等心里还是有些职业感应的。其实，彭寂潜伏过来的目的，很可能就是要干掉我军密码破译师。这一路上，他却没有嗅出我等破译师的气味。可见他职业修行还不到家。"

"嚯！原来这一路上，那彭寂上演了一场骑驴找驴的好戏！"大首长一挥手，"江关神通！江关威武！走！在食堂添菜加餐，我为十三神威之士，接风洗尘！"

"神通不敢当！这巧用张治山的计谋，有点鬼机灵不假，却也高深不到哪里去；也别把自己的职业灵感说得神乎其神。本质上，不就一句话吗？刚才首长都一语点破了。吃瓜在先，认出瓜农在后。我们是嗅着瓜的余香，才找到了瓜农身上。首长说得多专业呀，你江春水还啰里啰嗦瞎显摆个啥。还有，你也别把敌人看得那么愚钝无比。过于贬低对手，便是贬低你自己。其实，那彭寂仅失之于一点，就是对古建筑太过痴迷。这与密码职业修行高低毫无关系！"关悦然打不起精神来，"至于这添菜加餐嘛，我没胃口。首长，我请假！好菜，让那个密码职业修行高的江某人去吃吧。"说完，她独自离去。

江春水也消沉下来，有气无力地说："事情是这样的。关悦然充当假想敌，一直以最密编码者面目与我对抗。说白了，在很长一个时期，她与那个彭寂的某些编码思想不谋而合，心心相通了。这虽是个技术问题，但也难免在精神上，甚至在感情上留下点什么。那彭寂以如此方式被拿下，她关悦然自然会有些不舒服。"

大首长说："密码破译师，果真神秘！"

第六章

一 密 二 言

0001 6056 0059 1378

　　那一年，余元谋刚从德国波恩蹭会回来，王小娇就去找了他，说："几十年过去了，是不是该向党组织讲清楚那层关系了？"

　　余元谋问："哪层关系？怎么个讲法？"

　　王小娇说："先交代隐瞒了的姑舅亲，后说明不是生物学上的姑舅亲。这样，法律上和科学上就都管不着了！"

　　余元谋说："算了吧，彼此都姑舅亲半辈子了，再让组织出面否认姑舅亲关系，没意思！再说啦，组织上压根就不知道咱俩这层姑舅亲关系。"

　　王小娇火了："组织上不知道就不汇报啦？咱俩这层尴尬亲关系，在组织那里一直不明不白，不说清楚哪能行？！我看你分明是舍不下这姑舅亲！"

　　余元谋笑说："你是不是好些日子没看《金陵十二钗》了？！尽管那是复制本，你也得常看呀。多好的名著呀！多好的爱情！"

　　王小娇接着发火："我看你分明是舍不下那古园子！"

　　余元谋又笑："我到底是舍不下这姑舅亲，还是舍不下那古园子？"

　　王小娇火上加火："我看你分明是舍不下古园子里的姑舅亲！这些年，你处处标榜捉到了古园古屋的精魂，那叫'随情适性'。可依我看，你余元谋最没做到的，就是这四个字。你身上，没有半点'随情适性'的影子。无趣至极！无聊至极！无情至极！"

　　余元谋点点头，又摇摇头："其实，你我心里都明白，这姑舅亲不是障碍，至少不是主要障碍。那种在职业生涯里、在扮演假想敌的过程中，长期积养而成的互怼习性和深潜不觉的敌对心理，才是这些年你我难以随情适性的最大障碍！"

王小娇全身都燃烧起来："或求慰藉而不得，实则欲盖而弥彰，搪塞之举可耻也！以密码职业习性为借口，做个人感情上的挡箭牌，实乃可悲之人！"

余元谋一指她："谁搪塞你了？谁可耻了？谁可悲了？"

王小娇盯着他眼睛问："那彭寂心绝女人处，死在了覭密里。今后，你打算怎么办？"

"别总拿那个冥顽不化的技术呆子说事。"余元谋盯看王小娇裙下白腿，"哎哎，你腿上有两个黑点儿，是不是两只黑蚂蚁？"

王小娇脱下一只鞋，"啪"的一声狠拍下去："明知不是蚂蚁，我还是要掌自己两鞋底子，为的是让你这雕虫小技得逞。"

余元谋笑了，一副洋洋得意的样子。

"你从小就这副德性，活脱脱一副孬种头嘴脸！"王小娇一脸庄严，"现如今，人不死，情不绝，心不一，双双折磨，相互撕咬，这一生真就这个样子了，是吗？你破得了覭密，却化解不了你我久凝成癖的互怼习性，你说你还是个男人吗？孬种头！"

余元谋还是笑："是不是男人，你自己想去呗。我这里只有枣刺枝！"

"枣刺枝？"王小娇怒吼道，"几十年前破被单子下那一幕，你就记一辈子吧！真真一个扎人心的孬种头！"

"人人心里都有一部难破的覭密！"余元谋黯然离去，"天下最难破解的就是男女间的感情密码。反正，在这种密码面前，我总是个厌包。"

就是这个样子，岁岁年年，年年岁岁，余王二人在相互撕咬中，其乐无穷、其痛无尽地生活着。

余元谋终身未娶！

王小娇终身未嫁！

那些年，单位上下始终无人知晓身边还藏着一对姑舅亲。然而，却有不少人知道，身边曾发生过另外一段男女隐情。

　　事情缘起于一次特别的工作合作。

　　当年，彭寂被收审查明特务身份后，因一向痴迷密码技术，轻薄敌军信仰，而被我上级组织假性解除了关押。在严密监管状态下，当起了我方新学兵的技术教官。作为技术助教，组织上指定王小娇协助彭寂实施教学。二人一合作就是多年。实际上，王小娇担负的是一个技术诱引的角色。她怂恿并利用彭寂"唯我编码手艺和技术迷宫是从"的膨胀心理，以单纯密码技术上的交流研讨、假想攻防、模拟演练等方式，不露声色地诱使彭寂一点点把肚子里的东西都吐出来，把国民党那边的技术密情密息全搜刮干净，从而增强了我方技术人员破译敌军密码的针对性。彭寂这个政治上的愚钝之人，一直都未悟出在这边做这件事的重要意义。同时，王小娇还是个监督者。她年年月月监督彭寂好好改造，促其尽快成为政治思想成熟、密码技术过硬的自己人。实践证明，这个目的并没有完全达到。彭寂那种最密编码技术高于一切的思想根深蒂固，一直未能得到明显改观。后来，对彭寂技术上的战略利用结束。组织上依据相关法规，对彭寂自身历史问题进行了处理。彭寂被收监教育改造多年。

　　让人始料不及的是，这次别出心裁的密诱行动，还繁衍出一个副产品。亦即，王彭二人在合作期间，先是超出了敌我关系，后是超出了同事友谊，不小心产生了男女感情。技术上的密诱，教学上的协作，以及学术思想、破译风格、思维方式的极度融合，繁殖出了谁也离不开谁的爱恋关系。

　　从某种意义上说，王小娇的出现拯救了因最密被破译而变得颓废了的彭寂。他的密码世界和精神生活由此开始重建，内心世界的危机也得以解除或暂时解除。是的。对彭寂来说，这个女人的出现，是命运对他的一次眷顾。经由此次眷顾，才使他觉得，在这个与过往截然不同的集体中生活有了激情，有了温度，有了意义。

然而，这种关系着实维系了许久，最终却未能经得起一本书的冲击。那一天，余元谋对王小娇说："党中央撤离延安之前，大首长在整理书籍时，挑出一本《红楼梦》对我说，《红楼梦》是一部有字天书，里面藏着人生密码、爱情密码，说不定还会有战争密码。你是搞无字天书工作的，就送给你当参考资料吧。我诚惶诚恐地收下了。之后，队伍转战陕北高原，我抽空比对着那册复制本《金陵十二钗》，把这部《红楼梦》仔细研读了几遍，发现二者确有多处不同。现在，我就把这本《红楼梦》转送给你姑舅亲。请注意，上面还有大首长的亲笔眉批呢。整本书的空白处，都密密麻麻地写满了大首长的真知灼见。很权威，很珍贵。"

没想到，王小娇给了余元谋一个冷脸："还是你自己留着吧。让大首长的话和大首长的书，好好暖暖你那颗冰冷的心。"

余元谋并不在意遭受冷落，意味深长地说："我这次比对读书收获颇丰，终是弄清了那宝黛爱情及二宝情感关系。这爱情密码破解之难度，真不亚于一部甲等高级军事密，活活累了我这么多年！"

王小娇愣怔片刻，说："你真的读懂了《红楼梦》以及大首长那些眉批？！其实，那些情爱密码，本是一百多年前就写在那书里的，只是你心里不情愿破解它、接受它罢了。而眼下，你借助大首长眉批心得，悟透了《红楼》诸情诸事，实际上也与你这次比对读书毫无关系！好，很好！反正，你最终接受了那情爱关系、爱情故事就好！"

说完这话，王小娇就去找了彭寂。她把彭寂原来那本《红楼梦》还给了他，说："你这本《红楼梦》，里面没有一个字的眉批，却满书散发着那匹枣红马的焦煳气，半夜放在枕边，时有把我带进那火光冲天的马棚。我惊梦醒来就想，这书里书外的那个女人，得有多大的妖魅，才能让一个大男人敢去烧死上司旅长的爱骑？！好了。我正式宣布，从今日起，你彭寂和我王小娇之间，不再有最密系列教案之外的任何关系！"

彭寂不明白到底发生了什么，对王小娇突然挥刀斩情，百思不得其解。于是，他又借前去执行任务之际，顺路跑了趟山西张家大院，在那座长着诡异烟筒的老屋窗前站了半宿。回来之后，他说了一句浑话，就同意和王小娇分了手。

"这个女人死了，但是她还活着！那个女人也死了，但是她同样还活着！"

余元谋听说后，去问了王小娇："经营多年的彭王感情，为何如此不堪一击？千不该万不该呀，王小妖！"

王小娇苦笑一声，说："女人都死了，但是，女人还都活着！"

余元谋吼道："正经回答我！"

"你还有脸对我大呼小叫？！"王小娇终于爆发，手指差点戳破余元谋鼻子头，"不久前，我刚弄清楚，原来是你曾死皮赖脸地缠着首长，极力举荐我去当那彭寂的助教；后来，又是你默不作声、极尽所能地促成我与彭寂发展个人感情。你这是在把我往外推呀！实话告诉你，我原本并不是不能和那彭寂进一步发展感情，但现在知道了你如此别有用心，我反而不干了。哼，你别想得逞！永远别想得逞！"

余元谋忙摆手："你误会了！我那样做，纯粹是为了掏尽彭寂脑壳里的技术，全力成全我方保持对敌密的高昂破击力！"

"为了破击敌密，成全胜利，就可以把青梅竹马推到别的男人怀抱里去。真有你的。孬种头！"

"我并未有意去撮合你俩个人感情。我只是提了些有利于技术工作发展和有利于彭寂思想改造的建议。总体上说，对于这个彭寂，我们不但要破译他的秘密，还要改造他的思想；不但要肢解他的技术，还要重塑他的灵魂！他顽固一时，我们就破解他一时；他顽固一生，我们就破解他一生。他堕落一时，我们就拯救他一时；他堕落一生，我们就拯救他一生。这就是，一个密码破译师对一个密码编码师的永远的态度！"

"可你这个态度，你这种拯救，其前提条件是，把你的青梅竹马埋葬到了别的男人战壕里。姑舅亲！你给我听好了。"王小娇咬牙切齿地说，"这一生，你休想溜出我的手掌心！"

多年以后，当第一次在《冣之书》中看到同样的这句话时，余元谋还能清晰地回想起王小娇从牙缝里一个个往外蹦字的神情。那一刻，他拍了拍《冣之书》，若有所思，喃喃自语："我怎么突然觉得，围绕冣密而展开的密码战还在延续呢？那么，谁将会成为最后的胜利者呢？鬼才知道！"

这年初春，余元谋和王小娇到上海参加欧亚密码学年会。会上，提交了一篇二人共同撰写的论文，叫《加密映射与解密映射之唯一性互逆新解》。其中，有一个学术观点颇具前沿性，却是起源于战争年代冣密之破译思想。这引起了中外密码学家的关注。（此后不久，冣密编码及破译法，被正式写入《欧亚密码学传统经典教案选粹》之中。）这使得余王二人又念起了过往岁月。心说，那彭寂服气不服气，都湮没不了当年我方冣密破译思想及其技法的先进性。于是，二人在返程途中下了车，又去南京彭家庄园看了看。

在彭寂撞墙处，余元谋不由得记起了彭寂临终前喊出的那一段杂乱无章的码子。

当年，不知出于何种目的，余元谋把那段码子记在了本子上。后来才明白，他是在潜意识里觉得，这些码子并非彭寂随意发泄一下情绪，那段表面文字内容之下，似乎还隐藏着不为人知的秘密，所以才随手记了下来，想着有朝一日能解开这个谜团。

余元谋对自己这一直觉，深信不疑！王小娇也有同感："我冥冥之中觉出，彭寂话里有话，那段码子直面文意的背后，真像是有什么鬼！"

此刻，二人在彭家庄园穿行，脑子都深陷进了那段码子里。

"记得是彭寂下了个套，用明码组合拼写了'冣密'二字。现在回头想来，这组明码0382 0648 1378，真的仅仅是那个显而易见的圈套吗？"

"你说，彭寂在那段码子背后，到底还想表达什么？对了，他不服输！不想败！他说他是'东方不败'！好了，我们就围绕这四个字的码子想想事儿。"

"东方不败？不对。就他那个善于搞弯弯绕的性格，一般不会在这续接相连的十六个码子上做文章的！"

"他说，老子永远不会被破解，不死码永远属于老子。这话是什么意思？"

"显然是说他和他的冣密，是永远的胜利者呗！"

"你看，他那段码子里，恰恰夹藏着三个相间隔的单蹦字：胜、利、者。"

"那么，胜利者码子1741 5512 7601，何意之有？"

来到一座老屋前，余元谋坐在石凳上，足有一顿饭工夫沉默不语。然后，他站起身，仰脸盯看屋顶上那座怪异烟筒。

王小娇见状，眼里闪出亮光："你老瞅这座怪异烟筒干啥？！你老小子又在捉弄我，想逗引密诱我误入歧途。可我知道，这段码子里的猫腻，和这座怪异烟筒没有半毛钱的关系。我还知道，就这一顿饭的工夫，你余元谋那神脑，或是在宇宙里已经跑了一大圈了。"

余元谋转向她，诡异一笑，说："看来，我真诱骗不了你了。其实，彭寂的诡计就在这'冣密'和'胜利者'的码子里。这各自三组码子，我加减乘除都试过了，只有一种情况有意义。即，每三组码子依数值大小依次相减，所得之差恰巧都是0348。而0348在冣密密码和中文标准明码中，均查不到任何实际内容。我觉得，这不是巧合，一定是彭寂有意为之。于是，我就试着以0348为密钥数，以前面那段密文电码为底码，采用前两位相加、后两位相减的方式，在其上又加了一层密，从而得出了191组新码密文。告诉你吧，我那屡试不爽的直觉，又一次得到了验证。刚刚，我对照心中那部聂密密本，译解出了这段新码密文。这一定就是那彭寂临终所言中深藏的另一层内容了。"

王小娇扬了扬手里刚已写完的一张纸，得意地说："我也破解了这段码子。不多不少，正好191个字。你听着。"

尚记抗战之胜焉
辅己任歼溺军民
又沽源域外之野
众士预伏于林中
布网捕逮假汉奸
掠其身证后毙之
此乃沽源之共党
吾以幌借其身凭
潜迹中原图大谋
数度苦计以获信
遂杀李姓卒示情
终旨诛破译者也
久世唯求术业甚
郁积愤然毁吾己
痴职歹心屠性命
更是汪涕愧而生
始自战患猛于虎
若赋吾志有是哉
天泰和策熙熙乐
慕遇同仁有情缘
别恋属久心难一
孰知故土逢亡爱

防患灭口曾未然

骇人真祸源乎此

立命术破尽

痴爱两相殇

造孽亡魂索

非死则安尔

彭寂书

余元谋竖了竖大拇指，端详着这纸短文，露出一副感慨万千的神情，似是做了一个透彻分析："那个习惯狂想的彭寂，是否因了对'薛定谔的猫'囫囵吞枣般理解，而产生了制造一密两言的想法，才搞了一个蹩脚的'痴智叠加'。具体说来，痴狂幻觉状态下的那段文字，表明他要实施以颅撞破万镜玄关，阻止霰密被破译的幻术；理智清醒状态下的这段文字，述达了他曾为确保霰密安全，而灭口知他如己的痴爱未遂，最终霰密败北却又祸起痴爱之口的事实。所以，他因霰密以没想到且不能接受的方式被破译，而悲痛欲绝，心结难解。同时，这段文字又是一纸谢罪书。他忏悔，上峰为辅佐他搞潜伏，设伏杀死假汉奸而偷梁换柱，让他冒名顶替之。为确保他秘密身份安全，还曾不惜歼溺一连一船的军民；他更忏悔自己设毒计，栽赃射杀了兵士李向西。三十多年以后，他迟醒顿悟，觉得众亡魂昼夜索命，难以安生，唯有以死谢罪，方能解脱求安宁。"

王小娇一脸深沉："他口吐一段码子，却蕴含着两段截然不同的内容，彰显了两种截然不同的态度。尤其是，在短暂一刻，激奋之中，随口喷吐出了那段语无伦次的狂言。这尚可理解；但又急就密布了另一层条理清晰、文字通美、情绪理智、饱含深意的191字话语，这个技术难度就相当大了。就那么一瞬间，真正的神脑才能做到这一步。可见，这个人的编码功力和文字功夫，真是强大无比！哎哎。当年在延安，是谁说人家密码职业修行还差得远哩?！"

"就这191个字的内容，并没有什么可好奇的。说明这个忏悔，在他心里很久前就生成了。只不过借由那个情绪，略施加密技术计谋，做了一个展现而已。我觉得，包括他要死的心，也是早就有了的，绝非一时冲动。你想想看。"余元谋不紧不慢地说。

王小娇一脸伤感："也许是吧。他这人，一向心思缜密而阴深。有时阴深得不可理喻。"

"刚才，你也称赞他为神脑，是吧？实事求是地说，他够格！绝对够格！他把他的智慧、情感和性命，全都编进了冣密里。"离开那座老宅，余元谋悠悠地说，"刚刚我才想明白，他那以死谢罪是谎言；说他以颅破镜阻敌而死，也不对；为不接受冣密编码思想的灵感源头，被找到被破译的方式而悲痛欲绝，更不是。其实很简单，冣密是他的生命！是他的一切！冣密破了，他也就不想活了！他迟早会去死的！只是，他心里还深埋着了却不了的沉疴，难以死得安心。这些年，他一直在等待着一个合适的时机去死。那一日，在彭家庄园，当他见到早年的痴爱居然没有被他的手榴弹炸死，便一下消除了三十多年来的愧疚及心病宿疾。那个女人还活着，他则可心静神安地殉冣密而去了。可见，不管他嘴里喊出的是什么，弯弯绕进了几层意思，都难以掩盖他去死的真实原因。事实上，这个不甘心，不服输，自诩金身不败，同我斗了半辈子心眼的家伙，把这种弯弯绕的死法，当作他在世上最后一个谜团密码，留给了我。这是他同他的老对手，做了一次诡异而决绝的终极斗法。"

"这很像是冣密系列中，又一个密码被你破解了！看来，历史的天空再无冣密，是一句鬼话。编破双方，不管是谁，只要还活着，冣密便活着，便繁殖，便成长。这一点，谁也无法改变。"王小娇喃喃地说，"不过，我告诉你，他那以死谢罪并非谎言。这些年，谢罪之念一直是深埋在他心里的。他是把最后那191个文字，当作《罪之书》来对待的。谢罪之书，悔过之言，是他留给你我的一个谜底。注意是谜底，并非谜面！这是他给冣密及其冣密破译者的一个最终交代！我对那彭寂的了解甚过你，远远甚过你！请你相信我好了！"

"但愿如此。但愿如此啊！"余元谋眼圈红了，默然走向庄园深处，"我理解你与他之间的那份特别情分，也相信你对他的深度了解。但愿，这不是你的一厢情愿。"

王小娇搬出一架木梯，爬上了老屋，攀到那座怪异烟筒顶端，神情漠然地眺望起整座彭家庄园来。

站在这个北极星的位置上，她渐渐看到，各宅院里天枢井、天璇井、天玑井、天权井、玉衡井、开阳井和瑶光井，依次眨巴起眼睛，争相泛出耀眼水光。紧接着，传来了涌泉拍井的水响。咕咚悦耳，经久不息。

凝思之中，她猛一哆嗦，惊疑即起。

"百年枯井，水响何来？"

"井深九丈，水光何来？"

就在这一夜，王小娇做了一个梦。

取密又活了！彭寂也活了！不！取密及其主人从来就没有死过！

"敌人跑了，人人都是英雄。取密破了，个个都是赢家。"彭寂还是那副妄自尊大的神情，"关于取密的故事，现在才刚刚开始。是的。事情并没有结束，也许还另有结局！是的，一定另有结局！"

"一如那取密的命运，你彭寂只能做个井底之蛙！这就是举世公认的必然结局！你还想要一个什么样的结局？"余元谋挥舞着一把大木槌，像击打地鼠一样，不断把从七口井里探出头来的彭寂击打下去。

"作为一个篇章，那些过往战史，只记录了取密命运的偶然性，并以此偶然性成就了所谓胜利者那难以置信的必然辉煌。"彭寂不再从井口露头，却突然出现在了余元谋身后，"今天，我干干爽爽地走出了深井，悄无声息地站在了你背后，便说明过去那取密的命运具有偶然性！也许，老天本就注定我的命运还不会太惨烈。因为，你手里拿的仅仅是一把木槌。一把捶腿捶背的木头玩意儿！"

"我并未忘记那座怪异烟筒里，暗藏着与地下水道相连的出口机关！而是早早就安排王小娇握了一把大铁锤，死死守住了那烟筒口。就等你一露头，她就会捶死你！呵呵，一锤下去，砸烂你的狗头！"余元谋扭头寻找王小娇，却见王小娇正从那座烟筒里往外提一架软梯。

余元谋愣怔片刻，脸色骤变，叫道："她居然给你彭寂顺下了一架救命软梯！小妖，王小妖，你知道你都干了些什么吗?!"

彭寂洋洋得意地说："她不会再听命于你了。她这个假想敌，已毫无敌性可言。说到底，是我高超的专业技能，俘获了她的心，诱动了她的情。来来来，某些精彩故事，还是让王小娇亲口告诉你吧。"

王小娇面无表情地走过来，无声地点了点头。余元谋盯着她眼睛看了片刻，吼道："你的眼神，前所未见，我很陌生！"

彭寂更加得意，似是笑出了声。

"我真没想到会是这个样子！天理何在呀！"余元谋悲恸欲绝，把木槌高高抛向空中，两眼一闭，纵身跳进了开阳井中。他是头朝下栽下去的。

井下传上来的并非"哗啦"一声水响，而是肉身干砸枯井底盘的挫顿声。

后来，有传言说，这并非王小娇做的一个长梦。有史料记载（据说是《彭家镇志》上有专记），那余元谋确乎死于金陵彭家庄园开阳井中了。

第七章

诱 因 无 解

6131 0936 2477 6043

第一节

文学爱好者甄晓敏，有在文学网站阅览小说的习惯。在她看过的小说中，再没有哪一篇比最近连载的小说《生死叠加》更让人烧脑的了。这种耗费，已然超出了文学鉴赏范围，单刀直入地在她专业职责上深深划了一道口子。

市国家保密局先进工作者荣誉称号，可不是浪得虚名！近三年，列入重查重办的窃密泄密案，经甄晓敏之手破获的已达五件之多。这个成绩，在省市级国家保密局系统是斐然的。

起初进入甄晓敏视野的，并非小说题目《生死叠加》，而是其副标题：《一桩事先张扬的密诱案》。既然是密诱，本应该是在秘密状态下展开，怎么就事先张扬开了？噢，为的是以泄密作诱饵，引人上钩。那么，泄的是什么密？怎样泄的密？是谁泄的密？密诱的又是谁？为什么要密诱？等等。这些都是敏感事儿，不得不让人想一探究竟。

接着，第一章开篇四个关键词：取密、担纲破译、绝字号、甲等高级密等，又抓挠了甄晓敏那块职业痒痒肉。显然，能口吐此等专业术语者，绝非一般写手！看来，这个叫"余之言"的作者，是在明目张胆地挑战她的保密职业神经和专业素养。

一阵职业性躁动过后，甄晓敏冷静下来，看到小说背景又一下撩到了一战欧陆战场，而核心事件发生地，则是在1946年的中原大地。于是，她提醒自己："少安毋躁。少安毋躁。几十年前的战争秘密，早已被国家解密，实在无须大惊小怪！"

呵呵，故事蛮诡异，也耐读好看。有些章节的叙事风格，师法了博尔赫斯，好像还有些马尔克斯的影子。显然，作者是心怀向多个经典作家致敬、向密码破译师致敬的虔诚，来写这部小说的。可是，"哈特·科赫"是个什么鬼？我可从来没有听说过！不过，能把古建筑术、小说迷宫、军事密码、重兵突围等，弄到一口锅里搅马勺，也算是文坛奇葩了。

甄晓敏还是觉得不踏实，就又把刚连载完的"虚幌无声"一章，连看了三遍。果不其然，其中有一点狠狠扎了她双眼：《加密映射与解密映射之唯一性互逆雏论》！

这篇论文有褶子！务必翻展开来看仔细！

映射！是个敏感词。尽管战争年代，熟通映射原理的破译师凤毛麟角；尽管余元谋成为凤毛麟角的概率极小，但终究还是有此等可能啊。有就好，有就是事实。最怕那个余元谋本不是映射技术的掌握者，而是这个余之言故意在用敏感元素捣鼓事儿。

该采取点职业行动了！

稳妥起见，甄晓敏没有声张，而是巧妙地利用业内私人关系，进行了多方查证。结果，根本就查找不到那篇神秘论文。

怎么办？还能怎么办，考虑动用国家职能部门一查到底呀！

事情到了这一步，这部小说及其作者，必须盯住不放了。这是职责使然！

然而，余之言又天马行空地把二战期间破译"恩尼格玛"的事实搬了出来。

是啊，早在上世纪七十年代末，西方原交战国多方，都开始坐在一起公开评析二战最高机密了。咱们一部相关中原突围密码的小说，干吗还如此草木皆兵？没必要嘛。小家子气嘛。神经过敏嘛。

哎哟哟，小说里还提到了一部日伪军事密码菊密。这也没什么了不得嘛。当年残暴的侵略者及其走狗，都烧杀掠抢到咱家里来了，咱为何就不能破他的密码？保家卫国，正当防卫。该破！破译鬼密者，大功臣也！

明白了。这个余之言是在用二战机密解密一事，来类比提醒有关方面，在对待战争年代密码战方面，也该解放解放思想了。把那些神秘的红色基因，深入发掘出来，传承下去，才是大势，才是正题。有道理哟！

小说中怎么又出现了"薛定谔的猫"？好蹊跷！对对对，读过理工科的大学生，没有不知道薛定谔是谁的。这是量子力学大拿级人物哟。提到量子力学，自然会想到"量子密码"。可小说中又没出现这四个字。没出现，才有诱惑力呢。因为，量子密码学，是一门很有前途的新领域，许多国家都在作为重点工程研究它呢。尤其是一些发达国家的军队，已经把量子信息技术，列入了引领未来军事革命的颠覆性、战略性技术。那么，余之言这个文人骚客，赶出这只骚猫，暗诱出一个敏感领域和神秘话题，他要干什么？他还能干什么？难道，他在用那句战争名言来暗示什么——胜利只向那些能预见战争特性变化的人微笑，而不是向那些等待变化发生后才去适应的人微笑。

还有，那一篇杂乱无章的数字会是什么？作为小说，写上这一窝蚂蚁字，明显是败笔嘛。没错，典型的画蛇添足哟！不对呀。余之言的文笔还不至于如此拙劣吧。

"我得去干点正经事了。"

甄晓敏去出差了！

余之言继续连载他的小说。"假面中原"一章载完，网上未见异常；"因密而生"一章发过，依然风平浪静。之前所希望的跟评没有出现。他沉不住气了。于是，在"谁人克捷"一章中，突兀地写进了一段尴尬密的故事。这个故事说的是，在淮海战役前夕，国民党某王牌军一部密钥为"尴尬人难免尴尬事"的密码，被我军破译师王小娇独刀破解，立下了奇功。

两天后，果然在网友跟评中看到了热闹景象。有一个叫桂花的网友跳了出来，公然指责这个故事含沙射影，歪曲事实；指责那个王小娇沽名钓誉，剽窃他功。

余之言把早已写好的对抗短文，粘贴在众评堂上。大意指明，"尴尬密"实为王小娇独家所破。作者手里现有当年实物实证。有异议者可出具新证，或来当面对质。

桂花随即贴出了所谓尴尬密破译真相。

此密是当年在国军当司令的外祖父耿义仁，与其部属之间使用的密码。机密性很高，密本、密钥均由外祖父亲手密藏，非大事急情不得启用。后来，是身为中共地下党员的母亲，一直惦记着外祖父这部密码。有一天，她突然想到，外祖父对小说《红楼梦》情有独钟，那么，其密码密钥，是否会与《红楼梦》有某些关联呢？她趁书房无人，从书架上抽出《红楼梦》，发现某一页内夹着一根火柴。这一页是第四十六回章目，"尴尬人难免尴尬事，鸳鸯女誓绝鸳鸯偶"。一个概念迅即冲入了她的脑海。不久，我军制造了一个特定军情行动，实施了一次无线电欺骗，诱使外祖父部连发数封特定密电，均被我军侦听抄收下来。最终，经过反复试破，找准"尴尬人难免尴尬事"正是那部密码的密钥。由此可见，"尴尬密"根本就不是什么王牌军军长所属所用（那个王牌军与外祖父部毫无隶属关系），更不是被那个王小娇所破译。这事与这个女人毫无关系！

余之言粘贴告知："这个密码，千真万确是王小娇独自破译的。我有证据和证人。"

桂花回击道："一个靠虚构小说混饭吃的落魄文人，如有证据也是虚证假证，不足为信。我这里才有当年当事证人。你等着！"

可之后几天，一直未等到桂花有关那个当事证人的跟帖。

第二节

一个阳光明媚的上午。闹市区一座深宅大院里，一位神秘老人接见了市国家保密局督查处副处长甄晓敏。

甄晓敏进门先恭恭敬敬地深鞠一躬，正想说话，老人家先朗朗说开了："听说，你费了九牛二虎之力才找到我。没办法呀！尽管我身份早已解密，可江山易改，保密习性难移！是我自己跟自己过不去，定了些规矩，才弄得找我的人不自由。不过，这些年，没有什么人想见我，我也不想见什么人。习惯无名，喜好无声，耐得住寂寞。这是我一生之生活状态。哈哈。其乐无穷呀！"

甄晓敏又深鞠一躬："无名英雄，大功不语，低调一生。您老无上光荣！"话锋急着往正题上转："这几天，您老看我捎转过来的那些材料，辛苦啦。像这样的敏感材料，着实闹心费神，打扰打扰。"

老人像是没听见她说话，自顾自地说："我唱支歌子吧。好听着呢。不过，我没那王小娇唱得好。当年，这歌子正是那王小娇自编自唱的。"

谁人识君，常人难见，
没有硝烟起密战，
无字天书寓乾川，
襄赞军谋图大业，
破尽天机豪情满。
幕后主角，无语台前，
破密战线写江山，
默默报国天地间，
留得青史身外物，
留得无名万古传。

"我唱这首歌，并不是要展示歌喉，而是在炫耀我奇迹般的记忆力，以便使你相信，你提出的问题，在我这里，都会得到准确无误的答案。当然，也是有意让你听听，什么人才是真正的无名英雄。"老人家把一直捏着的材料放到桌上，"按说，对待一部小说，还是一部未写完的小说，不应该太认真，但这部小说有些特殊，倒像部纪实小说。其中，关于中原突围以及覙密破译情况，基本属实。我强调两点。一是那个'映射之唯一性互逆'问题，当年倒是有那么个影子。算是这个作者没有歪曲事实；二是那只薛家的猫，绝对是没影的事儿！一部写密码战的中国小说，硬要塞进一只外国猫来，用意何在？"

"今天，我正是为这只猫来向您求证的。"甄晓敏点明了来意。

没想到，老人家较起真来："也就是说，要不是这只外国猫，你就不来找我了？我明白，这部小说所涉及的覙密之相关事项，该解密的国家都解密了；一些还未公开解密的，也大多通过不同渠道，在不同媒体上公之于世了。按国家保密法有关规定，这些也都不算什么秘密了。是啊。都是久远战事，确实没必要总是藏着掖着。现在，这类事遍地可见，只要你保密局想查就能查清楚。但是，这只外国猫，任何相关密码战的史料中从未提及过。你们抓瞎了，为难了，只能来找我这个见证人、活档案。现在，我大概知道那个作者为什么要写那只外国猫了。他是想通过这只猫，密诱你们来找我。简单说，他是想用那只猫作诱饵，把我钓出来。我人老心不老，还是保持了这种超常想象力和职业敏感的。不过，那个作者为什么要钓我的鱼，我却想象不出来！"

接着，二人就相关问题进行了深入探讨。老人家思维敏捷，说话铿锵有力，有条不紊。甄晓敏佩服至极。不过，她对老人家的那超常想象力和职业直感，不敢苟同。用一只外国猫，钓出一位中国老人？天方夜谭嘛，不着边际嘛。她觉得，这是老人家今天说的唯一一句糊涂话！

这一天，余之言又贴出了"一密二言"一章。其中，以0348加密的那一窝子蚂蚁数字的译文，又惹毛了甄晓敏。

那段191个字的表面内容，在任何媒体上都未曾公布过。是首次泄露。内容是真是假，不详。而这191个字面下层，是否真的还另藏有密文，更让人摸不着头脑！

甄晓敏不得不二次来找神秘老人。

老人慢声细调地说："这191个字，终是炸翻了你保密局。之前那些章节，因社会上早知者甚多，便无法猜测作者的身份。而现在，191个字出来了，范围就大大缩小了。前文所及都是解密事件，这个作者没犯保密纪律，国家职能部门便没理由找他麻烦。现在，他犯禁了，保密局可以通过正规程序约谈他！"

甄晓敏职业敏感骤增："恐怕不只是约谈这么简单！这191字内容，有可能是他窃密而来。还有，关于那些中原突围及破译冣密的内幕史料，也有可能是他手里原本就有，并非从公开媒体上搜集到的。所以，不能排除他从某些机要部门窃取涉密史料，而用到小说中的可能。"

"实事求是地说，就这191个字，只是隐约涉密，含糊触密，且还是久远战争之密。那些相关中原突围及其冣密破译的史料，也已无任何涉密之患，说其窃密更无根据。还有，小说中列出几百组由四字码组成的数字密码，对一般人来说，是无字天书，是一头雾水，看上去有些神秘，而实际上也没隐藏什么更深的东西。这只是他故意抛出的一个噱头，引人上钩的。这一点，我看得真切。所以说，若对这人过度怀疑，从严处理，缺乏法律依据。依我看，约谈提醒一下就足够了。尽管他作品表现手法诡异了一些，但其文属性，说到底还是一部小说，且属于战争文学中稀有题材。国家对诸如此类作品和作者，还是要宽容，要大度，要鼓励。文坛总得有些新鲜东西出来才好，不然几十年都在那里炒冷饭，没意思。总之，文字狱是封建余孽，杜绝之，方显社会开明。"老人家缓缓地说。

"您老是这方面的权威，既然这样说了，那我们想法找到作者，教育提醒，以观后效便是。"甄晓敏松了口气，"不过，通过这件事，我们发现了您这位国宝级无名英雄。这可是咱整个机要界的荣耀呀。"

"迟暮古董，愧为国宝！无名是真，莫为英雄！"老人家客气起来。

甄晓敏正要起身告辞，又进来两个女同志。其中一个掏出工作证，说是市国家安全局的，并介绍了另一个来人："董红桂，原国民党某集团军司令耿义仁的外孙女。战争年代，其母耿少红曾是中共地下党员。"

老人家爽朗一笑："战争年代，就有耳闻。耿少红同志是革命地下大军中的佼佼者，曾对革命贡献不小。"

董红桂便把母亲曾从外公一部《红楼梦》里，找到国民党军密码密钥的事说了一遍。

老人家沉思片刻，重重点头："你说的这一部尴尬密的破译，确实与耿少红关系密切！她提供的密息资料，对破译该部密码大有启发。当年，侦听耿部电台、试破这个尴尬密者，我是其一。"

董红桂激动起来："最近，居然有人沽名钓誉，公然剽窃耿少红同志的功劳，说是一个叫王小娇的女人，独自破译了敌军尴尬密。"

老人摆手说："噢！你是从《生死叠加》小说里看到的情况吧。我也看过。咱们不必跟一部虚构小说较真。"

"但是，那个余之言在网上反复强调，他所写那一段，字字句句是真，王小娇是当之无愧的尴尬密唯一破译者。"董红桂越说声音越大，生怕老人听不清楚。

老人家缓缓地说："历史证明，王小娇破开的那部尴尬密，与你说的这个尴尬密，从技术角度来说，根本不是一个性质的密码类型，也确实毫无关系！但你外祖父那个尴尬密事件本身，却不能说与王小娇没有关系！这事说来话长，以前极为敏感，现在也还有敏感度，我不想多说，也不能多说。"

"见证人若都保持缄默，那谁来证明历史事件的公正?!"董红桂心有不甘，"那个余之言在网上假话连篇，极其嚣张。破译大师余元谋明明还硬朗朗地活着，他却把老人家给写死了！且是头朝下落旱井挫顿而死的。死得惨不忍睹哟。尤其还说是老人家自己倒栽开阳井。我就纳闷了，余元谋是光明磊落的革命大功臣，他怎么会自绝于人民呢?!"

老人家喘息急促起来，脸开始泛出青白，话说得也快而躁乱了："那部小说，其中有些说法，本就让我不痛快。这两天，又看到余元谋井死一节，心里火便一压再压。待看清，这原来是那个王小娇做的一个梦，我更来气了! 王小娇决不会做那样的梦! 凭她与余元谋的感情，绝对不会梦想让他落井自绝! 这方面，容不得半点亵渎。但是，话又说回来，气归气，细细想，终究是一部小说。虚构是本质，假编合规矩。罢了，由他去吧。这是我以前的想法。可是，今天，此时此刻，你安全局来人了，这事就不能简单了。能惊动你安全局的事，都不是小事! 我建议安全局对这个余之言，要尽快采取强制性措施。"

这时，那个安全局的同志说话了："前几天，就是这个余之言，在他的一部小说《破译师》新书发布会上，婉转却别有用心地暗示，他与连载小说《生死叠加》主人公原型有亲缘关系，且手里掌握着某些鲜为人知的战争秘密。国家安全部门也有爱书人去了现场，义正辞严地提醒他，不要以敏感噱头充当卖点，吸引眼球，防止因不当炒作而给自己带来麻烦。没想到，这个余之言完全不买人家的账，公然叫嚷:'我不能为保久远之密，而不认近亲之缘。你们赶快去找那个余元谋问明情况，才是正事。余元谋年纪大了，有一天没一天的，再不找就来不及了。好了，你们该干吗干吗去吧，别在这里狐假虎威吓唬咱老百姓了。有能耐，你们现在就把我铐起来!'您听听他这番话，气人不气人?!"

老人一拍桌子，吼道:"这个余之言也太狂妄了吧。我要当面对质他! 以假乱真，涉嫌泄密;信口开河，歪曲历史;虚张声势，挫顿余死。反了他了! 抓他!"

"尤其一些敏感的史料来源，要作为重点来调查。"甄晓敏神经线被重新拨响，"我觉得，还是不能排除余之言有窃密之嫌。这一点，很重要!"

"有嫌疑还不抓? 很重要还不抓? 抓! 坚决抓!"老人家有些急

不可耐了。

甄晓敏不失时机地奉承道："对任何有意隐瞒之事，您老都有敏锐洞察力。宝刀不老！职业精神永恒！了不起呀！"然后，她话锋一转，又及时修正了自己的态度："我怎么突然觉得，'抓'这个词太过火药味了呢？是不是还没到'抓'的程度，也没'抓'的依据，更没'抓'的必要。依我看，还是先搞一次非正式的、约谈性质的联审稳妥一些。对，协商各有关方面，搞一次非正式的不公开联审好了。这样一旦有意外，还有回旋余地。"

"你这是职业性谨小慎微，胆小如鼠！"老人家还在火头上，"哼！涉密公职人员的通病哟！"

第三节

联审余之言那一天，神秘老人笔挺着身子，目光炯炯地出现在了现场。那个余之言一进大厅，瞧见老人桌牌上写着"余元谋"，竟然放声唱起了老人曾唱过的那首歌子。唱完，他已是满脸泪花，泣不成声地说了一番话，又当众呈报了四份材料。

余元谋听罢看完，老泪纵横，简言略述。案子无须再审，随即宣告结案。

      这些年，我一直在苦苦寻觅余元谋老人。我推测，这位老人早年从事过核心机密工作，现在肯定受到了国家重点保护。相关他的真实消息，不可能流露出半点。他人也不会出现在公众视野里。即便是进入社会，也必是改头换面，隐姓埋名。想要找到他，如大海捞针，非常规手段所不能为。于是乎，我便有了这些日子的一系列诡异作为。

      显然，我的《生死叠加》之所以要连载，就是想根据事态发展，不断填充所需内容，甚至把不该出现的故事硬加进去，一波三折地爆料秘史隐情，有意夸大某些战争秘密，虚构事件情节，歪曲人物关系，一步一步刺激相关人员，逐渐靠近目标，最终诱请出余元谋老人。其间，存在多处不恭敬之举。最痛心的，是我违背事实，谎说王小娇终身未嫁、彭寂撞墙碎镜而亡。事实上，彭寂被解除关押之后，他与王小娇的私情交往时好时坏，时分时合。有一天，王小娇慎重审视了自己繁杂而冗长的情感过往，觉得还是同彭寂守护一生是最理智的选择。于是，经她反复向组织申请，终是了了心愿。回头来看，二人彼此心有所属，还是源自早前那段特殊的工作合作。那次，王小娇出色完成了组织交给她的技术密诱任务，却不知不觉被那彭寂实施了反密诱，实实地入了他的情感圈套，使得她多年剪不断，理还乱，一直别有一番念怀在心头。骇人听闻的是，王小娇却拒不承认是为情而投入彭寂怀抱的。她说，她的真情从来都在余元谋身上。她之所以要嫁给彭寂，一为余元谋死也不娶她；二为那个彭冣托梦把祖宅建造术精魂传授给她的同时，把彭寂也托付给了她。她不得不满口答应彭冣，一定要找到彭寂并与他身心合一；还庄重承诺，有朝一日，她会随同彭寂回归故里，落叶归根。后来，来了一场政治运动。因为彭寂过去特殊政治背景和投诚者敏感身份，因为王小娇与彭寂的夫妻关系，二人不宜再从事核心机密工作，上了"严格管理教育，严格控制使用"的人员名单，被调到了某部后勤部门任职。

那一年，九珠岛民间发现了一些涉及历史海洋气象资料及海防海域地质结构密符秘卷资料，引起了国家相关部门的重视。由于所涉秘卷材料具有密码密符性质，急需国家派出密码专家前去协助破解。考虑到此事与当下核心军事机密关联不紧，加之整个国家层面密码专家、符号专家都稀缺，可调用的人才少之又少，便派了"双严"闲置人员彭王二人的长差，算是借调性质。谁也没有想到，这一去就是多年。这期间，彭王在九珠湾安了家，并生下一子。

为纪念彭寂与余元谋多年斗法情缘，以及王小娇与余元谋姑舅亲情，还考虑到余元谋终身不娶、膝下无子的现实，彭王二人便让孩子随了余元谋的姓，起名叫余之言。（也可能是怕孩子将来在政治上受连累，而未让孩子姓亲生父母的姓。）是的，这个孩子就是我。那一年，父母攻克了多个难题，破译了部分九珠湾密符古卷秘册，却又为保护这些资料安全，不幸双双被潜伏敌特害死。后来，国家照顾烈士遗孤，给我在某船舶远洋技术研究所安排了正式工作。

再一个不恭敬之处，是我故意招惹耿家，以图借砖敲门。当年，耿司令长官弃暗投明事件影响甚广，尴尬密又与之密切相关，也神秘无穷。我在小说连载中挑起这个敏感事儿，主要也是想引起相关部门对我的关注和怀疑，好借机逼余元谋老人出山与我对质。

最不仗义的，是我编造余元谋老人跳开阳井挫顿而死。这是因为，当时看那架势，他老人家根本无意出山。所以，我才不得不出此下策，以此荒唐言来激怒他，诱他跳出来。现在，我站在了余元谋老人面前，便证明我处心积虑的密诱行动，已大获成功！

我还知道，以上这些事实陈述、身世揭秘，以及下面要提供的几份材料，都会颠覆小说《生死叠加》中的多个故事，也会给各方判断案情造成困惑。但我别无选择！为达目的，我只能作乱到底！我觉得，我这样做，才能真正体现该小说的核心思想——生死叠加；该小说的艺术寓涵，也才会真正有了分量和深度！否则，便枉费了这个好题目，更枉费了薛定谔那场著名量子力学思维试验。难道不是这样吗？

我当然清楚，在座的各位不会对小说艺术真感兴趣，但对"薛定谔的猫"，肯定会每提必惊，疑惑四起。是的，你们可以指责我打猫牌是扯虎皮拉大旗。说我什么都行，但我自有我的良苦用心，你们看不出来那是你们的事。好了。我的话说完了。

余之言呈上的那四份材料，由余元谋当场认定笔迹后，迅即报送到有关部门，比对国家机要档案中相关笔迹和手印，去进行技术鉴定和甄别。

第一份是关于那191字内容的交代材料。这是当年彭寂写给组织的，原样抄存了一份；并在191字基础上，书写了相关事件的详细过程。彭寂签上大名，按上手印，证明这些材料是出自他本人之手（并非余之言从机要部门窃取的历史档案材料）。由此可见，彭王夫妇生前就已经预测到，寻觅余元谋之路不会一帆风顺，且还可能险恶重重。于是，便给余之言摆脱险境预留好了备案和后路。

第二份材料为王小娇亲笔所写。开头第一句便是，余元谋、王小娇二人实为生物学上的姑舅亲关系。信中说，王小娇当年提供的舅妈与其情人私生了余元谋之隐情，以及相关情书，都是她王小娇一手捏造的。目的是想否定她与余元谋之间的血缘关系，从而去除余元谋心中姑舅亲概念，以达到让他心甘情愿娶她为妻的图谋。这份材料中，还夹着当年王小娇拍过照片的那封情书原件，以及帮她伪造这封情书之友人的证明手书。该手书与那情书原件确为同一人笔迹，上面写清了王小娇找友人伪造情书的详细经过。一向作风缜密的余元谋，又把他藏掖几十年的那张情书照片翻了出来。经比对，与那张证明手书，也为同一人笔迹。

第三份材料还是王小娇的手迹。写明了她当年独家破译尴尬密的详情。材料说，淮海战役时，国民党某军欧阳军长所用尴尬密，实为国军另编甲等密码本，其编制结构、加密原理、密性密度等，均与原国民党某集团军耿义仁司令长官所属尴尬密毫无关联，只是密钥巧合罢了。大概是，欧阳军长因情爱尴尬而导致心境尴尬，随情适性之中选定了"尴尬人难免尴尬事"作密钥；而耿司令长官则难以走出政治上尴尬处境，才突发奇想启用了这一尴尬密钥。两位毫无隶属关系的将军，在互不知情当中，不约而同地尴尬在了一处。这只能说明，世上各类尴尬人尴尬事太多！巧为情中生，事往一处凑，不足为怪！王小娇在手书末尾处说："谨把尴尬密故事赠与我儿余之言，用作接近余元谋的敲门砖！当年，在属密军长欧阳被我军围歼之后，此尴尬密遭破译之事，便逐渐被国民党军上层所感知。因此，该密情，实属早无密性，被我儿知之，不算泄密！无论到什么时候，遇到什么情况，我儿身上都毫无涉密、窃密之过失。恭请组织届时查史档对证，还我儿公道！"

第四份材料是一张工笔画。上有一对男女，腿上爬满了黑红蚂蚁。余元谋当即看出，这是一组由蚂蚁组成的电码，黑蚂蚁代表"点"，红蚂蚁代表"画"。他随口读出了数字：31，415，326，198，9，513，312，7，374，505，169，444，27，410，281，369，45，13，65，37，25，88，303，438，53，124，398，4，56，17，286，159，401，309，301。

当场听罢，众人无解！余元谋说："凭我对彭王二人的了解，这组数字肯定与冣密底码有关，可用冣密又直译不出来。这说明，其中还有深层迷障。眼前，我等短时间内定然解决不了问题。"

可余之言却急于尽快解决问题！他又补充了一个情况："父母生前曾列出过一页电码数字。为便于密存，我把这些数字全都隐写在了《生死叠加》之中。即为小说中从大小标题到内文所有的阿拉伯数字。父母说，把所有数字从头到尾逢偶加8；再从尾到头逢奇加8，最终得出一个全新数字排列方阵。然后，再从头到尾，按每四字为一组分开，便组成了若干组四字码。这若干组是多少组？有上千组之多。现当庭呈送到各位手里。"

余元谋仔细看完电码材料说："有了这千组电码，难题便不难了！大家先看这第四份材料上的黑红蚂蚁数字。它们本是这上千组四字码中的三十五个位置数，对照冣密底本，即可译出三十五个字的明文来：恭请吾友元谋商政府允准余之言前往法国起回吾父遗骸同吾母合葬于金陵寂娇托。"他长长舒了口气："海外游子英魂，终要落叶归根！总算又了结了一桩一战时期的尴尬人尴尬事。看来，哈特·科赫是给了《冣之书》一个圆满结局的！"

余之言说："父亲也有他想要的圆满结局。父亲的心愿，全都体现在这第四份材料里了。父亲让我务必找到余元谋老人，求您帮他实现这一愿望。对了，父亲生前还说过，五台山古刹里的干尸并非彭寂。可又没说彭寂最终身藏何处。我一直认为，彭寂从未真正离家出走过。她只是对她母子长年遭受歧视而耿耿于怀，再不愿直面彭家人，却又舍不下祖屋精魂，便一直隐藏在彭家庄园深处独自生活。她一定是在某年某月某夜，死在了彭家庄园某座老屋之中。她是不会让人发现她尸体的。所以说，将来把唐莫寂遗骸起回来，安葬在彭家庄园或彭家镇任何一处，便等同于和那彭寂灵魂合葬了。"

"告诉你吧，余之言！你父亲最大的心事，这第四份材料里只字未提。他的心，你不会琢磨透的。最知彭寂者，我余元谋也！"余元谋站起身，欲要离席。

"是的。父亲确实还另有一桩心事。"余之言"扑通"一声双膝跪地，"您老要独守终身，我父母放心不下，交代我认您作父，为您养老送终！余元谋父亲，我要做您老膝下之子！"

余之言当场认父的举动，震惊了众人。

余元谋泪洒衣襟，低垂着头，倒背着手，缓缓走向门外。回头说："不需要！真的不需要。你还是叫我表舅为好！现在看来，我可是你纯正的生物学上的表舅哟！我再说一遍，你父亲最大的心事，你还没有悟到，可我心里像明镜似的。"

余之言伏地长泣："父亲，父亲——！"

第四节

离开隐蔽战线这些年，余元谋一直过着平静而安逸的隐居生活，间或以掩护身份到社会上做些事。没想到，这些日子，会有突如其来的一粒石子，带着火星子从天而降，激炸了他这湾静水。此时此刻，他耳边久久回荡着余之言跪地泣喊"父亲"的声音，脑海里却莫名其妙地翻腾出了很久以前的一场口舌对决。

彭寂：长期以来，我一直是个单纯技术主义者。我在编码过程中所体现出来的职业精神，气贯长虹！我以最密迷宫为代表的技术王国，永垂不朽！我以前这样认为，现在依然这样认为。但我知道，你余元谋不以为然。你会说，编码者可以编制出一部技术上无比奇妙的密码，但这部密码，无论如何也逃脱不了现实，尤其是政治军事现实对它最终命运的裁决！决定密码生死的永远是破译者！而对于编码者，不死的只能是其气贯长虹的职业精神！说一部密码永垂不朽，那是一句屁话。其实，说彭寂的职业精神气贯长虹，也是一句屁话。哼哼。我猜不错。你余元谋会这么说的，一定会这么说的。

余元谋：你听好了。从某种意义上说，编码者和破译者之职业精神长存，可以超度一部密码的诞生与消亡！各自对各自技术的极致追求，能使彼此间天然宿怨与仇恨在瞬间爆发。尤其在一部密码生死叠加阶段，彼此会全身心沉浸于技术决斗与对抗的快感之中！这个时候，双方才感觉到在各自技术王国里，实现了职业精神长存。而一旦过了这一阶段，当观测到了最终结局，彼此饱受的却是纯技术之外因素所给予的切身体验——如果密码固若金汤，编码者会感受到快感的升华；如果密码走向破灭，破译者则也会感同身受。可是，我要说，你彭寂永远体验不到那种升华了的高尚胜利和职业精神。因为，你没有政治信仰和职业道德约束。在你眼里，格斗的永远是技术。至于你技术之下诞生出的是罪恶，还是正义，你全然不顾。所以，即使你赢了，你也只能感受到技术层面的低级快感。但我余元谋就不一样了。本质上，我关注的是将士的生与死，每一次拿起一部待破密码，都是在寻找使将士脱离死亡的秘诀。找到一条能减少将士流血牺牲的出路，对我来说比什么都重要。我永远以将士生存为第一法则，靠智慧增长来破解敌密，襄助胜利，以期达到正当防卫、保护家园之目的。那些年、这些年，中原军区"生存第一、胜利第一"的信条，一直是渗透在我血液里的。当那一天来临，真正面对危险时，我破解了敌军，所以说，我能体验到最高层次的喜悦、幸福和胜利！

彭寂：那么当年，王小娇破译了国民党某军尴尬密，致使该军军部全军覆没，死伤无数。请问，那时候的王小娇，是何种心理体验？是低级的，还是高级的？

余元谋：所有类似王小娇之作为，都是加快了强暴者走向灭亡的步伐，促使战争提前结束，避免了更大范围的流血牺牲！你说，她的快乐是高级的，还是低级的？

彭寂：哼！说的比唱的还好听！

余元谋：我再说一遍，从根本上说，你彭寂的终极关注是技术，是密码牢不可破！而我与王小娇的终极关怀是生命，是人的趋生避死和革命的胜利！所以，我们破译了最密和尴尬密，是人心所向！是生命之求！是智者生存！是正义作为！

彭寂：总是重复自己那点崇高，有意思吗？就你余元谋这副嘴脸，我不服！

余元谋：哎哎，不对呀。你彭寂早已经脱胎换骨，心向光明了。一个投诚过来的革命者，怎么还会有如此恶劣的言行？难道，这又是我的一次想象和幻觉？

彭寂：管你是幻觉还是真实，反正你再也诱骗不了眼前这个彭寂。

余元谋：我知道，你彭寂最大的心事，就是想为破败的最密翻案。

彭寂：没错！我要为最密鸣冤！我要为最密正名！我彭寂永不服你老谋子！

余元谋：你人死了死了还不甘心，又前来给我叫阵。好啊，死鬼，我应战！

彭寂：那就再来一场最密之生死决战！

余元谋：老子奉陪到底！

那一天，余元谋真就斗志昂扬地再一次远赴彭家庄园。

多年后，有人在《冣之书》正版样本中，看到了这样一句话："《彭家镇志》第一卷第一百二十三页，对余元谋最后一次去彭家庄园，殒命于开阳井事件，做了详尽记载。"有较真者，专门去了趟镇史馆，真就在《彭家镇志》中查实了早年纂录的相关文字。

该镇志用语并非正统志书语体，而是笔法灵动，不拘形式。现转载如下，文字没有任何变动。

　　余元谋与彭寂之间的冣密之战，长年经久不息。即便一方或双方都死去，这场战争仍会延续。因为，他俩依附在冣密上的灵魂是永生的。这不，余元谋身怀战斗姿态，又一次来到了彭家庄园。他知道，彭寂早已客死他乡；可也知道，无论彭寂死在哪里，必定会魂归故里建筑群。于是，这二人的灵魂再度展开交锋。

　　彭家庄园上空连续七天七夜嘶吵不断，争辩声不绝于耳，震惊了全镇乡民。人们不禁纳闷，独自一位迟暮老朽，怎会闹出如此大的动静？他们哪里晓得，暗地里还有一个好斗的死鬼灵魂呢。

　　此刻，冣密发源地之日月星辰、房砖屋瓦、深井高窗，都不再识得冣密的本来面目。这些年，冣密已经被交战双方，且战且繁殖成了特级高难密码，其攻防对决已然具有了大师级密码战水平。

　　最终，余元谋纵身跳入开阳井，总算在井底逮住了那个永不服输的灵魂，挖出了彭寂埋藏最深的一个密钥，破译了他最新一代变种冣密。然而，余元谋却再也没有气力爬出开阳井，终是与彭寂之魂葬聚一穴。

　　临终前，余元谋慨然而悲悯地摁着井底下的那个灵魂，道出了他历次破译诸代冣密的秘诀。他说完下面这一番话，待确切听清彭寂的亲口回应，才闭下眼，咽了气。

"开始破解冣密时，我总是试图凭想象穷尽必然，可往往只能做到无限接近，不可能完全预测。后来知道，我永远不会拥有一把精密无比的尺子，去获取想获得的所有数据。亦即，破译师的尺子之最小单位，极难企及编码师秘设的最小单位。因为，破译师永远不能真正成为编码师肚里的蛔虫，即便彼此是夫妻、是父子、是亲兄弟也办不到。所以，破译师不可一味索求那个必然、抓捕那个唯一，要学会在偶然因素上搭建辅路，在必然与偶然之中间状态寻找突破口，尤其要正确面对'测不准、量不精、小概率'等客观存在，精于在本质上求必然，在现象上抓偶然。也就是说，破译师应时刻对必然世界发散丰富想象，却要全力创造与偶然擦肩而过的机会，且务必一咬即准，永不松口。这与之前我那一番不包含任何密码专业术语的偶发感悟，是不矛盾的，反而是统一而深化了的。冣密破败的命运，正是这样在看似偶然而荒谬的状态下变成了现实。这正是你彭寂的必然结局。很好！刚才，你终于承认，从职业角度讲，对我身上那种'天才的灵性闪现和坚忍的精神跋涉'是服气的。并强调，唯服其此。够了，仅服这两点，我也不嫌少！仅有这两点，也算你顺从了我之思想。因为，灵性闪现的偶然性和精神跋涉的必然性，在我屡破密码工作中一直发挥着尖刀作用，二者相辅相成，辩证发威，缺一不可。不过，咱得把话说清楚，这次，可不是我强迫你顺从我意的！是你甘心情愿的。这一点，对我来说至关重要。总之，你服气就好！我可以瞑目了！"

仔细想来，余之言前面所写"余元谋老人跳开阳井挫顿而死"，与《彭家镇志》上相关记载有些矛盾之处。那么，具体情况到底是怎样的呢？在那次联审对质时，当着大家的面，余之言也没有说清楚这事儿。

下卷

引　言

《冣之书》

0382 0648 0037 2579

这一年，小说《冣之书》第五次再版时，作者哈特·科赫对其部分内容进行了扩写和修订，还新添加了一个"后记"。

后　记

《冣之书》正版样本写完之后，我明显感到，它确实达到了"极尽周详圆润"之效果，弥补了我那个"半截子梗概"的诸多不足。但略微悲观地讲，我却不知道这部小说是在何时结束的。按说，它应该结束于小说的最后一句话。然而，我觉得，它早在文本结束之前就结束了，可又像刚刚开始。

创作期间，我曾反复问自己，为什么《冣之书》必须得有结尾？为什么只能有一个结尾？为什么不能把结尾放在小说中央？要知道，小说即生活，而生活本身是多姿多义的。如若一个人一生总走一条单行道，总在一个入口里进、一个出口里出，那他走到人生最高境界的概率会很小。因此，我没给《冣之书》一个传统意义上的结尾。读者完全可以从小说的多个不同出口走出来，但又不是所有的出口都能走得通。有的出口，或许是另一座深宅大院的入口；也可能是一个地下迷宫的漏口。没错。我把《冣之书》结尾选择的决定权留给了读者。从何处开始，又在何处结束，全由读者说了算。但是，作为作者，我最希望读者考虑从两个彼此相隔甚远的出口走出来：其一，"唐莫寂从金陵消失后，彭最故伎重演，女扮男装，偷跑到九珠湾外婆家，假借三表兄姒平海之名，加入了中国赴法劳工队"。其二，"那一年，九珠岛民间发现了一些涉及历史海洋气象资料及海防海域地质结构密符秘卷资料，引起了国家相关部门的重视。由于所涉秘卷材料具有密码密符性质，急需国家派出密码专家前去协助破解。考虑到此事与当下核心军事机密关联不紧，加之整个国家层面密码专家、符号专家都稀缺，可调用的人才少之又少，便派了'双严'闲置人员彭王二人的长差，算是借调性质。……这一去就是多年"。

其实，这两个出口，虽在不同年代，却是同一个重大事件、同一块陌生之地的入口。这个"入口"便是九珠岛。

毫不隐讳地说，为向所推崇的经典作家致敬，我是不顾了一切的，居然把"马尔克斯式叙事习语"搬出来一用再用。这样干，恐怕连读者都烦透了！

多年之后，彭最那个表兄姒平安之子姒大龙，晓得世上出了一本书，叫《百年孤独》，便很不服气。哼！百年孤独算得了什么，还好意思嚷嚷得全世界都知道？姒家祖祖辈辈在岛上孤独了上千年，连一句话都没嚷嚷过，悄悄把这战略要地的海洋地质结构及气象天文变化详情，全都用密文密符写进了古册子，隐埋在了九珠岛古礁洞里；哼！吉卜赛人那坨子冰又算得了什么？那一年，九珠湾一眼望不到边的海冰床子，那才真叫冰哩。百年不遇哟。

说完这话，姒大龙想起了父亲带他去看海冰床子的那个遥远的下午。其实，那场罕见的冰雪天气，父亲提前半个月就预知了。父亲从祖传气象史料和祖辈那里，学会了看海势，识天象，对九珠湾海域复杂多变的海洋气候，有着高超的把握能力。那次，父亲便想利用这极寒天气，把女扮男装的表妹彭冣，偷送到即将远赴西欧的劳工船上去。

尚待启航的十三艘大船，已登载了八千余名劳工。可谁也没有料到，启航前夕连续刮了七天七夜的西北风，把大船都冰封在了海中，导致一再延误启航日程。那么，这就必须临时再添补至少半月的给养。否则，原计划航行三个月的粮食，将会在中途出现空缺。官方根据父亲的建议，赶制了一百二十套雪爬犁，召集二百民工，把增补给养送到大船上。彭冣正是这二百民工中的一员。爬犁到了大船跟前，各船派下众劳工与民工一起搬运物资。在阴暗角落里，由父亲和几个知情乡亲掩护，彭冣与劳工钦平海调换了服装。这个勇敢而矫健的女童子军，穿上制式劳工服，身影一躲一闪，便混上了大船。而她的行囊也已伪装成粮袋被搬进了船舱。

此前，其三表兄钦平海经相关部门诸项条件验收和身体健康检查，办全了劳工应征手续，在严格搜身和检验随身行李后，被带上了大船。之后，正是这个猝然而至的鬼天气，打乱了航运阵脚，让个鬼机灵的小女子钻了空子，使这个偷梁换柱行动得以成功。

是的，就是在这块陌生之地上，读者不得不再度转身走进历史深处，去察悟九珠岛祖辈秘事、彭冣及其表兄家族与日德强盗对决内幕，以及解放后彭寂王小娇遭遇潜伏敌特暗害的经历。当然，还会看到尾随彭寂灵魂而来，一头扎进密符里的另一个不甘寂寞的灵魂！这个灵魂高叫着："你彭寂破了秘卷，我也能破！"彭寂魂魄呼应道："算你有种！好，很好。你老小子来了就好！"

至此，彭寂隐藏最深的那个诡计，才算彻底告成。原来，彭寂曾暗布长远谋略，责其子待日后环境成熟时，寻觅诱请余元谋出山，重新研判九珠湾海域当年对敌斗争密情，以期解决那个悬而未决的重大难题。亦即当年彭王夫妇因受政治运动影响和潜伏敌特暗中干扰，只是破解了部分历史密文密符资料，却没能寻找到那一本最核心的古卷秘册。彭寂把希望全都寄托在了余元谋身上。

事情最终发展，正如彭寂所愿，余元谋那"天才的灵性闪现和坚忍的精神跋涉"一再显现神奇，破解了大量关键性史料，推测出了那本古卷秘册的大致去处。

事情说来巧得很。在史料堆里，余元谋无意中翻出了十七份旧密电，是日军1914年第一次侵占九珠岛后使用过的。他感到似曾相识，冥冥之中，脑袋里一根弦，搭到了抗战年间日伪军那部菊密上。很快弄通，这十七份旧密电加密原理是菊密爷爷辈的。孙子密是爷爷密的改良与变种，彼此血脉总是相通的。于是，余元谋通过当地组织向上申请，调来抗战时期菊密档案资料，进行了比对性研究。解剖过孙子的尸体，再摘取爷爷的心肝，那就容易多了。破解后看到，这十七份旧密电，涉及当年日军追觅九珠湾要地海洋地质气象古卷秘册的情况，以及日军处理九珠湾一艘运宝船沉没事故的经过。余元谋在其中发现了蛛丝马迹，几经联想深挖，找到了事件迷局的第一个突破口。然后，从这一角缝隙里钻进去，逐步拓展新阵地，一再闯破新茬口，终是探到了目标。

那么，九珠湾战略要地古卷秘册，真的藏在九珠岛上某个古礁洞里了？

嘘！这还是个秘密！

另外，还有一个秘密，是余元谋口不能言，却心知肚明的，即彭寂和王小娇对抗战时期那部日伪菊密也并不陌生。作为研究军事密码的高手，这二人翻到一战时期那十七份旧密电时，其职业神经不是没有灵敏感应，而是他俩不敢向上级申请调阅菊密档案。因为，这菊密牵扯着彭寂曾作为国民党特务，潜伏中原军区的那段黑色历史。这个时候，政治运动正急火中烧，身上的那段阴暗污点想掩盖都还来不及呢。最终，这二人不得不放弃与菊密相关的这条破解线索。这在一定程度上，迟滞了九珠湾间谍案的解决，也间接导致未能及时挖出潜伏敌特，从而给彭王二人被杀留下了机会。余元谋琢磨清了这个内情逻辑后，怕对彭王身后声誉及其子前程不利，便没有对任何人提起过这件事。

总之，一桩始自于一战祸患而泛发在新中国的间谍案，正在恭候读者的到来。

莫非小说的真正结尾就在前方？

这是一篇极为蹊跷的后记，甄晓敏看后经数度揣摩，才恍然大悟：原来，《取之书》和《生死叠加》，本是同一套故事架构、同一套人物关系。说白了，二者正是同一部小说。那个德裔作家哈特·科赫，很可能就是虚无的，实则并无此人。怀疑是那个余之言干下了掩人耳目之勾当。你看，他让主人公在这部小说中死而复活，在另一部小说中活而又死，屡屡彰显先有果、后有因，先有疤、后有伤，先有伤、后有枪；其故事发生的时间，也在二者之间时而切分，时而重叠，时而颠倒。这使得小说很像一座建筑迷宫，又像那部取密密码，有了立体感，有了神秘性。显然，余之言对迷宫小说和军事密码，情有独钟到了极致！他强迫二者配种、杂交，并将其繁殖到了变态。

具体说来，这部小说的整套故事框架及其内涵构成，恰巧神似（并非形似）取密主密钥的生成。用数学方式，或许更能说明这个有意思的问题。

令：彭家庄园七口井彼此之间的距离为 S_i，各井之深度为 H_i，则：$S_iH_i=X_i$

把所得前六个主密钥，按照数据大小和故事的复杂程度，分别与小说前六章一一对应，则为：

$X_{11}=S_1H_1=$第二章假面中原

X12=X1S2H2=第四章谁人克捷

X13=X2S3H3=第六章一密二言

X14=X3S4H4=第五章远诛之旅

X15=X4S5H5=第三章因密而生

X16=X5S6H6=第一章虚幌无声

然后，再设定从第七口井到第一口井之间的距离为S7，则为：

X17=X6S7H7=第七章诱因无解

于是，甄晓敏给好友董红桂打了个电话，把这个数学式讲解了一番："由此可见，这部小说有着鲜明的密码结构，到了第七章，真正的密度高潮才繁盛而起。而另一个高潮，则在第一章上就出现了。这第一章，又与之前的引言部分暗中勾连，刻意设置了一个类似冣密入门玄关的迷魂阵，着实为难了一把读者。至于第七章之后，小说还会出现何种诡章异节，你自己看去吧。"

"谁能告诉我，故事的结局到底是哪一个？"董红桂一心想尽快爬出小说迷障，"你能算出那个该死的数学式里，藏有多少个出入口吗？进口错乱！出口错乱！我看是那个作者余之言精神错乱！对，他这么写，只能认定他精神出了问题！"

甄晓敏也气急败坏到了极点："再陪这个余之言玩下去，非活活被他绕死不可！我声明，我彻底放弃对故事结尾的寻找。"

"此生，我再也不看这个作者的任何小说了！"董红桂摔了电话。

甄晓敏又把电话打过去，没好气地说："动不动就摔电话算什么本事呀？告诉你，这个作者，在小说网站上又贴出了那个尴尬密遭遇破译的详情。有本事，你就真的别看！"

董红桂听罢一言未发，又把电话摔了。

第八章

魅 妆 女 人
7613 1182 1166 0086

第一节

按说，那个欧阳军长与耿司令长官不属同一战区，彼此并没有隶属关系。但二人私交甚好，尤其在熟通古建筑上有共同爱好。欧阳曾赠送耿某一座应县古塔象牙微雕，耿某则回赠了一座灞水廊桥紫檀微雕。就连欧阳军长的正房太太，也是由耿某保的媒。可后来，欧阳夫妇过得并不幸福，夫妻双方时有找媒人告状。男的指责女的飞扬跋扈，没有一点女人的温柔，还常对女佣大打出手；女的则指责男的习性风流花心，私藏着三房姨太太，挨打的正是那些争风吃醋的浪女人，并非女佣。战时，军用电话线路金贵，双方告起状来，一占就是多半个小时，耿某不耐烦了，吼道："等这一仗打完，我来给你俩裁决，离了个狗日的省心！"

徐蚌会战后期，平津会战即将打响，这个时候，耿司令长官听到一个噩耗：欧阳部被共军包了饺子，欧阳军长惨遭生擒。他心隐隐作痛，暗说："欧阳军长的今天，就是我耿某的明天。整个国军都逃脱不了这一厄运。"不过，表面上还不能显现出悲观情绪，他对林副官说："欧阳这个花心大萝卜，连女人间的战争都摆不平，岂能摆平共军！他被歼灭，遭生擒，理所当然。"

这一天，一个衣衫褴褛、蓬头垢面的女人，来到耿司令长官部大门前。哨兵拦着不让进。那女人便当场梳理辫发，清理面容，换上了一身崭新的旗袍。哨兵惊呆了：少见的绝色女人！即便她左脸被一块纱布贴了，也不影响全身的妖娆。女人说，她是欧阳军长的三姨太刘青红，有要事当面禀报司令长官。电话打进去，林副官出来领的人。

刘青红站在耿司令长官面前，并未急于说话，而是用一方手帕举在左脸上，掩住那方纱布，百媚生辉地盯着司令长官看，却又带出几分胆怯怯的羞涩，犹豫着，似是不知话从何说起。

耿司令长官先说了话："早就听说欧阳老弟养了几个绝色女人，只是那个小气鬼捂得严实，从不肯示人，生怕别人抢了去，而在官场上公开应酬时，他总是只带正房太太，以显示自身正统。今天一见，假正经的欧阳，果真是金屋藏娇！不仅是娇，简直就是妖媚。"

刘青红这才开了口，却是悲泣涟涟，哭成了泪人。大概是眼泪渗进了纱布，浸疼了伤口，眉头紧皱几下，又生出另一番娇媚。耿司令长官不经意间溜出一句话来："欧阳那正房，横竖没法比哟！"刘青红拂去嘴角上的泪珠，娇悲地说："这正是青红的痛苦所在。他那正房恶翠花，一惯仗势欺人，横行里外，动不动就撕我等脸皮。您看，这伤正是那恶手老蹄所致。您可不知道那老手有多歹毒肮脏，抓得我这脸久久不能愈合。恐怕这相是破定了。"说着，一把撕下了那方纱布，露出两道长长的血红脓肿。很明显，伤口已经感染。左脸被严重糟蹋了！

耿司令长官是个怜香惜玉之人，忙让林副官去叫卫生兵。刘青红怒气难消，坦率直言："那个黄脸婆仗势欺人，仗的正是您耿司令长官的势。她依仗是您的远房侄女，您是她的大媒人，便常常骑到欧阳头上去，更不把我等女人放在眼里。这不，欧阳军长一投共而去，我这脸皮终是没保住。这个仇不报，我刘青红誓不为人！"

"那翠花从小就霸道，我是知道的。你看，都是一个屋檐下过日子的姐妹，她真能下得去这个手！"耿司令长官稍露尴尬，随即又吃惊地问，"刚才你说什么来着？欧阳军长投共了？欧阳部是被围奸的呀，怎么能叫投共呢？"

刘青红擦干泪水，一字一句地说："欧阳军长在那恶婆怂恿之下，早就暗地里投靠了共军，这两年一直在和共军私通着呢。可那恶婆，又怕共军那边生活艰苦，受不了那个罪，所以，在欧阳拉队伍投共之前，她自己先行逃脱了。前几天，又偷跑回老宅取她的一些细软，给我恶打了一架，还偷走了我不少银件。我估计，那恶婆是要来投靠您老人家的。您老千万不要收留她。她有通共之嫌，会连累您老的。我虽与司令长官素不相识，但却早就听说您是党国忠贞之士。所以，今天我才专程跑来向您报告这事。当然，明人不说暗话。我这次来，主要是想阻止您收留那恶翠花。没错，我就是要让那恶妇，在这世上没人搭理，无人收留，死无葬身之地！"

耿司令长官听罢，冷冷一笑："女人一旦因妒生恨，就什么事都能干得出来。你刘青红为出这口恶气，瞎编了这套假谎，难道你把我耿某当成三岁的孩子了？！这欧阳以前是剿共英雄，后来思想是有了些改变，这些我从与他言谈中感觉出来了。但他也不至于会通共投敌呀，并且那翠花也怂恿他通共，谁信呀。"

刘青红心一横，一字一句地说："这里摆着这座古塔象牙微雕，便是他欧阳在此。今天，我就当着他的面，当着长官您的面，把话说明白。这些年，那个欧阳受恶婆胁迫，心也不在我身上，没给过我多少真感情，只是贪恋我这美身子罢了。他不义，就别怪我不仁。说实话，我早就同那通信处长好上了。我与那个男人是真心相爱的。我的苦处，只有他刘玉江能理解。玉江可怜我，疼爱我，暗中保护我。我正是从他那里得到了欧阳通共的证据。"说着，从怀里掏出了一个红布包。里面是一张手写纸和一个本本。

那页手写纸张上，记有欧阳部与共军电台联系所用密码情况的说明："欧阳军长与共军双方商定，相互之间通信联络使用加表密本，即战略情报传递用五码数字密本，每个礼拜更换三百组数字加表。这种密本，实际上是一种四码数字密本，另加一个数字作为某种形式的校验码。其共有两套，一套是每到第二码重复一次；另一套密本，是第五码表示前四个数字的个数总和。而中高级战术情报的发送，则常用四码数字密本。这种四码密本，是一种10×10密表加表。一个表用于对头两个数字加表，另一个表用于对第二对数字加表。"

刘青红还带来了一部如上所述的四码密本。她啪啪拍出了响："刘玉江说过，这本密码是那欧阳与共军日常联络所用。"此刻，她情绪极为激动，脸涨得通红，伤口渗出了腥臭血脓，直顺脸颊往下流。卫生兵处理了刘青红脸伤，随即领她出去休息。临出门，她又说："我和那刘玉江一起逃了过来。现在，他还在城外等着我呢！"耿司令长官听罢，心说："这女子留了后手呢。她在告诉我，她若在我的防地出了意外，那刘玉江不会干等着，他会采取应对行动的。"

很快派人叫来了通信处长，找到那刘玉江以前在本部留过的笔迹。经比对，准确无误！这张纸，正是那刘玉江亲笔所写。又对那个本本进行验证，确为有效密码本。通信处长说，以前，私下倒是听说过，那刘玉江与他长官的一个姨太太私通。又找来无线电技术侦察处处长，翻出以前欧阳部被围困时期侦收到的共军密电。这些密电，技侦处都做了较为全面的侦听抄写，却也像以前一样，迟迟破译不开其密码，便一一存进了死密档案柜。

眼前，拿到这个四码密本，对照那些死密电文展开通译，结果有九份四码字密电译出了详尽内容，正是共军与欧阳部的来往密电，内容全是欧阳部与共军联系投共的细节步骤。

司令长官沉思良久，迟迟做不出准确判断：此事若有诈，刘青红她要达到什么目的？难道真像她所说，是来断那恶翠花后路的？这个妖娆的三姨太，真的就这么简单？那么，她若是共军派来的呢？共军想干什么？那欧阳无论是被共军打败也好，还是他事先投共也罢，反正欧阳这个军的建制是没有了，现在共军来向我耿某通报相关情况有什么意义？细细想来，并没什么实质性意义嘛！于是，司令长官又做了三件事。一是让欧阳军长过去的几个熟人，暗地里偷窥那刘青红，看看是否有人认识她。都反映，只见过欧阳那正房翠花，其他姨太太从未能谋过面。不过，大家见了刘青红那妖媚样，都说很像高官雪藏的姨太太，尤其像欧阳喜欢的那类女人，娇里娇气，妖里妖气，一笑一颦，一扭一挺，都透着那股子狐精骚气。二是派人到城外寻找那个刘玉江，结果却未见他人影。耿某想，能当上欧阳的通信处长，且能偷得欧阳姨太太的心，想必那刘玉江也是个人精。作为败军之部属，其长官又有投共嫌疑，他刘玉江死活都不会再在国军面前露面了。三是召集相关职能部门，对这一突发事件进行研讨分析。最终，却也未能研究出个所以然来。司令长官自嘲地说："开了个毫无意义的会。当前，战事紧急，我们竟然为一个骚狐女人耗神费心。干这种荒唐事，我还是头一回哩。"不过，也不是完全没有形成结论，会议决定："此事真假难辨，不可不报，也不可缓报，发急电全盘报告上峰。欧阳本是兄弟战区的人，涉事又与我部无关，一切都推给上峰做决断去吧。"

下午，林副官来报，说哨兵报告，那刘青红这两天一直在司令长官部大门前转悠。昨天，看见一个女人远远走过来，她人便疯了，拣起一块砖头，冲了上去。那个女人见状，像是吓掉了魂，转身就跑。刘青红急追不放，嘴里喊骂的是："恶婆翠花，还老娘的脸皮子，老娘给你拼了！"大概是追到城外去了。两个女人，必是一场血战。司令长官听罢，苦笑一声："打，往死里打！打死倒是省心了。"

平津会战后期，耿司令长官决定弃暗投明，与共军握手言和。他又想起了欧阳军长的那个三姨太，心说："是不是共军早就有心争取我，而故意拿个'欧阳投共之事'来暗示我、启发我？"他一下联想到这个根本性问题上去了。

然而，耿司令长官没有想到，这本是我军利用刘青红搞的一次无线电欺骗行动。我军要的就是让他将信将疑，真假不辨，难以决断，好把情况往上报送，推给上峰；他更没有想到，早在欧阳部被围歼之时，我军就伪装假冒欧阳部电台，谎编通共密电，与我军某部电台频繁联络，为后来的欺骗行动埋下了伏笔。

这次，耿部关于欧阳军长投共情况的密电，在用耿部尴尬密发往上峰的同时，被我军一码不落地全盘侦获到手。包括刘玉江那张说明书原稿、欧阳部被围期间国共来往密电抄报，以及那部四码密本的部分内容等，都统统以尴尬密报的形式到了余元谋手上。

比对研究这些宝贵素材，加之有耿司令之女耿少红提供的相关情况，耿部之尴尬密很快达成了破译。自此，这次无线电欺骗行动大获成功。很快，耿部之尴尬密的破译获情，在平津战役中，发挥了显著的情报效益。

然而，很少会有人知道，国共密码战中这个经典之作，是出自余元谋之战略性大手笔！很久以后，这次无线电欺骗行动在内部先解了密。彭寂这才晓知了部分相关内情，便去找余元谋大闹了一场。

"你余元谋真不是个东西，为了一次任务，竟然让自己的青梅竹马破了相。你不想采这朵花，也不至于给毁了呀！"

"王小妖王小妖，就她那妖里妖气妖媚冲天的劲头，天生就是姨太太的模样。部队上下挑来选去，大家都说这次任务，非她王小妖莫属！由她假扮刘青红，熟人都难辨出真伪。说到底，她王小妖本就是为这次任务而生的。委以重任，使命担当，她等的不就是这一天吗？她应该毫无怨言才是。共产党人，为了革命，连生命都在所不惜，一张妖脸破了相，又算得了什么呢！"

"你说得好听，还部队上下挑来选去呢。当时，你根本就没做任何挑选，上来就定下了王小娇。是你拍的板，是你一手把王小娇送进了火坑。你比谁都清楚，她自小就爱美。毁了脸，留了疤，对她来说，生不如死！是你害了她！"

"你以为她像你一样没有政治觉悟呀？为革命任务而牺牲自己的一切，她觉得无上光荣。魅妆姨太，皮妖心红！她自得其乐呢！你彭寂进革命队伍也这些年了，怎么还处在国民党兵的思想水平上？！"

"你竟然说我还是国民党兵，我跟你拼了！今天，我不抓你个满脸花，我就不是人！我非让你余元谋也尝尝破相的滋味不可！"

"行了行了，你俩就别闹了！任务都过去这么久了。你俩就是打出狗脑子来，我这脸上疤痕也消除不掉了。好在，好在还有一个男人不嫌弃我这张疤脸，我便没有了心理负担。"

"谁若是后悔了，嫌弃了，没有勇气面对王小娇的伤脸，他完全

可以退出。我余元谋来承担责任，收拾残局！"

"好啊。看来，你余元谋这一辈子就没把我当成过一个女人。今天你总算说了真话，在你心里，我就是一个可以推来推去，任由你收拾的残局！没错。当时那个任务，是我坚决要去的；脸皮子也是我自己抓破的。可这个建议，却是你余元谋提出来的。你说抓伤脸这个环节很重要，关系到耿某信不信，任务成不成。当初，我还以为你全是为了完成革命任务呢。现在看来，你这是把我当成了展现你足智多谋的工具，当成了一个抓破脸皮也不觉痛痒的残次品。好你个余元谋，我跟你没完！"

"若恨我，那就让你恨到底吧。你想想，王小妖这个名字，不也是我给你起的吗？没错。你这妖媚，你这模样，尤其你对自己这美妖的自恋，也是我一步一步怂恿助长起来的。你比谁都清楚，我心里对你这副模样，是喜欢到骨子里去的。打小时候第一次叫你'王小妖'那天起，我心里就栽下了这颗暧昧的种子。所以说，你的气质，你的形象，都是你一直在朝着我喜欢的这个方向塑造和培养的。这一眼一眼的，一日一日的，一年一年的，你小妖在我心里终是长成了参天大树。老天爷都拔不掉了！可因了你我都明白的缘故，我又没有勇气去享领你这份娇媚。是的。我没有能力打破现实，却能保证终身不娶。我不娶，心里便永远只驻扎着你王小妖一个女人！哼哼，我就是要终身不娶！我就是要和姑舅亲观念斗争到底！好个姑舅亲，你可以阻断两个有情人终成眷属，但你挡不住这个女人在这个男人心里永生！"

"够了够了！你说这些用心何在？难道这就是你要承担的责任吗？！你让人家别人情何以堪？难道你脑子进水了吗？余元谋，我恨你，我王小娇永远恨你！"

"人家别人是谁？别人情何以堪与我余元谋何干？他若是面子上过不了这一关，心里过不了这个坎，接受不了你我这种现实存在，那他就滚远一点，离你越远越好！这一辈子，我心里那个唯一的女人，永远是这个王小妖！这话，我就放在这里了，谁还敢把我鼻头咬下来！"

"事到如今，你余元谋却故意抛出这么个态度，来收拾你所谓的残局，可见你这个人，极其自私，也很不是个东西！"

"嘿嘿，只要小娇爱我彭寂，我心里有我爱着的小娇，他余元谋说什么，我全不在乎，气死他个不是东西的东西！"

王小娇深情地看着彭寂，眼角渗出泪水，顺疤痕流了下来。她似是觉得疤痕又在隐隐作痛。这是两道切入骨髓的抓伤，虽已愈合许久，却因天天摸到它看到它感知它谙熟它而屡念旧创之深，从而时常忆起相关的故事、相关的男人，以及相关的战争。那是一场怎样的战争啊？竟使一个天生娇娆、天生爱美的女子从此不再美丽。然而，我王小娇甘愿不再美丽！我王小妖内心感到无比美丽！

呜呜呜。今天，我王小妖要痛痛快快地大哭一场！他余元谋那一通胡言乱语，真真要了我命了。我只有哭死，才会纾解那个久凝成病的心结。

等哭完了，我王小妖还要大笑一场呢。找个没人的地方，对着天空笑，对着墙角笑，对着老树笑。那个不是东西的东西，居然，居然，居然还能说出那么一通胡言乱语来！

嘻嘻。这是他自己要说的呀，可没人拿刀子逼着他说，也没人拿算盘砸他的头。这番话，总算由他口出，钻进我耳，沁入我心了啊！

第二节

这一夜，甄晓敏梦见了一只猫。

这只猫，面目模糊，声音也模糊，好在还勉强听得清："老鼠贪得无厌，你不能怪猫纠缠不休！"

猫脖子上拴着一条绳子。绳子足够长，猫跑了老半天，才把牵猫人拽出来。

彭寂抖了抖手里的绳子，说："人所共知，被人牵着的总是狗。可我不能否认，眼前，你所看到的，都是真实的。"

绳子是用花布条编织而成。上面系满了大大小小的绳结。猫变得口齿伶俐起来，听上去却是余元谋的嗓音："是的。我破解了这条绳结密码。没想到其主密钥，竟然是一句荒唐言——牵着人遛弯的猫，叫薛定谔的猫！"

"连主密钥里都藏着薛定谔的猫，可见我那小说名是起对了。看来，他余元谋把我那书稿扔出窗外，是不礼貌的；对大科学家薛定谔也是不恭敬的。"甄晓敏得意非凡地说。

说话间，余元谋与彭寂争夺起那条密码绳来。两人各扯一边，拉锯般拽过来，拉过去，互不相让。余元谋嘴里还念念有词："彭寂荒唐！主密钥荒唐！那只骚猫荒唐！作者甄晓敏荒唐！甄晓敏的小说荒唐！"

彭寂突然一松绳子，把余元谋晃倒在地，愤愤地说："一场早年的量子力学思维试验，不小心与当下文学经验，产生了一次激情碰撞，引发了一个关于战争中破与立、生与死的文学话题，有人借此写出了一部密码战题材的小说。这并不是什么破天荒的事，更没冒天下之大不韪，你老家伙干吗如此横加指责？这荒唐那荒唐的，没有道理嘛！"

"我本是要引申出最后结论：天下战争中的人性密码最荒唐！你却一松手，摔了我个屁股蹲儿。"余元谋爬起来嚷道。

彭寂哈哈大笑："哪是屁股蹲儿？分明是嘴啃地嘛！"

"你竟敢羞辱我！"余元谋扑向彭寂，"一场势均力敌的对决战，一方却突然撒手不玩了，这对另一方是极大的蔑视。这一辈子，我跟你彭寂没完！"

二人扭在一起。看得出，彼此都在试图用那根密码绳，把对方捆绑起来。

甄晓敏幸灾乐祸地注视着战局，却渐渐发现，二人均被那根密码长绳纠缠住了，越打扭结得越紧，直到二人身贴身脸对脸地动弹不得。原来，是那只猫在扯着长绳上蹿下跳地兜圈子，才把二人密匝匝地缠了个结实。二人没心顾及猫的作为，居然又以额头磕撞额头的方式，继续投入了战斗！

场面惨不忍睹！甄晓敏赶紧闭眼。等睁眼再看时，双方都变成了血脸；彼此依然还在对攻，直磕得额头血花四溅；细细一听，磕撞出的"咚咚"声，居然是电码的节奏。用冣密底本解码译出，原来是翻来覆去的一句话："我让你不服！我让你不服！"

甄晓敏顺手抓了一本古书，塞挡在两个额头之间。战斗终于停止。突然，二人异口同声地惊叫起来："不好了，把《金陵十二钗》血污了！"

一阵大风吹来，那本《金陵十二钗》从两人额头间掉下，翻转着飘向空中，纸页间血滴如雨，被风吹散的血花灿烂一片，却是一个个闪着血光的电码。

捆绑着的彼此，仰脸盯着满天血红的码子，瞬间进入了工作状态。

余元谋嗓音洪亮，率先把天上飘移不定、游动不止的血红电码读了个遍，整整988个。

彭寂听罢，呵呵一笑："看来，真没难住你老谋子。乱云纷飞、杂乱无章的码子，随机无序地读出来，并不难。满天的阿拉伯数字嘛，识数的小孩子都能朗朗上口。但是，你余元谋却按照原文的固有顺序和规范的电码分组，在短暂一瞬，把988个码子连接组合在一起，且一码不乱地读了出来，这才叫难！难于常人不可为！可见，你老小子的神功不减当年。"

余元谋顿时兴奋起来，又用冣密码子连连磕击彭寂额头，当即被彭寂译出。余元谋磕出的话语是："你彭寂总算表扬了我一回。你说你把一根绳结密码折腾出来，还弄得满天码子乱飞干吗？你无非想说，咱俩的对决具有职业性，无码不打，无码不斗嘛。再就是显摆一下你那主密钥的高明呗。牵着人遛弯的猫，叫薛定谔的猫！确实有出其不意之效。不也没有逃过我余元谋的法眼嘛！当然，你主要还是想让全天下的人，都能抬头看到你这由988个码子译出的那247个汉字。我知道，那247个汉字的表面意义并没什么，你本意是要表达隐藏其后的一个神秘而深远的思想。"

"不言之言，言外之意，莫要说破！"彭寂急磕余元谋额头，阻止他继续说下去。

余元谋有话不让说，甚是憋闷，仰天一声长吼，直震得天上的码子纷纷落在了地上。他心里叫道："薛定谔的猫之情报学意义，何时才能见天日哟！"

甄晓敏吓得一哆嗦，梦游般爬起身，跌跌撞撞出了屋门。只见一只花猫，正把满地的电码码子叼起来，一行行排成方阵。呈现出的正是那247个汉字。

　　诺贝尔物理学奖获得者埃尔·薛定谔，于一九三五年提出了著名量子力学思维试验，这是一次把微观领域量子行为，扩展到宏观世界的推演。实验是这样的：把猫关在一个密封的黑盒子里，里面放上食物、毒气瓶和放射性原子。放射性原子控制着毒气瓶。只要放射性原子衰变，毒气瓶便会被锤打破，猫一定会死。而原子衰变的几率是百分之五十，因此，猫生与死的几率各占百分之五十。在没打开盒子之前，外部观测者永远无法确定猫是生还是死。在这种情况下，猫则永远处于生死叠加状态。即，这时候的猫是半死半活，亦死亦活。只有打开盒子进行"观测"那一瞬，这种叠加状态才变成了唯一，猫要么死了，要么活着。

看到这247个字，甄晓敏赶紧上网去查。网上有人如此解释："这项实验，旨在论证量子力学对微观粒子世界超乎常理的认识和理解。除非进行观测，否则一切都是不确定的，这就使得微观不确定原理，变成了宏观不确定原理。客观规律不以人的意志为转移，猫既活又死违背了逻辑思维。"还有科学家说，谁要是第一次听到这番量子理论时没有发火，那他一定没有听懂。

甄晓敏即是这样。她面对这只猫及其猫论，很是平淡，也毫无兴趣；对当今文学界有人提出的"量子文学观"，也持敬而远之的态度；对余之言在小说里，总有一只外国猫出来兴风作浪，更是嗤之以鼻。她作为一个业余文学爱好者，自觉没有能力触碰高深，也不想"猪鼻子上插大葱——装象"。

过得多年，甄晓敏对"薛定谔的猫"之内涵，才有了一定的正确认识。于是，她热切地充当了一把量子人，神秘地踏进了量子家族，在宏观世界里所见不到的种种惊奇，出现在了她眼前。这个时候，她清楚地看到，那个叫余之言的人，既是彭寂的亲生子，又是余元谋的亲生子。而早在王小娇肚子里时，这种叠加状态就形成了。紧接着，甄晓敏发现，时光岁月开始倒流，王小娇同时与彭寂和余元谋结了婚，同一时间出现在了天各一方的两个洞房里。很快，甄晓敏又看到了未来时光——彭寂在某年某月某日某时，同一时间死在了彭家庄园和九珠岛上。那一刻，他在彭家庄园一座古建筑里，永远地闭上了眼睛；同时又在九珠岛德式老楼里告别了人世。也就是说，在相隔千里的两座古老建筑里，同时出现了彭寂那全须全尾的尸体。后来，九珠岛上的尸骨，被人收殓于行囊，背回了彭家庄园，两具尸骨魂魄这才终叠一体。

而在眼前，余之言耐心地给甄晓敏做了一次所谓权威性讲解："量子文学观，就是把量子力学理论，当作一种文学启示与比喻，尝试达成科学的人与文学的人有机融合，从而使现代文学进入一个比《百年孤独》还要魔幻百倍的匪夷所思的新现实。"

甄晓敏一句话把余之言戗得难受："像量子力学那样具有不确定性吗？比《百年孤独》还要魔幻百倍吗？那你的小说，还让咱普通老百姓看不看？文学为大众服务岂不成了一句空话？哼，权威，狗屁不是！"

余之言并不计较她粗言相戗，依然耐心以待："国内文学界，已经有不少人在研究量子文学了。我很钦佩。因此，向超越传统、有志于文学探险的作家们致敬，也是我写这部小说的目的之一。"

"那都是些虚无缥缈的东西！传统文学创作手法有什么不好？你硬弄只外国猫进来，就显得你这小说高端大气上档次了？"甄晓敏一再彰显务实态度，"实话实说，我对'薛定谔的猫'本身并不感兴趣，却对彭寂隐藏在这只猫背后的那个神秘思想感兴趣。这也是我给自己小说起了个洋名《薛定谔的猫》的唯一理由。没错，绝对是唯一理由！是的，我反感那只骚猫，却稀罕这个洋名。实质上，是稀罕这个洋名背后的彭寂之思想演变。而这个演变，绝非具有余元谋头脑中幻化出的那个'薛定谔的猫之情报学意义'！信不信由你！"

那么，彭寂隐藏在骚猫背后的那个思想渊源到底是什么？它又是怎样演变的？甄晓敏一直想探究清楚。于是，她在小说稿《薛定谔的猫》中，补写进了下面这段文字。

从童年开始，彭寂渐渐发现，母亲彭昃怀有一个巨大而深藏不露的秘密。这个秘密，与彭寂的身世密切相关。他是一个私生子！可他从小就不知道亲爹是谁。他渴望有一天，母亲能在睡梦里说出真相。可母亲就寝，吐出的只是咬牙切齿的喊杀声。在他的印象里，母亲似乎夜夜都在战斗。那情形俨然是哪里出了问题。他认为，是母亲被那个重大秘密憋出了毛病。可任凭他怎么问，母亲就是不说。问急了，母亲总是那句话："你从来就没爹！"这事儿，也还就他彭寂敢问，在彭家庄园其他人没人敢提半句，谁提谁问母亲就跟谁拼命。

正是这种隐秘而影响深邃的忌讳，在小彭寂心里播下了种子。他觉得，把一件事捂严实，不让人知道，是件挺好玩的事。小秘密有小乐趣，大秘密能把人憋疯。长大之后，彭家庄园迷宫的神秘性，又对他产生了巨大诱惑；后来，偶然间发现祖爷爷在掩藏一本古书，这进一步刺激了他那探索秘密的欲望。在这一天，他终于偷拿到了那本古书。之后，又频频得手，并竭尽所能地加以掩饰，搞得母亲时常发现他的举止莫名其妙。偷书的过程颇有乐趣，书中大观园里的故事更是迷雾锁人。到头来，竟是红楼女人身上诸多秘密，催他茅塞顿开。最有琢磨头的，当数金陵十二钗末位秦可卿。当把那本古书看到第七遍时，他心里便装下了这个女人。他像贾宝玉一样，在梦里与秦可卿有了肌肤之亲。后来，他遇到了现实中的寡嫂秦氏。这个酷似秦可卿的女人，也时常把他带入那样的梦境。终于，在一天夜里，他大着胆子潜入了嫂房。没想到，秦氏说出的第一句话竟是："你终是迈进了我的门槛！"扑上来的自然是一捆炭火，把他整整燃烧了一夜。寡嫂还是处女之身！她身上古书一样的神秘，在之后多个夜晚，都被他男人的豪壮逐一破解。铭肌镂骨的愉悦，总是在她不由自主的一声呢喃"可卿来也"，和他一句发自腹底的强烈回应"可卿等我"之后来临。到了白天，他便把夜间的那些秘密，像掩藏一粒糖果一样，藏在舌头底下，用稠密的谎言，把人世间这第一等美事封存于心房。随即，编制秘密的嗜好，像针刺一样无声无息地扎进了他灵魂深处，此后一生都没再拔出来过。一天傍晚，等不及彭家祖定关门钟点，叔嫂二人便悄然爬上屋顶，躲到了那座古怪而诡异的烟筒后面。月光皎洁。繁星闪烁。天下一片寂然。前面有粗大的烟筒遮挡着，背后是彭家祖庙，夜里无人出入，毫无被窥之忧。咬紧牙关的闷声激情，连祖庙里的猫头鹰也惊扰不了。当然，他俩压根就没考虑过，这挑衅到房顶上的叔嫂乱伦，会不会激怒庙中高祖神灵。

此时此刻，连彭寂自己都没有想到，他与嫂子秦氏的秘密，将会成为后来多个事件的起因。该发生的都相继发生着。事实上，在漫长岁月里，彭寂对叔嫂间秘密的即时渴望、暧昧回忆及至后来所谓的刻骨仇恨，逐步催生了他隐藏在那只骚猫背后的思想。其实，他最隐秘的思想，就是让他的最密牢不可破。而当今科学界提出的设想，只有量子密码才会牢不可破！于是，他便一心想把最密发展繁殖成量子密码！然而，这是天方夜谭！痴人说梦！可是，彭寂那不甘寂寞的灵魂，却在薛定谔的猫的牵引下，日日夜夜都在朝着这个不靠谱的方向奔跑。

那一次，彭寂感觉就像死过一回。那是在延安刚得知最密被攻克之时。之后很久，他才获得了新生。在被共产党教育改造，同时与王小娇共事的岁月里，他成熟的生命被真正唤醒，内心对一段纯正爱情的极度渴望，使他明白了一件事情：过去在彭家老屋里的情感迸发、秘密幽会，是他身体先行，灵魂滞后了。而对于一个生命来说，永恒的往往是灵魂先行。发自肉体的欲念，即使历经再久的光阴，也是一日之贪。一向喜欢靠数学说话的他，在复杂的计算中，得出一个不置可否的结论：错过"永恒"比错过"一日"更加容易。因而，务必要紧紧抓住"永恒"不松手。自此，他坚定不移的双脚，总像燃烧的煤炭一样火烫，把自己与王小娇一起前行的足迹，深深地烙在了觉悟后的革命道路上。他觉得，这一步一冒烟、且行且永恒的生活，才会迸发出征服生命高峰的愉悦。

这才是让王小娇逐步接纳了的那个真实的彭寂。就这样，这对特殊男女，开始了一场动人心魄的爱情长跑。相对漫长而残酷的战争，爱情生活让人更加疲惫。工作任务没有给爱情留下更多的时间，筋疲力尽与心花怒放常常同时来临。这个时候，彼此会把爱情与战果一并嚼碎了喂给对方，相互在持久的艰辛中获取幸福，在一次次挫败中感受成功。有一次，王小娇说："在河上，有时候鱼鹰和鱼会结成联盟，同时攻击莲蓬。而莲蓬却以迎合的姿态，尽情施放出愈加迷人的芬芳，满不在乎谁在吞噬自己。这些荷花仙子甚是让人爱怜。此时此刻，我便是这样的荷花仙子。我愿意被爱情攻击得体无完肤，我愿意被爱情吞噬得颗粒无存。是的。至于鱼鹰和鱼是在何种心境下联合发起的攻击，我更满不在乎。我只管享受被爱的过程和被啄空后的充实。"彭寂听罢，心潮澎湃："你这样干，彻底把我的灵魂从我的生命里拖走了。"王小娇没再说话，却心中暗忖："其实，甜蜜爱情是人世间最危险的东西，它能把你肚子里的秘密全部掏空而你却不自知！"彭寂还在幸福中沉醉：

"人世间最甜蜜的东西，莫过于真正的爱情！"

王小娇并无悲哀，心里自语不止。

"一个冥顽不化的编码师，只有遇到爱情才会被融化、被瓦解。好在现在每一天，我都是在用我的灵魂去捕捉你的灵魂。我的心是真的。我的情是真的。当然，我挖空你肚子里军事秘密的意图也是真的。这是组织指派，职责使然！它与爱情并不矛盾！或许这就叫爱情的使命！它是无私的！我郑重声明，我对你彭寂的爱也是无私的！有人说，我王小娇拒不承认是为情而投入你怀抱的。这纯属胡说八道！对。这是闲人碎嘴说胡话！还有人说，一个心里一辈子只装着一个女人，却又毫不在乎这个女人、长久模棱两可不疼不痒不远不近不亲不疏地干耗着这个女人的男人，不配真正拥有这个女人。这个男人就叫余元谋。这话倒是句实在话。没错。他余元谋就是这样的一个男人。他心里让一个女人给他垫底，而整颗心却全留给了密码破译。他一生都在解读军事机密，却从不舍得拿出一丝精气神，去解读埋藏在心底的那个女人该有多苦。面对热气腾腾的女人，他总是给人家一个冰凉的背影。当然，这也是因为他对那个姑舅亲关系过于顾忌。是的。他就是这样一个谨小慎微的人！一个有备无患到极致的人！一个大晴天出行也要带把雨伞的人！一个稍走一点远路，脖子上都要挂上第三只鞋的人（是左脚的，还是右脚的）！却又是一个混沌未开，傻傻分不清边界的人——爱情、友情、姑舅亲情、兄妹之情，在他头脑中永远是模糊一片。他干脆来了个一刀切。爱谁谁，他没时间去打理这些闲情儿。不过，他在破译密码的事儿上，却精明得无人可比，什么什么都分得清清楚楚，考虑得丝丝入扣。呵呵。想想怪有意思的，促使我在感情上彻底放弃这个怪异男人，是因为那一次特殊的战斗经历。那一次，我被俘了！不堪回首哟。"

彭寂心里再一次面临生死，是在那年得知最密被破译的真正原由之后，他对余元谋从一个女人身上嗅到源头气味，找到最密缝隙，从而撕开内核缺口的方式，极为不服。他死也接受不了这个现实。于是，甄晓敏便不由自主地像余之言一样依照这个现实，把他彭寂写成了那个样子。其实，她知道，那样一种结局，极不符合彭寂的性格。可她左右不了手中的笔，不得不把他写死。她还知道，把一种偶然行为写成必然结果，是不理智的，甚至是愚蠢的。即便是彭寂一时糊涂想不开，真造就了那么一种撞墙而死的事实，她也不应该那样去写。她这明显是与《生死叠加》互文了内容，叠加了身份（那只量子猫真是无时不在作祟）。

"但无论怎么说，小说生生死死、迷途难返地走到今天这步田地，我难辞其咎。我愧当这部《薛定谔的猫》的作者。"甄晓敏想，"不过，从根子上说，这事不能赖我！是那个余之言在搞怪！没错，就是那个余之言，他一心想靠一只外国猫，打通科学与文学之间的壁垒，试图编织出能彻底揭示文学本真的平行世界，让多维度下的主人公在其中纠缠不休，永远处于生死叠加状态。为达到这个目的，他一再把我拉扯进来，顶着那只外国猫的名号帮他作局、搅局。他这是想长期把我当枪使，没完没了地利用我。哼！做他的美梦去吧，以后不会了，绝对不会了！"

第三节

那一次，王小娇被俘，可不是一场梦！

那个时候，王小娇与两个男人之间的感情还处在混沌状态。芳心终属哪位，她正傻傻的不知所措。事情发生在淮海战役前夕。她带五人小组，化装成叫花子，到前沿阵地搞抵近侦听。自从前两年潜回延安途中，尝到了装扮叫花子能成事的甜头，她便对这一化装术情有独钟。这一次，她等一众叫花子，在敌军驻地周围活动了数日，终是抄足了敌某王牌军所用某个密码的报量。可没料到会军情突变，五人小组失去了安全退路。她当机立断，把设备和大部抄报就地掩埋。她怀里揣了数份重要密报，边撤边看，记在脑子里一张，便撕碎吞吃下一张。到彻底走投无路时，正好那些密报全被她裹进了肚子里。

五个叫花子遭国军俘获，被大兵们赶进了军部大院。王小娇看到伙房外有一口泔水缸，便饿疯了似的扑将上去，双手捞出稠状物，狼吞虎咽地吃起来。其他四人见状，也扑上去乱抢一气。她大打出手，用泔水盆砸向一个叫花子，抢回了半个泡涨了的馒头。

就在这时，以前在河北古刹里见过的欧阳军长走了过来。他左右依然带着姿色女人。那两个女人极不面善，横眉冷对地捂着鼻子，想躲过这群叫花子。不料，一个女人却对另一个女人暗施了绊子，一团脂粉便扑倒进了叫花子堆里。王小娇顺势往那粉脸上抹了一把酸臭。这个女人爬起来，直扑那个使坏的女人而去。欧阳军长跨前一步挡在中间。这个女人的气正没处撒，抹一把污秽甩了欧阳军长一脸。欧阳军长却给了另一个女人一记耳光。然后，冲左右部属喝道："这几个为抢食半个泛馒头而打得头破血流的叫花子，就是你们给我抓来的共军疑犯吗？"大兵们忙说："都是从前沿阵地方向过来的。慌不择路逃得正急呢。"王小娇一手提起血糊淋剌的裤腿，一手往嘴里捂着泔饭渣子，满口欲塞地说："吃死人的野狗几十条呢，见活人也往死里追，俺跑不迭，整条腿都被咬烂了。长官哟，你有治狗伤的药吗？"这时，一个女人端起泔水盆，朝另一个女人泼去。两个女人扭打在一起。欧阳军长尴尬至极，喝道："丢人现眼！臭气熏天！"说着，扬长而去。王小娇还在喊叫："哎哟哟，疼死我了。军爷，长官，行行好，给点药吧。"

这一出闹剧结束。大家都埋怨王小娇自己吃一肚子泔水不说，也还真下得去手，拿个破盆愣往同事头上砸，假戏真做有些过分。这个时候，王小娇已听不进大家的说道，心都沉浸到肚子里那些密报当中去了。

晚上，五人小组被关进了王村一座破庙里。王小娇似乎犯了疯狗病，整夜都在嘶叫，那叫声同狗吠没什么两样。四个兵士把门拴得牢牢的，躲得远远的，生怕疯狗病女人撞出来咬了他们。然而，王小娇发出的狗叫声，全是电码的节奏。她掐算得清楚，余元谋会牵挂着她，一定会带人出来寻找营救她的。

果然，后半夜有人从古庙神像肚子里破洞而进。却是彭寂循着狗叫声带人救援来了。彭寂很得意。神像后背墙座与庙北墙是同框架连体结构，这也正是该古迹的薄弱之处。只有他这个建筑行家才能一眼看穿。彭寂让王小娇和大家赶快钻洞而逃，他一人则留下来接着学狗叫，以迷惑前门兵士。

黎明前，彭寂也逃出来追上了大家，却发现少了王小娇。正在纳闷，王小娇尾随而来。原来，她一直在庙墙洞外等彭寂出来。彭寂深情地说："谢谢你还暗中保护我。"王小娇腿伤难忍，唏嘘一声，直言说道："那叫暗中监视！"彭寂想到自己暧昧身份，苦苦一笑："我若想逃跑，等不到今天。我心里有了牵挂，人便被牢牢地拴在了这支队伍上！"听罢，王小娇感到一阵眩晕，忙掩饰说："你看你这大话说的，像是随时都能跑掉似的。虽说战火纷乱，却也天网恢恢，当逃兵者，死路一条！我这可不是吓唬你。"

回到驻地，王小娇呕吐不止，倒干净肚里的泔饭和纸浆，在土炕上躺了多日，却没耽误破开肚里的密报。

这正是欧阳军长的那部尴尬密。

是前几年在河北古刹同欧阳军长相遇时的景象，以及眼前这次两个大打出手的女人与这个军长闹出的尴尬剧，使王小娇联想到了《红楼梦》语："尴尬人难免尴尬事。"同时，更是她自身尴尬的情爱生活，痛触了她的职业灵感，从而逮定了这个尴尬密钥。

这期间，上级派人化装成下地干活的农人，潜入敌占区，把五人小组掩埋在地里的那些设备和抄报挖了回来。

这些宝贝失而复得，王小娇并未由此而兴奋。她之兴奋点，还在这次抵近侦听所得技术体会上。她连夜赶写出了一篇详尽心得，拖着虚弱的身体，敲开了彭寂的屋门，非让他给提提意见不可。

我的3649！

人皆共知，在搜索敌电台讯号的过程中，务要把听到的、感觉到的讯情讯息记录下来。关键是怎样才能记得又快又准。我记录信息的方式是简易数字式的。譬如，我记一个数字3649。纸上写下的是这个简单的数字，而其背后却藏着庞大的信息量。它在我脑子里记下的，是三个不同的千位数，六个不同的百位数，四个不同的十位数，九个不同的个位数。而每个位数之下，又都有着不同的具体内容。写下了3649这个数，其后相关联的详尽内容，就都跑不掉了。也就是说，我记在本子上的不是全部，而只是个索引，下机后看到这个索引，就能记起其后的大头信息。捕捉敌台靠的是心脑敏捷，靠的是手上速度。在敌台讯号最活跃的时候，在最能展露各台要素的时候，我的心到脑到手到了，它就跑不掉了。如若按部就班，步步为营，待样样记全再往前走，前面的风光早已丢失殆尽。我根据那些要素的共同点及其共性中的个性，在最有风光的时候跳上去，点到位，逮住它，以索引的方式速记下来，然后再迅即转向下一处。这样做，我的听抄能提速数倍。总而言之，搜索捕捉电台讯号，是以共性的内在联系扩展开来，要的是归纳，是抽象化的东西；而记忆抄录信息时，要记住的是差异，是形象化的东西，满脑子里都是伸手可及的不同细节。此乃我之得意之创新。

仙乎？人乎？

当你逮住一个电台频率，定性定位之后，？就是抄它的电码了。这方面，必须章法分明，规范有序。侦听员中之高手，自然是技术娴熟，听力聪敏，能抄全抄好电码；还能通过敌台发报手法、手迹和不同机器音质差异，分辨出是敌军哪个电台在工作，哪个报务员在值守；再高妙一步，则能把掺杂其中的明码、熟码边抄边迅速在脑海中转换为文字，把常规台情在第一时间判断清楚；如果侦听员再具备一定的破译能力，听到某些密码电码声后，就能当即在脑子里破译出来。这是侦听员的最高境界。而做到这一点是不可能的，除非你是神仙。神仙自然成不了，或可当个半人半仙。搞侦察，破密码，除需有超强记忆力、理解力、想象力、破击力之外，最好还能有几分仙气、几分灵性在身。半人半仙也许能无敌不克。这种超智慧的天才神灵，能否降临到你头上，这就看你的造化了。我，王小妖，自小就被那个人定了性——小妖精！是的。我小妖身上，妖仙气十足，我的造化早就到了。我小妖天生就是搞侦听破密码的材料。我心里有灵性，身上有天智！以后，谁要再说我只是个妖媚花瓶，妖女骚精，我跟谁没完！

我的这一套！

森林里的每一棵树，每棵树上的每根树枝、每片树叶，树上的每只鸟，树下的每块石，都能找出它们身上某一点或某几点共同的属性，比如，干上，枝上，叶上，羽毛上，石缝间，总有一点颜色是相同的，或者总有一条纹路形状是相近的，我正是抓住它们的共同点，去排查鉴别，去分类捕捉，最终一一逮定。不然，满眼绿色，叶子相近，依照看似有序实则一脑糨糊的程序，按部就班慢腾腾地去找去记，最终会落个事倍功半之嫌。显然，那不是最好办法，也不是唯一途径。而我的这一套，则是有影必逮，事半功倍。我的这一套，独属王小妖！

彭寂披件单衣，坐在油灯下，一口气读完了王小娇的心得。没想到，他哭了，哭得极为伤心。弄得王小娇一时手足无措，不知他为何悲泣。她词不达意地安慰了几句，他居然一头扎进了她怀里，都哀鸣出声调来了。她慌了。不是被他哭慌的，而是被他拱慌的。她并没有推开他。因为，这时候他说话了。

"我为国军而悲哀！战乱之中，共军在技术装备条件极为艰苦的情况下，竟悄然培养出了一大批集侦听、破译技术于一身的复合型情报人才，国军电台哪还有不被逮获、不被破解的道理？你等侦破技术达到了炉火纯青的境界，国军无线电通信何谈铜墙铁壁、密不透风？哪还有机密可言呢？

"你的3649！你的这一套！仙乎人乎？真真要了国军电台的命了；也真真要了我彭寂的命了。我一向视侦听技术、破译巧艺、编码能力为生命，为首位，为最高；我习惯以技术水平高低论英雄，一生中，能征服我心者，一定是技术高人。现在，这样的一个高人出现了——还是一个女人。

"说心里话，唯技术论已经渗透进了我的血液里，它左右着我的人生观、价值观，甚至，甚至爱情观。我所爱的人，一定是技术上让我服气的人。对你的技术水平，我一直是认可的。但直到今天，看了你的心得文章，我才认可到骨子里去了。豁然之间，你在我心中也定了性、定了位、定了型。你王小娇是我心中的大牛！

"我对你的感情，在心里已经潜伏很久。这种静默的灵爱，一直在等待着一种可遇而不可求的因素来激活。今天有了，今天到了，今天必须挑明了。小娇，我爱你！我爱你的3649，我爱你的这一套，我爱你的气仙人俊，我爱你脑中的智慧、身上的魅力，还有，我爱你抄报时掉下来的那一枚纽扣。"

他疯狂地抱住了她的头，亲啄她的脸，索吻她的唇。她慌而更慌了。她想挂机，她想变频，她想跳台，她想压码而逃，可又迟迟没有气力做出任何动作。豁然，脑中闪过一道电光，她才挣脱开来，跑掉了。不一会儿又踅回来，说："有一次，我衬衣掉了一颗扣子，因战乱报急，昼夜连续上机，而未能及时发现。难道，难道，那两个昼夜，你都在偷窥我？好啊，你这个人，居然！简直！"她似是生气了，转身走了。

第二天，他去找了她："如果将来我俩能够走到一起，请你记住，最终征服我心的，是你的3649和你的那一套；还有，必须还有，我很喜欢你这个人！你身上的娇美妖娆，早已扎进了我心里，一生都拔不出来了！"说着，他递过去一枚纽扣："那场突击战后，我在地上拣到的，忘了还给你。"

此时，王小娇反而没有了怒气，也不再斥责他，更没骂他流氓。她窘羞到了极点，声音小得差点从他耳边滑过："这枚纽扣，你，你留着吧。"

事情过后，王小娇去找了余元谋，见面劈头就问："我被俘敌营中，你为什么不去救我？"余元谋说："不瞒你说，我也能挤出时间去寻寻你的。但我没去。因为，我对你被俘毫不担忧。我笃定，你决不会泄露军事机密。我了解你的革命节操！"王小娇火了："密码机密，安全无忧，你就放心啦。你就没想过，我这个人会被敌人弄死！"余元谋说："急战状态下，我争分夺秒要做的，就是尽可能避免更多的同志被敌人弄死！所以，我把哪怕上趟厕所的时间都用在了破译密码上。而寻找你等失散人员这种小事儿，谁都可以去干。有彭寂抢着去干，不也很好吗？！"

正是在这个时候，王小娇心里发狠地说："我要嫁给在危难之时，肯舍身搭救我的那个男人！"嘴上说出的却是："我要嫁给懂我的3649、吃我的那一套、把我捧成优秀技术能手的那个男人！"

余元谋假装惊愕不已："他吃了你的哪一套？ 取密中'呆'字的代码才是3649，这哪是你的3649？！你呆呀你傻呀你糊涂啦，你要嫁给他彭寂？乱弹琴！"

王小娇愤愤地说："你余元谋才是天底下最大的傻瓜，最笨的呆子！实话告诉你吧，我之所以要嫁给彭寂，是因为他说他喜欢我娇丰妖娆的身段！"

这下，余元谋假装不下去了，气急败坏地叫道："你王小娇真真是3649，是呆子中的呆子，傻子中的傻子！啊呸，好一个国民党特务，狗改不了吃屎！居然，当面说喜欢一个女同志的身子。"

王小娇怒眼一瞪："你给我记住。以后，不许再骂人家是国民党特务！你这相当于往人家心窝子上捅刀子，往人家伤口上撒盐粒子。还有，人家说是喜欢我的身段，并没说喜欢我的身子。"

"越描越黑！这有什么区别吗？他彭寂本就是一个好色的狗特务！"余元谋气呼呼地走了。

其实，王小娇并不知道，当时的实际情况是，余元谋刚接手一个新任务，一头扎进去，便多日没有出来。当这个密码被他拿下之后，彭寂手头有一部密码资料，又移交给了他。他即刻又没白天没黑夜地干将起来。这一次，是彭寂做了手脚，目的是让余元谋深陷这些根本无解的密码资料之中不能自拔，从而忘掉去看望病中人——王小娇病得不轻。吃进肚里的泔水和密报纸，把她折腾成了重度胃炎；腿伤也已感染，高烧不止。她以为，余元谋再怎么忙，也会过来看看她。结果，一直未见到他的影子。

彭寂这一招损到了家，用一堆无解的密码材料，埋葬了他的假想情敌，使得王小娇愈加怨恨余元谋。他彭寂则乘虚而入，最终拿下了心上人。

实际上，余元谋并不是连探望个病人的时间也没有。这不，那天破译完那部密码后，他还得空从山坡上挖回来一株花树，放到了窗前。这花刚巧开了两朵。看上去花大瓣重，色白香浓，很是诱人。余元谋正凑近了吮吸花香，彭寂来给他送那部（无解的）密码资料，见状惊喜道："这香水茉莉，真美呀。"余元谋说："你看似对花很内行哟。你确定这是香水茉莉吗？没觉得它更像栀子花？"彭寂说："是香水茉莉无疑，小时候我在彭家庄园见过的。"余元谋说："这次，是你看走了眼。这既不是香水茉莉，也不是栀子花，它叫狗牙花，是因花叶能治疗疯狗咬伤而得名。那香水茉莉可就没这种药效了，反而全株带毒，花和嫩叶毒性最强。"彭寂说："一个有药物作用，一个有强毒性，这可要分辨清楚。你能确定这真是狗牙花吗？"余元谋摘下叶子和花瓣在嘴里嚼了嚼，咽下肚，自信地说："没错。这绝对是狗牙花！若是香水茉莉，估计现在我已经中毒了。"彭寂很是兴奋，连连说："那就好，那就好。"余元谋接过那部密码资料，还未进屋便进入了破译状态。彭寂兴奋的目光依然在闪烁，搬起那棵狗牙花悄然离去。

回去后，彭寂即刻动手摘了许多狗牙花叶，捣碎制作成药贴，送到了王小娇处。说："这是我上山寻挖的狗牙花，专门给你治狗咬伤的。你放心，这不是香水茉莉，那花毒性太强，而这狗牙花我亲口尝过了，很安全，治你腿伤会有灵效。"王小娇听罢，不镇定了："我知道，在这个地区很少能见到狗牙花。想必你是跑了很多山路才找到的。还为我以嘴试毒，真难为你了。"彭寂一边给她敷贴叶药，一边仰头看着那双饱含热泪的俏眼，说："以前在中原，为革命我能尝吃毒野菜；现在，为小娇我肯尝吃狗牙花。这全都是为了心里的那一份珍贵。就是把我的腿换给你，我也在所不辞。"王小娇眼泪就下来了，任他温存地敷药包扎。其实，她心里明白，她这腿伤并非狗咬所致，而是当时她假戏真做，拿了破盆瓦片悄然砍伤了自己，然后让那敌军军长看，假说是疯狗追咬撕烂的。眼前，她并不想说破这事，只顾醉然感受这个男人的殷切关爱。

事实上，这一切都是余元谋有意布的一个局。他听说王小娇被狗咬伤，很是放心不下，便上山寻挖了狗牙花，并有意说给彭寂听，以给他创造借花献佛的机会。后来，也自然发现那部密码资料是无解的，看清了彭寂的阴谋诡计，但一直没有戳穿他，更故意没再搭理王小娇。他觉得，能促成这一对你情我愿的男女，是件大好事。并且，他俩若真能成为夫妻，对彼此工作互助以及彭寂的思想改造都是大有益处的。

只不过，余元谋没有想到，那彭寂竟然如此流氓说喜欢女人身子，这妹子竟然如此呆痴不恼不怒。余元谋心里明白，王小娇这样做，全是针对他余元谋的。是她故意以此种方式来刺痛他、撕咬他、报复他。可是，她这样做，也太3649了吧："在个人终身大事上，她跟我一个没心没肺的人，或假装没心没肺的人赌什么气呀！"

第四节

多年以后，由于种种不可说和说不清的原因，余元谋与彭王夫妇失去了联系。那年月，那形势，那政治环境，那工作性质，很容易使得彼此多年不知对方死活。

在这里，还得讲述一段彭王二人的经历。彭王生前曾专门交代过："一定要将这段经历告知余元谋。"

在九珠湾期间，彭王二人破开的那部分历史秘卷中，有一些早期史料并不是真正意义上的密码，而是一种鲜为人知的象形文字。他夫妇俩从支离破碎的素材中，梳理绘制出了百幅近乎消亡的海洋象形文字图谱。尤其通过革新传统寓言法，为每个海洋象形文字确定了一个哲学概念，然后，再利用破译军事密码的经验和密码分析的方法，将湮没在繁杂密符图谱中的象征意义挖掘出来，进而还原出清晰的秘卷文字内容。当完成这些时，骨瘦如柴、病魔缠身的彭王二人，相拥着昏死在了众人面前。这个漫长而罕见的攻研项目，是密码破译界从未遇到过的稀有难题，其机密性不是很高，技术上却颇为古怪繁异，对某一部分历史秘卷的破解起到了关键作用。（没想到，这个技术成果，后来也被敌特暗中盯上了。）彭王二人能攻下这个山头，靠的是什么？靠的是天下最纯真最炽热的爱情动力——在工作研究中，二人从不互怼撕咬、过激争论，有情况好说好商量，频频做出令人不得不闭眼的恩爱动作，由此被人诟病为"一对老不正经"。他俩则毫不在乎背后的指指点点，长年实施着爱助式攻研方式。这与当年余王之间常态对抗，形成了鲜明反差。不少人终其一生，也没能创造出超越生死而使其功成名就的事来，而彭王夫妇做到了。这也成了其二人被刮目相看的资本。而他俩自己却视功名为粪土，最在意的是爱情上的名声，曾在多种场合恣意张扬甜蜜的爱情生活。

明白了。彭王夫妇之所以要让余元谋了解这段经历，目的是告知他一个事实：他俩一生都爱得死去活来！当然，他夫妇还另有一个心思——让余元谋看到并认可彭寂在攻研古卷秘册中，所展现出来的非凡破译能力，以及深厚的密码职业修养！

　　余元谋曾鄙视过彭寂的职业修养，这让彭王二人耿耿于怀了多年。现在有了这个成就，终于可以回击余元谋了：我彭寂真不是吃素的！

第九章

针眼情报

6859 4190 1906 1032

第一节

副连长张治山完成护送十三干部子女到延安后，曾消失了相当一个时期（被监管改造）。到那副没文化的莽汉模样再度出现在官兵面前时，他已是机关保卫科副科长了。这个时候的江春水，已提升为军需处处长，给他搭班子的自然是副处长关悦然。显然，这三个人的官职都还是掩护身份。

那一天，张治山来领新军装，签字时，江春水指点着他说："若是再治山冶山不分，你身上这个副字就甭想去掉了。同志哥，个人思想进步是靠读书学习挣来的，而不是靠捻着耳朵憨笑出来的。你看，还捻？再捻，这左耳垂肉也给你捻掉了。"张治山还是憨憨傻笑："习惯成自然，改不掉了。"

站在一旁的关悦然没有笑，反而泪眼婆娑地压低嗓门冲江春水吼起来："以后别总拿人家的缺陷开玩笑好不好？！明明一个满腹经纶能玩转密码编码与破译的大知识分子，愣把自己挤压成一副没文化的莽汉，天天装样，年年装样，多难为人呀！多伤人本性呀！心里多苦呀！你江春水总捅别人伤口玩，觉得很有意思是吗？"

江春水依然打趣说："这说明咱老张伪装功夫深呀。其实，这苦

156

他也吃得值。以前，他是人前人后为反革命事业而装夹尾巴狗；如今，是人前为革命事业而接着装土鳖，人后则要显原形干本职，铆足了劲用好密码脑袋。这事，就是这么明摆着的，你关悦然装什么假慈悲呀。"

张治山赶紧把门关上，尴尬地阻拦二人吵嘴："保密纪律有一条，隐秘事项别乱嚼。要想拿我的隐秘身份说事吵架，你俩找个僻静的地方去吵。军需处可不是说这事的地方。你俩大小也都是革命干部，还天天非怼即掐。不管是原则上的敏感事，还是日常生活上的狗屁闲事，不撕不咬不痛快。都什么觉悟？还真不如我这个被监督改造的坏分子呢。"

两个冤家对头、一个和事佬，仨人就这么个状态日复一日地处着。到三人关系有些重大改变，已是淮海战役前后了。

那几天，关悦然带侦听五人小组深入到敌占区，搞抵近抄收敌台，却未能安全撤回。派出去的侦察兵带回消息：关悦然五人小组被国军关押到了王村破庙。

领导层紧急研究营救方案。江春水出了个主意：把关悦然遭关押面临生命危险的消息，以不经意的方式，透露给保卫科副科长张治山。他一定会主动请战去营救。他去比任何人去成功率都要高。

因张治山还处在被监督使用阶段，领导们顾虑满腹。

"说张治山去成功率高，恰恰就在于他曾和敌军有一腿。"江春水拍了胸脯，"我有这个把握！他决不会置关悦然生死而不管，自己去投敌。如若不放心，可给营救小组下一道死命令：不管是谁，一旦有投敌苗头，当场击毙。"

"这是个机会，如此安排，对天饵行动计划有助益。"江春水又讲了一些与天饵行动相关的细节，终于说服了众领导。

果不其然，张治山安全营救回了关悦然小组。之后，关张二人的关系有了突飞猛进的暧昧演变。

有一天，关悦然怒气冲天地对江春水说："我总算找对要嫁的人了！"

江春水连装装失落情绪都不装，反而故意彰显快乐："早该嫁人了！总算嫁人了！嫁吧，嫁吧，嫁了省心！"

关悦然简直就要气炸了肺，骂道："好你个姑舅亲！你不得好死！"然后是一阵撕心裂肺的号哭。

"在这个行当里，在某些事情上，其小大于大，其大小于小！你有什么好哭的嘛。"江春水转身走了。

关悦然哭声戛然而止："什么叫其小大于大，其大小于小？"

第二节

寂庵寺修缮之后接待的首位香客，是一个人称"欧阳军长"的人。欧阳军长让兵士们在寺外山背坡候着，他只身一人进了寂庵寺后院。

首先映入眼帘的，是一把锃明瓦亮的斧头，正与一个干树墩拼杀。那把斧头由一单臂抡着，翻飞出许多花样。斧尖扎劈，偏锋正削，钝角硬砍，后锤夯断，招招好看。让人叫绝的是，无论哪招，都能把树墩子劈成大小一致、厚薄均等的劈柴；斧头之下的每块劈柴，还能拖着优美的弧线，准确地飞落到几米远的同一柴堆上。欧阳军长是见过人劈柴的，劈出的柴大小不一，飞落满院，最后才归拢成一堆。而眼前的单臂斧头，则是精确成柴，准确落位。一阵斧柴飞舞，地上干干净净，满院利落。

劈柴人是云平师太。她气不吁，心不乱，说："寂庵寺刚修缮纳客，长官不上一炷香却直奔后院，实为不妥。事再急，也得先敬炷香呀。"锐利的斧头，闪了欧阳军长的眼。他只好退出去上了香才返回。

这次寂庵寺修缮，虽由他欧阳军长出全资，却还是心不硬气。云平师太有言在先，让他觉得这钱该由自己出："寂庵寺东北角落下的那两颗炮弹，是姓国还是姓共，贫尼不想知道。但贫尼以为，这炮弹之祸，战乱之灾，其根源在国。所以，你国军欧阳大人来修缮理所当然。"

欧阳军长急着另说他事。他掏出了两张照片。一张是在河北邢台古刹里，他欧阳军长领众人游览时拍下的。画面里有一众叫花子清晰可见。另一张是在军部大院，一众叫花子正围着一口泔水缸抢食。一个女叫花子怒目圆瞪，正举着瓦盆砸向同伙。

云平师太看了看照片，说："看在欧阳军长曾出兵暗护彭家庄园的情分上，我就帮你这一次。仅此一次。你是知道的，我不想掺和国共之斗。事实上，我确实也不知道那些叫花子的真实身份。我只知道，邢台古刹那张照片里，有一男一女曾在彭家庄园出现过。据说皆为考古之人。那女的与军部大院抢泔水的女叫花子，是同一人。早前，在彭家庄园，即便在昏暗的拱顶之中，她那双美眼也奇亮无比，我过目难忘。她那张脸狐性十足，也是谁见谁惊。不过，天下考古是一家，天下好古迹者都是亲人，这也包括您军长大人。所以，贫尼希望国军莫要加害于那一男一女。"欧阳军长没说什么，又听云平师太说："这仗理应躲着名胜古迹打。我不想见到老祖宗留下的老宝贝毁于战火。做到这一点，你军长大人便功德无量！"

欧阳军长笑笑说："我心里明白，师太关心的不只是古建筑。上次你问到的那个人现在何处，我依然无权奉告！你非要再问，我只能说，他可能还活在人世。我说的是'可能'。因事物是要眼见为实的，我未曾亲眼所见，便只能用'可能'二字回复您。"师太把斧头甩向柴堆，没接欧阳军长的话茬，却另外提出了问题："这些年，内忧外患，国共双方老这么打，老百姓心里藏着天大的事，也不敢再托付给你们！请你告诉我，国家何时才能安宁？"

"师太天大不露边，谁也看不透你心里那片云！国家安宁否，那得去问蒋委员长和毛泽东！"欧阳军长抱拳而去，"对了，邢台古刹里的那张照片，是前两年拍下的。现在战事瞬变，物是人非，一些事儿还真不好说。所以，我奉劝您老，千万不要节外生枝。"

师太送客出门。欧阳军长走到山坡下，张副官迎上来。

"多亏张副官每每为我游览存照。出于好奇，你随手拍下叫花子抢泔水的照片，也派上了用场。没错！这个女人曾与彭寂一同撤往延安，是共军无疑。这一男一女，也的确去过彭家庄园。"欧阳军长疾走如飞，"回去后，马上让在彭家庄园看护过老屋的那几位前来见我！"

一回到营地，张副官带来几个兵士，一一看了照片。兵士说："照片上这一男一女，我等在彭家庄园见过。那个女的头上，还插有您给赛可卿的玉凤银簪。当时，我曾把情况汇报给您。您还让人到处寻找过秦凤岚呢。"欧阳军长摆摆手说："知道了。回去吧。我过问照片之事，务必严格保密！"

欧阳军长想起，当年手下提到玉凤银簪时，他曾怀疑秦凤岚还活着，但最终没能找到人。后来又一想，也可能是她本人死了，让别人拣了玉凤银簪。而前不久，才得到准确消息，说那秦凤岚并没有被炸死，当年在教会医院养伤期间走失了。

张副官分析认为，共军特工一定是与那秦凤岚接触过，可能也会从她嘴里了解到彭寂和彭家庄园的情况。所以，不排除共军破译师对冣密建筑性结构早有认知。冣密遭到破译的可能性很大。由此可见，彭寂前些天用菊密发来的密电，说冣密已遭破译的情况，可能是真实的。

欧阳军长说："没错。彭寂可能还未暴露。"张副官没忘奉承几句："军长果真料事如神。看来，我军停用冣密是无比正确的。况且，军长高明的一招是新启用了尴尬密之阴阳本；更高明的一招是以阴本密掩护阳本密，阳本密则会牢不可破。"

尴尬密之坚固密度，自然不用张副官来吹嘘，欧阳军长心里明白尴尬密的妙处所在——该密采用了双密本制阴本和阳本。阴本密部分故意沿用了之前用过的建筑性，以误导共军破译师向冣密性质密码上去想，而其阳本密则以另一种完全背离建筑性的密码体系来构建。这是用假面阴本密做掩护，长久保持阳本密的安全。这些隐秘局设，都是共军破译师万万不会想到的。

当即，欧阳军长下达了命令：在泔水缸抢食的那几个叫花子，就关在王村破庙里别动，也不要挑破他们的共军身份。就这么晾他们几日。既然是机要人员，共军没有不营救的道理。我们来个放长线，钓大鱼！

半夜时分，张副官来报。那个女叫花子像是得了疯狗病，狗吠一样乱叫个不停。派我机要人员去听，那狗叫声原来是电码，却听不懂其中内容。

欧阳军长说："她肯定是在呼救！我有重兵埋伏，不怕她唤来天兵天将。张副官你就在现场督战，没我命令，不许轻举妄动。我倒要看看，在我手掌心里，共军还能玩出什么新花样。"

后半夜，张副官又来报，共军派来的救兵是彭寂，且只带了一个班的兵力。欧阳军长沉思片刻，说："彭寂是共军保卫科副科长，派他来营救并不奇怪。但彭寂潜伏身份是否已暴露，尚不能最终确定，现在若抓他怕坏了我潜伏大计。放他们走吧。这样，共军还可给彭寂再记一功，也有利于他继续潜伏下去。"

张副官迟疑未动："如果那彭寂已经叛变了，这不是放虎归山吗？"欧阳军长说："就是共军真的破了最密，也存在没有识破彭寂潜伏身份的可能。只要有这种可能，我们便全力保他这颗棋子不死。这是上峰的绝密命令！"其实，欧阳军长心里有数。他手里握有更为机密的一手材料，只是张副官这一级无权知道罢了。其真实情况是，欧阳军长在共军内部另有内线与他单线联系。那内线代号叫"小勤快"。小勤快传来的信息是：张治山在共军那面很风光，有望扶正当科长。前不久，他还因组织群众抢修马家河桥有功而戴过大红花呢。

那马家桥是共军通往李家集战略要地的咽喉。欧阳军长曾派人潜入共区，想预先在马家桥上搞些破坏。结果发现，那桥在共军抢修过程中，就已经有人在暗中做了破坏性手脚。只等共军大部队汽车大炮一上桥，便塌断无疑。到那时，再抢修也难以应急，无力回天。事实上，马家桥是那张治山带人抢修的。暗中做手脚的，非他莫属！这足以说明，彭寂对党国的忠贞未变。对此，欧阳军长信心满满，窃喜不已。

第三节

陈默钟！这可是一个地地道道的高干子弟。其父是某部副司令员。前几年，他受父命从河北老家奔赴延安，参加了革命。他本是燕京大学的高才生。英语成绩呱呱叫。行军途中，一本英汉词典掉进河里，本性胆小的他，竟然扑入洪流抢回了本子。他哭着鼻子，拆开晒干，重新装订好，揣入怀里。自此，那本子再没离开过胸口。也是因了如鼠之胆，他多次借故放弃了到前线作战的机会。父亲听说后，顿觉脸面尽失，执意断绝与其往来。失去父爱的他，愈加痴迷于爱情。女友莫小兰成了他生命支撑。每当军务疲惫或生病时，他总会掏出女友照片解乏。平时，那贴心的本子里，总夹藏着几张靓照。战友们明白，他本不是爱惜那个词典，而是本子里另有宝贝女友。他也不隐讳，总是说他所有的美好记忆，都在那本子里装着呢。

江春水心如明镜：英汉词典才是那陈默钟的命根子。说他是因女友照片而对那书本珍爱有加，那是假象。那英汉词典本是一部国民党特务使用的书本密码！陈默钟与国民党特务往来传递秘密信息全靠这个本本。

是的。没错。情况正是这样。陈默钟加入特务组织的原因唯有一个：那就是女友莫小兰在国民党保密局特务手里。他陈默钟如若不从，莫小兰便会丢失性命！他没有犹豫。他说，只要莫小兰不少一根汗毛，他便死心塌地地效忠党国。

然而，这一切，江春水早已从破译的国民党保密局特务用"皓密"中获知。

陈默钟是国民党特务，成了连上级领导都少有人知的超级机密。大首长和江春水已经在着手逆用陈默钟了。当然，陈默钟并不知自己已陷入了我军圈套。

像陈默钟这种意志寡薄、无胆少气之人，在解放军队伍里也干不了什么大事。他一直在战地报社当报纸分送员，天天到各部队驻地分送报纸。工作表现自然是稀松一般。碍于他高干子弟的身份，也没人跟他计较。

从那个注定一切的日子起，这个陈默钟开始为国民党特务组织卖命。因接近不了我军核心部门和重要人物，加之人懒心小，他传送出的零星情报，便也没什么大价值。好在，国军上面也没奢望他能捞到什么大鱼，给他的主要任务是秘密监视那个叫张治山的人。可又不允许他与张治山发生任何联系，只需他暗中打探和窥察对方的表现即可。

然而，陈默钟却一心想弄个惊天动地的大情报，以换取女友在国统区保密局那边安全无忧。这样的机会终是来了。事情居然始于那个马家桥。

这一天，陈默钟送报三人小组，骑马路过马家桥，却被阻断在桥前不能通行。桥上桥下有百八十名军民正在实施抢修。

被阻隔在桥头前的，还有卫生处运送药品和通机科押送机要文件的官兵十余人。大家都急着赶路，便发起了牢骚。陈默钟从通机科两个女机要员悄声议论中，嗅到了惊人信息。原来，之前我军制定的主力部队行动方案，并非真的要通过马家桥进驻李家集，却是先声势浩大地搞了个抢修马家桥行动，意在让国民党军误认为，我军要过桥去抢占李家集战略要地。其实，我军是想声东击西，迂回奇袭刘湾子山。所以，在抢修马家桥时，张治山按照上级指令，在桥梁上暗设虚架了不少断面断梁，以等待国民党军路过此桥时车毁人亡，阻断去路。然而，现在，我军根据形势变化，又改变了策略，要真正去抢占李家集要地了，这才领人又重修加固马家桥。

陈默钟听到两个机要员的议论，如五雷轰顶，汗如雨下。此刻，只见远处那张治山正在桥上吆三喝四地指挥抢修，还不时与另外几个领导模样的人吵吵嚷嚷。他们说的是什么，陈默钟远远地听不清楚。但能看出，都急兮兮的，格外忙乱。他知道，这是军情突变造成了人心慌急。再看眼前大量药品和半车机要文件箱，显然，这是部队有重大军事行动的前兆。

两个女机要员又说起了悄悄话。陈默钟悄然前挪两步，还是听真切了。

一个女机要员指着远处的张治山说："这个张副科长可不简单哩。明面上粗手大脚莽汉一样干些安保差事，实际上他还另有一层神秘身份。他是国民党投诚过来的密码专家。他一进咱机要办公室，便会天生一身斯文样，破起敌军密码来灵光着呢。"另一个女机要员说："是吗？我可没听说过这些。"

那个说："那当然。这是超级机密呢。你是刚调来的机要员，以后是要和他朝夕相处的。这可是奇人一个哟。人前人后的，这两面人可不好当呀。"另一个说："真是神了。他一个国民党潜伏特务，真会和我们一条心吗？"

那个说："没的说，死心塌地跟我们干革命了。都和我们的人谈上恋爱了，爱得死去活来呢。前不久，还不惜性命，从敌人破庙里救出了女友哩。还有，他把和特务上峰联系的密码本也交出来了。也奇了。他居然用的是原日伪军密码。对了，这密码本子就在咱这车上机要箱里。"另一个说："正好咱闲等着也是等，能让我瞧瞧稀罕吗？我这个当机要员的，还从来没见过日本鬼子的密码本呢。"

那个说："这也不难，我有机要箱钥匙，顺手就能拿出来。好在，这一箱一箱的机要档案，以后你都能看到的。这是你的本职，不看还不行哩。"二人躲在一个机要箱后，拿出了那个密码本。另一个惊叫："哎呀。叫菊密。这乱字模糊的，咱一点也看不懂。"

陈默钟溜过去，透过两个箱子间的缝隙，瞧见了那个本子。上面"菊"字清晰可见。他背如贴冰，不由得打了个寒战。到了晚上，他急速拟定了情报，隐藏在了第二天下发的一张报纸上。

陈默钟传送情报的方法极为巧妙。用行话说，他暗使的是针眼情报。即，用针尖轻微地在报纸某些字上扎上针眼，形成情报内容。无心人不易察觉，有心人可借光线瞧得一清二楚。陈默钟做得更为隐秘一层，他采用了报纸上扎眼和英汉词典密码本查对双重保险。他在报纸上用针眼扎下的，并不是情报的具体内容，而是那词典密码本上某个字具体位置的数字标注。他用报纸上某个字的笔画数，来标识位置数。那么，他的上线接到这张扎有若干针眼的报纸，译出各字各行的位置数后，再到同版本的英汉字典上去对应查找，才能译出他要传送的真正的情报内容。

陈默钟用上述方法，轻车熟路地把今天见到听到的重要情报，通过线上人，秘密传送给了远方的欧阳军长。

没错，陈默钟就是那个代号叫"小勤快"的潜伏者。他隶属欧阳军长直接领导。

欧阳军长不敢耽误一刻，立即把这些紧急情况，用尴尬密之阳本发送给了上峰。

之后，马家桥成了我军重兵把守的交通要道。那几天都有不少军车大炮和主力部队从桥上隆隆开过。而担任护桥任务的负责人正是保卫科副科长张治山。

陈默钟常从桥上路过，张治山每每严格盘查他的报纸及马匹所驮之物，其恪尽职守之表现，俨然是一个共产党人的忠诚卫士。

陈默钟心里暗骂，党国的叛徒，不得好死！当然，他主要精力还在细心观察大部队挺进李家集的情况上。白天看到眼里的部队移防详情，晚上便急就在报纸针眼上，第二天即有条不紊地送达出去。

"小勤快"传送过来的每一张针眼报纸，欧阳军长都是亲自译校出具体内容，编写成一封封密电，然后，站在电台旁看着报务员发往南京才放心。共军挺进李家集战略要地的军情，一时成了国民党保密局情报室头号重要情报。作为对陈默钟的奖励，上面传递过来数张他女友的新照片，有时还捎带一封情浓似火的亲笔情书。

欧阳军长时有想起，所谓由张治山用菊密发送的那封"朁密已被共军破译"的密电，现在看来，是张治山被共军逆用所为。那么，朁密果真被共军破译了吗？用脚指头想想也知道那朁密未被破译。如若真被破译了，共军还会发那么一封密电吗？！可那张治山背叛了党国，朁密又不可能不被破译呀？

欧阳军长百思不得其解。这成了他和上峰心里一直纠结不清的难题。

第四节

这一天，有战士来报，行军沿途几次碰上一对破落母女，说是来自彭家镇。那母亲一路喊着："我儿彭寂回家！"挨村挨镇地走。战士还说，有人曾在国统区也碰上过这对母女，走到哪里喊到哪里。这说明，这对母女在遍地撒网，只要有队伍驻扎的村庄，有枪炮声的地方，就会寻找过去。

张治山听罢，想起多年不见的母亲，眼泪唰唰往下流。他直奔马棚而去。关悦然拦住了他："失散多年的母亲为何突然出现？这人是不是彭家母亲，也并不可知。你只身一人去太危险。"张治山挣脱开她，跨上了战马。她则死死抓住缰绳不松手。张治山急急扬鞭打马，飞奔而去。

关悦然预感不妙，要去叫警卫连前去保护。江春水跑过来，拦住她："我俩密码攻研任务正在紧要处，一分一秒都不能耽误。"关悦然说："我分分钟就能叫出警卫连，不会耽误过长时间。"江春水不依："分秒必争是破译师的操守，你不能离开这里半步！"关悦然怒吼道："在你眼里，破码子比亲爹都亲，而战友的命却一钱不值。"江春水也吼："没错。战急时，码子面前便没有亲情友情男女之情！"

张治山飞驰到山坡下，看到路边跪着一对母女。他连滚带爬扑过去，看清正是母亲彭寂。母子俩好一阵抱头痛哭。母亲说，这些年，她之所以舍弃祖宅云游四方，就是要寻儿返乡，去做彭家庄园修缮大业。

张治山这才明白母亲来意。他则告知，自己苦挣数年，终于找到了一条比修缮古迹更加光明的大道。那就是永远跟着共产党走，为普天下劳苦大众做大事，为少死人少流血做大事。

这时，旁边的女子说话了。她同样一番苦心劝解，让张治山离队返乡。张治山问母亲这女子是谁。母亲并不回答，却说："既然你不跟我回去，那就依你。儿大不由母啊。好好走你的光明大道去吧。"

张治山执意要带母亲回部队。母亲死活不肯，一副苦不堪言的神情。张治山看出似有哪儿不对劲，就说："母亲有事不可瞒儿，千万要告诉我呀。"母亲这才说："你我若不回彭家庄园，咱那些祖屋老宅便会被人烧毁。来前，有人已告知明白。"

张治山听罢，急忙把母亲抱上马背，正欲打马而去，那个女子突然掏出手枪，又一把扯开衣襟，露出了三颗手榴弹。她冷冷一笑，说："你彭寂潜伏多年，就是个通匪投共，上峰对你很失望。今天，要么你跟我回去；要么我当场处决你！"

张治山被枪逼住，动弹不得："我既然选择了光明大道，便不可能再走回头路。你开枪吧。"女子说："彭家庄园真若变成灰烬，难道你不心疼？你怎么对得起彭家列祖列宗？"

张治山说："国家尚被战火涂炭，一个小小庄园毁不足惜。我留下来干革命，就是为了让更多家园不被毁掉。"女子气愤至极："看来，你受共匪毒害不浅。那我就不客气了！"

坐在马背上的彭母没有一丝慌乱。她慢悠悠地说："老身曾以自己的方式经历过战争，见识过拿枪的敌人和拿枪的朋友。眼前，我不想搅和到这场战争当中去。要知道，无论胜败，受到战争伤害的，永远是你们的亲人。算了吧，都放下刀枪，别再去毁灭家园和性命了，好吗？"

看似彭母在长话细说，实则她是在暗中做着某些准备。那女子似乎没有听进彭母之言，枪举得更高，弦线拉得更紧："我管不了那么多，我的任务是，要么他跟我走，要么他即刻死！今天，师太你劝得了则劝，劝不了便躲回你寂庵寺去，免得伤了你老身。"

张治山毫无退却之意，反而前挺了一步。

彭母清了清嗓子，依然慢条斯理："还是那句话，儿大不由母。儿何去何从我左右不了，但儿的生死我是不得不管的。这是一个母亲的本责。"话音未落，一把锋利的斧头飞向那女子。与此同时，彭母从马背上腾空而起，直扑而下，把那女子死死压倒在地，随即叫了一声："等国家安定了，接你父亲回家！我儿记住，父骨有灵，棺内有魂呀！"

那匹马受惊，猛一打挺，把张治山扫了个跟头。这时，彭母身下传出一声炸响。

第十章

天饵行动

1131 7403 5887 0520

国军尴尬密之阴本显现出了建筑性，这导致了相关故事得以延续，也发生了某些新的悲惨事件，还半路杀出了一个程咬金，而这一切依然与那部冣密息息相关。

看来，冣密果真是个不死的鬼！只要它活着，故事便会迭代繁殖。显然，小说之所以难有结尾，始作俑者也是它！

是的。也正是因尴尬密之阴本属冣密类建筑性密体，而被关悦然一举破译掉了。关悦然和张治山自是兴奋异常。但是，二人以为尴尬密是个独立密码，并不知道它还有一个阳本。按照工作分工和密级分隔制度，阳本密相关情况，是不能让关张二人知晓的。事实上，尴尬密之阳本才是尴尬密的主体部分，组织决定由破译师江春水负责领衔破译。关张二人被排除在了这个任务之外。

那时，淮海战役即将拉开序幕，密情军情不等人。上级指挥部为策应江春水破译尴尬密之阳本，经研究决定，拟开展一系列军事行动，制造我方特定军情，密诱国军用其阳本密通联相关情况，以给我军破译师提供较为具体的特定条件。上级把这项任务命名为"天饵行动"。

实施"天饵行动"的前提是：我方从破译的保密局"皓密"中得知，那潜伏特务陈默钟，直接受命于近敌驻军欧阳军长，主要负责监督张治山。很快，江春水破解了敌特针眼情报传送模式。自此，陈默钟完全落入了我军的秘密掌控之中。

我"天饵行动"是个系列谋略,其第一步是:鉴于国军已经停用朘密的实际,我方故意启用菊密,以张治山之名,发了那封"朘密已被共军破译"的密电。对国军来说,久潜不活的张治山突然复苏,传递出的还是关于朘密的情况,这可是个重大特情,欧阳军与上峰来往密电便多次提及此事。当关悦然五人小组被关押在王村破庙里时,正是我"天饵"第一步行动刚刚完成不久。江春水对派张治山去营救王小娇的信心,也正是来自于此。事实上,张治山现身王村破庙,确实扰乱了欧阳军长对其身份的猜断,加深了相关误判。

第二步,继续巧用张治山身份,以修缮马家桥为切入点,制造了相关假象。当然,张治山自己不知其中机密。他以为我军主力真要进驻李家集,便受命组织人把桥修了个结实。是江春水判断出敌特必来破坏马家桥,便经上级部门秘批,提前带人在桥下做了破坏性手脚。这就给敌特留下了这个破坏是由张治山所为的印象,也在国军那里再一次敲定了一个概念:张治山依然是党国的忠诚潜伏者。来往密电自然亦数次涉及此情。

第三步,组织军民重新修马家桥,搞了个大反转。故意指派两个女机要员,在陈默钟身边上演了一出闲话泄密的好戏,透露了张治山投共的真实情况。尤其,还让那个关键物证菊密密码本,在陈默钟眼前现身。江春水考虑,张治山身上秘密早已被我方掏尽,朘密也已停用,再为张治山身份保密已无多大价值,倒是利用暴露他投共真相,制造特定军情,对我破译尴尬密之阳本会大有益处。果然,我方这一反转大招,着实惊炸了敌军,从电台里可以听出,敌军上下一片急乱。当然,以上这一切张治山完全蒙在鼓里。

第四步,不惜动用我主力部队,制造重大策应行动。这在我军密码破译史上较为少见。连续数天组织部分主力部队,明番明号大张旗鼓地通过马家桥,挺进李家集。暗中的陈默钟把每个部队番号、出发时间、装备数量、兵员概况等,都一一记录在案,及时发送出去。而欧阳军长则用尴尬密之阳本,原封不动地发送给了上峰。那几天,敌军电台联络异常密集,相关情况均被我军一一侦控抄收下来。

有了"天饵"这四步特定行动，江春水等人成功侦获抄下大量以上已知情况和具体条件，大体弄清了敌所用密码结构类型和密性类属。然而，经过江春水小组突击攻关，比对研究，却只能猜对出密电中的个别内容，很难译通某一份全报。根本原因是难以找到尴尬密之阳本密的主密钥。

一时间，江春水进入了慌急焦躁状态。他急速旋转的大脑，一而再再而三地受到不明障碍的阻挡。朦胧的黑暗和浓浓的孤寂，把他团团包围起来。那个无形的战场，在他头脑里摆开了阵势，仅一个人的战斗，几乎招惹来了满天下的敌人，直杀得天昏地暗，血流成河。战场上每一个细节，都勾连着他的每一个脑细胞，无休止地纠缠着，直到它们成为梦境一部分。他连续数日没有走出那个小黑屋半步。

小黑屋是他独自破译密码的地方，一个绝对闲人免进的禁地。勤务兵把饭放到门口石桌上，敲敲门走了。再来时，那饭还放在那儿未动。勤务兵放下热饭，收走冷饭，顿顿如此。勤务兵上报了此情。大首长来敲门，里面吼叫："别来烦我！"大首长冲了进去。江春水躺在铺上，正两眼发直瞪着房顶，又吼："别来烦我！"大首长上去按住他，灌了一碗菜粥，转身离去。

大首长对江春水进入破译状态而表现出来的异常举止是熟悉的。他见证过江春水破译一个高难密码的全过程。

那一天，有人送来十余份急电。据说，这是敌司令长官胡宗南用一部高级密码拍发的。报一上手，江春水一激灵，只听到他全身关节咯吱吱响。他把电报纸举在了眼前，战斗激情呼啦一下就上来了。瞬间，他满脑的细胞，全身的神经，都被吸进了码子里。他原地站着，双手倒腾着那十几份报，眼神一会儿空洞迷离，一会儿亮光闪烁，一会儿闭目冥思，一会儿又惊魂一跳。他手动眼珠子动，身子一动不动。看得出，他正在码子世界里疾速奔驰。就这样一个姿势，足足站了四个多小时，也没人敢去惊动他，像是他站在悬崖峭壁边沿，一惊吓就会滑落崖下似的。事实上也正是这样，他一分神，脑子里梳理出来的那些线索，就容易消失得无影无踪。突然，他大喝一声："就是它！捉住了！捉住了！"他抓起纸笔，趴在桌上，一干又是五个多小时，然后，起身冲将出去，一头撞在一个人身上，他当胸就给了人家三拳："老子破开了！老子破开了！"又伸手抓过人家的杯子一饮而尽，摸起桌上的一块生地瓜狂啃起来。八九个小时了，他渴死了！饿死了！困死了！他把自己扔到人家铺上，蒙头大睡了一天一夜。事后，他竟然不知是打了大首长的胸，抢了大首长的水，睡了大首长的铺，还对大首长大声喊了"老子"。

当然，大首长不会和他计较，破开了密码，高兴还来不及呢。可这一次，他不吃饭，大首长却和他较上了劲。再来送饭时，勤务兵就换成了三个。两个扭起他胳膊，一个强行喂饭。喂完，给他抹把嘴，擦把脸，扭头就走。可是，这三个毛头小伙子，每次只是手忙脚乱地喂饭，却忘了灌汤，也忽略了放把热水瓶。那些天，江春水成了傻子，除了会喊"别来烦我！"也不知道张口要水喝。

他真是渴极了！渴得夜夜做梦找水。以往梦中翻飞的码子，都统统被他赶出了脑子，取而代之的是水、水、水。接连几夜，他都不知不觉地进入到炙热的沙漠地带，艰苦万状地穿越黑沙、黄沙、白沙，却总也找不到水源。沙漠温度高得无法忍受（他发起了高烧），好不容易看到一片植物，他几乎耗干身上水分，才触摸到绿洲边缘。他塞了满嘴的绿叶子，却苦辣难咽，一丝水分都嚼不出来，反而口舌麻木，牙酸齿疼，嗓子裂痛。这是一簇簇毒植物！

毒辣的太阳之下，干渴和对干渴的恐惧，使日子显得漫长难熬。远处出现了一座古镇，细看却是彭家庄园。他心里明白，这像极了海市蜃楼；也能感觉出，这是那阴本密的建筑性在诱骗他。他才不上那个当呢！这恰恰说明，尴尬密之阳本不具建筑性。人，总比魔鬼聪明。这个时候，他神志还清醒，看到干烟直冒的黄沙，心里还说，把密码破译形容为拧沙成绳，是最为形象的比喻。把干得直冒烟的黄沙拧成绳子，你说该有多难。而恰恰密码破译的魅力就在于此！

彭家庄园中央出现了一潭清水。他伸手去够，可总也够不着。

他觉得，在够着救命水之前，人早该渴死了。估计还有二十多步。哪还有步子可量，只能四脚着地往前爬。终于爬到了。那不是一潭水，而是一大片正在晾晒的书籍。书页泛黄，他连嚼了三张。哪有水分！书没受潮，晒它干吗。不过，书中自有黄金屋，书中自有颜如玉。可他，从来对金钱美女不感兴趣。他只要水！书中自有甘露出，字里行间挖源头。可是，书中的文字是天书，是魔符，他居然一个字也认不出来。正像眼前的沙漠，他看不懂沙状土性，也找不到尽头。

太阳持续炙烤大地，脚下沙砾滚烫如火。前面终于出现了一片水域。他知道，可能还是魔幻，也许那是一畦水银，或一方镜子。我认了，快爬呀！是银镜，我也要把它吞下去。终于爬到了。果真是水。一如那绿叶子，苦辣，麻木，疼痛，要命。这是一湾毒水，黑浊而质杂。抬头看去，才发现，水域周边已经站满了各种动物。都焦渴难忍，却又静静地等待着。它们在等待什么呢？

寂静之中，一阵动物踏沙的声音由远而近！终于看到一头怪兽缓缓走来。是一头独角兽！怪事出现了。由老虎领衔，全体动物都恭敬地抬起前蹄，向后来者作揖致敬。乖乖。什么时候换大王了？

独角兽来到水边，似入无人之境。它要喝水了。它先用独角将水搅动起来。水渐渐清澈无比，整片水域都跟着光亮照人。独角兽开始饮水，其他动物则都长舌舔唇，焦渴地看着长饮的神兽。独角兽饮饱，并不抬头，依然搅动独角，水依旧清澈。各动物这才纷纷低头饮水。

这个时候，江春水明白了一切，便奋不顾身地扑入水中，狂饮不止。甘香甜美！沁心润肺！世上竟然有如此解渴的水？！

待各自都饮足神水，独角兽才停止搅动，抬起独角，独身离去。那片水域，即刻又恢复了原样毒水。

江春水这才想起，传说中独角兽的独角有药物解毒作用。自此，他夜夜来到这片水域，和动物朋友一起，等候着独角兽的出现。

多么祥和而友好的动物世界呀！独角兽成了唯我独尊的天王，它靠那只神奇的独角，把野兽们凝聚在了一起。

有一天，不知是哪个野兽惹到了另一个野兽，双方顶撞起来，开始相互撕咬。先是两只，后是两群，再是乱兽残杀。

独角兽来了，定眼看罢，仰头长嘶。它拒绝再搅动毒水！

动物们停止了战斗，相互疗舔伤口。天下恢复了太平。独角兽这才把独角插入水中。野兽们又都解了渴。这个时候，独角兽说话了。这是有史以来第一次听到它说话："你们别想弄死我，分割我的独角。告诉你们，我这独角，必须由活着的我来搅动，才有效用。我一旦死了，这独角便会成为一根搅屎棍。所以，最好还是让我活着。不过，我郑重声明。我制造的甘泉，是喂给和平的。如若再有残杀，我宁可渴死，也决不再来此搅动神水！"

野兽们听罢，浊泪涟涟，悔恨交加，纷纷抬起前蹄，对天长鸣。自此，这沙漠里的动物世界，再无战争，世族繁衍，皆至昌盛。

一个干渴的长梦，江春水做了三天三夜。第四天，已无力行走半步。他爬出小黑屋，沙哑着叫喊了一声："来人哪！"

第一个跑上来的是大首长。见有警卫人员跟从，江春水打手势让首长把耳朵凑过来。他仅说了一句话，便昏迷过去。

大首长让警卫把浑身炭热的江春水抬到了卫生队，自己则急奔司令部而去。

江春水那句耳语是："独角兽上演独角戏！便是那个尴尬密之阳本密的主密钥！"

后来很多日子，江春水经常想起这个不同凡响的长梦。他心里明白，其实事情并没那么神秘。只不过，自己真的在梦中被灵感击中了。醒来后，赶紧趁着记忆尚清晰，把梦中所得思路、步骤和那个密钥的运用方法记录在了纸上。梦得密钥，如同曹雪芹梦得《红楼》一样，看似玄乎却也不复杂。当然，也不能把它说得过于简单。是的。要想真正找到破译方法，极其耗费精力，神经异常紧张，脑子高速旋转，精神经常进入恍惚状态。哪怕是在睡梦里，在重病中，也常义无反顾地朝前走，直到死掉也在所不辞。有些时候，往往不是有意识地完成破译，灵感似乎是在朦胧之中突然降临的。当然，这种下意识，要得益于你必须是一个"密码学性格"的人，更要得益于素材上那些必要的客观条件，还得益于你平时要有充分的素质能力准备。否则，金元宝砸了你的头，你还以为是块茅坑石呢。没错。破译职业就是这个样子。"我每天总是怀着向前线将士致敬的心情来破译密码的。当耗尽全身气力、寸步难行的时候，想到前线将士正在流血牺牲，我就咬紧牙关又向前迈了一步，只觉得这一步可能是我生命中最后一步了，可抬头一看，竟然迈上了胜利的彼岸。一些高难密码之门，正是被我濒临死亡之前的这临门一脚踹开的。"在淮海战役之初，令人朝思暮想的破译战果，也是如此这般来到了上级决策层面前——敌军欧阳部与其上峰之间使用的尴尬密之阳本，达成了彻底破译！

神秘面纱揭开，内核豁然亮出：尴尬密之阴本，延续承袭冣密之魂，依附其建筑属性，假借"尴尬人难免尴尬事"密钥来编织虚假幌子，牵引破译者误入歧途，从而身陷沙漠之生命禁区，试图使其遭干渴而枯死。然而，敌军编码者没有想到，在沙漠决绝之深处，会发生"独角兽上演独角戏"的奇迹，且让共军破译者江春水自造神梦，逮了个正着，一举撬开了尴尬密之阳本的大门。

尴尬密之阳本破译不久，我军便侦获译出了一封密电，大意是：国军上峰指令欧阳军长，尽快组织实施诱捕彭寂归案；诱捕不成即刻就地处死。

这封密电是江春水亲手译获的。也就是说，那次敌特诱捕彭寂之前，江春水是知道这一密情的。但他不知道敌特采取诱杀行动的具体时间和方式，也就不好做出具体的应对准备。当那彭冣母女出现，指名道姓寻找彭寂时，江春水才有了较为准确的判断。但张治山火急着往外冲，万全之策一时又来不及做。而关悦然却急着要去通知警卫连。这在江春水眼里，是万万使不得的。因为，一旦警卫连跟随张治山而实施保护，就有可能会让暗中的敌特发现，并想到我军已经提前获知国军诱捕彭寂意图。那么，就有可能会往阳本密已被我军破译上去想。尴尬密之阳本被破译，自然属我军重要秘密；而不让敌军知道该密码被彻底破译，更是头号重大机密，必须万无一失。所以，江春水才极力阻止关悦然去叫部队同行。他知道，张治山独身一人去会凶多吉少，但这是保护重大破译成果所做出的必要牺牲。要么，张治山被敌特打死；要么，他被胁迫挟持而去。因张治山并不知晓尴尬密是双密本制，更不知其阳本密已被我方破译，所以，张治山的走留和死活，横竖不会危及这个破译成果的安全。

然而，这个情况，在当时以及今后相当长一个时期，都不能告知任何无关人员，包括关悦然和张治山。这是保密铁律使然！多年后，关悦然才知晓了事件部分真相。她大骂江春水无情无义，置已是革命战友的张治山生死而不顾。而"那次队伍遭遇敌机大轰炸时，却是张治山飞身扑在你身上的。他后背那块碗口大伤疤在看着你哪。他对你江春水有救命之恩呀"。她还骂江春水没有人性，间接害死了"金陵花木兰"彭冣老英雄。"彭家老母是在儿子面前，其胸膛被炸开了花的呀。那场面，多么惨烈啊。"

江春水任由关悦然尽情闹骂，到她挽扶着泪水涟涟的张治山离去，他都没做一字一句的解释。都是老情报工作者了，一些事情迟早都会想开的。咱干的就是这一行，战争、死亡、牺牲、禁律、奉献、密码以及与密码相关的诸事诸情，都交织在了自己日常生活里，每天面对的就是这些；每天最大的念想，就是在自己累死之前，或在子弹穿透心脏之前，把密码破译开，其他都是次要的，都是要为这个念想让路的。干咱这一行的，小心点有什么不好？要知道，任何不确定因素，都有可能对密码机密安全构成威胁。一如每天吃饭前，要用手指在饭菜里寻找一下虫子和玻璃碴，必要时还得睡到床铺底下去，看似多此一举、谨小慎微的习性，有时真能保全大事不败、要情不泄哩。一个把生命和信仰，都毫无条件地交给伟大事业的人；一个把忧患意识，当作为死亡备下的华装，时刻披在身上的人，还有什么想不通的呢？其实，关悦然根本就不存在想不通的问题。她早已弄懂了那句话："在这个行当里，在某些事情上，其小大于大，其大小于小。"她只是想借题发挥一下，跟他江春水再吵一架而已。当然，她也真心是为张治山鸣不平。

那个陈默钟的结局，似有一波三折。陈默钟被逮捕时，江春水极为愤慨："你父亲在征战中，一直远远地看着你这个儿子呢。你这么干，他一代名将自杀的心都有了；作为一个良民，你那痴爱的女友，也会为你感到羞耻。告诉你吧。我地下党已经把你女友营救出来了。"说着，递给他一张纸，上有他女友的亲笔字，就一句话："在灵魂深处，你就是一个愚蠢的无赖。"

陈默钟双膝跪地："组织对我女友的搭救之恩，我会用余生偿还报答。我要重新参军！"江春水颇为不屑："要与我等革命者为伍，你还真不够格！你只不过是个是非不分的大情种，政治上的糊涂虫！"

陈默钟频频点头："我交代，我全交代。先说说那针眼情报吧。那是我的独创独编。欧阳军长可以证明。"

"针眼情报法，真的是你陈默钟发明创造的？"江春水眼睛一亮，态度大为转变，"共产党欢迎任何一个悔过自新的人。以后，你可要好好改造，戴罪立功呀。"

下去后，江春水还真就针眼情报这事，提审了战俘欧阳军长。欧阳军长交代了陈默钟发明针眼情报法的详细过程。

欧阳军长是在淮海战役第二阶段被俘的。我军根据尴尬密之阳本破译所获取的重要情报，采取闪电战术，突袭围歼了欧阳军军部。国民党军这支不可一世的王牌军，在一夜之间崩溃瓦解。

当时，江春水兴奋不已，心里大叫："尴尬密之阳本密，威武！"然而，明面上却被业内认为，是尴尬密（阴本）的破译，成就了欧阳军部的覆没。尴尬密（阴本）的破译者关悦然，也一直以为是她敲响了欧阳军的丧钟，助我军赢得了这场胜利。这事儿，组织上绝不能去解释和澄清。因为，当时，尴尬密是双密本制，有阴阳本之分，且主密阳本已遭到破译，皆属超级机密，仅有阳本密责任破译者江春水等人，以及几个主要首长掌握此情。也就是说，业内绝大多数人，包括关悦然张治山在内，都一直以为尴尬密就是尴尬密，就是关悦然早在围歼战之前所破译的那个尴尬密，他们头脑中压根就不存在尴尬密有阴阳本这个概念。

当时，还发生了一个意味深长的故事。本来，是江春水牵头组成前方工作组，执行围歼欧阳军部之战的电台侦听任务，而关悦然张治山则另有其他工作，并不在江春水小组之内。可是那个张治山在完成本职任务之后，非要拉关悦然去江春水小组观战。看到张治山心神不定的样子，关悦然很诧异，但还是被他硬拽了去。

歼灭战进入总攻阶段，电台侦听室上下一片繁忙，张治山站在一旁眼巴巴地看，竖着耳朵急急地听，还不时拉住进进出出的人问："怎么样了？怎么样了？那个欧阳军长怎么样了？"关悦然把张治山拉出侦听室："咱别在这里碍事了！你急的哪家子嘛？你是盼那个欧阳死呢，还是希望他活？"张治山也不吭声，只是在门口来回踱步。关悦然坐在台阶上，就这么一直看着他，直到侦听任务结束。工作组陆续离去，江春水临走时说："我军围歼了欧阳军军部，敌军死的死伤的伤活捉的活捉，却没听到你那个老长官的任何消息。我知道你是想盼他死，可敌台中毫无此情反映，我也没办法。"张治山愈发焦躁不安，转身进了侦听室。他打开一部电台，戴上耳机听起讯号来。关悦然过来叫道："你神经兮兮的，这是干吗呢。战斗结束了，欧阳军部全军覆没，哪还有工作着的敌台？！"张治山一指旁边另一部电台："帮我一把，我就是想听到那个生活不检点之人的死讯。即便我听不到，你这个侦听高手准能听得到。求你了。我的3649！我的那一套！"一听此言，关悦然乖乖坐定开机，很快进入了战斗状态。张治山看到她那双纤纤之手旋转如飞，这才露出了微笑。

果真，奇迹出现了。一顿饭的工夫，关悦然停在了一个频段上："有SOS求援信号出现，十分微弱。你过来听听。"二人对调了座位。关悦然在另一部电台上搜出同一讯号，二人一边听一边交流情况，很快判清这个讯号是发给欧阳军军部的。显然，这个敌台并不知欧阳军部被歼。进而，二人又辨别出讯源电台隶属欧阳军三团。二人平时早有掌握，敌三团配备的电台是50-B12机型。该团驻地为张格庄，而张格庄是平原地带，从距离上分析，其讯号不应该如此微弱。敌三团昨天还在原驻地，今天不可能长跋远涉。只有一种可能，这个电台讯号是从并不遥远的山区发出的。二人赶紧查看地图。张治山一指北面群山，已胸有成竹："潘家峪！这是群山中唯一一条深山沟，它能阻隔削弱电台讯号。肯定是三团或三团一部藏身其中，孤军待援。"

　　果然不出所料，最终证实，欧阳军三团二营、四营于昨天下午奉命进山执行军务，本是今天上午要出山归营的，先头排却发现山口外遍地是我军部队，赶紧又缩回了山里。这两个营不明情况，在潘家峪躲了大半天，终是忍不住向军部求援，其电台讯息被关悦然张治山逮了个正着。我方指挥部根据关张提供的那条敌情台讯，遂迅速派出部队进山搜剿，全歼了那股漏网之鱼，遗憾的是张治山并未听到他想听到的。张治山想："消灭了敌军两个营，也算是了却了我心中一笔愧疚多年的旧债。李二娃连长，英雄三连的弟兄，我那罪孽可以减轻一点了吗？"事后，上级给予的嘉奖并未引起张治山多大兴致，江春水告知了一个消息却使他亢奋异常。他吼了一声："好啊。那个生活不检点之人，在其军部老巢遭活捉，活该！我这就去阉了他龟孙！"旁边有同事对张治山的反常有所不解，悄声问江春水："怎么称那欧阳军长为生活不检点之人？张治山干吗如此之狠，非要阉了人家？"江春水心情也沉重起来，偷看了关悦然一眼，没有吭声。关悦然望着愤然远去的张治山，眼里含了泪水："我终是明白了！可这算怎么一回子事呀。他张治山在我面前毫不掩饰此番情绪，他考虑过我的感受没有？！他的心在哪里哟？！对了，你姑舅亲对此也有不可推卸的责任。"一听此言，江春水赶紧开溜，被关悦然一把抓住。江春水幽幽地说："你又不是不知道张治山这人，谁要是从根本上得罪了他，他会记恨谁一辈子。其实，他心里早就没有了那个女人，只是对这个欧阳军长一直怀恨在心。"关悦然还是紧扯着不放。江春水又说："有一个成语叫睚眦必报，说的就是张治山这种人。难道你忘了当年他是怎样开启远诛之旅的？！话又说回来，现在，张治山心在谁身上，你关悦然还没有切身体会吗？！你这是吃的哪家子醋嘛。"关悦然这才笑了，笑得很是娇羞。江春水一见她从心底窝子里泛出来的这般娇羞态，肚子里猛然升腾起一股子气儿，重重"哼"了一声，拂袖而去。关悦然娇笑更响，冲江春水背影喊道："这股醋劲儿还挺大。你想想那句老话儿就心气顺啦。其小大于大，其大小于小嘛！"

第十一章

百 年 谍 患
4102 1628 6183 0086

第一节

那一年，余元谋在最后一次去彭家庄园途中，顺路参观了五里坡革命战争纪念馆。在一块展板上有这样一段文字记载：

> 淮海战役期间，我军密码破译技术提高到了惊人的水平。在历时六十六天的决战中，各相关单位几乎全面控守了国民党军的重要电台，及时破译了大量核心密码，获得了源源不断的密息情报，对国民党军各阶段重大军事行动，均能侦破在先，严密跟踪。密码情报为我军战场战术运用、战争态势分析、战略决策和各阶段战役指挥，提供了极为重要的情报依据，于关键时刻发挥了关键作用。在上级大首长关于淮海战役作战的六十余份电令中，有五十多处引用了密码情报所获知的重要敌情。

看了这段文字，余元谋心里甭提有多舒坦，自言自语道："是啊。一场仗打下来，我军往往会破译很多密码电报，从而影响或改变战争进程和发展方向，事后才知道，是'密码破译让历史拐了个弯'。在很多时候，这个作用和贡献是巨大的。无名英雄靠党性，无形战线靠科学！这是战火中打出来的道理。当淮海战役结束半个多世纪后，在公开的革命战争史记中，能写下这么一段文字记叙，不容易！不简单！什么叫开明？开明就是不总以保密禁律为由，把不该再保密、没必要再保密的史实按在箱底不见天日。传统延续，血脉承袭，基因红传，精神不灭，要靠一代一代人知情历史，哪怕是某些所谓的百年密情，也应该以适当的方式，拿出来亮给子子孙孙。这没毛病，我赞成！"

"下面这个故事，可没什么保密禁忌，能放开了说哩！"在展板一角，余元谋看到了一则英雄小传和一组照片。

解放军战士有时连续十天半月行军打仗，连个打盹的时间都没有。在关月山战斗中，敌军一个顽固碉堡阻断了我军前进的道路。战士陈默钟抱起炸药包冲向敌堡。无奈，敌火力凶猛，根本无法靠近。陈默钟只好卧地等待时机。一着地，他竟然睡着了！敌人换弹匣，枪声停了一下，他才猛然醒来。只见他左臂夹住炸药包，右手抓起一块石头，直挺挺扑了过去。他一把拉着导火索，猛力甩出石头，趁敌下意识一躲，他顺势前扑把炸药包塞进了碉堡枪眼。敌人往外推，他死死往里顶。这个时候，谁胆怯松手谁完蛋。很快，他觉得里面炸药包一松，便猛推一掌，就地蹲下。轰然一声炸响，他被震昏过去。这是孤胆英雄陈默钟同志炸掉的第十三个碉堡了。在立功表彰大会上，部队邀请他那当大首长的父亲和女友来队，亲自为他戴上了大红花。解放后，陈默钟同志转业回到了河北老家，成了一名公安干警。后来，在破获潜伏特务窃取九珠湾海洋气象资料及地质结构古卷秘册间谍案中，他假借敌特身份，孤身打入敌特内部，将杀害我情报人员的潜伏特务一举抓获，被公安部记大功一次。

走出纪念馆，余元谋还一个劲地念叨。这个大学生！这个憨大胆！敢在敌堡之下睡大觉。咦，这岂不像我一样睡梦里也能攻敌堡了?!

当年，陈默钟接受教育改造后，上级领导鉴于他在发明针眼情报上表现出的鬼机灵劲儿，本是要留下他搞情报工作的。可那小子却执意要去前线戴罪立功。没想到，这一去，一个胆小如鼠的敌军小特务，居然打成了我军的虎胆英雄。尤其，九珠湾那个间谍案，最终能将一些敌特抓捕归案，靠的正是这个智勇双全的陈默钟。之前谁会想到，为彭寂王小娇报了杀身之仇的，会是这个战争年代的小特务呢?!

哎呀呀，一个密码破译师，理应至死不忘站在国家安全的高度思考问题。说实话，我这心里最大的痛处，不是彭寂王小娇被潜伏特务杀害，而是某些国民忧患意识淡薄得像层纸。很多人并不知道，在和平年代，间谍千真万确地存在着。他们无密不窃，就连某些历史气象地质资料，也想掠为己有。彭王被害案，就是一起有着百年渊源的谍杀案。

你别不信！你千万别不信！似乎只有在战争年代才会出现的间谍，其实就在你身边！这个意识，每个国民必须要有！不但自己要有，还得让下一代也要有！居安思危，百年大计！国防教育，务必从娃娃抓起。这不是危言耸听。

当年，彭寂和王小娇到九珠湾来的身份，在公安局那里，自然是来协助寻找和破解历史密符秘册资料的破译师，而在民间却被以讹传讹为收干贝的了。也即，在老百姓眼里，他俩是一对海货贩子。

多少年来，在九珠湾沿海一带，暗地里活跃着一个贩卖干海产品的行业，市场还挺广泛，沿海、内陆甚至后来海外都有来往的买卖人。自全国解放到改革开放之后，这个行当在民间长盛不衰。那年月，这个情况，各级政府是了解的，却不好定性，觉得是民间靠海吃海的一种方式，祖辈传下来的买卖，也不好强行遏制，就这么半明半暗习以为常地过来了。开始看到有不明身份的人买卖海货，彭寂王小娇也真没往间谍特务方面去想。那时候，地方官员、各界群众敌情观念都不是很强。解放这么多年了，各种运动过了无数遍筛子，哪还有间谍特务?！

说来仿佛离谱，那个大不寻常的噩梦就这样开始了。究其根源，也在于彭寂那个老毛病又犯了。本来公安局分析认为，还未寻到的那部分史料古卷秘册，肯定就藏在方圆百里的九珠岛上。而彭寂只在岛上简单转了转，便被陆地上当年德国人留下的另一些老建筑所吸引，没白天没黑夜地考起古来，弄得民间一些寻宝人，也跟着他神秘地出没在那些古建筑中。

那两年，黑道上盛传，有一批古遗珍珠多年掩埋在沿海一带，已经有人发现了线索，说其中有一颗珍珠王，大似西瓜，重如夯锤，价值连城。还有个传言也有鼻子有眼，说有人在九珠湾海域，找到了当年日军掠宝沉船。那可是一艘千吨级大船哟，满满的都是从中国内地抢来的财宝。已被人秘密起获了部分宝物，并藏匿到了九珠岛和陆地上一些古老建筑里。彭王二人对此也有所耳闻，因此，见到身前身后时有神秘人物跟随，以为是奔着珠宝来的，也就没在意。那个时期，彭寂在采集了大量德国人古建筑技法和数据之外，在几处古屋夹墙阁顶幽暗处，还真发现了部分历史气象地质资料秘册，与之前民间发现的那些资料是同一性质的。二人进行了破解，收获了部分本真内容。自身防范意识淡薄，公安局也缺乏必要保护，都没想到真会平地冒出海外潜伏特务。到发现情况不妙时，他俩已经来不及脱身了。

后来听说，彭寂在一座德式老建筑里绕来绕去，在拱顶阁楼躲了半夜，黎明时分还是被发现了。天亮前，那些特务见来不及带走他，又从他嘴里问不出半句古卷秘册的下落，便制造了他失足坠楼而死的事端。人是从十八米高处坠落，似是头先着地而丧命的。特务们从他身上没有搜出要找的资料，只发现了一张白纸，上面有些数字。显然，是他当夜在躲避中急就写下的。

令人悲伤的是，最终，警方连彭寂的尸体也没找到，只在其坠楼处，见到一地因水龙头滴漏而浸泡过的血水。那场面，像是他全身的血都流尽了！人们想，大概他的尸体被人扔进九珠湾喂鱼去了！

王小娇藏进了一座德式别墅地下排水道里。当年德国佬建造的下水道结实而宽大，纵横连通百座墅宅，王小娇如在楼道里一样串来串去。人不能老在地下藏着。她爬出井口，想躲到邻旁一座古木塔里去，可刚跑两步，便被特务发现，飞来一刀击中了后背。她又反身钻进了井口。那些人跟下来时，她已奄奄一息。发现她在下水道墙壁上，用鲜血写下了一些数字符号。那些人给这些密符拍了照，作了临摹记录，然后擦掉了字痕。他们逼她说出密符史料下落，她喷了对方一脸血水，脖子一歪就死掉了。

德国造地下排水系统，采用的是雨水污水分流排泄方式。王小娇是死在了雨水排水道里的。半月后下了一场大雨，其尸体沿暗渠漂浮数天，进入了排水明渠，在入海口被人发现。尸体自然已是面目全非，但从衣着、衣袋里物件和其他体貌特征，还能大致判得清其身份。

彭王二人被杀，当时轰动了整个九珠湾。事情自然被传得神乎其神，说这对夫妻发现了那些古遗珍珠线索，并已获取了少许宝藏，还未等到全部起获，便被一群江洋大盗杀害。现剩余大部分遗珠，包括那颗珠王，还都藏在附近沿海一带陆地上。这样一来，一些嗜财者便把目光从九珠岛上转移到了陆地。

民间是这样一传再传的，而我公安部门由此有了警觉：上面派下来的密码符号专家被害，这绝不是小偷大盗所为。又考虑到，那些神秘史料涉及战略要地相关情况，的确具有明显的军用价值，才判断出此案可能真的具有间谍性质。

案子性质变了，侦破方式和力度便有所加强。但折腾了两年，也没破了案，甚至连半点线索也没找到。案子就此挂了起来。时间一长，也就渐渐淡忘了，刚刚醒悟的那点忧患意识，又缩回去睡大觉了。

哼。真是好了伤疤忘了疼！小心一点有什么不好？做一个把忧患意识当作为死亡备下的华装，时刻披在身上的人，有什么不好？你说，有什么不好？

第二节

故事写到这里，不得不再次郑重强调，一些居心叵测的贼子，居然几十年、上百年、几代人一如既往地盯着九珠湾海域那些地质结构和水文气象隐秘史料，盯着我某些国防要塞和军事基地。他们的潜伏者，在这块土地上，有了"谍二代""谍三代"，一直到解放后六七十年代，以及改革开放之后，都在不间断地执行着某些罕见的间谍任务。甚至，潜伏工作从婴儿身上就开始了；甚至，还秘密制造恶性事故和急病猝死杀害人妻，再处心积虑地制造一场感天动地的凄美爱情，然后，以再婚者身份结下百年之好，从而登堂入室，长年潜伏，随机作乱。

这绝不是故弄玄虚，有意夸大谍患威胁，来制造安全形势压迫感和恐怖氛围。为了写个破小说，我至于这样吗?! 真真是有事实铁证的呀。信不信由你！

后来，该沿海地区某大学发生了一例案件，被国家某职能部门出版的一本保密警示教育书公之于众，有些人这才真信了。

那一年，某高校气象系一名姒姓资深教授，完成了两部关于九珠湾海域和相邻陆地及其纵深区域气象变迁规律特点的研究论著。某国气象研究机构闻讯后，很快派人前来接洽学术交流合作事宜。对方提出的条件是：研究项目主要由中方完成，合作方派出研究人员以访问学者的身份参与研究；项目所需资金，全部由某国合作方提供。同时提出，如果这个项目合作成功，今后将有一系列项目继续合作，争取打造成中外学术交流的典范。

姒教授是位治学严谨的科学工作者，在他看来，科学是无国界的，既然人家提供全额资金，也有长期合作的诚意，我方便没有理由拒绝。在他积极争取下，校方批准了这个合作项目。合约签订后，双方人员开始接触，逐步展开了交流合作。

在这两部气象技术资料交给国外合作方之前，按惯例，应该走一个必要程序，即把合作课题和相关资料，送交校保密管理部门进行保密审查。长期以来，校方一些人认为，这是无足轻重、可有可无的一个环节；保密管理部门是个无事可做、没事找事的单位，学术交流能不让他们掺和最好，否则，光添事不成事，影响工作效率。这次，是保密部门无意间听说了此事，才主动找上了门。

经密查密调，方知事情真相。原来，这是某国借学术交流合作项目，企图搭建窃密渠道，获取我该地域气象情报。显然，合作是表，窃密是里。处理不好，就会危及国家安全。那么，在当今高技术条件下，我沿海地区及其相关内陆的这些高质量气象研究资料，对外国人会有什么用处呢？

战争！战争啊！一旦爆发战争，这些资料就成了敌方不可或缺的重要情报，是远程导弹精确制导，防区外空中打击内陆目标，或发动大规模气象战的必备要素。因此，说敌人已经在为未来高科技条件下的战争做情报准备了，一点也不为过。

是啊，普通老百姓，谁会把一次气象学术交流活动与战争联系在一起呢？更没有人把这件事，与前几年彭寂王小娇被害案联系在一起。然而，国家保密和安全部门，可没有等闲视之。他们也像余元谋那样，是把忧患意识当作为死亡备下的华装，时刻披在身上的人！他们忠实地履行了自己的职责。譬如，为彻底打尽深潜不露的狡猾特务，他们巧借一个身负重伤、奄奄一息的人，采用瞒天过海、偷梁换柱之策略，达成了一次"尸体的完美替换"，从而隐秘实施一个"死而复生计划"长达数年之久。

该计划属机密事项，由北方B市警方上层职能部门独自掌握和运作。那么，那个"死而复生计划"中的主人公到底是谁，下边人多年无从晓知。后来，被一个外号叫"老狐狸"的爷爷，在给孩童们讲述间谍故事时，不幸歪打正着地言中了，这才露出了一点儿风声。

第三节

眼前，有一个故事看似遥远、离奇而无关紧要，却又非讲不可。否则，前面所提到的那个相关九珠湾古卷秘册的话题，则会显得突兀而模糊，永远不明不白。

有人说，这个故事是一个叫李碰海的男人，为一个叫姒诗琴的女人守灵时说的。尽管李碰海讲来心如刀割，但他还是强忍着悲痛把话说完。守灵人都是姒诗琴生前亲朋好友，大家有权知道事情的真相。

    姒大龙看到，有人从日本人纱厂的门框上，抱下了自缢的父亲姒平安。精神失常的祖父，拉住姒大龙的胳膊，吼叫了一声："德人一上岛，就没有我姒天水说话的地方了。"这是祖父每天都要叨唠几遍的口头禅，家人已习以为常。但此时，姒大龙来了脾气，甩开祖父的手说："咱姒家也就这个穷叨唠的能耐了！"祖父没听清姒大龙的话，却冲着厂房上的日本旗啐了一口，又吼道："德人一上岛，就没有我姒天水说话的地方了。"事实上，德国人早已被日本人打跑，但前些年德国人上岛后对姒家的致命打击，多年后姒天水仍然刻骨铭心，这是导致他精神失常的主要根源。

    德国人上岛前，九珠岛已有了市镇的繁荣。登高远望，这岛宛如一把巨大的琵琶琴，巍峨地伸向九珠湾海域。岛上山清水秀，山泉甘冽，土地肥沃，渔业资源丰富，海产养殖业发达。有九镇三十七个村庄的居民，祖祖辈辈在这里生息繁衍。姒家镇是这个岛上最大的镇。姒家是这个镇上的首富，有良田三百亩，水域二百顷。还拥有木材、杂货、肉盐、药材等四大铺。岛上最大的一家车马旅店和一家船行，也属姒家。姒天水具有管理农田、操持海业的卓越才能，也有妥善处理岛上镇上重大事务的本事，在这个岛上指天有光，跺地有声，在很多事情上说一不二，就连岛上清廷驻军张总兵，也是明里硬撑，暗里让他三分。多年来，任凭内地祸匪连年猖獗，岛内却从未见过一匪一徒。岛上秩序尚好，百姓安居乐业，虽说也有贫富贵贱之分，但总体上岛民生活是幸福的，没有弱肉强食、横行乡里的恶人，也没有哪家穷得揭不开锅。姒天水说："有我姒天水在，姒家镇有饭吃，九珠岛无人祸。"

姒天水育有三子一女，长子取名姒平云。平云少年时甚是好学，知书达礼，斯文有加，很有岛上大户人家的长子风范。但在某一天事情有了突变。年方十八的姒平云出岛替父跑商务，在礼士县看见一外籍传教士领一绝色少妇进了教堂，颇为好奇，便尾随过去。姒平云从此结识了这个早期来中国的德国人万尤奇。不久，万尤奇不失时机地把一个绝色女子引荐给了姒平云。一年后，姒天水才发现儿子的劣迹。他对这个有望传承父业的长子丧失了信心，也对德国传教士来中国设教堂的目的产生了怀疑，多次派人出岛到教堂附近村庄暗访。暗访结果使他击案而起：这些传教士在中国的土地上，强行传授邪说歪经、淫诗秽词，时常欺凌村民，奸污妇女，明里暗里做尽了坏事，百姓苦不堪言。查访者还摸清，大刀会正在酝酿攻打教堂，拟铲除这些德国传教士。姒天水遂派人送款资助了大刀会。

不久，传来消息：大刀会杀了两个德国传教士。除害安民，姒天水兴起，请来张总兵畅饮。张总兵听罢脸色大变，大骂大刀会惹是生非，能忍不忍者必酿大祸。

果不其然，德国人终于找到了出兵中国的借口。德皇威廉二世得知这"梦寐以求的纠纷口实",即刻电令其在上海的远东舰队:"立即占领那边适宜的地点与村镇。"(有关史料对此做了详尽记载)。

与不长进的姒平云不同,其妹姒诗琴打造的是另一番天地。正如姒天水所愿,女儿圆熟诗琴书画,是本地女校的顶尖才女。她从小就显示出了超人的才气,但又不像其他孩子整天趴在书苑琴房苦读死啃,而常常缠着管家到坊铺店行游走玩耍,还时有到农田看农家耕作,坐船到海上看渔民养殖,学业却总比别家孩子强。有一次,管家发现诗琴在缠磨渔工李碰海,硬要跟着他出海捕鱼。管家怕生出事端,不得已告诉了姒天水。姒天水吃惊不小,加紧了对她的管教,但为时已晚,这位处在浪漫年华的少女,早已对李碰海暗恋在心。

李碰海是姒家船行最出色的船老大,人称"浪里滚"。二十岁的年纪却有了五年驾船出海的经历。他识海性,懂渔情,辨气象,水性好,一年四季能下深海潜游作业。他统领的船队年年最安全,捕鱼量也最多。不知从什么时候起,姒诗琴已看在眼里,记在心头,时不时与这碰海接近。有一天,李碰海奉管家之命驾船到深海垂钓。他刚刚下好手线,诗琴突然衣冠不整地从船舱底部钻了出来,着实把李碰海惊出一身冷汗。诗琴并不忙掩饰被挂扯开衣扣的衫褂,只顾对着李碰海傻笑。看着她的红衣胸兜,李碰海一脸羞窘之相。她夺过碰海手里的手线说:"看我如何下钩,我要用这条渔线,钩你碰海这条大鱼。"冷不防把李碰海推到了海里。她知道他水性极好,并不担心他会淹死。然而,水面静静的,好半天不见李碰海露出头来。这下,她没了主意,急得直跺船板。大海无边无际,没有船只帆影。她冲远处的一尖荒芜孤岛大喊"救命",隐约发现那小岛上真有人向她挥手回应。没想到,这李碰海会有如此能耐,一口气能潜游这么长的距离。她拿起鱼舀子,等在船边。他一露头，便准确地罩住了他。

她让他脱下湿衣，拧干晾好。他健硕的身体惊了她双眼。她紧紧地抱住了他。不知过了多久，才发现那条手线在剧烈挣动。诗琴兴奋异常，迅速起线。好家伙，是一条七八斤重的大加吉鱼。她双手摁着鱼大叫道："如果这次我怀上了，就给这孩子起个鱼名，叫妠加吉！"李碰海吓呆了。自己竟然睡了妠天水的千金，这还了得。

就是在这个时候，听到远处传来了一种异样的声音，他俩惊讶地发现一个从未见过的庞然大物冲了过来。这就是前来攻占九珠湾的德国远东海军陆战队舰艇。其实，德舰很远就发现了这条渔船。他们用望远镜观看了这对青年男女相亲相爱的全过程。

到了近前，军舰上甩下锚钩，想钩住小船。李碰海驾船躲闪，试图逃走。锚钩还是打进了船板，拉着小船向军舰靠过去。李碰海愤怒至极，抢起渔锚钩子甩向舰板，打得德兵号叫起来。眼见小船就要撞上军舰，李碰海拖着诗琴一跃扎入海中。德兵恼羞成怒，开枪射击。二人潜游逃脱，爬上了一座小岛。诗琴胳膊被子弹掀掉了一块皮肉。后来，李碰海说："诗琴是遭德军枪击的第一人，而我是武力袭击德军的第一人。那些总兵守军算个屌，都是怕死鬼。"事实确是如此，当德军远东舰队靠近九珠岛时，清军驻兵没发一枪一弹就仓皇逃窜了。

面对突如其来的德军，妠天水也是吓晕了头，忙令家工闭店锁门，封渔锚船。慌乱几天之后，才发现诗琴不见了，赶紧招呼人出海寻找。可德军实施了军事管制，所有船只均不得离岛。九珠岛上从来都是中国人说了算，什么时候受过外强霸管。妠天水壮了壮胆子，带几个家丁前去交涉，结果挨了德军一阵枪托子。回家后，他茶饭不香，夜不能寐，着实大病了一场。

二十多天后，德军全面部署好岛上防务，才逐步恢复了岛上正常生活。蚬天水急派渔船出海寻人，在一个无名小岛上发现了诗琴碰海。无法想象蚬天水当时的复杂心情，他叮嘱家人："以后不许李碰海再进蚬家半步。"

这一天，德军派人来叫蚬天水，才知道是要征购蚬家三百亩田地和二百亩海水养殖场。蚬天水自然不干。德人说："整个九珠湾都要成德国人的了，你这区区小地还有什么不能征用的。"蚬天水还想说什么，又遭到一顿毒打。他昏死过去，醒来后叫道："德人一上岛，就没有我蚬天水说话的地方了。"这个时候，蚬平云提出要去给德人当差做事。蚬天水听罢，急火攻心："除非我死了，你才能去给德人鬼佬当狗使唤。"蚬平云说："德军要在这里驻扎百年，难道蚬家还要对抗百年吗？这个洋差我干定了。"蚬天水怒目圆瞪，一头栽倒在炕上。

接下来，德军大量廉价征购土地，勒令迁移部分村庄，开始大兴土木，修筑工事，建造兵营寓所。蚬天水闭门数十日，总算接受了眼前的现实。首先他不得不承认诗琴的选择，因为诗琴已有了身孕。他简单办了两桌酒席，招李碰海进了蚬家；他也不得不承认了德军的强大，看清了德人要在九珠岛长期霸占的事实。以前，九珠岛世事大都是顺着他心路发展的，一些大事也在他的掐算之中。近来几次打击，使他身心受到摧残，精神时常恍惚不定，已没有能力再控制岛上局势。他能做到的，就是不让那个没骨气的逆子跨进家门半步。

殊不知，德国人万尤奇如此下功夫教化于人，是怀了不可告人目的的：试图通过蚬平云得到蚬家祖传宝物——那件古卷秘册。而丧尽天良的蚬平云也用尽招法，想从父亲手里得到宝物。事实上，德人不敢轻易弄死蚬天水。他若死了，也就断绝了这宝物的下落。蚬天水不说，德人在岛上挖地三尺也未找到宝物踪影。德人在这件事上煞费苦心，最后不得不使出了绝招：蚬家不交出宝物，便灭掉蚬家子孙。姒天水头脑清醒异常，一咬牙一跺脚："老子就是不交！"于是，长子姒平云在给德人当差履职中，被安上一个莫须有的罪名惨遭砍头。姒家依然横下一条心，即使家人都死光了，德人也休想得到古卷秘册。

后来，德人心思不得不转移到对付日本人身上。因为，日本潜伏特务，业已开始搜集九珠岛相关情报。其中，那件古卷秘册也是日谍志在必得的宝物。很快，震惊世界的九珠岛日德之战拉开了序幕。最终战果是，日本人打败了德国人，占领了九珠岛。

日本人在对付岛上居民方面，比德人更加残暴，对姒家也是下足了功夫而不得。日军的招法同样是杀人逼宝。姒诗琴儿子姒加吉，有一天突然下落不明。后来，有人在山林里发现了他的尸体。姒家人咬牙硬扛，还是拒不交出古卷秘册。一年后的一天，姒诗琴李碰海出海未归。数天后，李碰海爬上了海岸。他告知，姒家渔船被日舰撞碎，姒诗琴被大海吞没。又是一年后，姒家次子姒平安被逼无奈，在日本人纱厂自缢身亡。有传言说，是日本人把姒平安打死吊在厂门前示众的。理由是，他偷拿了厂里的纱布。

有一天，一个惊人的消息传出：海上出现了一股海盗，有大小船只近百艘，盗匪五百余，专打日人船舰。有人目睹过一次海盗围攻日船的海战。那仗从早打到黑，火炮声、喊杀声、咒骂声、锣鼓声响成一片。最终，日本人大败亏输。据说，海盗首领是一位女将。她航海本领神勇，掌管匪事能力高强，打仗异常凶猛。在接舷近战时，她总是先喝下一杯加了火药的烈酒，眯缝起眼睛细细观战，露出蛀牙狂笑不止，然后，第一个衔刀走绳，冲上敌船。这股海盗在海上疯狂了三年，令日人闻风丧胆。那年深秋的一天，日舰从舷板上抬下一具女尸，在九珠岛中心广场旗杆上，悬挂示众七天七夜。人们这才知道，那女海盗首领，原来正是姒诗琴。

奴家为奴诗琴收了尸，停灵七天七夜。

李碰海滴泪未流，只是夜夜诉说过往。

治丧期间，有日本浪人上门寻衅滋事，李碰海与其决斗，不幸中刀身亡。

奴家人还是那句话，即使家人都死光了，日本人也休想得到九珠湾古卷秘册。

第十二章

鲨 狼 大 战

7670 3708 1129 2069

一切源自一个古老的传说；

一切终结于这个古老的传说。

多年以后，当真相大白于天下时，世人才恍然大悟：原来，这并非神话，而是发生在宏观世界里的一件真实奇闻。

远古时期，九珠岛恰似神仙的乐园，各种动物和海洋生物，在岛上及其附近海域，一代代繁衍生殖，相安无事地生活着。然而，不知从哪一天起，成群结队的翼狼出现了。这些翼狼来自海外。它们跨越东边茫茫大沼泽，穿过海湾九山八口，直奔九珠岛而来。其目的很明确，就是要占领美丽的九珠岛。翼狼长着恶狼的脑袋，巨鸟的翅膀。空中能飞，陆地能跑，水上能游，水下能潜。生性极其凶猛，岛上动物、水中生物，都能成为它们口腹之食。

一时间，九珠岛海域一片哀鸿。在万般无奈之下，众生灵推举海洋生物巨鲎为首领，担当起保护家园责任。巨鲎家族不负众望，自此与侵略者翼狼展开了几年、几十年、几代、几十代的殊死对决。

巨鲎，本是一种远古时期的海洋生物，学名叫智翅鲎，别名海蝎子，或叫虾蝎龙，其体形相当庞大，个个都有二三米长，是海洋中最大的节肢动物。它们头部长着四只眼睛，前伸着两只巨大的钳夹，全身上下覆盖着厚厚铠甲；尾部毒刺锐利如剑，其毒液足能连续毒死数匹翼狼；它们用第三和第四对足行走，用第二对和第五对足游泳，是海陆两栖动物。其攻防能力极强，是抗击翼狼的主力军。

巨鲎与翼狼的决斗连年不断，双方死伤无数，但翼狼毫无停止侵犯之意，依旧成群结队从空中、海上游飞而来。巨鲎家族觉得，这样一年年一代代厮杀下去不是长久之计，要想保全自己的领地，就得找出一个一劳永逸的办法。于是，它们规划出一个世纪工程。即利用九珠岛海域前方九座弧连一线的群山，与海底工事有机结合，构筑起一道水上水下天然屏障，把九珠岛海域保护起来。具体做法是，在九珠湾海域水下，挖造上中下三层地壳工事，形成九条暗河水流；利用暗河中挖出的沙石，把前方九座山之间八个隘口筑高堵死，仅留下中间一个隘口。这个隘口，并非仅作为进出门户，更是一个奇妙的风口。由于左右两边山峰隘口都已等高封堵，海外来风或内陆聚风，便只能从仅有的这个隘口风口涌入涌出，其威力几乎是天天台风四起；隘口疾风与水下三层九条暗河，又形成风流水流气流聚变互动，在不同季节、不同时辰、不同方向，时常制造出复杂的风浪魔涛，甚至是翻江倒海之海啸，以阻隔翼狼水上水下通行。

规划一旦制定，巨鲎家族祖祖辈辈便一边与翼狼战斗，一边构筑工事，一干就干了整整十八代。海底挖河，水中作业，对于鲎们不是最艰难的。而运送大量海底石岩上山，封堵八大隘口，常常要了它们的命。两个大钳子搬着一块石头，昼夜爬山；垛口越垒越高，越高爬行越难，越难用时越长，导致巨鲎们因长时间脱离水面而枯竭致死。死，并没有吓倒巨鲎们，死也要爬到隘口之上，以自身尸骨充当一块垛石。就这样，成千上万、浩浩荡荡的巨鲎大军，一代又一代挖海封山不止，直到工程彻底完工。

巨鲎世代工程完成之后，九珠湾海域形成的巨大神威，把翼狼彻底挡在了海外，再也未进来过一匹。九珠岛恢复了太平。

然而，另一个残酷的现实出现了：巨鲎们仅留下的那个隘口水道，成了渔人海商进出九珠湾的主要航道。这片海域，风浪诡异多变，神化莫测，多么高明的天象神人、卜算先生，都揣测不准这里的海势气象。海下暗流、海上风力所造成的漩涡旋风、台风海啸，对水里航船、空中飞行物，构成了令人难以捉摸的威胁。这里一度成了灾海怪洋。

民间有太多的传说，对这片阴森恐怖的死亡地带进行过神化描述："九珠湾大体像个面盆，有数百平方公里的面积，是一方藏风纳气之地。靠外海一侧，由九座连绵近百里的山脉，以弧形状把海湾圈在其内，中间隘口似一个'喇叭口'贯通里外。峰脉山势与海面水势，构成了一个巨大的太极地势，山地为阳，海水为阴，相互聚集风水，强纳磁场，对人与动物产生极大吸附力。尤其，在阴阳交汇的隘口风口海面，遇到微弱北风引动，会在瞬间形成旋风；海面出口小、风速快，凭借海面与山地之间势力差，又经常诱发龙卷风；这旋卷之风及汹涌波涛，再与海下多种性质的洋流及三层九条错综复杂的暗河逆流，发生强大互动，造成紊乱不定的漩涡急水和怪浪。就这样，天上、海面及地下三种因素同时发威，便把低空飞行物和航船吞没下去，吸进无底黑洞，再被翻滚的泥沙掩埋。"

恶讯传到了尧舜二帝那里。这个时候，古代治水英雄大禹之后姒家走进了历史。因姒家诸辈治水有方，遂被挑选同姓百户，奉尧舜二帝之命，从家乡远迁至东海九珠湾，世居九珠岛，来专属治理这片水域。摆在面前的一个事实却是，大禹在内陆大兴土木筑坝、挖渠修漕引流等治水方法和经验，在九珠湾海域似乎毫无用处。只有大禹后裔代代传承的坚忍不拔的治水精神起了些作用。姒家百户一代代人，不间断地对九珠湾山情海势、水下构造进行调查勘测，对该地海洋气象天文变化规律进行探索。姒家人的想法是，虽然人工不可改山治海，但可摸索出相关海域气象天文变化规律，练就识天象、辨海事的本领，为人类顺海势、避海难服务。

就这样，姒家诸辈在九珠湾多地设立观测点，实施风力测试以及地势勘察，经常组织蛙人队深潜下海，钻入三层暗河，去探查地质结构及水流走向。尤其勇于到暴雨台风中心，亲身见识这片海域气象、风浪和水流诡变情况，摸索尝试不同年份、不同时辰出现的各种海灾海难。为此，姒氏祖代各辈都有数不清的青壮年死于海中，活下来的人则把观测到的各种情况、各类数据、图像，都秘密画写记录在案。姒家历代以重大死亡和伤残为代价，一辈辈把资料完善起来，传承下去。同时，姒家历代还长年提供气象导航服务，利用识辨海势天象的本领造福百姓，使众生尽量避免海难灾害。千百年来，姒家历代都有袭传专业户，专职干三件差事。

义当"海报子"，走街串巷为全岛各户渔民传播天气预报。哪天能出海，哪天不能出海，今天走哪条航道安全，明天到哪片海域捕鱼保险等，姒家天天有专人通报到各家炕头码头，不管刮风下雨从不耽误。

甘做"海溜子"，在暴风骤雨来袭时，为来不及返航的渔船引航。姒家人驾船在前，后面数艘渔船跟进。躲旋风，避暗流，绕暗礁，借风势，乘浪涌，在水上怪风与水下旋吸尚未形成互动魔力的间隙，尽快把渔船引出危险海域。姒家祖上专属此职的人，经验丰富，术业精湛，胆识过人，却也时有被魔风怪浪吞没。此行当，被世人称为刀尖上行走的职业，以身殉职者在姒家族谱祝子上，都一一做了特殊标榜，以备后人铭记和祭拜。

充当"夜明神"，出资建造导航灯塔。九珠湾各方位共筑造了九座灯塔,都有千百年的历史,上面刻有五花八门的古老文字。那是历代守塔人自编的灯语和旗语。姒氏守塔世家,恪尽己任,昼夜值守,及时将变幻莫测的气象急情,编成渔家灯语旗语,通报给过往船只。

然而,无论姒家人如何全力服务,也还是不可能完全避免灾难的发生。千百年来,有不少船只在九珠湾被无情吞噬,甚至上千吨的货船,也能在这片海域神秘消失。相传,这年深秋的一天,一艘二千吨级的日本运输船,满载从中国各地掠夺的财宝,准备从九珠湾隘口出海回日本。本是万里无云,风平浪静,却在突然间风雨雷电袭来,天空顿时乌黑如夜,呼啸声震耳欲聋,湾内翻江倒海,狂涛巨浪肆虐,海面还闪烁出一层层巨大光圈。半个小时之后,大海恢复平静,依旧艳阳高照。那日本船却不见了。事后,日本海军派下八名潜水员入海寻找,其中有七名都神秘失踪。另一名死里逃生,出水后却精神失常了。他偶尔也会神志清醒,描述说,九珠湾海底像一座庞大的迷宫龙殿,辨不清上下左右、东西南北,在怪响如雷、异光翻滚之中,自己像是被无数只大手拖着冲向海底暗河深处。侥幸与一条大鱼正面相撞,才被顶脱了那股强大吸附力,挣扎出了水面。

千百年来,祖祖辈辈的姒家人,秘录九珠湾海情资料的方法是独特的。全部用各种海洋动物的描图画像写意,来代表不同年份、不同季节、不同月份、不同时辰的天气和海势情况。这是姒家历代独创的象形文字,只有姒家掌门人懂得其内涵密意,其他同姓人和外姓人一概不知。譬如,画一只竹节虾,它在闰年春季双月单日傍晚时分,代表的是中级台风,那么,在另一年份另一个时间段,代表的则可能是大晴天。再譬如,仅海平面之下的水流类型,就有多种替代符号:九珠湾那条陆上大河的入海口所形成的巨流，叫坡度流，姒家人画一只鲨鱼代表之；含盐分高的海域，向含盐分低的方向流动的海水，叫密度流，则用一只海胆表示；温度高的海域海水，会流向寒冷的海水，这种海流叫暖流，反之叫寒流，分别用黑海鸥和白海鸥代表；而潮起潮落所产生的海流叫潮汐，通常用海蚯蚓代之……这其中特殊密指含义，只有姒家少数人才会使用或破解。资料中的密语暗符，祖先自然是用竹刻、羊皮纸书写，后辈才使用了纸张记叙。至于历代密写下的这些资料，都藏在了什么地方，也只有姒家个别人知晓。姒家在这方面的规矩相当威严，不该知道的不能乱打听，不该外传的决不能传出家门，违背者必遭家法处置。

到了姒天水父亲辈，已形成了两套完备资料。一套是，祖辈传下来的一方九珠蓝珊瑚礁盘。此宝物用一块两米见方的珍贵蓝珊瑚礁雕刻而成。上面是九珠湾海域的地形地貌以及水下三层九条暗河结构样貌；高山隘口是封堵前的原貌，那八大隘口用八颗硕大珍珠镶嵌而成，示为已封堵。姒家祖代以无数条生命为代价，把山高隘宽、水下地质结构、暗河长短、水流走向及逆流组成等，都已丈量勘测清楚。这个珊瑚礁地形盘，便是以此实际数据，按比例微缩精制而成。另一套资料，便是整个九珠湾海域的地质气象水文秘写史料。这些史料，是经祖辈高度概括浓缩而编写成的最精华部分，其中包括对九珠蓝珊瑚礁盘的图解和详细数据记载。也就是说，外人只有同时拿到九珠蓝珊瑚礁盘和祖人秘写的这部分卷宗资料，并得以破解其象形暗语密符，方可掌握九珠湾海域的全部秘密。

当年，德人和日人侵占九珠岛之前，就都想得到这些古卷秘册，以为军舰侵入内海提供导航情报，却一再遭到姒家拒绝。所以，他们发起军事进攻时，便没能直接从九珠湾海域通过，而是采取了费时耗力的长途迂回战术，从内陆腹地主攻而上，这在很大程度上失去了军事进攻的突然性。占领九珠岛后，侵略者们更是千方百计地想找到这些核心资料和九珠蓝珊瑚礁盘，以便为长期霸占该岛服务，却也一直未能如愿。而实际情况是，为防外贼特务掠抢窃取这些古卷秘册，就是姒家各代族人内部，也一再严控知情范围，致使知其秘册破解方法和资料藏匿地点的族人越来越少，到了近些年，部分珍贵资料便渐渐失传于世；有些古卷秘册即便能找到，也难有人能破解识得其上内容；而极个别晓知某些内情的族人，都长年守口如瓶，誓死不泄机事。

早年，姒诗琴、李碰海那次出海钓鱼，被德军舰撞碎渔船，流落到那座无名小岛上。二人凭着高超的深潜本领，潜遍了荒岛周边海域，捕捉到了一些食物，也发现了深藏岛坡海底的一个礁洞。这个礁洞在水下二十余米处，是李碰海追捕一条岩礁鱼时发现的。顺水潜进洞里，钻出洞中水面，爬上洞内斜坡，上面是一个篮球场大小的岩礁洞，顶部细缝有微弱光线照射，自然也有稀薄空气进来。姒诗琴在用一个巨蛤诱使一条章鱼出巢。那条章鱼却也把她诱引到了这方礁洞里。一进洞穴，姒诗琴猛一激灵，冥冥之中觉得，有一种什么东西吸引了她。她一遍遍寻找，终在一个角落里发现了异样。她紧紧挽住李碰海胳膊，强打着精神，才未被吓瘫在地。

眼前，有两只三米多长的智翅鲎，气势汹汹地傲立在那里。它们高高举着巨钳，像是随时扑将过来。二人大气不敢喘，双腿哆嗦着慢慢后退。姒诗琴想，都说远古海洋巨鲎早已灭绝，（当时）人类连这类海洋动物的化石也未曾见到过。眼前，却遭遇了两只活生生的巨鲎。

突然，姒诗琴感觉巨鲎身后，似有微微发光的物件在召唤。她盯着那片光亮，一步步靠过去。一股莫名的神奇力量，打消了她的胆怯。她从巨鲎之间穿过，巨鲎没有动她；她扶了一把巨钳，巨鲎依然没有动她；闪到巨鲎尾尖处，大胆地摸了一把高翘的毒刺，巨鲨还是没有动她。她向前连跨三步，惊叫一声："九珠蓝珊瑚礁盘！"

李碰海精神一振，也冲了过去。

那微微发光的物件，正是那方九珠蓝珊瑚礁盘！

妫诗琴已是泪流满面。妫家血脉心连心，妫家宝物灵相通。她即刻明白，祖上宝物不知在此孤寂了多少年，见到亲人到此，便发出了心灵感应。她心有灵犀地收到了。她忘记了周围的一切，跪趴在九珠蓝珊瑚礁盘前，一遍遍抚摸那一颗颗发光的珍珠、一条条排列有序的暗河，以及礁盘中每一个精致细节。

传说，这宝物礁盘是由祖先人工制作而成，可今天一见真品，不得不让人对此传说产生怀疑。这是一整块天然蓝珊瑚礁呀！其上九珠湾山形海貌图盘，很像是严格按照原型微缩比例自然生长而成的。那八颗巨珠也像是从珊瑚上自然长出来一样，没有半点人工雕刻的迹象。没错。这是上天依照九珠湾水上水下构造细节，而天然生成的九珠蓝珊瑚礁盘哪！

稀世珍宝哟！

祖魂神灵哟！

妫诗琴还惊奇地发现，这礁盘上并非传说中只有八颗珍珠，还另有一颗比那八颗大数倍的珠王，长在了珊瑚礁盘内九珠岛的位置上。她瞬间明白，这"九珠"，并不仅仅代表九珠湾、九珠岛名称中的九珠之意，它是实实在在有着九颗珍珠呀。尤其这颗珠王，体积之大，虹晕之美，世上罕见！这大概就是民间传说中那颗"大似西瓜，重如夯锤，价值连城"的珠王了。

李碰海拉了拉妫诗琴，回头慢慢靠近了巨鲨。巨鲨像两只石雕巍然屹立。二人围着巨鲨转了几圈，才发现这不是两只活物，实为智翅鲨标本。最能迷惑人的，是鲨标本那各自四只炯炯有神的活眼亮睛，细看才知道眼珠上被涂粘了一层萤石粉。两只活灵活现的鲎标本出现在这里，显然是先人用来吓唬后人的，以作为对九珠蓝珊瑚礁盘的最后一层护卫。至于先人是何年代用何种技术制作成的巨鲎标本，又是怎样整只固定在此，而千百年不散不倒，姒李二人暂无从琢磨清楚。

离开礁洞前，姒李二人给祖传宝物行了大礼，指天叩地发下了永保秘密的毒誓。这一次，二人被营救回家后，也没向任何人提起这个秘密；后来，姒家人陆续遭难、儿子姒加吉被杀、他夫妇俩自身遭遇生命威胁，依然未透露过半个字。再后来，姒诗琴遭日舰残害，死里逃生，当了海盗，也时有在这无名岛附近海域活动，为的是暗中保护洞中九珠蓝珊瑚礁盘。

那年深秋，姒诗琴率"海盗"渔船伏击了日军那艘二千吨级运宝货船。姒诗琴采取的策略是，先布设渔网封堵水道，再令渔船围攻袭扰敌船，诱敌追赶，然后，且战且退至预定海域与敌纠缠。殊不知，这片海域正是三层九条暗河之上，随时都会山海突变。敌船发现不妙想调头逃离，可为时已晚。姒诗琴跪立船头，仰天长啸："苍天啊，我祖啊，让风暴来得猛烈些，埋葬这些狗强盗吧！"骤然间，龙王发威，人海同怒，飓风涛浪似是把天地翻了个。此时，二十七条渔船驾于风头，颠于浪尖，纷纷撞向敌船，毅然与其同归于尽。作为头船，姒诗琴第一个冲撞上去，两船相撞一刹那，一股疾风把她卷离船头，抛入海中。

敌运宝船终是被九珠湾山海迷宫所吞没。风平浪静之后，敌增援舰船赶来，活捉了漂浮于海面的姒诗琴。日人对她用尽了酷刑，却也未能从她嘴里得到只言片语。

第十三章

警世密钥

6226 0013 1378 7011

当年，尧舜二帝派来的姒姓百户人家，不断繁衍生息，延续血脉，却又一批批一代代为尽职效命而死去。除少数女性外嫁内陆，姒家世代男性都无一例外地履行着护卫家园、造福于民的责任，直至生命的最后一息。

后来，由于祖传职差危险系数和死亡率高，姒家族脉逐代逐辈开始呈递减趋势。到了近现代，九珠岛姒家男性血脉衰亡严重，所剩支脉不多。那么，九珠岛姒家秘情秘事该由谁来传承下去？有细心的读者发现，姒家至少还有一支血脉没有断掉。那就是姒平安的儿子姒大龙。

本来，姒平安在带儿子去看海冰床子的那个下午，是打算告知儿子九珠湾一切秘事的。忽地，思想却来了个一百八十度大转弯。他有了私心，改变了主意，决定永远不让姒大龙知晓那一切！因为，一旦知晓了姒家秘密，儿子便会失去生命保障。他要留下姒大龙这根独苗："姒家诸宗各代大都死光了，我这一祖族分支留下一条血脉延续香火，不算悖逆天命吧！"至于九珠湾秘事怎样才能得以安全流传和继承，那些宝物能否不被外贼掠取，那就听天由命了。

既然姒家要听任事态自然发展，那么，多种偶然因素便开始发挥作用。"听天由命"的故事，在漫长岁月中，到了新时代，总算陆续有了结局。

结局之一

王小娇在被害将死之前，写在下水道墙壁上的密符密语，是用原尴尬密（阴本）加了密的，其内容为小说《金陵十二钗》上某些字的位置数。也就是说，只有知道尴尬密且手里有《金陵十二钗》的人，才能破解这段密语。这段密语的内意是：杀我的凶手有国外间谍背景，其中一人，曾在九珠岛张记海产品店里见到过。

彭寂写在那张白纸上的数字是用冣密加密的，也同样是《金陵十二钗》上某些字的位置数。其内容指明，他夫妇搜集并破解的那部分史料，藏在了九珠岛三湾路十一号德式别墅下水道贮存备件的油布包里。（当年，一些德国别墅下水道里，在距排水设备三米处，都密封存放了备件油布包。对德式建筑构造没有研究的人，不会有这个常识，也很难发现这个秘密。）

从当时的情况看，彭王二人并不知道自己即将死去，却在死前不约而同地使用战争年代的密码和《金陵十二钗》，实施了双重加密。这只能说明，彼此的这些密语密符数字，是夫妻双方专写给对方的。

后来，余元谋被九珠岛警方请来协助破案，见到这些密语密符时却说："这是彭王夫妇专门写给我余元谋的。"自然，他最终达成了破解，译出了以上那两则明文内容。

在那下水道备件暗洞油布包里，除发现了彭王夫妇那部分史料外，还发现了另一包东西。经余元谋鉴定，那是彭寂自编的一部密码资料。他当即大叫："这才是彭寂对我余元谋的终极挑战！这个老顽固，这是到死都不肯败在我手里呀！"很快，他就发起了攻击，连续干了十天十夜，却碰得头破血流，未能破开一字一码。在后来的日子里，他依然心无旁骛地破解彭氏绝笔密码，一直没取得重大进展。他一再失去信心，又一再鼓起勇气。有段时间，他心思又回到了九珠湾山海迷宫那神秘构造上。这可是世界上最为罕见、最为机巧、最为庞大的山海迷宫哟！其高低、长短、方向、角度、比例，以及神奇的山上水下互动原理，简直就像现代科技专家设计出来的。然而，它却是浑然天成，神斧天工，抑或真是巨兽神鲨所造。无论如何形成的，这个山海迷宫是真实存在的。这是九珠岛诸辈人谁也否定不了的事实。那么，曾身居九珠湾多年的彭寂，对这个事实不可能无动于衷；他擅长依据建筑性结构制造密码的习性由此被激活，利用这座神奇迷宫原理，来制造一部密码的可能性也是存在的！是的。一座玄奥的彭家庄园，方能诱发他编制出一部稷密，那么，更具奇幻色彩的山上水下互动迷宫，为什么就不能惊了他那颗聪敏睿智的造迷魔心呢。

果然，那一夜，在数番高强度攻击之下，余元谋似乎触到了这部密码的真核。他像刚死过一回，瘫趴在桌上。他实在太累了，觉得再落下一根稻草就真的没命了。他没有气力再挪动半步，便卧桌睡去。就是在这个晚上，彭寂给他托了一个梦。

彭寂说，他从自己破译的部分史料中，对九珠湾海域山上水下秘密有了一个大致推测，但具体到三层九条暗河的具体长度，其水流走势与海面风势的互动原理，被封堵的八大隘口纵深和高低数据，等等，他却无从精细知晓。于是，他便以仅有的那些史料为参考，加以丰富想象，推测出了十八套可能数据和结构原理。可又拿不准应该选用其中哪一套来编制一部密码。最终，他编了序号，写了十八个阄，开条渔船驶进九珠湾，把那十八个纸团抛入水面。他坐在船头静静等待，看哪个纸团最后一个下沉。然后，他捞起了那个最后将要下沉的纸团。于是，这个纸团编号上的那套数据和原理，便成了他构建编制一部密码的核心依据。

彭寂还告知，他这部密码叫鲨密。密钥是他自编的一句警句："千古山海多少事，唯患安逸醉太平。"他笃定，鲨密启用九珠湾山海迷宫数据和原理，真真是天意："这是母亲彭寂在天之灵，通过那个不沉的纸团遗送给我的。母亲说，你彭寂身上既然流淌着姒氏母系血脉，那为九珠湾秘事传承做点事便是天理天职。把姒家祖辈关于九珠湾的秘密，通过一部密码编成存留下来，传承下去，天经地义！"不过，那个不沉纸团里的数据和原理，是否真的与九珠湾山上水下迷宫实际情况相符，彭寂还是拿不准。因为，那十八套数据原理，只是推断演算出的十八种可能方案。其中，只有一种方案可能是准确的。也就是说，抓阄抓来的那个方案中标的可能性只有十八分之一。所以，彭寂才托梦拜托余元谋去帮助验证。如若有差错，期望余元谋能帮他修正鲨密内核，以便使鲨密能携带着九珠湾秘情留存下来。

梦幻中，余元谋对彭寂说："你托这个梦给我，就意味着你向我发出的终极挑战没有了难度。相当于你向我投降了！"

"我初衷并非如此！我若不是快死了，已无时间验证，便不会来求你余元谋帮忙！"彭寂一瞪眼，"话又说回来。这一生，你是我顽固最长久最臭硬的敌手，却又是最知心最懂我的亲密朋友。我临终最大心事，只有说给你听，交给你办。对于别人，包括我儿子，我都不放心。"

长梦一醒，余元谋即刻起身，将古卷秘册中所标示的微缩比例数据，以及九珠蓝珊瑚礁盘上的结构原理，进行了实际还原，结合彭寂那个警句密钥，直接对鲨密展开了破译。结果竟是，宏大的鲨密大厦迎刃而解，轰然倒塌。这充分说明，彭寂生前对九珠湾秘事相关数据和原理的推测丝毫不差！

余元谋大喊一通，昏晕过去。

"九珠有天威，世界大奇迹！鲨密，是当今世界上出身最神秘的密码——它居然是抓阄抓出来的。谁说鲨密是冣密的继续？谁说二者有其内在一致性？那都是胡说瞎猜。鲨密身上毫无残留和延续冣密密性，显然是彭寂老小子另立了一座技术堡垒，试图把我余元谋阻隔在这个世界之外。从密码技术繁杂和诡异程度上看，尴尬密系列、冣密系列、彭家庄园、沙塬荒漠等等，都无法与鲨密相比！彭寂威武！鲨密威武！然而，大有戏剧性的是，他彭寂居然托了一个梦，从而使这场本是宏大而极难的破译之战，他心目中的世纪之艰，很快见到了胜负。我余元谋完胜！彭寂又一次惨遭破败！"

后来，余元谋终是想明白了，这是彭寂老小子玩的欲擒故纵之把戏。在某种程度上说，彭寂这是在放长线，钓大鱼，而鲨密则是他扔给余元谋的一块肥饵——这个耐不住寂寞的家伙，生怕彼此间编破关系断了，没人再和他斗了，便放出鲨密诱惑余元谋陪他玩下去。

结局之二

余元谋通过对各方调查搜集来的相关史料、彭王留下来的资料，以及从当年那十七份日军旧菊密密报中所得情况，进行多层面多角度综合分析，得出了那部古卷秘册核心资料去向的大体判断：肯定不在九珠岛之上，甚至已经不在九珠湾陆地。它有可能被转移到了外地某城某地。

后来某一天，余元谋突然想到当年彭寂女扮男装远赴法国的情况，觉得彭寂身具童子军素质，且向来胸有大志，她不太可能仅仅为了追寻爱情，而以加入劳工队的方式，去法国找心爱之人。当年，日本间谍对那古卷秘册已构成极大威胁，保证其安全是妠家顶天大事，作为有妠家母系血脉的彭寂，为此做出一些出其不意的举动，不是没有可能；又考虑到彭寂临终时喊给彭寂的那句遗言："等国家安定了，接你父亲回家。我儿记住，父骨有灵，棺内有魂呀。"更觉得其中可能另有密意。加之，彭王夫妇生前也有起回其父遗骸的相关嘱托，或许他俩已有什么特别感觉和秘密发现。于是，在余元谋极力建议下，国家有关部门全力协调，终是把英雄唐莫寂的遗骸起回了金陵。按照彭王夫妇遗愿，余之言前去法国办理了此事。回来后，余之言神秘地交给了余元谋一包东西，说是在法国唐莫寂墓棺里发现的。经开包验察，这正是那部九珠湾地质气象资料之古卷秘册。这说明，当年，彭寂与表兄联手，巧设迷局，偷梁换柱，由她随劳工队，携古卷秘册去了法国，一直交由唐莫寂秘存保管。后来，彭寂在索姆河畔安葬唐寞寂时，把古卷秘册一同埋藏在了墓穴之中。

余元谋对古卷秘册进行了为期四个半月的攻研，彻底破解了全部内容。这才知道，关于那九珠蓝珊瑚礁盘的传说是真实的：这些古卷秘册内容之一，便是对那九珠蓝珊瑚礁盘的详尽图解和数据标识。同时，余元谋还结合古卷秘册中的暗示，以及其他途径获得的情况，破解猜断出了九珠蓝珊瑚礁盘的藏身位置图。国家依据余元谋在秘图上的具体标识，在那座无名小岛水下礁洞，精准地找到了宝物珊瑚礁盘，并得以成功起获和收藏。

英魂归兮，宝物神现！实质上，回归故土的，是九珠岛的灵祖，九珠湾的魂魄。余元谋对此感慨万端。

结局之三

九珠湾那所高校气象系与某国气象学术合作项目，被国家保密和安全部门掌控之后，并没有惊动对方，而是依旧正常展开技术交流活动。

某国技术人员作为访问学者和合作者，在高校住了半年。校方给他们提供的相关九珠湾气象资料中的核心部分自然是假造的。但合作攻研活动，还是一项项真实开展了，没有露出丝毫破绽。

这期间，有个访问学者，曾有几次到九珠岛张记海产品店购买干海马。九珠湾刺海马名扬海外，其药用价值很高。一个外来学者上岛购买名优特产自然而然，颇为正常。陪他前去购物的，是校务处王副处长。一来二去，这个王副处长与张记海产品店的张掌柜也混熟了，很快就成了与那访问学者同等要好的朋友。每次来购货，那访问学者都从衣袋里掏出一只大个的刺海马说："我只要这个品种的，小一厘一毫我都不要。价格上我自然不会亏待你张掌柜。"张掌柜接过那个刺海马细看，然后还回去，笑说："放心，我的货，都比你这个样品个大质优。"

再后来，访问学者便不来了，只有王副处长拿着那只刺海马样品来办货。每次，张掌柜都接过那只样品细细地看，然后，才该干吗干吗。那么，他二人都干了些什么呢？殊不知，其内可有了秘密勾当。张掌柜是个人精，只有先确认了那只刺海马，才肯与来人干下秘密勾当。这秘密勾当干多了，效果便出现了。那一夜，市国家安全和保密部门与公安局联动，突然把包括张掌柜在内的三男二女抓获。张掌柜这才明白，那个王副处长原来是公安局的人。他还明白，这事起初是坏在了一个秘密规矩上：接头时认物不认人。那个"接头暗物"，便是那只上面刻有密符图案的刺海马样品。说来这样品上的密符图案也不复杂，就是四个英文字母：CASK。

这个王副处长所干下的"秘密勾当"，当然包括他多次以间谍身份，打入那三男二女之中，从而摸清了这个特务组织的详尽情况。其长久目标，依然是窃取九珠湾那些古卷秘册，以及某高校气象系姒教授那些气象资料。

那么，这个王副处长到底是谁呢？他就是转业到地方工作的那个"小勤快"。是经余元谋建议，从河北公安厅远借调遣过来专务此任的。用外地公安打入本地潜伏敌特内部，被认出来的可能性极小。加之，"小勤快"有战争年代练就的自身功夫，任务成功率便大大提高。让人难以想到的是，这个王副处长与潜伏特务传递情报，用的竟然也是针眼报纸。不知从哪一天起，给王副处长包刺海马的包装纸，换成了《半岛朝报》《半岛商报》等。王副处长也常把随包带去的报纸，故意忘在张记海产品店。这些报纸上的微小针眼，把一切情况都标识得清清楚楚。那三男二女正是看着这些报纸，逐渐走进国家安全部门圈套的。而其中关键一环，是王副处长顺利从特务组织那里，拿到了王小娇临死前写在墙壁上的密语照片，以及从彭寂身上搜出的那张白纸密言原件。这对余元谋破译相关密息资料，是重要的第一手材料。当然，这也是这伙特务追杀彭王夫妇的重要物证。还有，这三男二女的交代材料，对余元谋破解特务组织密息也有一定帮助。但是，另有一些深层隐秘情况，这几个人根本说不清道不明，不是他们不想说，而是他们压根就不知详情，不解其余。这给余元谋后续工作造成不小障碍。这是后话。

这些特务，除了这三男二女之外，起初，"小勤快"还怀疑过姒大龙的儿子姒小天。余元谋也还给姒小天定过性："雏谍！"这是当今所发现的年龄最小的"间谍"。姒小天早在襁褓里时，便被人赋予了"间谍"身份。

事情是这样的。姒大龙本来还有过两个儿子，却先后被大海夺去了性命。那是抗日战争时期，姒大龙夫妇出远海捕鱼，把一个四岁、一个两岁的儿子，扔到邻居家代管。渔家乡里乡亲彼此照看孩子，是常有的事。没想到，五天后回来，大儿子不见了。后来知道，是被海浪卷走了。三年后，小儿子长到了五岁。有了大儿子的事故，邻居不好再代管。大龙夫妇便常把小儿子用长绳拴在门框上，留下足够吃食饮水，就出海了。那一次，夫妇俩出海遭遇了风暴，八天后才回来，却发现儿子不见了。第二天，儿子的衣物、头皮、毛发以及零散血肉，在海边礁石海水中发现。显然，孩子是被鲨鱼吃掉了。

大龙夫妇悲伤至极，不肯再出海打鱼，便在海边操持起了养殖业。想调整情绪，养好身体，准备再生一胎。

后来，有一天，夫妇俩在自家养殖区发现了一个大啤酒桶，桶里却传出了婴儿的啼哭。开始以为是传说中的娃娃鱼，大龙躲得远远的不敢动；妻子却疯了般扑上去，说是自己的小儿子在哭。果然，木桶襁褓里裹着一个婴儿。木桶上侧留有出气孔，孩子并没受到伤害。大龙这才想起，昨夜九珠湾起过大风暴，想必有行船出了事故，紧急之中船主把孩子放入了空啤酒桶里，被风浪刮到了岸边。

这孩子侥幸留下了一条命。大龙夫妇认为是老天开恩，大海夺走了两子，老天又送还了一子。不过，他夫妇饱尝过痛失孩子的苦处，所以也不想私占人家孩子。于是，就到处打听翻过船的船家，却一直未探获到消息。大龙就把那啤酒桶，挂在岛东头那座古灯塔上，招过往船只前来认领。这木桶一挂就是多年，却也没有找到它的主人。

大概是连失二子，悲大伤身，大龙夫妇一直再没生育，就把这啤酒桶孩当作亲生儿来养了。给他起了名字叫姒小天。这原本是姒家小儿子的名字。当然，姒小天并不知其身世真相。他在姒家生活得很幸福。

多年之后，年近四十的姒小天，已是三个孩子的父亲。一天，有人悄悄找到他，讲述了当年啤酒桶的故事。明确告知，那个啤酒桶里的婴儿，原本是海外某国人，现在人家要来认亲了。姒小天自然不信，便去问父母。父母毫无隐讳地告诉了他真相。他还是不信。来人是个女人家，还有两个男人陪着。女人家说，这好办，去做DNA鉴定。海外来人真带姒小天去做了。结果，二人确是生物学上的母子关系。即便是这样，姒小天的心也未被那种叫作血缘的情愫所触动。他在一方镜子前死死地盯着自己看，继而又目不转睛地盯着眼前这个女人，试图找到二者之间某些相似之处。他极力想象这个女人的容貌清楚地表现在他自己脸上，正像他的容貌清楚地表现在他的三个孩子脸上那样。但是，他在自己脸上，没有看到这个女人的任何东西。反倒是，他从自己及三个孩子身上，明显地看到了他所崇拜的姒大龙的影子。有眼有珠的人一眼即见，姒家这祖孙三代简直就是一个模子里刻出来的。那罕见一致的气质，是岁月所磨损不掉的，它只能随着日子一天天过去而愈加浓厚。"我不相信DAN那种洋玩意儿，我只相信我的眼睛。在姒家父子四人身上，认不出有你的一滴血，而在你这张脸上，也映照不出我们的影子。"姒小天把鉴定书一把火烧了。对方告知，并无意把他带回海外。认了亲，他还可以照样在九珠岛生活，只是期望每年回去探望一下生母。对方留下一笔钱就走了。后来，海外来人又几次找到姒小天。姒小天隐隐感觉出，事情似乎不是仅仅认亲这么简单。他渐渐悟出，他们的心思，可能在九珠湾那些古卷秘册资料上。他对海外人来认亲的目的很生气，便把那笔钱退了回去。退钱时说，自己的祖根在九珠岛，唯一血脉是姒家。这份融入血脉的姒家亲情，用金钱是买断不了的。

海外来人不死心，又提了更大一笔钱找上门来。这次，姒小天似乎动了心，说："这就对了，钱多才能成事嘛。我手里真有一些你们想要的宝贝哩。走，咱们去取货。"姒小天带来人七绕八转，到了一座德式古楼的后门。他往上一指说，东西就藏在了阁楼夹层里。进了后门，绕到前厅，海外来人傻了眼。这里原来是公安局驻地。至此，张记海产品店潜伏特务案才算成功告破。

当然，这个"破案"过程并不简单。海外人在来认亲之前，已做了充足的应对策略，包括当年那场弃儿于啤酒桶中的"海难"，都有法定的人证物证和多方提供的证明材料，证明那就是一场纯粹的遇飓风而翻船的事故，现在前来认亲与间谍活动没有任何关系。这使得警方耗费了很多周折，通过多种途径，调动多方调查力量，才还原了四五十年前的事实真相，一个惊天秘密也随之浮出水面。原来，这是敌特一个长久的战略阴谋。这事件起始时间，要追溯到抗日战争时期。当年，姒大龙两个儿子先后溺亡，并非意外事故，而是敌特秘密做了手脚，杀害了两个幼子。目的就是要把海外一支血脉巧妙安插进姒家，试图将来让这孩子得到姒家古卷秘册真传，也想在九珠岛上埋下这粒种子，企望他能生根发芽结果，有朝一日借助某种契机，完成上辈人一直想完成却未能完成的使命。敌特想，此计谋即便失败，组织上也没什么损失，"不就是三个孩子的贱命吗？多大的事儿呀"。后来，战争结束，外贼被打跑，国家太平了。可在敌特那里，那个计划长年未断，一有时机便复活了行动。好在，姒小天态度坚定，未动心，没上当。

当着公安人员的面，姒小天狠狠打了那个亲生母亲一记耳光，说："当年，你把我扔到海里，就没想过一个浪头打准了，我会随那啤酒桶葬身海底？翼狼之心，莫过于你！"那母亲捂着火辣辣的脸痛哭不止："哪个做父母的会忍心把亲骨肉往海里扔？！当年，婴儿是被别有用心的人，在家里偷抱走的。那些年，这些年，我常常以泪洗面，年年出外寻找，却总也找不到。现在，别有用心的人，想起要利用我们母子关系了，才把你还活着的消息透露出来，硬逼着我与你相认，想拉拢你加入他们的组织。当然，我肯定愿意与你相认，也思子心切，便不得不配合他们。可我的心是流血的呀。"

"翼狼之心，莫过于贼寇！"姒小天简直要疯掉了，吼道，"狗日的强盗！我×你八辈祖宗！"

自此，一种像九珠湾一般寥廓的憎恨、一种不比这憎恨小多少的悲哀，还有一丝丝打了生母耳光的愧疚，以及一股莫名的隐隐情愫，便时常萦绕在姒小天心头，并伴随了他的后半生。

结局之四

余元谋协助警方破获张记海产品店间谍案后，暂时没有回去，继续以隐蔽身份住在九珠岛上。他先是把那鲨密又翻来覆去研究了两个多月；然后，托关系天天去存放九珠蓝珊瑚礁盘的场馆里，拿把卷尺量来量去，量完就呆呆地看，看完又量。这样，又折腾了好些日子。之后，他便常到九珠岛东头那座古灯塔下去坐着。他眺望着远方，就这么一个人，一坐就是一天；一坐就是小半年。

有知情人怀疑他是走火入魔，钻进彭寂设下的鲨密里出不来了。有细心人却不这么认为，觉得他眼里时常灵光闪现，嘴里念词不俗，常说的一句话是："千古山海多少事，一宽三低十三点。"若有人肯陪他坐一会儿，他则会给你多唠叨几句。

"眼前，你看到了什么？乌云翻滚，电闪雷鸣，白光圈影，惊涛骇浪，魔鬼龙神，舰断船翻，孝衣白幡！"

陪坐人吓得浑身激冷："眼前，晴朗朗的天，平整整的海，哪有这么邪乎？"

"那你就听，你听到了什么？是否听到了海底深处的河流发出了轰响？激荡往复的暗涌哟，你是怎样把远古的群鲨裹挟进了我的心房，让我的灵魂对颤抖的星辰作出强烈回响？好啊，来吧！我真真切切地听着呢！现在，我脑海里，全是鲨狼撕咬，海兽哀鸣，人鬼泣哭，冤魂索叫，天吼风啸，山崩地裂！"

陪坐人身如筛糠，站起身要走："俺老婆喊俺回家吃饭哩。"

"明天，你老婆就变成寡妇了！九珠湾龙宫要招你做驸马去哩。你别不信。"

那人颤抖得激烈，腿都迈不出去了。

"那彭寂说得对。千古山海多少事，那都不叫事；唯患安逸醉太平，才是天下大事！余之言说得更没错。间谍就在你身边，甚至有了谍二代、谍三代。天高云淡处，街头巷尾里，都可能留下鼹鼠的踪影。余之言说的就是我说的。余之言是我的儿子，也是我的代言人。他的忧患愁思统统是我赋予的！他就是我！我就是他！你别不信。"

陪坐人踉跄地走掉了，听到身后还在喊叫："明天凶险，千万不要出海。你别不信！"

第二天出海，那人真就遇上了一场大风暴，发生了翻船亡人事故。之后，没人再敢来陪余元谋闲坐聊天。

有一天，余元谋不知怎的就挪上了灯塔顶。在上面，他眼珠子瞪得山大，直想把整个九珠湾都装进去，一整天都在反复说一句话："九珠湾山海迷宫才是我最该破译的密码！不破掉你，我死不瞑目！不肢解你，我就葬身海底！海龙王，拿我去吧！"

第二天，他果真就在九珠岛消失了。

一年后，有传言说，有人常在国家有关部委碰到他。不管多大领导办公室，他腋下夹一个文件袋，推门就进，进门第一句话必说："千古山海多少事，一宽三低十三点。"

后来，九珠湾海域实施了戒严，严禁任何船只通行。三个月后，当地各家报纸争相报道了一个重大新闻，大意是：鉴于九珠湾地区峰脉山势与海面水势互动发威，风灾海难连年不断，百姓苦不堪言；也考虑我国防力量日渐强大，九珠湾不再需要天然屏障防止外侵。近三个月来，国家有关部门协调海军工兵部队，对该地贯通里外的隘口风道，实施了定向爆破拓宽；对九珠湾外围九山峰口之间三处山石，进行了大面积爆破沉降、低挖豁平，直拓宽降低到湾内海面不再聚风纳气起怪浪为止。然后，又对湾内水下三层九条暗河中十三个关节点，进行了深水定点精确爆破，成功把九珠湾海底夷为平地，致使已毫无聚风之力的山脉，与缓平畅流的海底盆地，再也形不成旋风和巨涛暗流。自此，这个淫威汹涌的阴阳工事太极迷宫在地球上彻底消失。这块千百年来的死亡地带，真正成了永久的祥静之海。九珠湾向世界敞开了怀抱！九珠岛掀开了神秘面纱！来自世界各地的船只尽可平安出入，安全航行，不再有过多天灾之忧，翻船之患。

很快又有了传言，说得神乎其神："喇叭形隘口的拓展宽度、三个山间风道的沉降低挖幅度，以及三层九条暗河中十三个爆破点的选择，起初并没有动用任何技术勘察队、潜水员进行任何实地勘察测量，都是靠一个神秘老翁，禅坐九珠岛灯塔神灯之上，凭借来自九珠蓝珊瑚礁盘及其相关资料和一部密码的神秘感应，苦思冥想半年而默计精算出来的。经众部门专家评定，认为此老者提供的结构数据、破解方案、爆破思路等，科学准确，精巧周妙，事半功倍，无可挑剔。在此工程实施期间，这个神秘老人也始终身居海上一线，协助工程专家对迷宫暗河的爆破进行定点定位。"

不久，那方九珠蓝珊瑚礁盘，经有关部门批准，移送进了当地国家海洋博物馆，公开供人们参观。随即，民间也有人出资，建造了一个远古化石博物馆，把九珠湾出土的鲨类和翼狼化石专列展厅，向人们讲述那段古老的鲨狼大战传说。

余元谋未曾到过这两个博物馆。他自从上次在九珠湾消失后，再也没有出现过。有人为了纪念他，在岛东头那座古老灯塔旁，竖起了两块石碑。一块碑刻下了一段长话，另一块碑留下了一句短语，都是用阿拉伯数字密码写成的。

传言说，这本是神秘老人余元谋，邮寄给一个姒氏嫡孙的两页纸。拜托他于某月某日，在那座灯塔旁烧掉。而这个叫姒小天的人，出于对余元谋的敬仰，的确把这两页纸烧掉了，却把纸上的密码数字刻到了两块石碑上。

其实，姒小天根本看不懂那些密码数字写的是什么，只觉得这肯定是余元谋老人铭心定魂之言，用石碑刻留下来，是对老人家的永久纪念。也想以此告诉后人，余元谋老人是九珠湾的大恩人，岛上诸辈千万不能忘记他。是的，这两块碑文上的密语，一般老百姓看不懂，但全岛人都把它当成了余元谋老人的功德碑，也当成了渔家人的祈福碑、平安碑，常常有人来此烧纸祭拜。

有一年，一个密码学专家到九珠湾一游，用相机拍下了两块碑上的数字密语。这专家是个女同志，人称王耘教授。她心很细，向姒小天问了很多情况。数月后，她给姒小天来了一封信，写明了破译出的碑文内容。说碑文是用一个叫作冣密的密码加密而成的；还说，经推测和了解，这个密码像是战争年代使用过的传统密码，早过了保密期，已经毫无密性，完全可以把其明文也标刻在石碑上，方便游人观瞻。

长话碑密语破解后的明文是：

九珠湾山海之变兮，乃大国大度之举也！符合对外开放之本质，体现强军卫国之自信！彭寂在天之灵安然，我之余生放心！不过，老伙计，我先要给你道个歉呀。我帮助政府，解体了九珠湾山上水下连体互动迷宫，破解了这部重大工程密码，却是剽窃了你的半个密钥。我也没提前给你打招呼。等我死了，到那边再给你说一声，也不算晚吧。我知道，你不会怪我的。俗话说，打是亲，骂是爱，不打不骂俺还怪呢。我俩智斗对决了半辈子，竟然打成了亲兄弟。可是，警方连你的尸骨都找不到，我也未能破解你的尸骨去向之谜，我惭愧呀，我对不起你呀，我好想你哟。老伙计，你在哪里呀？我等，我一定要等！见不到你的尸骨，我就不死了。相信我，老伙计，我一定会把你找回来的。即使那些狗特务把你挫骨扬灰了，我也要把你一块一块捡回来，让你尸骨还乡，魂归故里。

短话碑密语之明文则就二十个字：

福如东海之海天佑九珠，
上善若水之水源远流长！

姒小天觉得，这句短语倒像个碑文，而那段长话则不伦不类，四不像，却别有纪念意义。然而，姒小天最终还是决定，不把这两则明文内容标刻碑上，依然保持原样密码碑文供人参观。这样，既为九珠湾增添了几分神秘性，又给人们留下了想个性化祈祷和祝福的广阔空间。

姒小天没忘给热心的王耘教授回信表达谢意。信上说，保持碑文数字密码原貌吧，这样是对余元谋老人最好的纪念。

给王教授的信是用左手写的，字松松垮垮，不太工整。姒小天的右臂残缺了。可他从不对人讲这条胳膊是怎么没的，谁问也只字不提，脸上却飞扬着满满的神圣感。

事情与九珠湾地下暗河爆破工程有关。

在那三个月海上戒严期间，有关部门没忘记那艘二千吨级运宝沉船。炸毁水下暗河工事之前，得先把这艘沉船打捞出水。工作思路是清楚的。首先对九珠湾隘口风道及九山峰口之间三处山石，实施爆破拓宽，低挖沉降豁平，待有效削弱了湾内风势海浪，具备了相应气候条件，才在这片海域展开了寻船打捞作业。

此次打捞工程的难题，是不知道沉船具体位置。水下暗河结构复杂，潜水员背瓶拖管带绳的，只能潜行到一定深度，进不了暗河腹部。于是，难题留给了姒家蛙人。

姒小天虽年过四十，下潜能力不是最强的（有好几个姒家后生具有超强的潜水特异功能），却是姒家蛙人中经验最丰富的。他等十一个蛙人与潜水员组成了水下勘探组。过程倒是不复杂。蛙人先带着输气管氧气瓶潜到暗河入口，然后，再摘掉管绳钢瓶等装备，只带个扁小气瓶，几乎徒手潜入河内。

姒小天意志最为坚强，多次超乎极限深潜远探。终是由他发现了沉船。待他摸清舷号舰铭，确认了沉船身份，却被船舱残骸夹住了右臂，怎么也摆脱不开，万般无奈之下，在气瓶将要耗尽之时，他果断抽刀断臂，逃出了暗河，侥幸捡回了一条命。

根据姒小天带回的沉船周围暗河地质结构情况，工程人员最终打捞成功。相关情况遂被列为机密，潜水参与者均签下了保密协议。自此后，与敌舰同归于尽的水下那些渔船渔人遗骸，以及姒诗琴舍身杀敌的景象，便经常出现在姒小天的脑海里，也时有勾出他许多眼泪来。

番外

引 言

《最之书》

0382 0648 0037 2579

鲸之惑

"大沼泽西边毗邻的是广袤无垠的水面，那里有皮肤娇嫩的鲸类，它们长着女人的头颅和身体，凭借巨大乳房的魔力，让航行者迷失心智。"

一天晚上，在漫漫长夜中，幽幽传来一个声音。像是余元谋的嗓音："这段话，出自《百年孤独》，具体是在哪页哪行，我记不清了。希望你能找来读一读。因为，这是加西亚·马尔克斯的一个预言。你要好好琢磨琢磨。切记！"

余之言一觉醒来，就到书架上去找书。他有两个版本的《百年孤独》，且都通读过。对这段话，却没什么印象。他翻了一个早晨，也没找到相关内容。于是，他决定重读这部经典，一字一句地读，一个版本一个版本地读，直到找到并读懂这段话为止。

一个多月后，余之言回到梦中，非常失望地告诉余元谋："两个版本我都读了一个遍，连一个标点都没落下，可就是没看到您说的那段话。又找来其他三个版本（包括一个台湾版本）翻阅，还是毫无结果。"

余元谋听罢，慨然陈词。

"在现存五个版本的《百年孤独》里，都能找到那段话。这可是世界名著呀，白纸黑字就写在那里，全球人都看在了眼里，你余之言却视而不见。告诉你，一个人，只有深怀虔诚之心去阅读，才有诗与远方。亏你还是个写小说的人，对这部魔幻现实主义文学代表作竟然如此麻木。我断定，在文学这条道上，你不会有前程的！当然，也有评论家说，马尔克斯把这段话写进小说是一处败笔，并没有实际意义。你可能正是受这种观点的影响，才没有看到心里去。可我要说，他们错了，你们错了，大家都大错特错了。马尔克斯这段话，在《百年孤独》中看似是闲笔，可有可无，但它对百年之后的我们不能没有！没错。这个寓意深长的警示预言，是写给未来的。指向再具体一点，是专门写给大沼泽西边毗邻九珠湾属地属人的。你这种眼界，这种心境，这种责任，自然看不到这些。百年孤独，百年忧患哟！"

余之言又把五个版本的《百年孤独》读了个遍，依然没有看到皮肤娇嫩的长着巨大乳房的鲸女："余元谋是不会骗人的；马尔克斯也是不会骗人的。可不知为什么，我愣是找不到那段话。天大悲哀哟！"其实，一个阅读者，有时出现阅读盲点也是见怪不怪的事。书中某一个片段，你可能不止一次地读过，却可能会因为没感觉没意识而视而不见。类似的阅读经验相信不少人都有过，为此揪住自己的盲点不放，实为小题大做。

"然而，真的是小题大做吗？如若《百年孤独》中真有这么个片段表述，我如此这般翻阅都未曾看见，那可能真就不是小题大做的事了！"

不知为什么，刚进入"番外"状态，我就着急忙慌地写了"鲸之惑"一节。可我觉得，有必要提醒读者，你大可不必费心去琢磨这其中疑惑，即便解不开这个结，也不影响你对故事主线的理解。但是，我必须说，他余之言视而不见的，正是我要大声疾呼的——"狼来了！狼来了！披着羊皮的狼来了！"我可不是个小孩子了。我的呼喊你别不在意！可这又怎样呢？这与老父亲交办我的事情有什么关系呢？我是遵父旨要寻找兄长维希·科赫的呀。

　　其实，我早已摸清了兄长及其子孙的下落，只是还未来得及写进小说。这是科赫家族的大事，之前我居然没顾上，是狼出没事件耽误了我不少事。细想起来，我一个德国人，与九珠岛人充其量也只能算是远房亲戚，恶狼进湾上岛，碍我什么事呀，我有什么好担忧的嘛！

第十四章

卧榻之谍

5257 2840 0037 6183

　　眼前，我着急要说的，当数自己的创作心态。这些日子，我愈发觉得憋闷，最大的感受就是心里拧巴！

　　大概是因了昼夜与余元谋、彭寂、王小娇等密码人打交道的缘故，他们身上某些职业习性对我影响甚深，致使我越来越难以由着性子和好恶让笔锋爽直起来，常常不自觉地显露出"五尺墙头遮不得，留将一半与人看"之忸怩状，习惯制造一些心理和语言错觉及某种智力上的诱惑，用叙述的圈套去掩盖读者亟须知道的谜底，甚至还常以挑战读者注意力和记忆力为乐事；某些赋予了伏笔性质的事件、情节和视角转换，在因果链上故意不作显现，留给读者自行把隐藏的线头挑出来，将人物关系和逻辑纹理拼接上，最终完成各自眼中的整幅版图。假如读者懒得反刍回顾，或者精力稍不集中，就有可能误入歧途。这种拧巴的创作心态，造就了这部小说的拧巴风格，使故事的真实面目湮没在了磨砂玻璃窗后，有些时候，令读者皱着眉头使劲想，也想不出个所以然来。可是，如果谁能忍着读完这部作品，谁就会觉得这种忍耐是非常值得的。

　　是的，一个小说作者，习惯像职业间谍一样思考，像密码破译师一样观察，甚至在特殊时期，在个别事上，真就当一次薛定谔的猫，也都不是什么大毛病。说到这里，我不得不搬出一个人来，一个在公众视野里难得一见的人。这个人的出现，会使读者清晰地看到——正在燃烧的冰山和已经冻结的火焰。

这话，是不是拧巴到了极点？

先听我把话讲完！

在《生死叠加》写完前半部时，我曾把稿子拿给一个退休在家的邻居看。没想到，这退休人看后却云里雾里地说："令人惊讶哟。你这部小说里，居然散发着'薛定谔的猫'的味道。我觉得，你整部小说最大的亮点，是在文学与科学（密码学建筑学等）自然联姻上，做了有益尝试。虽然，这部小说还未写完，但我已经这样认为了。能够让一个读者有这样的感觉，'薛定谔的猫'功不可没。"我一时不知他在说什么。此前，我对这只猫一无所知。（自此后，我才对这只猫进行了研究，并回头在第一章里，添加进了几句相关话题。）

此时，退休人又说："你把密码与迷宫建筑、迷宫小说硬扯在一起说事，有没有科学道理呢？有没有道理，你都这么干了，但看得出你干得还不是那么理直气壮。现在，我给你个权威告示——无论是迷宫建筑、迷宫小说，还是如迷宫般密码，既然都是迷宫，那就都具有迷宫性质，相互之间在道理上便有相通之处。也就是说，你把这三者糅杂在一起说事，有不可置疑的科学道理。譬如，有这样一种基于建筑原理的密码算法，在密钥控制之下，可以形成'进口错乱→多层多进→出口错乱'机制。就像楼房各层（房间若干）之间，上下左右出口与进口的连接可变，从第一层（或某一层）入口，到最后一层（或某一层）出口，其中可设计若干条多种性质的暗道和机关，使进入者在各层各屋里迷途难返。这种思想，类似于密码编码中常见的多表多层代替；至于一部长篇小说的写法，能否借鉴诸如此类的古建筑术，答案就更加明确了——宋元话本小说，就常采用'中国套盒'手法，大故事里套着小故事，甲故事套着乙故事，一个个接连不断地套下去，直到小说结束。既然小说可以借鉴中国套盒法，那为啥就不能借鉴某些古建筑术？！所以说，小说创作和密码编码，都是可以借鉴古建筑中迷宫技法的！"

我长长地舒了口气，嘴上却说："我当然知道这些，不然我也不会这么写！不过，我对你那只'薛定谔的猫'确实很陌生。"

退休人原是一名科学工作者，自退居二线后就一直在家搞些业余研究，似乎工作节奏还很紧张，一天三餐到单位食堂买饭吃。也只有在吃饭点上，才能碰到他穿件破工装，蹬个破自行车，来去匆匆。这次，和他谈小说稿时我才知道，他正在研究那只"薛定谔的猫"。他没有领受上级的任何科研任务，没有任何目的，只是脑子闲不下来，偶然间对这只量子猫产生了兴趣。这一研究就是八年。这八年，他一如正常上班，没白天没黑夜地干。

退休人日常生活土得掉渣，生活观念陈旧可笑，似乎情商也低得可怜。还在上班时，我和他不坐同一个办公室，却在一个大单位同事了十多年。我像熟悉兄长一样熟悉他，而他居然不知我姓甚名谁，说没必要耗费哪怕一点点精力，去记住一个与这只猫毫不相干的人。这次之后，我俩开始有了交情。他很快把我培养成了一个狂热的猫粉。

在生活上，退休人虽是个老套之人，但他技术思想相当新潮。在我眼里，他的智商极高，当今世界科技领域发生的新生事物，没有他不知道的！他关在家里，业余研究量子力学，能研究到国家部委派下大专家来求教于他。他居然让人家吃了闭门羹。理由是："最近我正帮邻居研究量子文学。"我好一番感动，可还是提醒他："哥哟，国家需要大于天！"他听进去了，自此不再理我。他把心思都用到同大专家的交流项目上去了。

这个兄长般的同事，令人佩服的地方很多。其中，我最崇拜的，是他身上的一大爱好——博览群书！他看书看得极快极杂也极专，他每年成百上千本地读书，白天读黑夜读有个剔牙缝的空也要看上两眼，似乎他心里没有万事万物，只有书本本；或者说，他心里的万事万物，都是从书中来、到书中去！书是他的一切，是他的生命，是他的爱人，是他的子孙。他个子仅有一米五八，纯粹是被书压矮了；他却又是个巨人，是万卷书把他高高托到了天上。对他，我总是仰视的。

眼前，既然我被他带进了沟里，成了猫粉，且小说里原本就蕴藏着猫味，我便变本加厉，把这只猫渲染到了极致。我心里明白，即使这部小说没人刊用，凄惨到家，我也摆脱不掉那只猫的纠缠了。我认为，这是退休人老哥对我的特别成全和恩赐！

我定下决心：既然已经拧巴上了，那就让它继续拧巴下去吧！我一定会把猫事进行到底的！

量子纠缠！我真的纠缠上你了！

薛定谔的猫，你跑不掉了！

这一天，甄晓敏走进了我梦里。她说："我推断，你那个退休哥，不是余元谋的化身，便是彭寂的化身，他不会是第三人，甚至连他自己都不是！"

我没有多言，只是频频点头，又频频摇头。甄晓敏冷笑一声："这既点头又摇头的死样子，也是一种令人作呕的叠加态！"我也冷笑一声："你以为你是谁？你以为一个保密局公职人员、一个文学爱好者，就真的能够观测到世间生死真谛？！"

看到甄晓敏张口结舌的尴尬相，我又不落忍。其实，我一直想说："我借一只外国猫搬弄是非，靠激怒国家公职人员故弄神秘，纯粹是为了成全这次小说探险！一次处心积虑的另类写作和推新试验，真的好难！难就难在天下人没谁能懂我！"

我要说，这次文学探险，是一种迷宫式艺术求生，意在借用建筑和小说那些变幻无穷的技法，从某种意义上，来讲述战争密码由聪明人制造，而阻止更聪明人毁灭它的客观存在（早前，余元谋也这么认为）。我声明，这种客观存在本身，是一种极为隐蔽的高智力多变，并非我小说本身有多么诡异。也即，有问题也是密码高智力性带来的问题，而不是我小说试验搞出了毛病。或者说，由其诡异题材及故事内容所决定，这部小说非采用这种诡异多变的创作手法不可。正所谓"内容决定形式"。这一点，务必要说清楚！

实际上，这是一篇可以走进革命战争纪念馆的传真报告，是关于破译冣密、鲨密、尴尬二密、古卷秘册等最高理性的写实文字。所有故事内核，都无一例外地忠于史实；所有出乎意料的惊奇，皆源自几个密码事件本身所具有的变化莫测的属性。所以，当您看到，最恨的与最爱的是同一个东西的时候；最大的幸运和最糟的不幸同时到来的时候，您可不要一味地骂小说作者是"拧巴骚种，狗血猫怪，叠加无常"！

甄晓敏似乎明白了什么，说："算了吧你，别总拿小说写法试验做挡箭牌了。我、我们、他、他们早就看出来了，你一再制造各种迷局，其实全是为了一个目的——实施一次真正意义上的密诱！到小说最后一个字结束，你这桩事先张扬的密诱案，才算刚刚开始。说实话，你这种莫名的良苦用心，你这个积忧成疾的毛病，我特别能够理解！但是，这一次，你到底想要密诱出什么人来，我还没有猜透。仅从你小说埋下的伏笔分析，我断定，肯定与那四个字有关——'杀害人妻'。是的。关于'杀害人妻'的话题，你前面虚晃一枪，稍微一提，后面又没做任何交代，其中必有名堂。我拭目以待！不过，我善意地提醒一下，一个作家，不悄无声息地写你的小说，非闯进国家机密世界里，掺和这些敏感事干吗？如果你想靠一部小说，就能替国家密诱出一对'夫妻间谍'来，那还要我们这些专职人员干吗？我知道，这是你一个作家的异想天开，抑或捕风捉影。可你不要忘了，当今现实生活中，各类间谍案、失泄密事件层出不穷，万一哪一天真被你蒙对了、碰准了、巧合了，你该怎么办？间谍世界历来云山雾罩，马不是马，骡子不是骡子的，一些事情你说得清楚吗？你这不是给自己找麻烦吗?！"

我脖子一梗："生死叠加还在继续，我的小说便不会结束。实质上，这是我对博尔赫斯的一次模仿！一部纯粹的小说而已！你干吗想得那么复杂。"

甄晓敏嘴角溜出一丝微弱气息，像是自言自语："这事儿，弄得倒像我打草惊蛇了似的！"

我绷紧脸："我真的没想靠这部小说密诱出什么夫妻间谍来。甄晓敏，你这样认识问题，我真怕了！你是不是走火入魔，把业余写小说与公职办案混淆了？"

甄晓敏一瞪眼："走火入魔的是你呀！你可真要小心了！"

"我不怕，我真的不怕。杀害人妻的故事非写不可！这一章节名我都起好了，叫'蝉，螳螂，黄雀，弹弓手'。实言相告，这个故事的素材都是从退休人那里听来的。尽管他一再强调，那只是猜想、幻推和冥断，缺少十拿九稳的事实依据。但我却冥冥之中觉得，退休人言之有理，尤其那句'那个人妻被杀之前，凶手已经死亡'，让我震惊。是怎样一种情况，才会导致凶手先于被杀者死去呢？对此，我难以做出准确判断。不过，退休人曾私下说，这个案中的被杀者和杀人者，很可能都死于同一种不易被常人所发觉、所认知的高科技杀人手段。这种前沿科学技术用于人类暗杀，在世界上尚属首次！这绝不是危言耸听。前沿科学领域里的事，退休人最有发言权。那么，那个隐藏更深、用某种高科技手段，对杀死人妻者实施暗杀的另一个坏人，又会是谁呢？鬼才知道。退休人并不是鬼，自然无法告知事件真相；退休人即便是鬼，也是个无舌之鬼，想让他把肚子里的秘密倒出来，难于上青天。我知道，这个像故事又像案件的章节梗概，亦似一座出于神道之手的迷宫，会让你们职能部门大伤脑筋的。"

"你看看，我说对了吧。你的小说到最后一个字写完，这桩密诱案才刚刚开始！"甄晓敏换上一脸职业表情，"对了，你在前面章节里，曾提到过彭冣的三表兄姒平海。后来，他这一支血脉便没了下文。我来告诉你吧，姒平海还有一个嫡孙，现位居要职，身份敏感。对他，你了解多少？这个人，是不是与夫妻间谍案有关？"

我打断她，幽幽地说："你想问的，只有老天知道，只有你们保密局知道。不过，我认为，仅仅靠专业技术手段侦查出来的东西，有时候也不靠谱。不瞒你说，我还真想过要以我的密诱方式，挖出事件真相呢！"

"你看看，又绕回来了。这叫不打自招！"甄晓敏静静地看着我，一腔怜悯口吻，"你这样干很蠢！尤其，很危险！"

一声炸雷，把我从睡梦中惊醒。我吓出了一身冷汗。

一场暴风雨即将来临。好在九珠湾不会再有海难天灾。

没想到，从这一夜起，我害上了严重的失眠症。觉明显少了，夜短得连一个完整的梦都来不及做！

有觉不睡，无梦可做，我便没事找事，对九珠湾蛙人一族产生了兴趣。这个兴趣，源自姒家蛙人在打捞沉船工程中的出色表现和相关传说。

九珠岛人都知道，姒家某些支脉的祖辈和后裔，千百年来都曾受命担负蛙人差事，专职潜水搜集预报海下水情水患。也就是说，海平面之下的水情预报，专门由姒姓某些支脉族人负责。余元谋就曾对这些蛙人家族做过研究。我发现了他手写的几张研究资料。

　　研究发现，姒家祖代为效命天职，造福民众，而培养了一代又一代蛙人。这些蛙人，还不会说话走路，就学会了潜泳。有的为适应深水环境，练就在海底行走的本领，在很小的时候就把耳膜刺破了。长大后，又个个能够通过控制并降低心率，来控制氧消耗，使自己在水下滞留时间，往往要多出普通人数倍；他们还学会了如何控制瞳孔尺寸，大都能把瞳孔缩小20%以上，以便在水下始终保持良好的视力。就连一些孩子和老人，都把自由潜水当作一项消遣，能够轻易达到人类忍耐力的极限，在不用呼吸设备的情况下，能潜水更深更久，其特技动作难度之大，超乎常人的想象。纯粹出于对蛙人生活感兴趣，我带几个如我一般的好事者，进驻九珠湾蛙人家族，对其潜水本领进行调查研究。最终认为，姒氏家族蛙人所具有的水下特异功能，是"基因突变"的结果。千百年来，这些蛙人家族，经过大脑可塑性训练、技能迭代强化，其大脑结构功能，依随水下生活而产生了变异，使之更适合于海底生活，且具有了明显的遗传性。姒氏蛙人家族，对我们这次来研究他们的生活，很是兴奋，甚为满意。临别时，还赠送给我们研究小组每人一大包名贵刺海马。那刺海马个好大哟。

我翻阅了余元谋留下来的所有资料，且对他带兴趣研究小组进驻九珠湾的活动情况，进行了暗访。最终，我得知了一个秘密。

余元谋费尽心机以隐蔽身份在这里活动，并非全是为了研究蛙人水下特异功能，他还另有一个隐秘目的，且顺利完成了预期：在鹰嘴礁石水下75英尺处的一个岩石缝里，发现了一只特制海螺，里面密封有间谍情报。他通过暗查确认，整个九珠岛仅有妠平海的一个嫡孙，其徒手潜水极限能达到75英尺以下深度。然而，余元谋并没把这些情况报告给官方。他是觉得这事与过去彭王被害案无关，不需要由他来报？还是出于其他什么原因根本不能报？我百思不得其解。

　　突然有一天，我似乎找到了合乎逻辑的解释："这是由余元谋曾经的职业秉性所决定的。他作为密码破译师，从来都是没有一个准确无误的破译结果，是不轻易上报的。他肯定是查阅了足够资料，知道极少有人徒手潜水深度能达到75英尺。现在，已经摸清水下75英尺那个岩石缝，是个间谍情报取放点。那么，就是妠平海那个嫡孙有本领放进去，那谁能有这个本领取走它？在这片临近海岸、船只来往频繁的海域，肯定不会有特务间谍领个潜水员，或自带潜水设备，在公众眼皮子底下来取情报的。所以，查不清来取那个情报螺的人是谁，并分析不出个所以然来，余元谋绝对不会上报。况且，这次调查研究又纯属个人兴趣，就更不会拿个无解的东西，去干扰忽悠官方了。也许，这事若放在一个普通人身上，一般会这么干的。可战争密码破译师出身的余元谋，被特殊环境、特殊职业固定成型了，秉性难改了，他肯定不会这么干。"

　　对这事儿，我就是这样认为的，可心里却一直踏实不下来，总觉得还是未能找到真正的症结。想来想去，最终，我把关注点放在了余元谋是怎样发现鹰嘴礁石下有情报螺的。

　　以下这些情况，我也是从余元谋那堆材料里看到而整理出来的。

　　　那一夜，兴趣研究小组搞了一次聚餐，余元谋喝了三杯生啤，醉意蒙眬地回到了住处。能喝三杯啤酒且有了醉意，是近几年来没有过的事。这全是因为席间想起了彭寂和王小娇，浓厚了哀思酒愁。这自然而然，毕竟彭王的魂魄在九珠岛上。

余元谋站在窗前，醺然眺望，九珠湾近海渔火尽收眼底。渐渐地，窗外浪声变得单调而清脆起来。那是无线电码的嘀哒声。紧接着，万点渔火像急眨的眼睛频繁闪烁，开始与电码声交相呼应，同频共振。其中，最引人注目的一盏渔火，让余元谋盯了又盯，最终看清，那是岛东头一座古老灯塔。自从国家实施了山间海底爆破工程之后，九珠湾海情海势有了根本改善，航道通达程度彻底改观，已不再需要过多的灯塔导航。但一些灯塔还依然保留着，并照常点亮。显然，这些灯塔存在的价值仅有象征意义，预示着时刻召唤渔人安全归来！这也是为了让航海人看到塔灯而产生心理安全感。

此时此刻，余元谋发现塔灯并非在正常发光，其闪烁频度大有异样。瞬间，耳边的电码声也跟着变换了节奏。

塔灯频变闪烁长短不一，好眼熟！

电码声调敲击出的点画，好耳熟！

没错。这些都熟悉得不能再熟悉了。熟悉得就像看到了熟人走路的背影，更像听到了熟人说话的嗓音。

彭寂王小娇真的找来了！那声音，一会儿像彭寂拍发电报的手迹，一会儿又像王小娇敲击电键的声调。战争年代，彼此间经常开展报务演习演练，真是熟透了对方的技术手法。现在，灯塔里通过改变灯光闪烁频率和灯光颜色而发出电码信号的人，肯定就是彭王二人。

呵呵，这两个老牌特工，太知道这种情报传递方式了。把其隐秘意义，用密设的塔灯信号传递出去，真是一个不错的招法。

然而，余元谋把看到的塔灯信号，在脑子里过了数遍，愣没破译出其中内容。

呵呵，多日不见，你俩长能耐了！都能难住我老谋子了！

不过，破不开归破不开，余元谋心里大概有了数："肯定是彭王二人想见我了，这是在呼唤我过去呀。"至于，是喊"余元谋，可想死你啦，赶快过来报到"，还是"老余头，这些年不见了，你死哪去啦，快过来聊聊"，喊什么都无所谓了。反正，在灯塔里发出召唤的，肯定是彭寂王小娇！

余元谋连鞋也没来得及换，穿着拖鞋急走而去。半路上，冷风一吹，他清醒了些："彭王二人不是早死了吗?！灯塔里怎么会是他俩?"他迟疑了一下，继续朝前走去。

传说，这个古老灯塔，是出海未归人的鬼魂聚集地。逢年过节，总有人到这里烧纸祭拜。经常有人听见塔内传出男女的泣哭与哀鸣。管他呢，就真是彭王二人的鬼魂，我也要前去会一会。

抬头望去，那异样塔灯还在闪烁。快到塔前时，才恢复了正常灯光。余元谋没再犹豫，一头撞进了塔门。黑暗中，闪出一男一女与他擦肩而过。好像，这对男女还斜视了他两眼。他转身紧跟上去，喊道："哪里去? 你俩等等我呀。"

那对男女是朝海边走去的，很快就消失在夜雾中。鬼魂只有入海一条道。余元谋不甘心，急追到二人下海处，狂呼道："王小妖，顶风十里我能闻到你满身妖气，能看清你狐步三摇！还有你，彭寂！你那眼神，嘿嘿，到什么时候都像个小偷似的，躲躲闪闪。你俩就别躲了，快出来见我老余！"

一头妖浪"哗啦啦"拍岸而上，打湿了余元谋衣裤。一个声音模模糊糊，断断续续，似是王小妖的声音破浪而出："在九珠岛上犯职业病是很危险的，你若不小心真随我踏浪而去了，那接下来的未竟之事由谁去做?！你不是常说，生命不息，战斗不止吗?！赶快回去，洗洗睡吧，明天你还要继续战斗呢。"

听罢，余元谋心里愈加憋闷，肚里翻江倒海，趴在一块礁石上，"哇哇"狠吐了一通。似乎酒醒了，头脑清爽了许多，都能听清海虫子爬上礁石抢吃呕吐物的声音了。

哎哟哟，我弄脏了礁石，白天遛海人还怎么在礁石上歇歇脚？礁石。哎，礁石。刚才那些电码当中，有一组码子，很像中文明标加乱数79哟。这不正是"礁石"二字吗？！呀呀呀。今晚塔灯电码，是不是全是用明标加了79呀？呵呵，正是。真的正是！

渐渐地，余元谋破解了塔灯频闪电码，其内容为："礼拜五鹰嘴礁石下取螺。"

回到住处，把记忆中的那些电码写在纸上，反复推算核实了一番，结果依然。他又站在窗前，凝视着远处灯塔，想了许久。他觉得，自己今晚的举动不像个老者，似焕发了青春：喝酒肆无忌惮，出门疾走如飞，遇事浮想联翩，思维天马行空。尤其，竟然与真鬼狭路相逢而没有被吓瘫。这一切，可不是什么好兆头："是不是不久我就要告别人世，这是回光返照呀？"

余元谋几乎一夜未睡。

事后，他决定，还是暂不上报这一诡异事件为好。一来，用帘板遮挡方式，变换塔灯闪烁频率和颜色发送电码信号，非两个人配合不能完成。记忆中，他确实听到了彭王二人熟悉的手迹，看清塔灯闪烁的电码也像是出自彭王之手。尤其，他看真切了二人面容；看真切了那女子身上的妖娆。那一步一挺一送的身姿，不是她王小妖还能是谁！多年来，他太相信自己的记忆和眼睛了。所以，今晚死人复活之事，他无法解释清楚。但有一点是肯定的，这绝不是自己对那段过往岁月心醉神迷，更不是酒后幻觉。真的不是酒后幻觉！二来，礼拜五他去了趟鹰嘴礁石，连每一个岩缝、每一块活动的石头底下，都找了翻了，均未发现有什么特别的海螺藏在那里，也未见有异常之人出现。他是化装成挖海蛎子的人在此活动的。他坚信，一个老情报员干这点事儿，绝对没有露出破绽，打草惊蛇。

"以上这两个方面的情况，连我自己都解释不通，怎么能盲目上报给组织?"于是，他想出了一个办法，找熟人托海洋打捞局帮忙，谎说在鹰嘴礁石附近发现了古老沉船迹象，请求派出潜水员协助进行一次初步勘察。结果，还真派来了一位潜水员和几个助手，自然没发现什么沉船迹象，却在鹰嘴礁石水下75英尺处的岩石缝里，找到了一个尼龙网兜，里面装有一只大海螺。打开海螺，发现里面藏有一团秘密资料。

余元谋把这团资料翻来覆去地看，半天没说话，似是陷入了对资料的破解之中。

潜水员又搜索了附近区域，并无其他收获。潜水员说："没发现沉船遗骸，我可回去复命了。这个海螺与我之任务关系不大，你们自己另行上报吧。"

余元谋不干，硬把海螺塞给潜水员，反复说了两段话，转身走掉了。

"老灯塔里双魍魉，醉梦恰逢夫妻相，女魔媚脸似狐妖，男贼鼠眼狗模样，鬼火频闪是电码，礁石岩缝有密藏。

"青铜瓮中织迷障，头四尾六重码狂，横码肩上卧孤影，直码逆差三断肠，角码有洞切莫钻，回头推开栅栏窗。"

显然，是余元谋破开了海螺里的那些加密资料，才口吐这十二句真言的。看得出，海螺密息底层内核，是用栅栏法加密的。（多年后，密码学界有人指出，余元谋诡异善变的破译思想和反常作为，无不彰显着薛定谔的猫之情报学意义。）

或许，也是因了与官方接触不方便，抑或不想与甄晓敏那些公职人员打交道，我也没把这一重大发现上报给警方。至于那潜水员报没报，我无从知晓。我所能做的，就是顺其自然，把这个诡异情况写入小说，发表出来。最终，它究竟会密诱出什么人来，造成什么后果，爱谁谁吧！真的就打草惊蛇了呢，也说不定。管他哪！

然而，我这人又天性好奇，凡遇到激发想象力的事，心志便蠢蠢欲动。那些日子，我心里放不下的，是塔灯电码及情报螺事件与彭王二人到底有没有关系？情报螺里的加密资料究竟写的是什么内容？

事实上，就像打开暗箱之前不知道猫的生死一样，我难以给出一个准确答案。其实，世间一些事情，在某些人眼里，可能压根就没有答案。一如被频繁战争打晕了头的人们，明明知道不能同时对一场战争既赞成又反对，却还是乐于既点头又摇头，就是不给出唯一结论，生怕暴露了自己与战争息息相关的隐秘思想。

但是，我给这部小说定了一个"生死叠加"的主题思想，并不表示我自己有着既点头又摇头的心态，而是一心想借助历史故事，对人类战争做些含蓄评述；对身边谍患发出几声微乎其微的警喊——居安思危，别睡大觉哟！仅此而已！

那几天，甄晓敏受市保密局指派，就某项工作到九珠岛搞调研，也为续写小说《薛定谔的猫》再做些采访，听说余元谋正在岛上研究姒氏蛙人家族秘事，便产生了好奇。有一天，在鹰嘴礁附近，她远远看见了余元谋。他伪装成渔民的举动，引起了她的注意。她躲在暗处悄悄观察了一个上午，发现他到处抠抠挖挖，敲敲打打。她心里说，这也不像在挖海蛎子呀。嘴上却溜出了一句话："这个神经兮兮的老破译师，他在这里找什么呢？"旁边有一个垂钓人，背着渔具一直在海边溜达，并没有下钩的意思。甄晓敏的这句自言自语，正好让他听见，他吓了一跳，身子一哆嗦，肩上的渔具箱滑落下来，顺坝堤石坡滚了下去。箱子里，居然掉出了一个叮当作响的大个海蟹。甄晓敏弯腰捡起来细看，是只金属蟹！可又不是一般的玩具蟹，倒像个精密仪器！转身想问那个垂钓人这是什么东西，却发现那人不见了。

下午，甄晓敏揣着那只金属蟹，又来到了鹰嘴礁附近，想再找找那个垂钓人，好把东西还给人家。那垂钓人还是没有出现。她四处走了走，转了一大圈回来，发现有潜水员下海，余元谋也在现场出现。她默不作声，静静观察。到那只海螺出水，余元谋从中取出一团资料，她才明白他正在做一件大事儿！

余元谋走后，甄晓敏看见潜水员把那只海螺收入包中；又不经意间发现，那个垂钓人也出现在了游人当中。她掏出那只蟹，想过去归还人家，眨眼间却又不见了垂钓人。

甄晓敏拍了拍金属蟹，摇摇头，苦笑道："挺精致的玩物，主人竟不急着来找。"这一拍，不知碰到了哪个机关，竟然发出了轻微的鸣叫声。又拍了拍，鸣叫声停止；再拍又响，却停不下来了。她急着要找潜水员问那只诡异海螺的事，就顾不上这只响蟹了。她朝那潜水员走过去。没想到，那金属蟹越来越响，等到了潜水员身边，鸣叫声愈发短粗频急。她没管它，先谈正事。她向潜水员出示了证件，说："您打捞上来了那只海螺，应该按规定程序，在第一时间报给你的上级！让你的上级赶快上报警方。"潜水员说："看来，也只能这样办了。"

潜水员朝岸上走去，金属蟹鸣叫声却渐渐减弱。这下，甄晓敏脑中火花一闪，急忙追上去。金属蟹又渐近渐响。她叫住潜水员，急急地说："有情况！这金属蟹，可能与那只海螺有某种技术上的关联。"

二人手忙脚乱地做起了试验。果然如此。二者近则响，远则弱。他俩直接去了公安局技侦处，很快破解了金属蟹鸣叫之谜。

原来，在海螺底角密封着一个微型发射器，它会发出某频段电波；内置装有接收器的金属蟹一旦开机，在一定距离内，便会接收到信号，随即发出鸣叫。

研究发现，这只金属蟹，可由电线相连的控制器操纵，其蟹爪能抓放自如。经当场试验，它能将那只大海螺稳稳地抓起来。即便偶尔抓不稳海螺，但抓牢外层那个尼龙网兜的成功率却是百分之百。

情况明了了：有间谍事先把藏有情报的海螺，用绳索提着，或人工潜水，放入水下礁石缝中；取情报的人，把金属蟹与控制器用线绳连接好，按信号位置指示，垂放入海，依据蜂鸣声大小缓急，通过操作电键，逐渐接近目标，最终抓起海螺，起获情报。这个技术看似很难，实则准确无误，万无一失。尤其，这种技术用于情报交接，大有出其不意之效。由此可见，75英尺水下的情报螺，以前便是这样取走的。

呵呵，金属蟹，机械蟹，间谍蟹，情报螺，真是无所不用，无所不能！（后来，在国家某部组织的《中华人民共和国反间谍法》宣传活动中，特意举办了一次境外间谍装备公开展览，其中就包括这一对间谍蟹、情报螺原件。）

公安、安全、保密等三大部门，很快成立了联合工作组（甄晓敏也受命入组），迅速做出侦破方案。一方面，全面查找那个垂钓人；另一方面，连夜调集密码破译专家，对海螺中密码情报进行破译。

因了余元谋那话"老灯塔里双魍魉""鬼火频闪是电码"，行动小组立即对那座老灯塔实施了技术侦查，从塔顶阁楼中，找到了特殊灯具和遮挡频闪灯光用的帘板，提取了痕迹；还动用了警犬。密码破译人员一时没找到余元谋，却从他留下的那几句相关重码直码横码角码的技术性提示中，找到了密息可察端倪，判清了其加密方法、结构特征等，一举破解了那团资料。这团资料里隐含的内容，正是关于我九珠湾新型远洋技术战略基地的某机密技术参数。进而分析破解出盗取、传递该情报者，是一个代号叫"青铜瓮"的特务组织。

很快，将那个垂钓人抓捕归案。垂钓人交代，他只是根据灯塔传递出的秘密信号，到鹰嘴礁石缝起获情报螺。至于是什么人在灯塔里发信号，又是什么人把情报螺放入石缝中，情报螺里藏的是什么东西，他一概不知。他起获海螺后，到小湾子鱼市上，交给来取海螺的人。他与取货人素不相识，联系方式也是"认物不认人"。即，只要来人手里持有一枚肚子里卧有一只九腿虾蛄的海胆，他便交出情报螺。（该"信物"有其唯一性，海胆肚内卧虾蛄本就罕见，卧藏的还是九腿虾蛄就更为罕见。正常虾蛄都是八条腿，九腿虾蛄一如三条腿的人稀世难有。）

甄晓敏想到，余元谋留下的话里有暗示：这个"青铜瓮"特务组织，至少有一男一女。公安局技侦处从灯塔中提取的痕迹，也证明在此作案的是男女二人。于是，甄晓敏又盯上了那个位居要职、身份敏感的姒平海之嫡孙。这个人恰巧是个再婚者。与那个关于

"夫妻间谍"身份的推断和猜想接近。

联合工作组采纳了甄晓敏的建议，对这对嫌疑男女实施了侦查，有了一些证据，立即实施了抓捕。小组成员在这对夫妇身上耗费了不少精力，还曾一度迷失办案方向，误认为这就是要找的"夫妻间谍"。经过多渠道数番取证，最终查清，此二人却只是一对鲨化石走私者，并未窃取过任何情报，也无任何间谍背景。细究发现，这二人干上走私营生的经历令人费解。女人交代，前些年，有人给她一笔钱，暗示她去色诱姒嫡孙，试图从他手中弄到鲨化石。传说，姒家远古时期就与鲨有缘，姒氏家族有不少人手里有鲨化石。事情居然轻易得逞，换来了不少经济收益；这对男女一来二去，双双富了起来。很快，水到渠成，女人第三者插足成功；男方顺水推舟，与原配离婚，与这女人再婚。

事情发展至此，这对夫妇显然与"夫妻间谍"无关。甄晓敏仍不死心，再查，还是没查出个所以然。但她坚信，灯塔里出现的男女，一定是一对再婚夫妻。她的主要依据，是小说《生死叠加》中的那句话："有人秘密制造恶性事故和急病猝死杀害人妻，再处心积虑地制造一场感天动地的凄美爱情，然后，以再婚者身份结下百年之好，从而登堂入室，长年潜伏，随机作乱。"

甄晓敏再次郑重建议："姒嫡孙夫妇不是余元谋所说的目标人。这说明，九珠岛上，一定另有那个样子的再婚夫妻间谍。应该尽快开展一次全岛普查。"

这个时候，情报螺的案子依然没有进展。联合工作组考虑到，与其毫无目标地四处撒网，还不如"死马当活马医"，就按甄晓敏的建议排查一遍。没准还真能瞎猫碰上死耗子。一普查，发现全岛共有二十七对再婚夫妻。逐一排查，没有发现重大嫌疑。但身上有些小疑点的九对儿，全被盯上了。

这一天，一对再婚夫妻要出境度假旅游，已经去了机场。这对夫妻，却又不在那九对怀疑对象之内。这夫妻俩都是公职人员，在单位表现优秀，连年被评为先进工作者。

甄晓敏说，被评为先进不一定就是真先进，没有疑点不一定就是好人。是不是好人，得由我的眼睛说了算。查，一定要查，把那二十七对再婚夫妻都统统列为重点，哪怕把好人当成坏人来查呢！

行动小组迅速派出警犬到达机场。结果，逮了个正着。警犬死死咬住那个狐脸女人不放。最终证实，这对再婚夫妻正是九珠湾"青铜瓮"特务组织成员。灯塔里常打信号，鹰嘴礁石投放情报螺的，正是他俩！甄晓敏暗自得意地叫了一声："醉梦恰逢夫妻相，精准！老密码破译师，威武！"

最终弄清，这对间谍夫妻之所以要急匆匆潜逃，也是因为看了小说《生死叠加》中的那句话："有人秘密制造恶性事故和急病猝死杀害人妻，再处心积虑地制造一场感天动地的凄美爱情，然后，以再婚者身份结下百年之好，从而登堂入室，长年潜伏，随机作乱。"没想到，看似一句文学虚构语言，却惊了这对夫妻的心魂，暗自认定所描述的正是他俩自己。（甄晓敏又暗叹：小说《生死叠加》，威武！）

那个夜晚，在老灯塔前，这对再婚夫妻与一个神秘老人劈面相逢。虽然光线黑暗，但海光和微弱塔灯映照下的老者眼神，还是像两把锐利的刀子，刺痛了他夫妇的神经。后来，在鹰嘴礁附近，这夫妇二人躲在游人之中，又发现了那双老眼，进而意识到，老者出现在灯塔前和鹰嘴礁，绝不是偶然的。一定是被他抓住了马脚。果然不出所料，潜水员出现了！这说明，灯光密码信号已被那双老眼破译！从现场潜水员与相关人员言谈中判断，此次潜水作业像是私人帮忙性质，尚未惊动警方。于是，夫妇二人不得不做出决定，在那老家伙未同警方接触之前，想法干掉他！不过，从老家伙把那海螺塞给潜水员，转身即走的眼神中看出，他已经意识到了危险的来临。夫妇二人当即商定，男的留下继续盯着鹰嘴礁现场，想法偷回情报螺；女的则尾随老家伙，寻机下手消灭之。没想到，这个走路蹒跚的老者，一经走出游人，进入街道，便行走如飞，竟然甩掉了跟踪的女人。而鹰嘴礁现场这里，潜水员和他的助手们形影不离，那个男人也没找到机会下手盗回情报螺。之后，是姒嫡孙夫妇被抓，使得夫妻间谍真正感觉到了大难临头。其实，姒嫡孙夫妇一直充当的是"青铜瓮"的假幌子。早年，特务组织巧妙地制造了姒家嫡孙离婚、再婚，之后，暗中协助其长年做走私生意，其目的便是一旦有事，会在一定程度上吸引警方视线，对那对真正的夫妻间谍起到掩护作用。这些都是九珠湾"青铜瓮"特务组织早已预谋好的，只是姒嫡孙夫妇一直毫不知情。从实际情况来看，也确实收到了预期效果。而实质上，"青铜瓮"这对夫妻间谍与姒氏家族，既没有血缘亲情，也无友情交往；与刺海马那个特务小组，也无隶属关系及任何往来，只是彼此都不知对方存在的两个子部门。但在青铜瓮特务组织上层那里，却有在关键时刻，牺牲刺海马特务小组，而掩护"青铜瓮"核心部门的预案。可见，其组织内部有它的重中之重，当前的首要任务，则是搜集九珠湾某新型远洋技术战略基地的机密情报，而其他方面的各类情报，即便如馅饼一般砸到了你头上，也要置之不理，毅然放过。

听罢间谍夫妻的交代，甄晓敏流下了眼泪。她心里明白，三天五日的是找不到余元谋了，甚至永远也别想再见到他了。

这个自信到了极点的老破译师，在这种情况下，他只相信他自己！他不相信她甄晓敏，也不相信任何机构能保护得了他！但一定是相信国家那些密码学专家的，他笃定有他留下的那几句点睛之言，专家们必能破译这部"青铜瓮"密码。不然，有敌密而不破，他在暗处是坐不住的。这一点，甄晓敏对他是了解的。后来，余元谋一直未露面，便说明他已揣摩准敌特密码被我方彻底破译了。

之后，甄晓敏一心想找到余元谋。她想告诉他，"青铜瓮"被抓了，不要再东躲西藏了，出来过正常人的日子吧！她去找了余之言，却没有打探到余元谋的下落。她又去找了那个退休人。退休人说：

"我根本就不认识余元谋其人，也从未与他谋过面。他的死活，与我无关！那是你甄晓敏和余之言的事。你们这些作者写小说，手握生杀大权，想让谁死，谁就不能活！哼。生生死死的，什么玩意儿！"

甄晓敏依然一脸诚恳："我现在想知道，那种不易被常人所发觉、所认知的高科技杀人手段，到底是个什么东西？既然您知道这种东西用于人类暗杀，在世界上尚属首次。那么，您为何不向公安局或安全局报告一声呢？"

"你甄晓敏，从来就没把一个老人的生死放在心上。你只唯职业使命是从。"退休人急了，吼道，"你是不是写小说写糊涂了呀？走！你给我走！我不想再见到你！"见甄晓敏一脸尴尬，似乎还不解恨，又说："你看你小说上都写了些什么呀？！青铜瓮特务组织有人被抓，余元谋就可以安生了？他会想到，到小湾子鱼市上去取情报螺的人还没有找到；尤其给间谍夫妻提供九珠湾某新型远洋技术战略基地机密情报的人，也没个下落。能接触到那类机密材料的人，该是怎样的潜伏者呀？真是太可怕了！哼！高枕无忧？出来见你？你死了这个心吧。近来，余元谋不会露面了！若干时日后，也许他会突然跳出来，给你钓出一条大鱼。对，必定是条大鱼！我坚信，彻底打掉'青铜瓮'的这一天迟早会到来。除非，除非他余元谋真的死掉了。哼哼，就你甄晓敏，是不会想到这些的。还有，今天你找到了我退休人脸上，直接问出这些敏感话来，这可是个荒唐事儿。总有一天，你这个举动会遭到同行耻笑的！请你记住我这句话吧，年轻人！"

甄晓敏脸上挂不住了，正欲发作，又听到退休人说："人这一生啊，免不了做些荒唐事。但要想少做荒唐事，就得多历练，多学习，尤其要多读一些好书。最近，我读了一本书，是1933年11月，由开明书店第二次出版的单行本《家》。这部书堪称世纪经典，最好你也找来看看！"

"你才老糊涂了哩！有用的没用的，乱说一气。"甄晓敏悻悻而去，心里暗叫道，"我迟早要撬开你这张老嘴的！我一定要查到余元谋老人的下落。"

第十五章

楼阁之冢

2869 7041 0037 0386

转机就出现在这里，出现在了从古楼拱顶夹层横梁到地面的垂直距离上。这个距离计有十八米之高，人若被推下去，必死无疑；人若自己跳下去，也必死无疑。但有一种跳法，或许还有一线生的希望。有人说，那个彭寂有可能正是在万般无奈之下，急中生智，巧妙地选择了这种跳法。

那一年冬天，彭寂被潜伏特务堵在了一座德式老建筑楼顶穹层之中。出于不久前刚对这座老建筑考察过，他本以为能在这个隐秘处躲过追杀，可还是被发现了。三个持刀人封住了他的退路。上楼前，他手里已抓了一截木棍。持刀人没敢轻易靠近他。

四人对峙到黎明时分，持刀人见难以降伏，也来不及带走彭寂，便决定干掉他。弄死他最简单的办法，就是持刀靠近，逼他原地跳楼，或推他坠楼。顶层一面木板挡墙因年久失修而脱落，横梁下方直接便是悬空的大厅，高度足以致命。这样，也容易让人误认为，这个考古之人，是自己不慎坠楼而亡的。

彭寂早发现了持刀人的险恶用心。他不甘心就这样死去。于是，这个与古建筑精魂心心相印的人，瞬间明白，能搭救他性命的还得是老建筑。他对这个楼顶夹层及其下方大厅已有精准把握。要想活命，只有一个角度、一种跳法。即，从九根横梁中的第五根上，助跑三五步到尽头，猛然起跳跃出，奋力扑向斜下方的悬挂吊灯，果断抱紧吊杆，急速下滑到灯罩上。这时，灯罩距离地面大概还有八九米高，顺灯罩滑落到地面，摔死的可能性不大，而落点又正好是从横梁上直接跳下时的地面。如果外人没有看到他如此下跳的过程，待听到"咕咚"一声响，回头再看时，他已经趴在了地上，很像刚从横梁上直接摔下来一样。从十八米高度垂直坠落，若再是头部着地，傻瓜也看得出：必死无疑！

这里有两个要素非常关键。一是这个吊灯要足够结实，受到外力冲击不能断落，也不能"吱吱扭扭"来回晃动；二是不可让对面的持刀人发现他借助吊灯下跳的过程。

多年后，这座德式老建筑被列为游人参观景点，解说员总要对这个吊灯做一番介绍：它足有一吨半重，吊杆有碗口粗，长达近十米，被牢牢固定在顶梁上；灯罩直径三米有余，像一口倒吊的大锅，里面镶嵌着一百零八个灯头，人称德式太阳灯。

这次，彭寂在冲跳搂抱时，确实感到了这个吊灯的强大。它纹丝未动！而彭寂转移三个持刀人视线的方式是：冲那三个人横甩出那截木棍，同时大喊一声："老张救我！"木棍击中了三人身后的玻璃天窗，"哗啦"一声爆响，那三人下意识回头看去，风化了的玻璃已被积尘覆盖，爆碎后晨光乍泻而进。三人举手遮挡光线，细细盯看，并没发现有什么"老张"，却听到了大厅里下坠物砸地砖的"咕咚"声。

三人急匆匆退出楼顶，沿楼梯逐层绕转下去，看见彭寂已卧地毙命。细翻他内外衣兜，找到一张写满密字的白纸。这座破落老建筑已闲置多年，平时很少有人进来。三人把门窗原样锁好，扬长而去。

彭寂不知昏迷了多久，在一天深夜醒来。渐渐地，明白了一切：自己没有死；自己真的与老建筑共谋救了自己一命！眼下，他全身剧烈疼痛，逐一摸去，才知道头脸被吊杆和灯罩刮伤，左腿似是骨折，一根肋骨断裂；伤口已感染，还化了脓；疼痛之中，嘴里苦得难受，身子像掉进了冰窖。无疑是发起了高烧。他用衣布把伤肋和左腿勒紧，试着爬了两步，还能动。忍着剧痛爬向厨房。水龙头锈住了。又爬回天窗玻璃落地处，找到那截木棍，砸开水龙头，喝了一肚子冷水。头脑清醒了些，急喊了几嗓子，喉咙疼哑不清，又即刻闭了嘴。以前，这里曾先后是德军和日军司令部，周围不允许有居民区存在，现在依然是空寂无人，喊也白喊；却也不敢再喊——若是唤回持刀人，可真就没救了。

他又昏睡过去。再醒来时，已有强烈阳光射进。浑身没有一丝力气，觉得连窗台都爬不到。但他还想尽快出去向公安局报案。一阵又一阵疼痛袭来，他明显有了濒临死亡的感觉。他断定，自己阳寿所剩无几了！顿时，他改变了去公安局报案的想法，产生了回归故里的念头。很强烈，很紧迫——死也要死到彭家庄园去！

生命似是重新点燃。他用玻璃块和那截木头撬开窗户，爬出去，躲到了一丛冬青树里。他不想被人发现。生命已进入倒计时，可不能落在公安局手里。那样的话，必会陷在查案中，死在查案中。眼前，查案已经不重要了；永存心中的最密蛰密，密码领域的对手余元谋，技术合作中的知己王小娇，感情上的爱人王小妖，对，王小妖，等等，也都不重要了。而躺在彭家庄园深处死去，心归生身母亲，魂归老屋精魂，才是终身大事！这不仅仅是落叶归根的问题，还有一份魂守家园的责任。当然，严格地说，最密也是终身大事。因为，最密即彭家庄园；回归故里即走进最密。我即使没能同最密同日生，但求在最密怀抱里死去。走，赶快走！时间就是生命。他摇摇晃晃站起来，拄着一

245

根树棍，挪动了脚步。

　　家里没有人，也毫无烟火味。他猜测，王小娇同样凶多吉少了。顾不了那么多了。他把家里能吃的东西，装在一个帆布袋里，把钱也全揣在身上。他趴在桌上写了一封信，详说了自己被害过程和相关情况，并着重指明：杀人凶手有国外间谍背景，九珠岛张记海产品店是个联络点；他夫妇搜集并破解的那部分史料，藏在了三湾路德式别墅下水道贮存备件的油布包里。

　　临出门，用化装术改变了模样，活脱一个叫花子。这个装扮他是动了脑子的：因随时都会昏倒，一个叫花子随便躺哪个角落，都不会引起人们怀疑。呵呵，这一生，这叫花子身份，多次帮了他和王小娇的忙。

　　确定去的第一站，是公安局。他把那封信贴在了公安局门前宣传栏一张通告上。这样，有人过来看通告时，会容易发现这封信，并报告给公安局。确定去的第二站，是沿途霍县人民医院。这伤如若不治，走不到南京就会死掉。交了钱，处理了伤口，被强行留住在病房，准备输三天液消消炎，第四天再做手术。第三天傍晚，看到有两个公安进了医生办。他赶紧收拾好帆布袋，逃了出去。在一个小站，登上了南下的列车。

　　医生的应急治疗，缓冲了生命。他也有了些精神，疼痛却未能减弱。坐在车上，依然昏睡不断，又不时被疼痛弄醒。

　　北方的冬日，田野是荒芜的，几乎没有人的迹象。无垠的灰白，满眼的凄凉，使他心情愈加糟糕。车外的虚无烦人，车内的嘈杂也烦人。一个乘警走过来，他赶紧伏在小桌上装睡。上车前，已把叫花子装束卸掉，打扮成了工人模样。这容易与周围乘客自然融合。他断定，公安局肯定发现了那封信，现正在到处找他，但不会猜到他去了南方。他们会搜遍九珠岛，也许还要到他原单位去找。找也白找。多年了，原单位以帮借支援兄弟单位之名，把这个历史包袱抛得利利索索，几乎与他脱离了一切关系。九珠岛借调单位，成了他安居之所。回想起来，这些年，自己从来没有因借调性质而有过临时思想，一直是抱着只争朝夕态度工作的。刚开始两年是协助公安部门寻找和破解相关密符秘卷资料；告一段落之后，已经破解和尚未破解的海洋地质天文气象等历史资料，都移交给了当地国家海洋研究所，他二人也随之被转调过来，继续研究破解相关史料。再后来，研究所扩编增建了海洋资料研究管理中心，夫妇二人便被分配到该中心工作，负责破解、识别、抢救来自各地区的海洋学历史资料，并对其原始史料和元数据加以整理、归档，还分管相关史料的开发、利用和交流工作。这些年，他和王小娇就是在这里任劳任怨的。人家早已把这对大好人、大能人当成了自己人，理直气壮地鞭打快牛，长期委以重任。而他夫妇也自觉自愿以所为家，干得还算称职称心。其实心思还依然扎在九珠湾那些历史古卷秘册上，时有出去爬古屋，钻岩洞，寻寻觅觅，从未间断过搜索。

车窗外渐渐有了绿色，树上开始有鸟儿跳跃。江南快要到了。疼痛似乎减轻了些，睡梦也能做得长了点。他梦到了母亲飞身扑向女特务的那一幕。那声手榴弹的炸响，使他猛然惊醒。漆痕斑驳的"南京站"三个字出现在眼前。

这天傍晚，彭寂混进了彭家庄园，先在一个角落里躲了起来。待夜深人静后，才去敲可聊书屋的大门。

进门后，他送上一副要死的神情，一字一句地说："你听清楚，那一年，我扔那两颗手榴弹，不仅仅是为情所困，也是为确保最密之机事不泄！因为，当时，你和他大有遇上共军而被俘的可能。那时，对我来说，最密与彭家庄园的关系，乃天下第一秘事，务必严防死守。好了，我说完了。你弄死我吧！反正到家了，我死而无憾了。"

疤脸女人疯了似的扑上来，掐住了他脖子，吼道："你给我闭嘴！我不想听到这些，我也不懂这些。让什么狗屁最密见鬼去吧。在这里，只有我懂的书、我爱的人、我念的情，其他什么也别想闯进我心里来！"由于心里杂躁，情绪激动，她倒像是被人扼住了脖子，连连咳嗽起来："当一个敢于和小叔子偷情的小寡妇，长年对这个看不见摸不着的男人深切思念的时候，她埋在心底的那个信念，从未随时间的流失而淡化。她那个情儿一直强烈如初。即使当年在队伍上被那个强盗凌虐的日子里，她的心也始终是在小叔子身上的。"他不想让她再说下去，用颤抖的手去堵她的嘴，却无力地瘫软在了她脚下。

之后多日，可聊书屋寂静无声。疤脸女人知道该如何治疗男人的伤痛。就眼前这个条件，没有其他好办法，得先用嘴吸出他伤肋处的血脓。她一次次伏在他身上，嘴对准溃烂的伤口，用尽气力吮吸着，恨不能连同他体内所有的疼痛以及肮脏的细菌，都一并转移到自己口中，然后再将自己身体里的健康之气输送给他。做完这些，她又急急跑出去，到医院买了药。口服的，外敷的，针扎的，瓶吊的，买了个齐全。为防被人盯上，她一次次地换着医院去买药。数日后，钱花光了，药却不能断，她便大着胆子到住院部病房去偷。她在队伍上当过护士，了解病房药品管理是怎么回事。偷的药不是很够用，但总比没有强。

他躺在一间隐秘的黑屋里，细细感觉着自己身体深处某些变化。他渴望一切都会好起来。但口中依然苦涩，伤口及周遭多个部位的疼痛，在消停几日后又卷土重来。高烧经常使他处于昏睡状态。光顾最多的是一个接一个的梦，而梦中围着他打转转的大都是些密码。数字像水中的小鱼儿，白天黑夜啄吻他的肌肤。先是被啄得钻心酥痒，后是全身刺疼。极痛难忍时，他想了个办法分散注意力：专心驯养和培育那些满屋飘飞的数字。他绞尽脑汁与它们接近，怂恿它们昼夜滋生繁衍，蓬勃生长。当数字无穷无尽、数不胜数时，他完全掌握了操控这些数字的魔法。于是，他依照自己的心思摆布着每一个数字，终于编织搭建起了一座无比繁诡的数字大厦。他脸上有了悦色，疼痛感渐渐消失。没想到，在一天深夜，突然凌空捶进一只拳头，准确击中了要害支点，那座数字大厦轰然倒塌。这一夜，他伤病骤然加重。

她不得不又去医院偷药，终是被人家抓了现行。她人进了公安局。先谎说，是疤脸旧伤复发需要用药；见瞒不过，就说了"实话"：自己有严重的妇科病。一个寡妇，得了这种病，羞于找医生，只有来偷！人家问她哪来的医护知识，还能自己给自己治病。她没多想，就把在队伍上当过护士的经历说了。这一下，偷药便成了小罪过，狗特务的大帽子扣到了她头上。那年月，曾经当过国民党兵的人，很容易被当成特务嫌疑。这可不是件小事儿。

疤脸女人一去不回，彭寂感到大事不妙，就转移到了屋顶那座怪异烟筒后边。果然，有公安进了可聊书屋，发现有第二人生活迹象，回去紧急提审了疤脸女人。疤脸女人自然是死不交代，只说一个理儿：守寡多年，和多个男人不清不白。现虽年纪大了些，那些老相好老交情却没有了断，常来屋里坐坐。她满面泪水地说："你们没当过寡妇，理解不了寡妇黑夜里的寂寞和苦处。"

公安人员岂能听她胡说，很快调查到了一个情况：前几天有人发现，一个叫彭寂的人混进了彭家庄园。彭寂何许人也？一查，是早年当国民党兵去了。一个国民党兵，多年音信全无，现又突然出现，这还了得！这个时候的疤脸女人，已经多日不再开口讲话。任凭公安如何软诱硬撬，她咬紧牙关，只用眼泪作答。是的。这些日子，她常常以泪洗面。那不是心痛所致，恰恰是因为幸福的来临。她狠狠掐了自己，才知道这不是一场梦——那个垂死的男人，看似一脸刚毅，眼神里却飘飞着浓浓的不舍。他紧紧地抓着她的手，一言不发。即便是高烧不退时，连一个字的胡话也不说。他就这么一夜一夜地默默看着她，静静握着她，一刻也不肯撒手。她觉得，他虽一个字没说，她却听懂了他的千言万语。

一旦断了药，彭寂病情迅速恶化。一天深夜，他偷偷爬进了庄园深处最隐秘的一个楼顶阁楼。这里，已经躺有一具尸骨。在手电照射下，干尸面目似是露出微笑，皮肉也渐丰满，有了生前的模样。他清楚，这是母亲彭冣在向他打招呼。那把斧头，还在母亲右手里握着呢。拂去灰尘，依然寒光四射。

母亲早年在战争中被炸死。后来，是彭寂把母亲遗骸背回了南京。在一天深夜，他悄悄把母亲安藏在了这个楼阁之上。他知道，这是母亲的最终心愿。他也知道，按照彭家族规，像母亲这种未婚生子、终身未嫁之人，死后是入不得彭家祖坟的，更不允许把其尸骨葬藏在庄园楼阁之内。所以，这事，彭寂做得极其秘密。

多年过去了，彭寂没有想到，今天会以这种状况与母亲相逢。

母亲大人在此，受不孝之子一拜！

彭寂长跪不起。

数日后，他自感气数已尽，便整理好衣装，直直地躺在了母亲右边。他伸出左手，与母亲一同握住了那把锋利无比的斧头。

是的。没有谁比我更了解母亲，也没有谁比母亲更了解我。我们母子，就是要时刻握紧武器，时刻以战斗姿态护卫家园！自此，我彭家庄园上空，会有一对神圣魂灵，一对忠诚的母子卫士，像猎鹰一样昼夜盘旋，警戒着家园四方。

就这样，彭寂守护着家园祖宅，离开了人世。是的。这个奇人的一生，令人念怀。他在歧视中诞生，在痛苦中长大，在迷茫中求索。最终，在清醒中死去。

呵呵，我死了，但我并不孤单，我永远与母亲同在；在这庄园里，还有我那个痴女书友相守；王小娇的灵魂也将会过来陪我。当然，总有一天，那个纠缠不休的死对头余元谋，还会来找我搞搞技术决斗的。老余头哟，我知道，你是不会让我寂寞的！我也知道，你是最懂我的。战斗着，我便是快乐的！战斗着，我便是永生的！不过，那把斧头可不是等你老家伙的！因为，你是我在这个世界上，最最亲密的敌人和朋友！这把斧头是专等侵略者的。

行了，上天吧。值警去喽！

母亲，您别飞得那么快嘛，等等我呀。

那一天，疤脸女人蹲在公安局班房一角，擦了一把眼泪，突然想到了一个问题：彭寂伤病不能久拖，需要持续治疗。可不能让他在家独自等死呀。于是，她主动坦白了一切，要求组织给彭寂治伤。并告知公安，彭寂一定是藏在了怪异烟筒后边。

公安局派人找遍了整个彭家庄园，却也没见到彭寂人影。最后，下了个结论：那个国民党老兵已经潜逃出彭家镇。

后来，疤脸女人被释放回家。一进家门，发现屋顶上那座怪异烟筒已经倒塌。她似乎想到了什么，惊叫一声攀爬而上，火急火燎地搬扒那堆砖头瓦块，直扒得双手血糊淋剌。她翻了个遍，并没发现彭寂尸体，这才瘫躺在那里，长舒了口气，眼泪又唰唰流了下来。

她坚信，彭寂还在彭家庄园；即便是死了，他也肯定死在了庄园某个角落里。

自打这一天起，她拖着病身，天天爬梁走栋去寻找彭寂。一年后，在生命最后时刻，终于在一个隐秘的阁楼顶层中找到了彭寂。她并排躺在彭寂身旁，左手按着一本古书，叠放在他右手掌之下，永远地闭上了眼睛。

若干年之后，如若有人走进那顶阁楼里，将会看到一个奇异景象：一具男性干尸两旁，各躺着一个女人；男人左手与左面女人的右手同握着一把斧头，男人右手与右面女人的左手同按着一本古书。

回头再看看九珠湾警方眼里的那个死亡事件。警方很快发现了王小娇尸体，却怎么也找不到彭寂的踪迹。那一天，彭寂刚把那封信贴到公安局门外宣传栏通告上，就来了个年轻警察，连看也没看就铲除了旧通告，贴上了新通告。那封信，连同那团旧通告纸，被扔进了垃圾箱。

警方有关部门已经意识到，这不是一起普通凶杀案，很可能有间谍背景；但也有不少同志，把王小娇的死因想了多遍，推测出多种可能，甚至怀疑是情杀——彭寂杀死老婆潜逃了——就是没往谍杀上去想！

不能不说这是一件非常遗憾的事情。

不！这不仅仅是遗憾，还有——灾难！

仿佛一场梦；并非一场梦！

发自肺腑的一声感叹，却是那样地微不足道。在这个世界上，没人会知道我的无限惆怅和忧虑。

第十六章

黑洞炸弹

7815 3159 3498 1734

在写作过程中，我一直以大无畏的精神前行。在这块陌生的神圣之地上，我倾注了过多的勇敢、胆识和死拼。说实话，我这副作死的劲头背后，是暗藏了作死的野心的。这些年，常听到有文学批评家抱怨，半个世纪以来，中国很少能产生非常优秀的战争小说。听了这话，我颇为不服。眼前，我这部具有元小说特质的《生死叠加》，正在成为这样的作品。难道不是吗?!

然而，我这种不要脸的野心和创作态度，却留下了不可挽回的遗憾——毫不避讳地说，故事如此肆无忌惮地发展，致使小说进入了一种含混状态。乱了，一切都乱了！故事本身已不是任何一种单一解读，而是多种解读的总和，甚至是超越了所有解读的总和。其实，不用再多说一句话，读者便能看清，《冣之书》《薛定谔的猫》《生死叠加》等三者之间，具有明显的互文意向和循环指涉，讲述的皆为同一套故事，其主题和结构，是相互依存，暗合呼应，内含统一的。

没错，我正是这样谋划的——运用多维度下几种不同可能性的同时发生，制造若干个多义的迷宫，从而生发出一种含混色彩的魅力；是的，我这部小说，明显把含混当成了一种文学技巧，并自得其乐地一再强化这种效果。在这里，时空秩序犹如变化莫测的万花筒，冥冥之中把多个奇异、神秘、荒诞的事物联系在一起，使人们不知不觉地步入了常态与非常态交互作用下的生活里。

这不，多年以后，一件意想不到的事情，又突如其来地呈现在了读者面前。

　　那一天，姒小天收到了一封来信，却没有寄信人姓名和地址，信中全是密码数字。

　　姒小天把这封信寄给了曾经破译过石碑密码的专家王耘教授。王教授很快回了信。她已然破译了这封密信。

　　这信是用朂密和鲎密分别加密的。也即，同一段密码数字，分别用朂密和鲎密去破解，会得出不同的七十七字内容。

　　用朂密破解出的明文是："那年，彭寂被追杀，坠亡古楼，被一疤脸妇人寻见，腐化后收尸骨于行囊，远背藏至彭家庄园楼阁顶层；传告其后人，每年农历三月三，务要前去祭拜；切勿移尸出阁另建坟墓，亦忌与其妻王氏合葬。"

　　用鲎密破解出的明文是："九珠湾海域冲沙久积过甚，海床逐年抬高显现，局部已有怪涌恶浪形成，恐危及行船安全。破解方案为，对原三处峰口山石，再行爆破沉降十三米即可。之后，每二十年如此爆破沉降一次为最宜。"

　　姒小天没有犹豫，就又让人刻了一块密码石碑，与原来那两块并排竖在了古灯塔旁。同时，在新刻的这块石碑上，标注出了那封用鲎密破解的明文，以告示后人届时记着沉降山石，确保海湾航行代代平安。

　　又过得几年，姒小天之子姒有天，也收到一封匿名来信。信中言之凿凿地说，前些年，那封分别用朂密和鲎密加密的七十七字信件，实为王小娇所写。

　　姒有天自是不信。九珠岛人皆共知，王小娇早已死在了狗特务刀下；尤其，那句"亦忌与其妻王氏合葬"，决不会出自王小娇之口。她怎么会不想与丈夫彭寂合葬呢?！（除非她觉得，彼此一生，实无真爱。）

那么，这个匿名寄信人，凭什么会说那七十七字信是王小娇所写呢？对了，他不会是依据脸上疤痕来做判断的吧？没错，七十七字信中记载，收殓彭寂尸骨的妇人是个疤脸，而彭寂曾经的两个亲密女人，脸上都有伤疤，且都是在左脸之上。难道匿名寄信人是二选其一，瞎猜的？如若真是瞎猜，他则必猜王小娇，因为另一个疤脸女人，根本不懂密码，更不懂用取密和堂密同写一封密信，尤其不懂破解九珠湾怪海奥秘的具体招法——降沉十三米。

瞎猜并不一定是事实。那么，写这封匿名信的人会是谁呢？最可能是不想让王小娇与彭寂合葬的那个人；或者是一个从灵魂里早已把王小娇（或彭寂）占为己有的人。从本质上说，这个人（他或她）绝对不想让王彭合二为一。

其实，读者最急于闹清的，并非是谁写了那封匿名信，而是谁从九珠岛上背走了彭寂尸骨，且还安置在了彭家庄园楼阁顶层？莫非是某个人为了却某种心愿，抑或为完成某个庄重承诺才这么干的？

这样一来，事情愈加扑朔迷离。那么，到底是彭寂自己带伤疾返乡，死在了彭家庄园楼阁之中，还是真的另有他人从九珠岛把他遗骸背移过去的？

后来，官方有人透露消息说，上面那些关于彭寂带伤疾南下、关于数封匿名来信、关于彭寂死亡事件及其遗骸去向等所有传说，都是谎言迷障，都是子虚乌有，都是某些人声东击西的鬼伎俩。

然而，蚣小天父子对官方这一说法极不认可，依然对那些传说深信不疑，拼了性命也不允许任何人推倒那块石碑。

有人说，听故事最有趣的不是听事件真假难辨的过程，而是猜测故事的最终结局。然而，我已无法和读者再有良性互动，甚至不知该如何终结这部小说。我百爪挠心，坐立不安，那种写起故事来心花怒放的感觉一去不复返了。我发觉，小说中的人物，不知从什么时候起，已经居心叵测地代替了我，完全掌控了我的头脑。我再也把握不了谁，甚至连一只猫都管不住了。故事中的人物，信马由缰地在时光里穿梭，朝三暮四，颠倒黑白，想死就死，想活即活，动不动就进入半死半活、生死叠加状态，简直无法无天到了极点。

仔细想来，那个疤脸女人早在彭寂被杀之前，就出现在了九珠岛上。恰恰，她也是以乞丐的面目，在岛上各个角落里找来找去。按常理，我应该当即把这一重大发现写入故事，可我并没有。现在才知道，那时候，我的脑袋已经不是我的脑袋。一个声音告诉我，那本是一个要饭的，充其量是个扮成乞丐的寻宝人，有什么好写的嘛。在九珠岛上，寻宝的人多去了，你哪能都一一写入小说。这个疤脸乞丐就这样被我放过去了。要是放在以前，我一连几天都会盯紧不放，直到最终弄清是不是她背走了彭寂尸骨。而现在，我被强盗们改造了脑筋，一切都晚了。我能回忆起疤脸女人寻寻觅觅的很多细节，也都没必要再提了。再说，这一切，也都被官方否定了。官方定性为"子虚乌有"的事，是不容易被谁推翻的。他们肯定有不为人知的铁证！所以，人们便不会再对我那些所谓的诸多细节感兴趣。

真没想到，与我同喜同悲、相依为命的故事中人物，最后会给我羞辱的一击，迫使我留下了一部永远无法结尾的小说。我苟延残喘地站在这些人物面前，任凭怎样回避，就是摆脱不了他们的控制。我想，大概这一生都不得不做一个傀儡了。哎唷唷，这算怎么一回子事呀。这些人，头脑中毫无岁月更替次序，根本不分过去、现在和未来。他们摆脱了时间的羁绊，拖着我从第一次世界大战的门进去，却从第二次世界大战的门出来；再接着从这个门转身回去，却发现自己正在远古观摩鲨狼大战；赶紧脱身逃出来，定眼一看，居然又站在了当代时光里，正蹲在古老灯塔旁那几块石碑前，抱住不听话的脑袋，像个白痴一样号啕大哭。

这种泣天哭地的尿包样，持续了好些日子，我一直无力爬出这种可怜兮兮的心境。终于有一天，一件特大奇事，总算把我从难以自拔的情绪中拖了出来，却又使我一下子跳到了另一种非正常状态。我绞尽脑汁在文学词汇里搜寻，最终也未能找到一个合适的词语，来形容当前我跳跃式的心态之变。

晚饭后，我那不满六岁的小孙子找我讲故事，他却先煞有介事地谈起了恐龙大战的"科技感"来。谈得毫无天真之态，全是基于他心中高精尖技术的稚狂幻想。我吃惊不小，赶快上网去查"科技感"一词，一查更是惊晕了头。

就在这天晚上，一个长梦醒来，我恍然大悟：小孙子都能张口闭口谈"科技感"了，我为何就不能到量子世界里，去寻找在宏观世界里所找不到的东西？

就这么简单，问题迎刃而解了，我很容易地觅到了一个合适的词儿——量子跃迁。

什么叫量子跃迁？您自己查去！我要说的是，尽管量子跃迁在宏观世界里并不成立，但在我内心世界里，在我的创作思维时空中，却是千真万确地存在着！

其实，我也不能真正理解量子跃迁现象的技术内涵。好在，似是而非，懵懵懂懂，正是当前我之实际心态。好吧，那就顺着这个难得一现的创作思维，赶快说清楚那件特大奇事吧。

　　一天清晨，一艘巨轮途经九珠湾附近海域的无名小岛，突然发现有两只海怪跃出水面。准确地说，海怪是弓身屈伸，弹射出水的。它们擦着海浪，拖着水帘，连续前后跃动，空中还能调转身子，速度极为快捷。海怪长相并不奇怪，神似龙虾，又像海蝎子，却巨大无比，足足有三米多长，直搅得海水黑浪滔天，雾帘翻飞。风平浪静之后，海怪那如炬四眼，死死地盯着巨轮，高高举起了巨钳，一副要扑上甲板的样子。巨轮赶紧调转方向，逃离现场。回头再看，那两只海怪爬上了无名小岛。

　　一个经常在九珠湾航行的老水手给出了定论："海怪本是那传说中的巨型虾蝎龙。这种灭绝于远古时期的海洋生物死而复生了！并且，复活之虾蝎龙，恰恰就是无名岛水下礁洞里的那两只巨鲎。"当即，另有水手反驳："有人曾亲眼所见，那礁洞里的巨鲎，是祖先为吓唬入洞盗窃者，保护九珠蓝珊瑚礁盘而制造的智翅鲎标本。当年，国家有关部门，在起获那盘九珠蓝珊瑚礁时，本想把这两只鲎标本一并搬出礁洞，放进国家海洋博物馆的。可鲎标本身体过于庞大，出不了礁洞，更泡不得水，又不能拆散毁掉，最终还是保持原样留在了水下礁洞里，想待日后技术条件成熟了再搬移出水。所以，那两只标本巨鲎本无生命，便不存在复活现世之说。"

之后，有不少来往船只，经常看见有巨鲎出没在无名小岛附近；很快，又有人在九珠湾隘口也发现了巨鲎迹象。也是两只，在水中和两侧山坡上时有现身。有人断定，这本是无名岛上的那两只，游到九珠湾隘口来尽守土之责的。有人反对这一说法，认为隘口与无名岛有百余海里的距离，巨鲎不可能极速而频繁地串游其间。两拨人争执不下，便分别驾船去了两地，在中午十二时这个时间点上，同时用录像机拍下了巨鲎在无名小岛和隘口附近各自活动的画面。这才确认，真的是有四只巨鲎现世了。

此事轰动了大半个中国。有海洋生物专家展开了专门调查和研究，都亲眼见到了活生生的巨鲎，并采录了视频资料。有分析指出，巨鲎与翼狼乃为天然对手，不共戴天的冤家死敌。是巨鲎在深海中嗅到了翼狼的气味，发现了翼狼来犯的迹象，才现世九珠湾海域迎敌的。然而，人皆共知，翼狼也于远古时期就种族灭绝了，当今也没人发现过翼狼的影子，来自翼狼的威胁并不存在。因此，远古巨鲎为何会复活人间，出兵九珠湾，便成了当今海洋界最大的谜团。

很快，又奇中生奇。有珍稀动物走私者和海盗，打起了远古活鲎的主意，先后多次秘密猎捕，都未能得逞，反而被巨鲎抓漏了船底，掀翻了盗船。姒家后裔组织起一干蛙人，联合警方与走私海盗展开殊死搏斗，全力保护巨鲨安全。有专家呼吁，世事变迁，波谲云诡，时有不测之恶。只要巨鲨在九珠湾海域不断出没，虎视眈眈之翼狼便不敢前来侵犯。所以，保护巨鲨，便是保护家园。

姒有天终是没按捺住那颗好奇之心，偷偷潜入无名小岛水下礁洞，探明那两只巨鲨标本确实已经无影无踪了。地上倒是留有些许散落的萤石粉还在发着微光。这很容易给人以丰富想象——鲨标本复活时先频急眨巴眼睛，消磨掉眼珠上的遮粘物，以此恢复了视力，然后才活动筋骨，迈动了脚步。

在礁洞中，姒有天没敢滞留更多时间，去弄清巨鲨是怎样收拢起巨大身架而爬出洞口的。他刚刚浮出海面上船逃离，便看到不远处，有两只巨鲨翻江倒海般扑向了洞口。

那段时间，《半岛朝报》《半岛商报》争相载文报道了这件奇闻。我分析认为，其大多数文章是严肃而真实的。但在现世巨鲨的数量上，所有报道都不准确——并非四只巨鲨，而是两只！没错，只有从无名小岛水下礁洞鲨窝里爬出来的那两只！

是的。久违了的薛定谔的猫，又出现在了我的生命时空里。这只量子猫使我看到，那两只巨鲨常常在同一时间，双双出现在九珠湾隘口、无名小岛，以及相关海域。这就很容易让人误解，是四只或无数只巨鲨同时挥舞巨钳，在山坡岛顶巡视，在水上水下游弋。自此后，我便能天天嗅到翼狼的气味。那是一种漂洋过海、长途跋涉、海腥盐渍久浸皮毛，而突遭阳光暴晒时所产生的气味。显然，这种气味，只有在翼狼展翅飞翔时，才能散发出来，且越来越近，越来越浓。

观察发现，那两只巨鲨的嗅觉系统之灵敏，已经进化得大大超出了人类，顶着海风，逆着巨浪，也能嗅到千百里之外的翼狼气味，随即会发出一种刺耳巨鸣，穿过千山万水，有效震慑吓退来犯之翼狼。

后来，有个多次获过国际国内大奖的导演，把远古时期的鲨狼传说、山上海下阴阳工事太极迷宫的诞生与毁灭、当今现世的巨鲨活动实况，以及其间衍生出的一系列传奇故事，进行了有机杂糅和艺术创造，以拟人化之寓言手法，拍摄制作出了一部叫《鲨狼大战》的电影。令人惊奇的是，作为小说作者的我，竟然被当作背景人物，出现在了影片之中——我先后三次在鲨狼厮杀战场上穿行而过。第一次，我披挂一身血衣侥幸逃了出米。逃出时，腋下还夹着一本古书，叫《和策殇记》；第二次，我少了一只胳膊、一条腿，身子被一只翼狼叼着摔出了画面。我单腿站立起来，手里依然挥舞着那本《和策殇记》，沙哑着嗓子，在拼命呼喊着什么；第三次，我残剩一只手，痛挖自己七窍，把挖出的那些血肉零碎儿，一件件扔向了厮杀正酣的鲨狼。我的脑袋成了一颗鸭蛋。我把这颗无目无耳无鼻无舌的鸭蛋，也扭下来扔了过去，仍未能诱使鲨狼停止战斗。战场还在蔓延，我又被裹进了战争的铁蹄之下，反复遭到践踏，躯体成了一堆碎肉烂泥，只剩下一颗血淋淋的心，从山坡战场上滚蹦而下。随这颗心冲出画面、落到观众脚下的，还有满天纷飞的碎纸片儿。那是被翼狼獠牙撕碎的古书《和策殇记》。

然而，出现在影片中的这一切，我并不自知。是看了电影之后，才看清那张血肉模糊的脸原来是我自己，却怎么也想不起来是何时被人摄进镜头的。不过，我理解这个讨厌而伟大的导演，他试图用一种大胆而独特的艺术形式，将一场残暴、原始而笨拙的鲨狼之战，纳入当代人思维秩序，赋予其现代价值，使它有理有义有情怀，并最终把大战引向和解和消亡。他所做这一切，只有一个目的，就是给人们一些有益思考和忧患警示。这方面，与我之某些思想不谋而合了。他成了我的眼睛，我的耳朵，我的嘴巴，我的大脑；他让我飞出了银幕，从而得以亮在了全球人面前，让大家都真切地看清了我那颗血淋淋的忧患之心。

我那早熟的小孙子，非闹着让妈妈领他去看《鲨狼大战》。回来后，孙子逢人便说，那个长得像我爷爷的老人好可怜。你说有他什么事呀，急得他在双方阵营中跑来跑去，直到被人家撕咬得血肉模糊，满地找心。你说，我那爷爷是不是傻呀，动物怎能听得懂人话呢？他还一个劲地去两边劝架说和，到头来落了个自家性命不保。爷爷呀，你死得好惨哟。呜呜呜。

听罢孙子言，我睁大了眼睛，久久无语。孙子抹一把眼泪，又说："我看呀，这部电影存在一个大问题，就是打法太原始，科技感太差，杀伤力也不够，总之，鲨狼大战太缺乏想象力。要是让我来排兵布阵，我会动用黑洞炸弹，眨眼间就能灭绝翼狼整个家族，让这些坏东西在地球上永远消失。"我眼珠子差点飞出眼眶子，待查清"黑洞炸弹"一词的解释，即刻召集了一次家庭会议，认真研究了小孙子看影视节目的问题。家人一致决定：由我为小孙子写一部正规正统的国防教育科普书。就先从少年儿童感兴趣的间谍课写起。其实，影片《鲨狼大战》并无实质性问题，只是那个名导出现了一个失误。他在片中三次展现了那本古书《和策殇记》的书名封面，却只字未对古书内容进行诠释。这就让某些不善于思考的观众，尤其是少年儿童，都把注意力集中在了鲨狼之间那血腥残杀上，像是过多地渲染了杀戮、血腥和暴力，为孩子们进入成人世界做了些不良铺垫（居然能启发一个幼童，联想动用黑洞炸弹，而采取灭绝行动）。

那么，《和策殇记》到底记述了怎样的一个故事呢？概略地说：

战国时期，有一个奇人叫恺切，出身于齐国贵族，尊崇前辈墨子，从学恩师荀子，是以奇智诡思名传于七国的思想家、政治家。他立足天下长远构建，责斥战争祸害，唾弃武略攻伐，主张恭相爱、交相利、和为贵，反对强凌弱、贵傲贱、智诈愚。他汲取历代各国大家名士思想之精华，尤其重视借鉴道、儒、墨各家思想中有利于兴国安邦、以和成美的学说，在对七国政治、军事、经济、地缘、民心等诸要素，进行详尽咨访研析的基础上，苦心谋撰十载，分别给七国君王定制了一册专属本国之非攻兼爱、尚同共进、安享天下的和策秘籍，即《秦·和策》《齐·和策》

《赵·和策》《魏·和策》《韩·和策》《楚·和策》《燕·和策》。这七册秘籍送达各国的方式极为独特——恺切痛挖自己七窍，分别夹于各国册书之中一并送达，试图以此诚感七国君王接受他的和策方略。然而，结果让这个无目无耳无鼻无舌之人大失所望。这七本秘籍，有的被君王看后弃之一边，毫无采纳之意；有的根本就没有送达到君王手里，在武僚谋臣这一环节上被扣留。秦国一策士接手秘籍，阅后大骂一通，便弃之于废纸篓中。两只野猫狂咬争叼册中一颗目珠，引来一学士发现该册，方偷藏于私房暗处。这位学士倾慕恺切之才之诚及其主张，之后数年游走于其他六国，私下打探恺切其余六书下落，还真在不同角落找齐了秘籍，合七册于一书，并把恺切痛挖七窍诚求天下太平以及七书惨遭唾弃的奇险故事，都一一编记其内，题名为《七窍·非攻·和策》，抄写百册，秘传七国。这个时候，恺切咽下了失七窍之痛，却受不了和策无用之打击，更见不得天下依然兵燹汹惶，武伐横行，战乱规模急剧上升，殃民祸众日趋严重。他悲郁骤发，绝食而亡。到了公元前213年和公元前212年，那个把恺切眼珠子喂了野猫、灭六国而一统天下的秦国，实施了焚书坑儒，抄书《七窍·非攻·和策》也大都被付之一炬，只残留下数册私传于民间。时至清初年间，有一学子偶得一册，便依其核心思想和故事线索进行扩著撰制，把恺切塑造成了非攻之神、和谐美士、太平使者，另取书名为《和策殇记》。后来，该印书经不起岁月蚀损，大都失传，到清末民初，仅剩两册于世。

明眼人很容易看出，如果《和策殇记》的内容展现得好，会对影片《鲨狼大战》主题思想带来很好的深化作用。只可惜，那个导演没用好这本古书。此刻，我忽地一闪念：难道，那个导演是想用我痛挖七窍的行为，来隐喻《和策殇记》中恺切其人其事？于是，我决定对我的小说进行一次修改，准备把那个梗概"蝉，螳螂，黄雀，弹弓手"，扩写成一个有明朗结局的章节。不瞒你说，我又从更多途径，搜集到了更加确凿的素材，不出三个月，"蝉，螳螂，黄雀，弹弓手"一章，就会随着我的小说再版而公之于世。

我想，那个作恶之人，听到这个消息，必定会躲在甲板缝里瑟瑟发抖。请注意，我这里说的是"甲板缝里"，而不是其他什么阴暗角落里！

我为什么要这样说？有人会懂得！

呵呵，我究竟要干什么?！是的。我不怕死！我真的不怕死！即便真被挖了七窍、拧掉脑袋，我也无所畏惧。我就是要以把"蝉，螳螂，黄雀，弹弓手"公之于世的方式，与还深度潜伏着的狗特务、狼间谍同归于尽！尽管我现在还不知道他是谁，但丝毫不影响我要同他斗争到底的决心。没错。在无敌国时代，在百年忧患面前，国家需要我这样的人，需要我这种具有斗争精神的勇士！我深爱着我的祖国，为国家而战死，我无上光荣！

作恶之人，你等着吧！你周围到处都是把忧患意识当作为死亡备下的华装，时刻披在身上的人！来吧，狗特务，狼间谍，我身上每一根汗毛，随时都会变成斩敌利剑的！

按说，天下的作恶之人多了去了，不是人人都能让我如此气恼的。能激怒我的事，往往有两类，一类是损害国家安全利益的事；另一类是损害我家庭利益的事。那一次，我查清"黑洞炸弹"一词后，着实气恼过一回。这事，放到任何一个当爷爷的人身上，都是不会冷静的。那么，就先看看什么叫"黑洞炸弹"吧。

　　网上有词条解释：50年后，具有巨大能量的"黑洞炸弹"，将使如今人类谈虎色变的原子弹相形见绌。当人类学会如何掌握反物质——欧顿时，很可能用来制造"黑洞炸弹"。一个原子核大小的黑洞的能量，将超过一座核电站。一枚"黑洞炸弹"所产生的能量，将相当于无数颗原子弹同时爆炸，至少可以造成10亿人死亡。到那时，"黑洞炸弹"能瞬间毁灭地球。制造"黑洞炸弹"的反物质，被科学家们称作欧顿。一颗欧顿的质量，相当于一颗原子弹的40倍。

还不会上网搜索词条的小孙子，是怎样晓知"黑洞炸弹"的？是谁把如此残暴的概念植入幼童之心的？我一番旁敲侧击，终于闹清小孙子是从邻居爷爷那里听来的。我没有追问是哪个邻居爷爷，就直接去找了退休人。高科技上的事，高精尖武器常识，肯定是出自退休人之口。

进了退休人的家，我先把《生死叠加》小说稿拿了出来。远亲不如近邻。这两年，我们两家关系愈加亲密，老老少少交往自如。这当然始自于小说稿这个媒缘。他常听常新也常建言献策，整部小说的内容他已烂熟于心。这次，我着重讲了添加"蝉，螳螂，黄雀，弹弓手"一章事。我想知道，用"甲板缝里"一说，来隐喻"偷窃九珠湾某新型远洋技术战略基地情报的潜伏者，正是这个基地的人"，巧妙不巧妙。退休人想了想，说："你这个隐喻肯定是巧妙的。问题是，不只是九珠湾某新型远洋技术战略基地的人，才有可能偷窃到那些机密情报。北方B市上层技术管理部门掌管这些机密资料的人，还有研发这些机密技术的科研所里的人，都有机会得手的。谁敢保证他们就百分之百可靠！所以说，这不是你这个隐喻巧妙不巧妙的问题，而是你这个隐喻有重大漏洞，容易让读者挑出毛病来。"

我一拍脑袋，拱手道谢。然后，才婉转地说，以后请不要给小孙子讲些不是他这个年龄段所能听的高科技知识，尤其过于残暴、凶煞、恐怖的东西不可再讲。小孩子受不得这种负面刺激。退休人尴尬一笑，做了一番解释。

"你说的是黑洞炸弹吧？事也凑巧。那天，那个甄晓敏到我这里打探余元谋的下落，还问到了那种高科技杀人技术。看到她那副咄咄逼人的样子，我心里很不痛快。那高科技杀人技术，只是我的一个幻想，或者叫推断，我哪里就知道具体是什么技术？我如果知道，不就早告诉她了。那会儿，一提到高科技，我就想到了原子弹呀，核电呀，激光呀，辐射呀，等等；也想到某些高科技都是可以做成微型杀人武器的；甚至还不知不觉地科幻到了黑洞炸弹身上。这当口，出门正巧碰上你那小孙子，他非缠着我讲打仗的故事，于是，我就顺着脑子里的思绪，张口炫耀了一下黑洞炸弹的威力。刚一讲完，我就后悔了。可覆水难收，以后注意便是。小孙子是你的心头肉，你对他的教育成长很在意，我能理解。对不起啊。我也是当爷爷的人，咱俩的心情都是一样的。当然，我那孙子已经成年，还在念书。他长年不在父母身边，我见他一面更难。但他那身影，天天在我眼前晃来晃去。他是我的命，为他我可以摘心摘肺。好了，不说孙子们的事了。不过，黑洞炸弹一说，也给了我们一个启示——在科学面前，人类总是富于幻想。历史上，某些高科技杀人武器，就是这样幻想出来的。甄晓敏追问的那种高科技杀人手段，很有可能也是这样经幻想而制造出来的。所以，她甄晓敏应该把目光盯在某些掌握杀伤性高科技的人身上，而不是因为我提出了那个假想，就总是来问我。当然，'被杀者和杀人者，很可能都死于同一种不易被常人所发觉、所认知的高科技杀人手段'这个说法，的确出自我口，我会对此负责到底。今天，我再次郑重告诉你，这个假想和猜测，十有八九是既成事实，敌特正是这么干的。所以，你在小说里，一定要反复强调这一点，这样才会增强密诱力度，对破案大有益处。还有，请你转告那保密局小甄，真的要把目光盯在那些掌握杀伤性高科技的人身上，不管那些人他身居什么样的高位，不管他是高端技术科研所里什么样的特殊专家，不管还在不在职，都要一一过筛子。我要说的全说了，以后别让她再来烦人了。我有些讨厌这个甄晓敏了。"

这番话，意味深长！随之，我把这两年同退休人交往的过程，又深沉地回忆了一番，才幡然醒悟。哦，原来是这个样子！于是，我去找了那个甄晓敏。

半年后，果真如退休人所推测的那样，甄晓敏遭到了同行们的嘲笑，或许真的就叫"耻笑"才确切。不过，甄晓敏在整个办案行动中，表现一直是优异的，尤其在挖掘、抓捕"青铜瓮"几个骨干分子过程中立了功。据说，是退休人提醒到的一些话，启发助推了这个案子的进展。

这一天，在安全、公安、保密部门的联合审讯室里，退休人坐在被审讯台前，面无任何惊恐之色，反倒是一脸安详。有悖常理的是，余元谋也威严地出现在了审讯桌前。

"好一个退休人，你自己先说说吧。我知道，这两年，你主动接近小说作者余之言和保密局甄晓敏，并透露了一些对'青铜瓮'来说非常致命的信息。你这样做，肯定是另有目的。告诉你，你无论怀着怎样的目的透出这些信息，实质上都能对你的潜伏特务身份构成很大威胁，无异于引火烧身。都说你智商奇高而情商低下，难道你就真的傻到了自取灭亡还不自知的程度？我不信，即便事情发展到了今天这个地步，证据都摆在了眼前，我也不信！"

退休人笑了笑，笑得坦然而自信："我早就推测出，你余元谋正隐藏在背后协理破获这个案子，也猜到你一直在暗中盯着我哩。果真如此！那好，在明白人面前，我就不多说废话了。"说着，他把一张草图拍在了桌子上。

草图上注明，在九珠岛公安局办公地那座古建筑房顶夹层中，藏有一个油布包，油布包里有一沓手写材料。

作为某船舶远洋技术研究所一名资深专家，我已被青铜瓮特务组织策反成功，并寻机偷窃了九珠湾某新型远洋技术战略基地的技术资料。事后，我逐渐觉醒，悔恨不已，遂有了自首之意。但我对我在青铜瓮特务组织中的上线、下线具体是谁，还不是很清楚，对可能存在的夫妻间谍，以及潜藏更深的大鱼也不摸底。我如若着急自首，却又交代不清楚这些坏人的情况，也提供不了具体线索，这对国家破案并无益处。尤其我一旦自首，按照现行法规和当前情形，必然会立刻遭到关押，这样便可能会打草惊蛇，让"青铜瓮"那些坏人逃之夭夭。

如若我先不急着自首，用合适而巧妙的方式，逐渐把能透露的相关信息，都透露给办案机关；把能提醒的，都给余之言和甄晓敏反复提醒到，暗中协助他们以连载小说及其他隐蔽方式，实施好密诱行动，这也是一个不错的选择，或许对破案更为有利。

那些日子，我给余甄二人旁敲侧击地提醒过不少事。譬如，我曾对甄晓敏说，开明书店1933年11月出版的单行本《家》是一部好书，建议她找来看看。其实，我本意是想暗示她，这个版次的《家》，是"青铜瓮"间谍用来传递情报信息的一部书本密码（不一定用于电台发报，手手相传的情报也用此先行加密）。我虽然口口声声说甄晓敏糊涂，实际内心是掐摸准了她的聪明之处的，相信她肯定听出了我言外之密指。是的。长期以来，我对国家职能部门是充满信心的。我断定，天网恢恢，疏而不漏。加之有我隐秘暗助，国家迟早会顺藤摸瓜，一网打尽"青铜瓮"残余的，包括我本人。于是，我就这样干了！

我当然知道，我这样干，等同于自取灭亡；我还知道，我自首得越早，对自己越有利，而自己为维护破案大局，总拖着不去自首，最终必会遭到政府更为严厉的惩罚。但我抱定了一个意念——要想洗心革面，自己宁愿遭受重罪。这也是一种特别的悔改行动吧。反正，我把自己交出去了，是死是活，听天由命了。

为证明这个交代材料是何年所写，我将把它藏进九珠岛公安局办公地古建筑房顶夹层中。然后，再抓几只猫和耗子放入其内。我的设想是，夹层中的猫和耗子一闹腾，下面办公室的人会因嫌闹而有可能赶出猫和耗子，封死那个唯一能进出夹层的气窗。这样一来，我那些材料会更加安全；将来一旦真相大白，也更能证明这些材料的真实书写时间。

在此，我郑重拜托一句话：恳请警方千万要为我的所作所为保密，尤其要对我的悔改行为严格保密，万万不可让"青铜瓮"特务组织晓知。切切此托！

退休人在这些材料里，还写明了关于青铜瓮特务组织的其他一些隐秘情况。落款时间却是两年前。

经笔迹技术鉴定，此材料确为退休人两年前亲笔所写。

又经调查确认，公安局楼顶层气窗口，确因有鼠猫打闹，而在两年前做了封堵；此封窗砖墙，两年来从未有人重新打开过。

这一天，我带着添加了"蝉，螳螂，黄雀，弹弓手"一章的新版小说，去监狱探望退休人。一路上，想着这个嗜书如命的读书人，我感慨万千。

这个被书吞噬、被书俘虏、被书武装起来的智慧之神，怎么就轻易被敌特策反了呢？是什么动机、什么诱因、什么途径，让"青铜瓮"俘虏了他那个藏书无限的大脑，迷惑了他那双阅历无尽的眼睛？后来，又是什么掠魂夺心的因素，使他一夜间幡然醒悟，并自此忏悔一生？

我懵懵懂懂进了监狱大门，却又改变了主意——我不想再见这个退休老兄了。于是，我在新书扉页上签上名，写了一段话，托狱警转交给他。这是博尔赫斯在《德意志安魂曲》里说过的话："多年来我弄懂了一个道理，那就是世界上任何事物都可能成为地狱的萌芽；小到一张脸、一句话、一个罗盘、一幅香烟广告，大到一个亲人的安危，如果不能忘掉，都可能使人发狂。"（后来查清，"一个亲人的安危"七字，并非博尔赫斯原文所有，是我不觉之中添加进去的。）

从监狱回来，我再次去了趟九珠岛，又蹲在古灯塔石碑前，抱住不听话的脑袋，像个白痴一样号啕大哭起来。

我哭泣，这个结局，为什么不是我小说里的虚构故事，而成了进入国家反间谍档案里的一桩真实案例？！我哭泣，我长久密诱的那个间谍主犯，为什么会是经余元谋之手而认定的那个退休人？！

余元谋这个不甘寂寞的老头儿，真真的不让人省心哪。难道他不知道，退休人后来一直在暗中对敌特实施着密诱行动？现在，你说退休人是他自己密诱了自己，除了我，谁能信呀？

哭吧，哭吧。你不是不怕死吗？为什么总是哭泣？一个大男人，在战争面前，在血腥面前，在间谍面前，怎么会如此慈悲脆弱？你看你，写了一部战争小说，把好人写得好得不能再好，把坏人写得也是小坏大好，彭寂、陈默钟、退休人这仨货，哪个不是先从恶，后向善，最终个个都变成了好人？在你眼里，难道就没有一个真正坏透了的人？残酷战争是这个样子的吗？间谍世界是这个样子的吗？哭哭哭，你就知道哭！连退休人为什么会轻易被敌特策反都说不清楚，你还好意思哭?！

突然，一个惊雷打断了我的哭泣。是的。这是一个长梦！我下床走到窗前。夜光中大雨正瓢泼而下，隐约看见远处那座古老灯塔，像是在风雨中倾斜下来。我一惊，下意识地伸出双手，用力顶住了它。

古老灯塔千年岿然不动，却在我眼前有了瞬间位移。对，就是瞬间——历史长河中很容易被忽略不计的一瞬，它却把一个千年挪动了一步。瞬间过后，古塔成了另一个永恒姿态——斜塔！看上去，其倾斜度，甚于我母亲故乡苏州的虎丘斜塔。

不知过了多久，我撤回了发麻的双手，抹去脸上因用力过猛而累出的汗水，把汗珠和泪水甩成了一串水珠，与窗外的雨帘连成了一片。

渐渐地，风雨停歇下来，天幕依然漆黑如墨，却见倾斜着的古老灯塔里，又频频闪出了灯光，居然还是不慌不忙的电码节奏。

妈的，这电码播发者，也不怕老塔一斜再斜倒塌了砸死他。

电码灯光足足闪烁了一个多小时，却一直在重复着同一段电码。

如果，此时，站在这里的是余元谋，他必定能准确破译出这段密电码的。

很快，居然，真的，我眼前出现了电码明文：请组织放心，我"青铜瓮"还活着，依然有人在战斗！

我顿时火冒三丈，一拳击在玻璃窗上。

我不再哭泣！我攥紧滴血的拳头，穿着睡衣冲出了房间。却又踅回来，想找把菜刀揣在身上，可宾馆客房里没有厨房。我找出宾馆里配置的防火防毒面具，戴到头上，又旋风般冲了出去。

谁说我笔下没有怙恶不悛的坏蛋？他"青铜瓮"依然还活着！这说明，那仁货虽然向好从善了，可还会有另外三十个恶魔，在偷我们，在窃我们，在抢我们，在杀我们！他们或许没躲在甲板缝里，但一定躲在了其他某些阴暗角落里，像此时此刻的我一样，都戴着各式面具，让你不知道他们到底是谁。

谁说我唯有慈悲心肠？哼！挖不干净的潜伏特务，死不悔改的恶毒间谍，即便找不着菜刀劈死你，我这身蒙面扮相也要把你吓死。吓不死你，我也要用牙把你咬死！咬不断你的喉咙，我也要咬下你那塌鼻梁子！咬不住你那鼻梁子，也要咬下你那颗一向外蹩着的脚指头！

我不再哭泣！不再悲怯！不再脆弱！谁也别想小看我！其实，我身上蕴藏的斗争精神，一点儿不比余元谋老人差！

一出宾馆，我就急奔而去，一口气跑到了斜塔前，索性一把甩掉防毒面具，一头撞开了摇摇欲坠的塔门。

第十七章

间谍课堂

7035 6183 6143 1016

第一节

喂，该你出场了！

如果，你足够聪明，且有挑战秘密的勇气，那么，请你盯住眼前这幅图画。是的，这是一幅风景画，名曰"花果山"。我还给它起了个英文名字，叫"Mount Huaguo"！嘻嘻，直译的，大家别见笑哟。

九珠湾畔金沙滩，碧波映照花果山。这里可是人间仙境，完全可以和孙大圣的老巢媲美。让你有所不知的是，咱这幅风景画里可大有名堂哩。告诉你吧，本小说某些主人公的真实命运结局，全以密码的方式隐藏在其中了。

只要你认真听了我这堂间谍课，破解这花果山密图并不难，却也不是件轻而易举的事。必要时，别忘了求助爸爸妈妈，否则，你可能会永远在窘途。若是你真能破解了这幅图里的秘密，那么，你离成为一名优秀侦查员就不远了。

不信吗？咱们骑驴看唱本——走着瞧！

嗨！欢迎小同学们来到响尾蛇行动小组。我先做个自我介绍。

本人叫"老狐狸"。这个代号，还是早年地下党里的叔叔给我封的呢。那时，我才十几岁，却已是一个出色的地下交通员了。大家叫我"老狐狸"，是形容我"人小鬼大"，懂的事情多，完成任务好。当然，这是内部称呼，而外人可都蒙在鼓里，连朝夕相处的小表妹，也从未发觉过我的秘密身份。后来呀，我和那表妹双双考上了燕京大学。在校期间，我还当上了地下抗日活动的召集人。那年月，大学生中有日本人安插进来的密探，专门通风报信抓抗日分子。尽管我干得格外小心，还是暴露了秘密身份。于是，我当机立断，借过年回苏州老家之际，偷偷扒车去了延安。（至于大学里那个暗藏的告密者是谁，多年也未曾挖出来。）后来，我随队伍南征北战，表现格外优秀，还多次立下战功。这不，老了老了也没白吃闲饭，还曾有过英勇壮举——我冲进摇摇欲坠的塔门，与潜伏特务进行了殊死搏斗。不过，还是让那两个狗特务跑了出来。不巧的是，黑灯瞎火的雨泥路上，扔着个大鼻子防毒面具，一个特务一脚踩上去当即滑倒，另一个特务跑得急也绊倒在同伴身上。我趁机抢起一块破塔门板，把他们打晕在地，然后绑了个结实。事情就是这么寸！事情就是这么必然——狗特务迟早要灭亡的！

嘘，这些可都是秘密。

今天，我们算是认识了，大家以后就叫我"老狐狸"爷爷好了。

你们笑什么？噢，是笑我的帽子吧。没错，它用圣诞老人帽改装而来，只不过是黑色的，帽顶上还缝制了一个小狐狸尾巴，漂亮吧。记住了，在自己人面前，这小狐狸尾巴是露在外面的，而一见到陌生人，它就会藏到拉链里去。有趣吧。

这时，小狐狸尾巴在那顶滑稽的帽顶上，欢快地甩了甩毛毛尖儿，一副很顽皮的样子，说："去去去，我哪像您老说的那样腼腆。嘿嘿，不过，这些年，我确实只跟自己人讲话，见到陌生人就躲起来。嘘，这也是秘密。"

根据上级指令，本老狐狸，就是这次响尾蛇行动的总设计师。

小狐狸尾巴又摇了摇毛尖儿，说："老狐狸爷爷都这把年纪了，还一点不糊涂，间谍世界里的事，没有他不知道的。他的间谍课，十天十夜也讲不完哩。不过，我可是他肚子里的蛔虫。一些事儿，他要是不方便说，就由我代劳吧。"

没错。有时候，在某些事情上，小狐狸尾巴可当我的代言人。

"那我先提个问题吧。"小狐狸尾巴做了个鬼脸，"有不少人是看过《生死叠加》的，小说第十六章里说，那个人'一口气跑到了斜塔前，索性一把甩掉防毒面具，一头撞开了摇摇欲坠的塔门，旋风般冲了出去。'你看，这样敏捷利落的动作，可不是一个老人家所为，明显写的是一个青壮年嘛。您老怎能说是你本人呢？作者还说是他抓住了那两个狗特务呢？这到底是怎么回事呀？"

这是因为，当时小说连载要用于密诱，要掩人耳目，才故意那样描述的。这是我和小说作者提前商量好的。他一直在变换着手法，分别以全知视角、内视角和外视角来谋篇布局。并且，也是受到薛定谔的猫的深刻影响，而悄然借用了量子文学效应。这些都是文学技巧，你不懂，我也不懂，咱就别较这个真了。你仅需记住，老狐狸爷爷的世界很神秘，很多元，一般人是看不透的。可那个余之言能看透。在很多时候，他就是我的代言人。没错！我就是要巧借余之言之笔，以写密诱小说为手段，在迟暮之年，为维护国家安全而发挥点余热。也许，这是我退下来之后，还能为国尽责的最有效方式；也许，这是我闭眼之前，还在为国尽责的唯一方式；也许，这是我将来死后，还依然能够为国尽责的长久之计——只要《生死叠加》还在流传，我便灵魂不死，战斗不止；我要时刻站在余之言背后、站在《生死叠加》背后大声呐喊。我要让那些还潜伏在我们身边的狗特务、狼间谍，永世不得安宁！呵呵，用老当益壮、老骥伏枥来形容我这种战斗状态，还恰如其分吧?！好了，不说了。响尾蛇小组开始行动吧！

老狐狸爷爷一挥手，带领大家进入了丛林。路上，他凑近小狐狸尾巴，悄声说："你不要总是抖小机灵，要学会识破大秘密。其实，我等当事人最终的真实结局，并不全是《生死叠加》里所描写的那个样子，事实上，一些真相都藏在了那幅花果山风景画里。蛇行有痕，脚掌留密，连那些高高低低的小草也都是密码哩。谁破开了这幅密画，才算有大本事呢。"

"不瞒您说，我已经破开了第一个秘密。'Mount Huaguo'，就是花果山密画的密钥，可我却无论如何也找不到第二个入口。"小狐狸尾巴紧揪着自己一撮毛，为难地说。

老狐狸爷爷狡黠一笑，闪进了大树洞里："小可爱，'Mount Huaguo'可是个大陷阱哟。如果真用了它作密钥，你就只能在余之言设下的迷局外围打转悠，永远找不到事件真相。"

这时，一个孩童举起弹弓，瞄准了树上一只麻雀。弹出鸟落，还吓跑了满枝头的麻雀群。孩童异常兴奋，拣起麻雀，跑过来说："老狐狸爷爷，一只螳螂捕住了一只蝉，而这只麻雀叼住了螳螂，我一弹则打下了这只麻雀。好肥哟。"

老狐狸爷爷从树洞里爬出来："孙子哎，别看你又长了几岁，个子蹿高一头，但你到底还是棵嫩巴秧子！难道你没看出来，这是一只玩具麻雀吗?！你看看它肚子里面藏着什么。"

小孙子诚惶诚恐地打开麻雀，肚子里有个纸条，上面写的全是数字密码。他一时傻了眼。小狐狸尾巴甩得唰唰直响，急急地说："麻雀落地处的干草窝里，有密码本！"

小孙子跑过去，扒拉出了一本书，是添加了"蝉，螳螂，黄雀，弹弓手"一章的最新版本。嚯，这是书本密码无疑了！他很快对照纸条数字，译出了明文内容："你在不该出手的时候出手，惊飞了麻雀群，引起了远方人注意，暴露了响尾蛇小组的行踪！现在，你等迅速绕东边小路撤退下山，直奔岛东头斜灯塔，那里有人等着你接头。接头暗号，见纸条背面。"

小孙子急出了眼泪，边朝山下跑，边默记接头暗号。

来言：蝉鸣漠视螳臂长，螳螂捕蝉雀在旁，黄雀延颈欲啄食，弹弓手在树下藏，拉弓引弹向雀头，身后卧伏兽中王。

去语：山里老虎莫张狂，荆棘丛中出猎枪，打死兽王扬威名，拧粑耳朵跪三娘，三娘凶患耳鸣症，盛夏死于蝉鸣忙。

老狐狸爷爷从近道上斜插过来。小孙子问："斜灯塔里的接头人会是谁呢？"

"是谁并不重要，重要的是，只有见到了这个接头人，某些故事才算真正开始！我先给你提个醒儿。这个接头人哪，可能会是一个死而复生的女人。不过，我还不知道，目前，这个人方便不方便露出庐山真面目？所以说，今天，我们还要看运气。运气好的话，会接头成功。否则，会失败而归。"老狐狸爷爷神秘地说，"凡是看过小说《生死叠加》的人，一旦真见到这个接头人，肯定都会大吃一惊的。"

小孙子目光诡异，放慢了脚步。老狐狸爷爷又絮叨上了。

不久我就要远赴金陵了。这将是我最后一次去彭家庄园。这一生，那是我不得不去的地方。不去，一些根本性问题就解决不了！对了，想着提醒我带上余之言那本新版小说。这部新版上面添加的内容，全是后来发生的事情，那个老东西都没经历过，我要让他补上这一课。不过，这些新课能补得过来吗?! 对这个世界上发生的事，谁又会全知全能且遗且补呢?! 就像这宏观世界，那量子世界; 这鲎，这狼，这猫，这狐，那犀牛; 还有，蝉，螳螂，黄雀，弹弓手，老虎，猎人，扈三娘，等等，谁又有本事一一辨别得清楚，知晓它全部呢?! 要知道，世上真正的极致循环、闭环效应，实在少见。当然，也不是一个没有。譬如，彭寂的最密，就把嵌套循环用到了极致; 还有，像那个猎人的老婆扈三娘，就得了一种怪病，头疼耳鸣极甚，严重到头咚咚撞墙。本来夏天病情会稍好点的，可偏偏漫山遍野的蝉鸣轰天响地，甚至比她耳鸣还凶残，像无数根钢针，白天黑夜痛扎她脑仁。没熬过三个夏天，三娘便死于蝉鸣。你想想，类似"蝉→螳螂→黄雀→弹弓手→老虎→猎人→扈三娘→蝉"这样的闭环效应，就真的那么少见吗?! 将来呢，也是这个理儿。你一旦研制出了"黑洞炸弹"，别人肯定还会研制出更加残暴的武器，最终倒霉的还是人类。卤水点豆腐，一物降一物。降伏主义害死人哪!

　　不说了，真的不说了，一些话都说了一辈子了，没耐心再说下去了，也说不动了。以后呀，我的儿子、孙子、子子孙孙，如若还想听我唠叨，就到小说《生死叠加》里去找我吧。那里，才是我灵魂唯一存在的地方。

　　好了，我们赶快向老斜塔进发吧。不然，会错过接头时间的。

第二节

　　数年之后，那个自小就有"科技感"且听过间谍课的孙子，成了密码符号学爱好者。至今，他还能感受到老狐狸爷爷那堂国防教育科普课，给自己心灵带来的震撼和影响。近来，他这个大哥哥，又不知跟多少个小朋友讲过那堂间谍课。他随时随地张口就来，而每次第一句话总是："科普有乾坤，点滴学国防，立下报国志，少年早图强。"后来，在科普知识之外，他又常推荐一本古书《和策殇记》，并把书中恺切其人其事当成经典故事来讲，重在传达恭相爱、交相利、和为贵思想。

进入中学不久，这孙子像当年老爷爷从那秦氏身上入手撬开罅密缝隙一样，注重从挖掘老爷爷身世和戎马生涯的角度，去寻找突破口，终于破译了那张"花果山"密画，掌握了与《生死叠加》不一样的结局。

是的。这个孙子，小小年纪，便以当事人后代的身份，在作家协会组织的小说《生死叠加》研讨会上，严正地谈了自己的看法，并得到大家一致认可。要知道，那些与会人员，可都是对《生死叠加》有深度研究的大作家和大学者哟。

早在孩提时代，老爷爷曾亲口对我说过："他等当事人最终的真实结局，并不全是余之言《生死叠加》里所写的那个样子，其真相全藏在了那幅花果山风景画里。"今天，我要告诉大家，这句话是彻头彻尾的假话！没错。到目前为止，我是花果山密画唯一的破译者，那个"最终的真实结局"到底是什么，全藏在了我心里，而我决定永不公之于世。因为，那不是事实，那仅是老爷爷余元谋心中所期望出现的另一种结局！是的。那是他头脑中阐发的一种想象，是强烈愿望之下出现的幻觉，纯粹是感情用事的产物。

我非常负责任地说，老爷爷的真实身世和亲身经历，已经全都毫不走样地呈现在了小说之中，而隐藏在密画里的那些内容全是谎言。谁要是对这位神秘老人感兴趣，就真的到《生死叠加》里去找他吧！

没错。这部作品，元小说的特点极其明显。余之言多次表明，在整个写作过程中，他都很纠结，最大的苦恼是把握不住小说的前进方向，脑袋及笔头子时常被别人控制。

这大概说的就是余元谋老爷爷总在背后"兴风作浪"，强行与作者达成"共谋"，非要搞出一个所谓的"最终的真实结局"藏进密画里。另外，小说中总还有一只外国猫，由甄晓敏阿姨牵引着不断出来搅局。看来，甄阿姨这样做，必定有其更为隐秘的目的。这话哪儿说哪儿了。我对这句话不负责任。毕竟，我对甄阿姨身上的那份国家公职不了解，不知情。这个术业有专攻、业余又写小说的甄晓敏，实在太复杂，我真闹不懂她。

不过，有人说，甄晓敏对余元谋与余之言之间达成的某些共谋也是不满的。她对这二人一再搅乱创作走向，极度迷惑读者和官方视线，刻意掩盖创作意图有意见。前不久，甄晓敏在一个会议上有个发言，我做了详尽记录，现在念给大家听听。

甄晓敏说："近来，余元谋、余之言二人没完没了地下套设局，没完没了地欲擒故纵，没完没了地欲盖弥彰，有意思吗？！难道，他俩真把读者、把官方、把潜伏敌特、把我甄晓敏，都当成大傻瓜了？！就说那个余元谋吧，为了寻找一根做了记号的头发，他可以把人倒吊起来，让一个奄奄一息的老者垂头散发许久（此事当真？也可能是个比喻），即使老者拿出了那根头发不在他头上的确凿证据，他还不肯放下手中的放大镜。因为，他在等着老者的儿子前来施救。而只要那儿子一露面，便可敲定这对父子的间谍身份。哼哼。抓谍二代也不是这个抓法呀！我看，他纯粹是犯了职业病！看他那一副泣血千里、鞠旅伐罪、义气云踊的样子，好像在这条隐蔽战线上，离开他余元谋就抓不到特务了！他以为就他能干，就他有本事？我甄晓敏还百年忧患，志复深逵，死而后已呢！还有那个余之言，一个握笔杆子的人，常常一副纠结不堪、言不由衷的样子，谁能受得了呀！看看吧，在他笔下，一再拒绝对这条隐蔽战线进行中规中矩的描绘，反对用正常逻辑和规则，去解释这个隐秘世界的历史必然，却习惯用套层叙事和反叛传统的手法制造矛盾，肢解故事。这不是故弄玄虚，捉弄读者吗?! 是的，他似乎把读者都当成了潜伏特务，不厌其烦地布设阴谋，施展密诱。而他，对自己的所作所为，又从来不给个正当理由。到不得不做些解释时，也常常是用一个费解的谜，去代替另一个更加费解的谜。行了，既然他余之言习惯有话不直接说，有故事不好好讲，那我便删除干净他那些弯弯绕的东西，省得让他累着了读者! 对，说删就删! 一定要删!"

没错。单为这个，甄晓敏真的就出版了一个删节修订版本。而从实际效果看，《薛定谔的猫》删改后，其描述更为直观通达，故事的悬疑性、惊悚性明显增强。而文学界却评价说，她那修订本之文学性和艺术表现力减弱了许多。譬如，其中有一段她是这样改写的：

　　某一天，有人在德国人留在九珠岛上的一座古老建筑里，发现了一具无名男尸。男尸暴毙于大厅地板之上，因水龙头滴漏而受到浊水浸泡，致使现场痕迹尽失。经公安局现场勘查和技术鉴定，确认死者已年过六旬。临死前，他曾拼尽最后一丝力气，将自己仰面摆成了一个"大"字。其头下横枕了一块灰砖，腰下平放了一块灰砖，两脚脖子底下各立着垫了一块灰砖；而赤裸的胸口上，十字叠压了两块红砖；两手各攥了一块尖刀型玻璃，却插进了两肋之中。法医认为，两肋插伤并非致命伤。一件白色衬衣系在窗户把手上，衣袋里并无任何东西，却有他人翻掏过的痕迹。那么，死者在临死之前，为什么要把衬衣系在窗户上？技侦人员随即对衬衣针脚进行辨认，并没暗缝什么密码，却在腋窝衣袖内里衬布上，发现了一幅清晰可鉴的血痕图迹：一个简单的桃心图，桃心中横画了一个"一"字。桃心图为死者血液所画，其血凝时间与尸体伤口血凝时间并不一致。（桃心图血凝时间至少在两年以上。）公安人员盯上了一个看似无关紧要的细节：死者画上桃心图后，这件衬衣是一直藏着没穿，还是一直穿着没洗？这个人死前，总不会连洗衣服的条件也不具备吧？

那个"孙子"看到这一段描述后，即刻提出了疑问：谁说那件褂子一定是死者自己系在窗户上的？为什么就不会另有他人？

"孙子就是孙子，永远达不到爷爷的水平，他居然专盯着那件褂子想事？"甄晓敏冷冷一笑，"这是愚蠢孙子提出的一个愚蠢问题！很明显，他最该问的并不是这个问题，而是那具男尸到底是谁？他为什么要把自己摆成一个'大'字？四块横平竖直垫置的灰砖、两块十字叠放的红砖，都有什么具体指向？肋骨上的两把玻璃刀代表着什么？那幅血痕桃心图又包含了何种密意？"

很快，有人给甄晓敏写了一封匿名信，信中只有一句话："死者临终前，在古建筑里搞的那些名堂和那幅桃心图，与那个退休人被敌特策反案密切相关！"

"纯粹胡扯！"甄晓敏用两个手指夹着信纸，看这个小心劲儿，像怕留下过多手印似的，"总躲在暗地里写匿名信算什么本事？你以为你是谁呀？你干脆说这具无名男尸就是退休人算了。无名男尸？退休人？"这话一出口，她僵在那里不动了：我可有三个多月没去见退休人了。过两天，我得跑一趟监狱了。不，今天就去！立刻就去！马上就去！

哎呀呀，那个退休人不会是越狱了吧？瞎说！退休人怎么会越狱呢?！早前，他甘愿推迟自首，宁可被判重罪，把牢底坐穿，也不打草惊蛇。入狱后，他又良心发现，诚心服法认罪，主动提供重要谍情，积极建言献策挖特务，有重大立功表现，具备了从轻处罚的条件。这样的人，怎么会越狱呢？退一万步说，即便退休人真越狱了，或者说，即便他被别人诱惑而越狱潜逃了，那么，他跑到古建筑里，以己身之死摆下个莫名其妙的谜图阵势干吗？

哎呀呀，果真如此的话，那个退休人的这一系列作为，是不是与他那个还在远方读书的大孙子有关呢？起初，那帮狗特务是否认为，一旦对他那个孙子人身安全构成威胁，退休人就会俯首听命于"青铜瓮"？后来，退休人甘愿被判重罪，会不会也是为了他那个宝贝孙子的安危？明摆着，他在警方这边越不受待见，罪过越大，他那孙子在外面越安全。难道不是这样吗？！

还有，他若是真越狱了，是不是因为看了余之言在小说扉页上那段签字，才急火攻心而采取了决绝行动呢？那么，博尔赫斯在《德意志安魂曲》里说过的那段话，是如何刺激了他退休人呢？不会是余之言另加进去的那七个字惊扰了他吧？没错，他可能会由此悟到，警方终是弄清了他被策反投敌的真正缘由。而这个问题，他一直拒绝向警方交代。仔细想来，无论是他在越狱过程中被枪击致死，还是越狱后"畏罪自杀"，一旦传扬出去，对他那个孙子的安全都会更加有利！这个智商奇高的知识分子，这笔账他是很容易算清的。为这笔账，他也是肯舍弃自家性命的。

退休人，你用心良苦哟！

可怜天下祖父心哟！

我这就给上级写报告：退休人叛变投敌的动机、根源找到了！

哼哼，天马行空。亏你想得出！

这能怪我多此疑心吗？！这可不是凭空想象呀！昨天，我还在报纸上看到一篇文章说："境外间谍情报机关，常以我国驻外机构、中资企业、留学群体、出国团组为目标，采取圈套把柄、恶意执法、暴力胁迫、柔性强制等各种手段实施策反，对我国公民人身安全造成严重危害。"那么，对青铜瓮特务组织来说，退休人的孙子本身并没什么情报价值，但他们完全可以通过控制这孙子，来要挟退休人呀。这可能就是事实啊。这一定就是事实啊。我想多了吗？！

突然，甄晓敏脑海里又一闪念：用那个无名男尸摆下的这个阵势、这个现场，不会是一幅祈和表忠图吧？

人道和平愿，

使命大如天，

两肋插刀去，

以死相报还。

一颗红心志，

不敢叹风寒，

从未衣锦绣，

甘为布衣贤。

横平竖直贵，

诡道风骨贱，

兼爱共进美，

豆萁何相煎。

这是何人在如此祈和表忠？这六十个字描述的又是谁呢？真会是那个退休人吗？崇高境界，满满的正能量呀！

哎呀呀，这种解读一旦宣扬出去，对退休人那孙子的人身安全，会构成极大威胁的！

不过，这六十字描述，还真有点那么个意思！与那幅无名男尸摆置的谜图各要素基本上相符哩。

无名男尸，真的无名吗？

你真敢想哟。想也是瞎想！

这是瞎想吗？你再不厌其烦地看看退休人都做了些什么：他为了孙子的人身安全，而出卖过自己的灵魂。后来，他醒悟了，暗自痛改前非，将功补过。这使他有了被无罪释放的希望。可他，还是为保全孙子而越狱逃跑、而"畏罪自杀"了！这真的是退休人所为吗？

第三节

后来，甄晓敏的《薛定谔的猫》修订本一直畅销不衰，却没有哪个读者能够破得了那座古建筑里的无名男尸摆置谜团。

有一天，警方在彭家庄园一眼名叫开阳井的枯井里，又发现了一具男尸。严格地说，是一麻袋尸骨。在尸袋里，拣出了甄晓敏的那部小说修订本和一具破损的防毒面具。

经技术鉴定，麻袋里的尸体为余元谋；而此面具，则是余元谋扔在斜灯塔旁的那个曾绊倒狗特务的防毒面具。

从烂碎如泥的尸骨上看出，余元谋是被人一棒一棒击打而亡，然后装入一张细密的渔网里，又套上一条麻袋，顺进了开阳井中。其被害地点，是彭家庄园一座废弃的古宅。很快，公安人员在彭家庄园进出口隐秘处，发现了一个非公安部门安装的摄像头。在摄像机中，查获了一段影像资料：一个正常行走的男子，在走出庄园门口那一刻，突然回转过身来，冲着摄像头大吼大叫起来。

余元谋罪该万死！

余元谋最该千刀万剐！

哼哼，我才不用那高科技杀人武器呢。那东西不疼不痒，像安乐死似的，太便宜了他。我就是要一棍棍打碎他那把老骨朽头，打烂他那身筋皮糟肉，让他一点点活活疼死！只有这样，才能解我们心头之恨。

余元谋不死，我等便没有活路！这几年，这老东西，得了严重的职业病。他不好好颐养天年，自在生活，却禀性难改，退而不休，抓特务上瘾，常破译我们的秘密信息不说，还非要通过余之言那一改再改的小说，以及那些让人想死都想不到的阴谋诡计，把我青铜瓮组织一代代潜伏者，一个个都密诱抓捕归案。真真害死了我们。

没错。我穷凶极恶到了极点！我要不惜任何代价，置余元谋于死地，以确保我深潜的其他同党安然无恙。我明明知道，这一次，余元谋已密诱了我多日。他揣摩准我要杀他，便以自身作诱饵，让我现形，逼我暴露，诱我进入他私设的摄像头。告诉你们，老子不怕他！老子不怕死！老子偏偏迎着他的隐秘局设来了！

我还知道他不会报案的。他怕一报案，我便不会出现。

我决定将计就计。呵呵，正是那部小说暴露了他的软肋，启发我以此设下了圈套，从而成全了他——把他顺进了他曾战斗过的开阳井里！是的。这个老奸巨猾的东西，总算中了我的计谋。其实，我这一招，说复杂也复杂，说简单也简单——化装术一向是老子的拿手好戏，老子突然以彭寂的模样，出现在了那座倒掉诡异烟筒的老宅里。余元谋这才缓缓从阴暗处现身，似是进入了梦境，神情恍惚地靠近了我。可还未走进我的伏击圈，却又站住不动了。我之前练就的假嗓子，还真派上了用场。我假以彭寂的嗓音说："老伙计，我想死你了。这些年，我与你如影随形，梦里梦外全是你。快出来见我呀，我的好兄弟。"他这才声泪俱下地呼喊着彭寂的名字，像是见到了久别的亲人，身不由己地扑了过来。我渐渐把他引进了邻旁一座墙歪门烂的危房老宅里。我预设在树上的一张大渔网准确落下，死死地罩住了他。

"老东西，你插翅难逃了！"我高高举起了大棒子！这次，再也没有那六棱镜墙角里的六双手来阻挡我了！死到临头，神仙也救不了他了。我每打一棒子，就说一句话："我彭寂忍你好久了！"哼。我就是要迷乱他，让这个聪明一世的老东西，迷迷糊糊，不明不白，乱着脑子死去；我就是要让他觉得，自己是死在了彭寂手里。这样子，他才会死得最痛苦。哈哈，最最痛苦！

一棍子下去，他皮开肉绽；一棍子下去，他腰折腿断；一棍子下去，他辨明了老对手的吼叫；一棍子下去，他听清了老朋友的呼唤；一棍子下去，他指着我的那条手臂垂下；一棍子下去，他喊着彭寂名字的喉咙裂炸；一棍子下去，他瞪着我的眼睛依然明亮地瞪着；一棍子下去，他听得真切的耳朵依然听得真切。没错。千百棍之后，我才会打爆他的眼球，击破他的耳鼓。我就是要让他耳聪目明地感受着我就是那个彭寂，而在极度痛苦中慢慢死去。

是的。我就是彭寂！我就是他那个永远的敌人。我就是狗改不了吃屎。别以为天下太平了，生活好了，泔水缸里扔的都是馒头，我就不去吃屎了。不吃屎那就不是我彭寂了。

你们爱信不信。我知道你们真的不信。不信，你们就得去吃屎；不信，你们就得眼睁睁地看着我大摇大摆地走出彭家庄园！告诉你们吧，你们信与不信，都阻挡不了我们走进你们的生活里，走进你们的办公室，走进你们的卧榻，走进你们的亲朋好友中。

来抓吧抓吧抓吧。老子等着你们来抓哩。

不是我瞧不起你们。余元谋一死，老子，以及老子的老子、老子的孙子，都会以各种面目出没在你们身边，你们休想抓住我们！哼哼，你们知道我们是谁呀？我们相互关照着，相互提拔着，相互提醒着，相互掩护着，以种种手段让彼此在你们中间好好生存，好好进步。我们成了你们的同志，成了你们的知己，成了你们的老婆，成了你们的孩子，成了你们的上司，成了你们的先进，成了你们的英雄，还成了你们的喉舌。你们知道我们是谁呀？你们就两眼一抹黑去吧。

是的，大快人心事哟。这次，余元谋真的成了一泡血肉！记住喽！没有了余元谋们，你们就成了一只瞎猫，是奈何不了我们这窝活耗子的。

我们这窝耗子繁殖能力极强，谁也别奢望我们会断子绝孙！

拜拜吧，瞎了狗眼的薛定谔的猫！

一个身经百战的老英雄，一代革命的老破译师，就这样活活地死在了光天化日之下。此案震惊了高层。然而，却历时三年也未能破案。

一天晚上，甄晓敏一个惊梦醒来，当即给局长打了个电话，提

285

出了一个新的破案思路。据此，公安和安全部门的干警，突然对彭家庄园实施了戒严，继而进行了为期十三天的拉网式搜查，搜遍了千百座老屋，甚至连每一处下水道、每一座烟筒，都一一查到了，最终把目光集中到了一座老房危楼里。

从外表看，这座老房危楼和周围其他老房没有什么区别，只是有一面外墙已经歪斜，一碰即倒似的，弄得没人敢靠近它。而老房危楼的内部却极其诡异。楼梯是由两架悬魂梯连接而成。仅一架悬魂梯已经让进入者五迷三道了，再跨入第二架悬魂梯，人基本上就爬不出来了。杂乱无章的房间，建造在错落无序、高低不等的楼层之中，不少房间的入口还设了迷宫式玄关。

起初，这些迷障，给甄晓敏小组的人出了好大的难题。仅这一座楼，就整整包围了两天两夜，反复搜索了两天两夜，最终却连根人毛也没找到。大家都觉得，凶手又不是傻瓜，不可能待在行凶现场等你来抓。于是，警力撤出了这处老房危楼。

悬魂梯！迷宫玄关！乱层杂间！这座老房酷似最密一角，或是，那最密一角酷似这座老房。甄晓敏总觉得哪儿不对头，却又说不出个所以然来。她不死心，一人继续围着这座危楼转圈圈，甚至还顺着墙缝，爬上了那面歪斜的北墙。北墙颤悠悠，眼见着要人墙翻倒。可她并没觉得可怕，只顾盯着一条房顶裂缝细看。看着看着，突然朝天开了一枪。干警们呼啦又围了过来。她发现了一处暗藏的空间。这是一处阁楼之上的阁楼！

警方人员先是在这座老房顶端阁楼里，发现了四具尸骨。大家正想上前瞧个究竟，其中有一具尸体突然跃起，吓倒了两个警员，而甄晓敏却丝毫没有惊慌。当尸体举着一根大棒冲过来时，她上嘴唇咬紧下嘴唇，一口气射光了弹匣，七发子弹全都打在了凶手双腿上。凶手摔倒在那三具尸骨前，棍棒滚落到了她脚下。凶手无意间摸到了一把斧头。这是一把拂去灰尘仍然寒光四射的斧头。凶手跪在那里，冷冷一笑，举起了斧头。甄晓敏早已抓起了那根木棒，狠狠地抢过去。这根沾满了干涸血迹的木棍，在斧头就要切割到凶手喉咙的一刹那，击中了凶手抓斧头的胳膊，随即又击中了另一条胳膊。

"你想自杀？没门！留着你还有大用处呢。"甄晓敏怒吼着，抓起一具骷髅，铛铛地敲着凶手的脑门子，"你说你就是彭寂？你问问这个骷髅答应吗？这具骷髅才是真正的彭寂哩！"

"你仔细看看我是谁。你说，在这个世界上，会有两个长相完全一模一样的人吗？"凶手面目狰狞地说。

"没错。惟妙惟肖。"甄晓敏说着，冷不防抓向那张狰狞的脸。她猛力一撕，接连揭下两张假脸皮，一张丑陋而陌生的面孔才呈现在眼前。她又抢起那具骷髅，狠狠地朝这颗活骷髅砸去。

"好你个跳梁小丑，你到底是谁？竟然伪装冒充成密码大师彭寂！算你鬼怪，从彭家庄园摄像头下明逃而去，还敢偷偷跑回来，在打死余元谋的这座老宅院里，一藏就是三年。告诉你吧，'青铜瓮'的末日就要到了。就在本月末，你等着瞧好戏吧，小毛贼！"

那张脸依然狰狞，冷冷地说："就凭你们？别白日做梦了！"

第四节

甄晓敏小说《薛定谔的猫》之修订本，到这里就结束了。在这之前，甄晓敏确实下功夫删改掉小说中一些弯弯绕的东西。主要是删除了那个所谓的"最终的真实结局"。

这是一个与《生死叠加》不太一样的结局，那个"孙子"说全藏在了他心里。那孙子是花果山密画唯一的破译者，他说他要保守住这个最终秘密。可他，还是没忍住告诉了我。这是自然的。他仅是个初中生，还不能完全说是个成年人，有秘密告诉祖父便很正常。是的。这个"孙子"是我余之言的孙子。然而，我从孙子嘴里得到那个最终秘密后，心里即刻明白了一切：这个"最终的真实结局"是千真万确的事实，并非哪个人的想象、幻觉或谎言，事情正是如此这般发展的。但我还是坚决支持孙子"永不公之于世"。尽管还不能告知他这就是事件真相。当然，这是件大事要事，也不能总瞒着官方。我就此同甄晓敏进行了一次深度交流。

甄晓敏说："那个密画里隐藏的那个结局，的确是真实的，绝对是实际案件的写照。起初，我那小说也是按照这个真实案件收尾的。可我最终还是把它删除掉了，又稍做了些方向性调整，从而写成了上面的那个样子——棍杀余元谋的凶手，是一个冒充彭寂的人。是的。我是假以'删除干净这些弯弯绕的东西，省得让他累着了读者'为借口，不把真相公之于世的。其实，真正原因是我觉得，这个真相太过于悲惨，与普通人认知观念冲突也太大，广大读者是不会接受这个事实的！照实写，必定要挨骂！我猜测，你余之言之所以支持孙子'永不公之于世'，也可能是基于这个考虑。"

我坦诚地谈了自己的想法。我一直觉得，这个"最终的真实结局"，能赋予这部形而散的小说一个聚散凝神的功效；靠最后这一招儿收起小说，也还能提高其文品档次和故事魅惑力。说实话，把原来这个真实结局删除掉，着实可惜。其实，这个结尾，就是一盆肉汤里的那把盐。没有这把盐，整部小说将索然无味！但是，读者是上帝，我们要照顾读者的情绪，宁可让小说少这把盐，也不能给读者一个不能接受的结局。

谈起这个事情，甄晓敏还是带着浓浓的惋惜情绪："那个结尾，确实有弯弯绕之嫌，但也很有看头，比眼前这盆无盐之汤要美味得多。我曾想冒着惹众怒遭非议的风险，把这个真实结尾留下来的，可又考虑我公职在身，不同于一般作者，还是稳妥一些好。"

忽然之间，我心头涌出一股悲情，眼泪止不住流了下来。我明白，这眼泪来得晚了一些！之前，不仅是我自己忽略掉了我之悲痛心情，甄晓敏、我那孙子以及广大读者，也都没人替我难过过。

是的。谁也没有从亲情角度考虑过我的感受！当初，我的母亲王小娇那样死去；我的父亲又生死不明，实则也已经死去。我行文之中，却从没为父母之死而流露出凄婉和伤感，一直不带感情色彩地表述故事，好像彭寂王小娇的一切都与我无关似的。这不是一个有正常感情之人所干的事。那个时候，我可以蹲在古灯塔前哭泣，也可以为别人悲伤，但不能为自己及其亲人流泪。这全是为了愈加真实地实施密诱。我背后的那个余元谋一再叮嘱我，为大局，要忍耐，得坚强，莫悲伤！说实话，在写作过程中，摆布我、左右我已成了余元谋的习惯，也成了我的习惯。我自愿把悲伤憋在肚子里不让它爆发，就像肚子里的秘密不能乱讲出来一样。

现在，居然又出现了一个由死而复生、生而再死之人制造的更加惨烈的结局，谁还能受得了哇！那可都是我的亲人哪！然而，我只能在小说之外，找个没人的地方暗自啜泣。

哦，我的父亲！我的两个父亲！

我的两个与汉阳造步马枪榴弹炮加农炮和起源于索姆河战役而沿袭多年的马克型坦克炮同时代，却又见识过原子弹的厉害、听说过黑洞炸弹也可以有的父亲！

我的两个因莫尔斯电码无线电讯号军事密码而结缘结怨结仇的父亲！

我的两个已经死于或即将死于同一部魔鬼密码（最密）的父亲！

我的两个与同一个女人（王小娇）在感情上撕扯不清的父亲！

我的两个都热衷于左右我这颗糟心和这支秃笔，先让我密诱一个出山，后再让我密诱另一个归案的父亲！

是的。我的两个父亲，一个赤诚不渝的革命者，一个死不悔改的反革命者，彼此终身对峙着、决斗着、友好着、相亲着。

没错。这场卑微渺小而又轰轰烈烈的二人对决与友爱，一直发生在我两个父亲的脑海里、心房里、血液里，却终结在了老祖宗的巢穴老宅里。

我两个斗士般的父亲，没有使用同时代中任何一件威力越来越巨大的热兵器，而仅仅使用了元谋猿人追打野兔时用过的一根木棍棍，这却是一场世纪之战、生死之战、不休之战、灵魂之战、爱恨之战。这场别样的战争，没有目击者，周遭却长满了眼睛，那是古老庄园里的千门百窗，老屋顶上的秦汉瓦缝，还有时刻喘息着的造屋神灵，它们穿越时间和空间鸿沟，眼巴巴地看着古老迷宫之中又一件新的秘密诞生。

我的两个父亲，这是何苦来着！为何非得要制造一个这样的"最终的真实结局"？

我的两个父亲，你们就让我放声大哭一场吧！眼前，不哭不足以安抚我魂魄！不光是我，谁听了这个"最终的真实结局"，都会泪洒衣襟的。即便当作私密故事，仅在家人和好友之间传说，也会引出泣哭一片的。

哦，我的两个父亲。你俩制造的那个"最终的真实结局"，怎么会是这个样子的呢？！

第十八章

与 敌 共 谋

5280 2420 0364 6180

"你仔细看看我是谁。你说，在这个世界上，会有两个长相一模一样的人吗?!"凶手面目狰狞地说。

甄晓敏猛然伸手，去撕凶手那张假脸皮，却怎么也撕不掉。这是一张未经过任何伪装、未动过任何易容术的真脸皮。没错。这正是一张弹性十足、色彩红润的活人脸!

这就是那个眨巴着一双大眼睛、一张口说话就臭气熏天的彭寂。绝对的，真真的就是彭寂!

"我本来是想在老宅里守着母亲的尸骨，一天天活下去的。我觉得，以这样的方式寿终正寝，也是不错的选择。现在，你们干吗要来打扰我? 也行，反正你们迟早要来的。"凶手愈发狰狞，口吻刚硬，"大作家雨果说过，被人揭下面具是一种失败，自己揭下面具却是一种胜利。你没能揭下我的脸皮，你说，我是失败者，还是胜利者?!"

甄晓敏没有说话，缓缓举起手枪，手指一按一拨，弹出了空弹匣。退弹匣的声音清脆而悠长。这声音，拖着长长的弧线，在地板上接连砸出三声脆响。

凶手脸上露出莫名的快乐："空退弹匣的声音竟然如此美妙。这种绕梁三日而不绝的听觉，我还是第一次有!"

甄晓敏慢慢亮开手掌。是一个满仓的新弹匣。咔嚓，哗啦。子弹上膛的声响寒冷而刺耳。凶手依然满脸幸福，一副陶醉如梦的神情。

甄晓敏眉头一皱，迅即出枪，冲着这颗洋洋得意的脑袋，一阵猛扣扳机，却仅有一粒子弹打掉了他的左耳垂，其余七粒全都擦着他头皮，穿过奓立的白发，射进了身后的梁柱。冒着青烟的枪管，还狠狠地捅了捅这鲜血直流的左耳，又狠狠地捅了捅那残缺不全的右耳。似是还不解恨，她又摸起一具骷髅，狠狠地朝这颗活骷髅砸去。再看这张活人脸，依然堆满微笑。尽管看出是强装欢颜，还是又一次招来骷髅的重重一击。

怎么真的是你？

你居然还活着？

难道，当年，你是假投诚，真潜伏？

看来，仅有技术上的破与立，从无政治上的敌与我，是一个弥天大谎！是你故意散布的一个假幌子！是你编织的一个精密而持久的大骗局！

说实话，这一刻，我真不愿意相信这就是事实。可眼前，这个大活人可触可摸呀。这个残缺的右耳，这副怪异的模样，不是你还能是谁?！

这里有一个问题，也是我刚刚才想清楚的。当然，你现在也可能已经想到了——余元谋让余之言在小说里，三番五次地详细描写你死去的经过，让所有人都相信你真的死掉了。原来，他俩这全是为了麻痹而密诱出一直还活在人间的你彭寂哟！还有，其反反复复描述王彭爱情的形成过程，以及他余元谋在王彭之间不断掺和的情形，也是为了刺激你彭寂神经，激你跳出来呀。

呵呵，他余元谋大费周折，真正要钓的，原来是你这条大鱼哟。他这套下得够深的！连被他利用着的作家余之言，也一直蒙在鼓里哩。

没错，最终，你还是没有斗过余元谋。

当然，最终，他还是死在了你彭寂手里。

可你心里比谁都明白，他完全可以不选择这条死路，他还有别的办法抓获你。但他毅然决然地选择了以死面对你。他了解你一如了解他自己。他知道你会对他下死手的；他也知道，你迟早会因杀死了他而落网的。这大概就是他所选择的与你同归于尽的一种特别方式吧。

但是，终究是你亲手把他打成了肉饼，而他不能算是亲手弄死了你。他要的就是这个效果——这辈子他不想欠你什么，尤其不想直接欠你什么。将来若是你被政府枪毙了，那是另一回事儿。那是你罪有应得。没错。你彭寂死有余辜！只可惜了老英雄余元谋，他死得忒惨。

老贼你也真下得去手哟。我无论如何也想不通啊！战争年代，你当国民党的爪牙；后来你变好了，还为革命立下过功劳，可到了和平时期，却又成了"青铜瓮"的黑狗子，甘愿为外贼卖命，这还有没有天理了？！你这种畸形演变，变态投敌，缺乏正常逻辑，难成因果关系呀。难道，这也是先有果、后有因；先有疤、后有伤；先有伤、后有枪吗？真真搞不懂你为什么会这样干！

我看呀，是你自己说对了。你彭寂就是狗改不了吃屎！你怎么什么屎都吃呀？你投靠贼国图的是什么？你又是何时成为贼国间谍的？噢，大概是你被借调到九珠湾之后发生的事吧？想想曾几何时，国内政治运动不饶人，像你那种尴尬而暧昧的历史背景，确实很容易造成自身政治处境艰难。"青铜瓮"真是无孔不入，无人不逮呀！回头想来，在九珠湾地界上，长着狗鼻子的"青铜瓮"，不找上你那才叫怪呢。苍蝇不叮无缝的蛋。说到底，还是你信仰根基不牢。这是你的老毛病了！估计是"青铜瓮"先嗅到了旧时葡密电报的气味，才盯上你的吧。因为，那十七份旧密电，涉及当年日军追觅九珠湾要地海洋地质气象秘卷，以及九珠湾二千吨级运宝货船沉没事故的经过。这些秘卷，可都是"青铜瓮"梦寐以求的情报哇。这些秘卷，可都是咱老祖宗的宝贝哇。那船金银珠宝，也都是咱老祖宗的家财呀。

他们盯上了，你怎么就从了呢?！哎呀呀，你肯背叛自己的老祖宗，去抱贼国的大腿，我是无论如何都没有想到。不过，想想也是，若是让人都想到了，你也不会隐藏得这么深，潜伏得这么久。

看到这个结局，我死的心都有了。不过，话又说回来，再怎么想不到，再怎么想不通，眼前的事实确是如此。该发生的已经发生了，难道我还能让历史再重演一遍，把不符合因果逻辑的叛逆，都一一改正过来吗？不可能啊！不但不可能，反倒是看似不可能发生的事情，以后还有可能再度发生！对，一定会再度发生！这就是我们每天所面临的严峻形势和现实存在！这就是你不想有，却必然要有的悖逆叠加！这就是余元谋老人以如此诡异方式，实施密诱的终极目的——让人们想到所想不到的百年忧患！

凶手双腿被子弹击中，双臂被木棍打伤，跪在那里动弹不得，似是很有耐心地听着甄晓敏说话，眼睛却不时地瞟窥旁边那把寒光四射的斧头。

"这是彭老英雄斩除恶人的武器，你这个大恶人哪有资格碰它。"甄晓敏拣起那把斧头，然后，把凶手扯转了个方向，"跪在你老母亲面前，想想该给我们交代一些什么吧！"她又像是想起了什么，恭恭敬敬地把那具骷髅安装到原来那架尸骨上，深鞠一躬说："彭老英雄，刚才我一时冲动，动了您的头颅，您老莫怪。我只是想借请您老的威严，敲醒彭寂那颗榆木脑袋。"

凶手静静地说："那好吧。我就说说我母亲身上一些鲜为人知的事情。这些情况，你一定都不掌握。你仔细听好喽。"他拉开了一副长谈的架势。甄晓敏似是觉察出了凶手的阴谋："你知道，我现在并不急于听取彭寂的情况。你是想用长谈闲扯稳住我，等待你双腿枪伤把血流尽，然后悄悄死去。没门！你甭想一死了之！"她招呼人给凶手做了包扎："彭寂光明磊落一生，你愧为老英雄的后人。你投靠贼国时，考虑过彭老及其母系姒家的感受吗？一个心中没有

294

祖宗的人，猪狗不如！你这头绝祖灭根的呆头猪！你这条没有节操的荒唐狗！"

的确，因思想逻辑和因果关系上说不清楚，致使彭寂去舔贼国脚后跟的行为，在甄晓敏眼里，纯粹成了荒唐之乱，禽兽之举。此刻，她思维像一条细线缠绕着脖颈，浑浊，混沌，凝重，呆滞，渐渐置她于窒息。是啊。一部书拥抱着另一部书，没完没了；一种永恒，纠缠着另一种永恒，还是没完没了！荒唐的就让他荒唐下去吧。好在，那也是一种没完没了的现实生活。

突地，甄晓敏眼皮子一跳，心说：彭寂不给余元谋一个痛快的安乐死，而是一棍一棍把他打成肉饼，让他在极度痛苦中死去。这究竟是为什么？他这一罪恶行径的背后，其思想逻辑真的是荒唐的吗？

那就听听彭寂自己是怎么说的吧。

　　我的那个意念，那股不甘，那种气度，那个小心眼儿，几乎总是在黑夜来临时出现。好久以来，总是这个样子。黑夜怂恿着我一再耿耿于怀。我睡在那里，气息不稳地呼吸着。在某一时刻，终于沉入梦乡。我梦见自己同他谈交情，谈事业，谈未来，谈革命，谈胜利，谈光明，谈该谈的千好万好。然而，就那么一桩不好，怎么都淡化不掉，长年憋在心里说不出口，也不能说出口。通常，人一憋屈，就习惯做那样的梦。我知道，那种梦，对友谊，对革命，对兄弟，都是不利的！

　　我开始讨厌自己，一把鼻涕一把泪地劝说自己别这样。可我不能自拔，依然摆脱不了那种梦的侵袭。有一个时期，我特别惧怕上床睡觉，一旦进入睡眠便无法控制自我。后来，我尝试强迫自己怀着对友谊的憧憬进入梦乡。可当睡着了，这种憧憬即刻消失，萦绕在梦中的仍然是怨恨。一觉醒来，我总想抖落掉那种心境，告诫自己千万别这样，没想到反而愈发严重，甚至发展到几乎要自插双目寻求黑暗，以图在黑暗中继续那种梦幻。是的。在黑夜里，我与他如瓮中蜘蛛般彼此纠缠，似黑白毛线般交织成球，像薛定谔的猫一样生死叠加。我俩亲密地拥抱在一起，又惨烈地打将开来。其实，他一直在刻意规避打斗，即使脸上挨了一记重拳，也还会和颜悦色地同我拥抱。而我不行，我那小心眼儿，似在不知不觉中酿成了深仇大恨。古灯塔旁石碑上那段长文，我是看见了的。那是他对我感情的真实流露，一时看得我泪流满面。但是，那种可怕的意念一旦出现，我便擦去泪珠，兀自颤抖，依旧固执地那样去想象，那样去做梦。

就这样，这个不可理喻的意念，一夜夜地深厚起来，终是激爆了我的报复之心，行动步骤也逐渐清晰起来。是的。仇恨蓄势待发，计划也运筹成形。而这些，当然还都是发生在梦里，醒来却从不思忖有没有这种必要，也没想过用一个和解的姿态去解决问题。事情愈发失控，我不再满足滑入虚无的梦乡，而是大白天也睁着眼想这事儿。我自己威胁自己别这样，嘴里喘息出破碎的字句，细听却是悲怆的最后通牒——通牒给我自己，也通牒给余元谋——报仇，报仇，一定要报最密被破译之仇。此仇不报，我难以安生；此仇不报，我枉做一个编码师；此仇不报，我那小心眼儿便无从安抚。哪怕彼此一起毁灭，也必报此仇！

哼哼！"青铜瓮"一代代一个个被余元谋赶尽杀绝，算个屁呀！深潜的"青铜瓮"其他同党是否安然无恙，与我何干?！不过，我那狗特务的职身总是摆在那儿的，也是要花他狗特务经费的，一些话儿不得不那么说，一些事儿不得不那么做，可在我内心深处，那纯粹是应景糊弄，逢场作戏！逢场作戏你懂吗？你以为，我会真把古卷秘册、运宝沉船情况，以及现在军情密情中的核心秘密，都去告诉青铜瓮组织吗？做梦去吧，狗日的强盗！

没错。以气象学术交流为幌子搭建窃密渠道、密谋策反研究所那个退休人、为夫妻间谍等几个骨干培训通信技术等，我都是幕后策划人之一。（难怪，那次老灯塔之夜，余元谋醉眼看到传送灯光信号的手迹似曾相识，原来那夫妻间谍的电码手法是彭寂培训出来的。）但整个参与过程，我从来不同那些人直接碰面，就连传授谍报技术时也是蒙面的、假嗓的，不会暴露出我的任何身份信息。是的。我早就留了后手，我没真情投入，我和"青铜瓮"是面和心不和。这也导致你们官方抓捕了那些人，他们却供不出我任何情况。是的。常规情况下，我是绝对安全的。只有遇到了余元谋，我才可能败露。这一生，余元谋是我最大的克星！

谁都知道，最密是我安身立命的头等大事！正是大克星余元谋，攻破了我的最密堡垒，使我成了在黑夜里生活的人。我没有了光明，没有了方向。我变得一无所有！我变得无所畏惧！你说对了。这才是我找余元谋报仇雪恨的唯一根源！这些年，这个意念，一直活在我心中。它由小变大，由弱变强，茁壮成长，最终成了一头连我自己都控制不了的怪兽。

是的。最密败破，成了我的致命心病。对这个余元谋，我终身不服！你看，斯大林格勒战役，德军之所以惨败，在一定程度上，是因为他们比苏军少了一件棉袄。而在最密编破对决中，我彭寂之所以惨败，在一定程度上，是因为余元谋多了一次偶遇。他无意间听说了"可卿等我"的故事，偶遇了那个疤脸女人，从而晓知了这世上还有座彭家建筑迷宫，那迷宫里还有个奇葩的彭寂。人们会说，这是哪儿跟哪儿呀，你这个比喻和说辞也太荒唐了吧。可是，这个概念，这个因由，在我彭寂头脑中，早已根深蒂固，神仙都撼不动了。

后来那些年，我愈加走火入魔。我曾幻想把最密繁殖成量子密码。这个前景实在是太诱人了。量子密码术是不可破解的加密手段呢。如果这项技术能够研制成功，那么，对隐秘信息的非常规获取就走到了尽头。这标志着密码编码师与密码破译师之间的战争，将永久结束，密码编码师成了最后的胜利者！这是个令人陶醉的美好前景。可是，似乎也是天方夜谭！到如今，全世界还没人能够研究成功量子密码术。我也不行！我没那些大科学家的头脑，也缺少相应的技术条件。对我来说，这一如上天摘星星。这样一来，那个在我心中一再生长着的㝡密，依旧摆脱不了被余元谋破译的命运！细想想，量子密码术也帮不了我，㝡密很难牢不可破，这事怪谁？怪谁？怪谁呀？还用说吗？怪余元谋呀！罪魁祸首是余元谋呀！

没错。我要报复余元谋，我要报复这个世界上最可恨、最可怕的敌人。几十年过去了，这个意念，这种心结，这股怨气，已经凝固成了无法破解的深仇大恨，且越积越深，而时间正是这个恶果的催化剂！滴水穿石，已不可遏制，无可挽回！于是，我制订了一个复仇大计。计划制订得非常周密而细致，细致到大概打多少棍子，才会使他咽气，再继续打多少棍子，才能把他打成肉饼。

是的。为实现这个计划，我无所不用其极。包括我利用九珠湾海域部分古卷秘册，诱使余元谋出山来到九珠岛。这一招，我做得极为成功。起初，我还暗中借助"青铜瓮"的潜伏力量，为寻机干掉余元谋而布局作乱。那几年，我身怀这个计谋，隐藏在九珠湾诸事背后，无处不在地窥视着，不失时机地搅和着。我把那根搅屎棍，用得精妙无比！当然，保证我自身安全是前提。一切事，务必干得格外小心。既不能被警方有所察觉，也不能被"青铜瓮"看出我有外心。还好！九珠湾被我搅得不该复杂的复杂了，不该乱的乱了，而各方却浑然不觉我之隐秘作为。对此，我颇为得意！后来，我改变了策略，想尽千方百计把复仇大计与"青铜瓮"相关事宜脱钩。我要亲手宰了敌手，才能痛解心头之恨。靠外贼解决国共密码战中的这点宿怨算什么本事？那不是我彭寂的做派。

事实上，这些年，我倒是没少利用佘元谋在九珠湾系列破解和追捕行动，以及关于鲎狼大战和鲎狼复活等传言传闻，为我实施复仇计划服务。当然，佘元谋也同样利用了这些因素与我纠缠和暗斗，尤其他还巧妙抛出姒家那些惊心动魄的系列故事，以我对母系血脉的留恋和感情为诱饵，来钓我的鱼。而我却成功地把姒家历代故事肢解分离，搅了个时序不分，纷乱一片，并不由自主地沉浸其中展开了系列反密诱行动。是的。长期以来，我俩一直在暗中较量，心照不宣。其间，至少我是疾恶如仇，以死相搏的。我对他时有表现出的宽仁之心是不屑的。哼！破了我的冣密，还装假仁慈，没门！你佘元谋必须以命偿还！

说心里话，过去，现在，或是将来，我从不真正顾及名节。谁骂我汉奸特务王八蛋，谁骂我狗改不了吃屎，我都没放在心上；在对待佘元谋问题上说我心理变态，在政治问题上说我信仰根基不牢，这些我也都认了。直言不讳地说，我加入青铜瓮这个狗组织，其初衷就是为了促成我的复仇大计。刚才说了，就是想找个平台，摆个场子，布个乱局，把九珠湾搅浑，让警方五迷三道，以利于我对佘元谋下手。这事儿，想想都痛快。他塌了半边天，翻了整湾海，竟然还不知症结。就是偶然有所察觉，怀疑我在搞小动作，却也没往我投靠青铜瓮特务组织上去想。谁能想到我会坑爹害娘欺侮祖宗投敌叛国呢。

不过，我干下这些勾当，也是瞒着王小娇的。她到死都没想到我变成了一条外国人的狗。非常可恨的是，“青铜瓮”那些蠢猪，居然误杀了王小娇。入伙之前，他们答应过不伤害我爱妻的。据说，是“青铜瓮”一度对我的忠诚有误会，才下手对付王小娇的。主要是敲山震虎，给我点颜色看看，没想到会失手要了她的命。而我也是鬼迷心窍，竟然没想到要为爱妻报仇。这全怪我把复仇之心，全都放到了佘元谋身上。看来，冣密才是我甚过爱妻的最爱；冣密被破才是我甚过爱妻被杀的最痛。换句话说，最密是我的生命。这些年，我的价值观都是围绕着最密建立起来的。无论怎么说，现在，我是当之无愧的胜利者！因为，我用无刃棍棒破解了余元谋的肉体。他每一粒细胞，都被我碎成了一泡血水。正如我的最密，被他一层层剥离、一块块肢解一样。好啊。这叫东方不亮西方亮。我固然保证不了最密的安全，可我干掉了能攻破最密的那个人，这也算是一个久违了的胜利吧。当年，我就是肩负着这个使命，潜伏到共军队伍里来的呀。呵呵，让余元谋的"生存第一，胜利第一"见鬼去吧。尽管我这个胜利来得晚了一点，可终究是最密编码者消灭了最密破译者。值了，真的值了！

说起来，这些年，我在公安局那里是个找不到尸首的死鬼。而实际上，我隐姓埋名，以多种掩护身份，藏身于人民群众的汪洋大海之中了。我天天如履薄冰，极其谨慎小心，某些时候还常使用化装术、易容术，绝对保证自己不露马脚，真真做到了万无一失。哼，天下人谁也别想找到我！要不是为了杀死余元谋，我会永远隐藏下去的。

好了，我同余元谋的一世深仇，都翻篇了，真的翻篇了。我知道，你们保密局最关注的，并不是我俩之间的这点屁事儿。

"那个人妻被杀之前，凶手已经死亡！被杀者和杀人者，很可能都死于同一种不易被常人所发觉、所认知的高科技杀人手段。"这才是你们的重案之重！当务之急！

是的。以前你们摸清的，抓到的，那都是些浅情况，假幌子。退休人确实掌握一些敌特内幕，但他在"青铜瓮"内的资历终究太浅，你们依靠他一网打尽其所有，极难。不过，对退休人业余研究量子力学八年余，且能研究到国家专家来求教于他的程度，我还是很佩服的。事实上，是我暗自看中退休人量子密码研究在先，然后，才以他掌握某新型远洋技术情报为由，推荐发展他加入了"青铜瓮"，说成功策反了他更为贴切（以他在远方读书的孙子之人身安全相要挟，去降伏他的计谋，也是我出的）。显然，"青铜瓮"关注的是退休人手里的情报，而我暗中紧盯的却是他那量子力学研究；在"青铜瓮"那里，发展的是一个能窃取某新型远洋技术资料的特务，而在我这里，是抓住了一个可能会帮我把最密繁殖成量子特性密码的技术高手。尽管最终他那些量子力学成果，对我并没实质性帮助，但直到他特务身份暴露，我也没有放松对他此项研究的盯梢。其实，这之前，我已经从对量子密码狂热追求中渐渐清醒过来，晓知了我的最密体系本与量子密码（其依赖物理原理）风马牛不相及，我的一切相关努力，都是变态式空想。可惜为时已晚，我已经像饿狗一样死死咬住了退休人，直到彻底毁了他。把一个像我一样杰出的技术疯子，搞得晚节不保，也算是我过度痴迷最密所造成的恶果之一吧。当然，我背地里干下的这些下流勾当，退休人并不知。他不会想到背后那条大鱼就是我彭寂。

好了，不说这些了。回头再说说这个案子。情报不全面，线索不精细，你们那个破案高手"小勤快"，也白搭。要知道，对"青铜瓮"深层底细最有发言权的，还是我彭寂！我在"青铜瓮"深怀诡计混了这些年，当然清楚他们的七寸在哪里。我堂堂一个优秀编码师，同"青铜瓮"那些人打交道，绝对心手相应，游刃有余。我从来不去九珠岛张记海产品店，那是"青铜瓮"小喽啰们活动的地方。从自身安全计，我拒绝与那些人交集。但我平时尽数掌握其内情，也秘密监视着某些阴暗角落里的阴阳人。我有的是办法掏尽"青铜瓮"所属各部的秘密，就像延安时期共军变着法子掏尽我心里的秘密一样。我干这活儿，小菜一碟！

没错。"青铜瓮"的一切事儿，全在我心里装着哪。你们想要听到我的真情实话，这容易，我完全可以和盘托出。但是，你们得答应我一个条件。这个条件并不高。就是等我死了之后，为我建造一座坟墓，并与爱妻王小娇遗骸合葬。我知道，给一个反革命杀人犯建坟造墓，你们在政治上会有所顾忌。我不管这些，那是你们的事。若想从我嘴里挖出重要情报，就得答应我这个条件。

我已经想好了交易步骤：在彭家墓地的河对面，为我夫妻另地建造墓穴。在我咽气之前，先把王小娇遗骸迁移过来，入殓装棺，抬进墓穴。然后，我抱着那部最密，与爱妻躺进同一口棺木，你们再盖棺填土，封墓立碑。墓碑还不能是无字碑，要刻上"人民英雄王小娇之坟"字样。记住，绝对不要刻上我的名字！当然，盖棺之前，我会用最后那口气儿，告诉你们想知道的一切。那些相关的秘密情报资料，我已经提前写好了，早就藏在了一个隐秘处。我告知一句话，你们便能拿到手。

小甄啊，成全哟！

政府啊，成全哟！

说话间，甄晓敏想到了一件事——既然活人彭寂的身份已经确认，那么，阁楼里那两具女性尸骨旁的男性尸骨是谁？哎唷，他与九珠湾老建筑里，胸口叠放十字红砖的男尸有没有关系？看来，这个问题，只有让薛定谔的猫来回答了。没错。这部小说里的某些问题，也只有那只量子猫才能说得清楚；这部小说里出现的某些遗憾，只能眼睁睁地看着它发生而毫无办法，要想弥补这些遗憾，也只有跟着那只量子猫，到量子力学时空里去解决了。牛顿力学时空可消解不了这些问题。因为，牛顿力学时空实现不了时光倒流！

待彭寂絮叨完那番冗长话语，甄晓敏克制着情绪，口吻平淡地说："你彭寂死前提出些啥条件并不重要，我不在乎。我只对余元谋咽气前说了些啥感兴趣。终究，他老人家是个顶天立地的大英雄。他就这么无声无息地走了，我很难过，很不甘。他总得留下一些什么话让人念怀吧？"

彭寂说："没记得他说了些什么醒世名言呀。"甄晓敏依然平淡如水："不一定非得是醒世名言，他单对你也应该多说些什么呀。不是吗？这一生，他与你，彼此既对立隔心，又息息相通；既有以友谊的名义制造敌人，又有以敌人的名义密谋友谊；既在战斗岁月里不断强化各自信仰的意义，又在时光流逝中持续繁衍技术对决的价值。彼此都像爱一样恨着对手！就这种关系，他临死前不给你留下点什么话，道理上解释不通啊。"

彭寂说："你似乎比我俩更了解我俩。但这次让你失望了。他走得很平淡，倒像是有什么特别的话要说来着，却又另想起了什么，或者悟到了什么，或者怀念起了什么，然后，奄奄一息地说：'等国家安定了，接你父亲回家！'说完就死掉了。就这么轻描淡写的临终一言，说的还是以前我家老母亲的词儿。你说，这算什么醒世名言?!"彭寂又激动起来："可是，他余元谋那副死到临头还天下无敌的眼神，我受不了。哼！你余元谋就真的天下无敌了吗？到头来还不是落了个身无全尸，粉身碎骨?!你老家伙狂什么狂?!"

对彭寂言谈中的情绪变化，甄晓敏并没在意，她脑子里回响着的，是余元谋临终所说的彭老母亲那句词儿。

前面早就说过："已经发生的相关事实足以证明，那个彭寂，绝对是个有仇必报的人。当年战争中，他正是败于此！"现在，依然要这样说，且还要加上几句话："彭寂是个被仇恨冲昏了头脑，丧失理智的人。这个人，技术思想大于天，心眼儿却像个针鼻儿，尤其毫无政治主见。他心里从来没有国家，没有民族，没有他人，连一个女人也没有真正装下过。这一生，取密及其编码技艺，才是他的唯一。就是他提出与王小娇遗骸合葬，肯定也不是出于对爱情的忠贞，而是他在人世间打的最后一次小算盘——借助王小娇这个革命功臣的身份和坟墓碑铭，来保全自己尸骨入土为安，尤其想保全那部取密与自己永不分离。甚至再往前看，他彭寂与王小娇发展感情，也像是深藏了不可告人的目的——考虑到自己曾当过国民党特务，为了以后能在共产党队伍里好混，便处心积虑地谋成与王小娇的夫妻关系。是的。找一个历史上政治上都清白的革命老婆来为自己保驾护航，不失为一个妙招。"

正是这样，这个善于编织迷宫的职业高手，通过运用男情女爱、夫妻联姻、搭档瓜葛，以及巧妙搅乱余王姑舅亲情，外加注重营造编破之间亦敌亦友的暧昧情义，人不知鬼不觉地、看似自然而然地、多年如一日地设下了一个感情迷局，把自己牢不可破地编织进了这个集体之中。

然而，就是他彭寂的这个自得之作，也是被余元谋暗中识破了的，只是余元谋默不作声罢了。是的。长期以来，余元谋从不计较彭寂那些蝇营狗苟的事儿。他老人家只管把该干的事情干好。这不，他妙借彭寂高超的编码技艺，把九珠湾诸多秘事用那部鲎密，做了特殊而详尽的记录。他想让后代以此铭记九珠湾的历史，常反思，有警觉！尤其，他面对彭寂的自我毁灭，想拯救却又无能拯救，只能陪其一同毁灭，并任由他动用了极端残暴的杀人手段，试图以此告诫人们，世上确实存在着诸如此类的敌我关系！在和平时期，尽管看不到拿枪的和不拿枪的间谍，但你一定要相信，间谍就在你身边。他们，可能会以各种意想不到的面目，出现在你的生活里。是的。余元谋的终极目的，是期望子子孙孙永远记住那个鲎密密钥，千古山海多少事，唯患安逸醉太平。

没错，这句密钥词，才是这部小说的重心；甚至整部小说，也是为这句话而存在的。这句话，又恰恰是出自彭寂之手，却被余元谋拿来反复倡导。是的。这个样子的余元谋，才是真实的余元谋。在他这里，不管现实与幻境如何频繁交替，他对忧患的焦虑都是恒久难消的。即便步入了老年，他还总是以破译师的敏锐洞察力观测世界；那种不安全感，他比周围任何人都感受深切；对外在的敌意和黑暗中的威胁，以及潜藏在社会深处的间谍，他都习惯当作一部密码来破解，也由此看到了别人所看不到的东西。

就说这个案子吧。事实上，余元谋被杀，真真成了一桩奇案。惊奇之处在于，有确凿证据证实，被害人与凶手形成了某种默契，也演变成了一种共谋。即，在实施杀人计划的后期，凶手已觉察出了被害人有恒久密诱，故意逗弄，甚至怂恿他如此杀人的迹象，遂生出了莫大快意。

"我彭寂蓄谋已久，你余元谋顺水推舟，彼此何乐而不为呢？！既然你不拒绝以己身惨遭杀害而诱我暴露，那我就成全你好了！你这点小心思，我看得透透的。不过，咱好兄弟也得明算账，你被打成肉酱的罪过，我只能承担一半，而另一半则应挂在你自己头上；还有，我本是可以全身而退销声匿迹的。但这次，我如此丧心病狂，把案子搞得惨不忍睹，必定会激怒警方，惊炸社会。我迟早会因此而惨遭逮捕的。所以我不能安全逃脱的责任，你也应该承担一半。这算你欠我的。好了。责任都说清楚了。不过，我的好兄弟。对你这种为国家安全忧患而警示民众的献身精神和决绝气魄，我还是敬佩的。发自肺腑地敬佩哟！"

这样的案子，天下少见！令人难以用正常公文文字来完成结案报告。这种时候，文学语言最能揭示该案本质。亲爱的读者，您读懂余元谋老人这个预期了吗？哪怕您在寓言意义上，有一定收获也好啊！

哦，寓言意义？什么叫寓言意义？

这个问题暂且放在一边，甄晓敏对一个具体环节，还总感觉到不踏实——彭寂在谈话中，居然也提到了姒小天曾收到过的那封匿名密码来信。

甄晓敏想到，姒有天也收到过一封涉及那七十七字信件的匿名来信；她自己也收到了那封一句话的匿名信。虽然此信内容与姒家父子收到的信无关，但却与古建筑里无名男尸谜图及退休人被策反案有关。这都是一些什么人哪，总热衷于在背后捣鼓事儿？之前，警方曾对这些事进行过调查，但均未查出头绪，甚至连匿名者为什么要把那样的两封信寄给姒家父子，也没拿出个大致推测。所以，只好向外散布说，关于匿名信那些事儿，"都是谎言迷障，都是子虚乌有，都是某些人声东击西的鬼伎俩"。

这次，甄晓敏下了大决心，向上级写了详尽报告，要求彻查这几起匿名信事件。她给出的理由是：其背后可能存在着重大谍情隐患！这下，领导给予了足够重视，遂抽调刑侦专家、破案高手，与相关职能部门一起，组成专案组联手行动，限期破案。这次，不管是死人还是活人，凡是可能与匿名信有关的人，统统列入了调查范围。余元谋彭寂王小娇疤脸女人退休人，甚至以前来协助办案的"小勤快"，以及与这些人相关的所有人员，一个不少全都要从头查起。对三封匿名信，也进行了多种技术检验鉴别。还调来语言专家，根据匿名信内容和遣词造句方式、行文习惯等，来判断写信者所具备的特征；调来痕迹专家，分析研究字迹特征、信纸笔墨出处，以及邮寄渠道线路等。直观看上去，这三封匿名信封皮都是手写笔迹，而其内容则全是由打字机打印而成。因此，又专门从北京字模厂协调请来高级技师协助破案。

技术鉴定和查处的初步结果是：三封匿名信的信封上，是由三个不同的人写就的。姒小天收到的那封匿名信，是由北京东城长安街邮局寄出的，系为女性所写；姒有天收到那封，则是发自苏州观前街太监巷邮局，疑似女性笔迹；甄晓敏收到的那封，发自南京秦淮区夫子庙邮局，疑似男性所写。三封信的内容，虽皆为打字机打印，却为不同打字机打印出来的。姒小天那封信，是用一台已使用了八年以上的"蓝天牌"打字机打出来的；姒有天那封信，则是用一台"海鸥牌"新式打字机打印而成；而甄晓敏那封信，是由一台用了十五年以上的"宝塔牌"打字机打印的。蹊跷的是，从行文习惯、打字手法、操机特点、生疏程度，以及信纸上留有的某些痕迹等分析出，这三封信居然出自同一个非专业打字员之手。经对信纸上的化学物质对比鉴定，三封信所用信纸也完全相同，是一种28行信笺纸。信纸上方切口处沾有一种蓝色胶水，这是印刷厂装订信笺干燥后留下的。对信笺的规格、样式、纸质和用胶等进行技术检验，认定是北京天明印刷厂的产品。

同一人在不同地点不同时间给三个不同的人起草打印了三封不同内容的匿名信，却又由三个不同的人写好信皮投寄出去，这着实惊炸了警方。其实，这句话说得也不是很严密——谁说信件起草人与打字者就一定是同一人了？但无论是与不是，这都把一些原本并无关联的事件、传说、猜想，紧紧地联系在了一起，并与眼前一系列案件有了实质性交集。

这还了得！有关部门随即加大办案力度，重新布局侦破，终是查了个水落石出。末了，指定保密局笔杆子甄晓敏，起草了一份结案报告，作为机密级材料，呈报给了上级机关。

至于这份机密报告的内容，后来从未在任何下级部门传达过；甄晓敏更是对任何人都闭口不谈，像是没有发生过这事似的。

有人好奇，瞎打听，甄晓敏就说："关你啥事？咸吃萝卜淡操心！"再问，甄晓敏就急了："你想害死我呀？！"

第十九章

醉 太 平 赋

6816 1132 1627 6346

不久，《半岛朝报》《半岛商报》又争相载文报道了一则奇闻：

进入腊月时节，一支海洋捕捞队在九珠湾附近海域，捕获了一对远古时期的海洋生物——巨鲎。这对罕见的庞然怪物现世，轰动了北方三地四省。有关方面不失时机地把这对宝贝，收养进了海洋生物水族馆，并开放供游人参观。

在观者如潮的水族馆门口，常有人看见两个青年学生跪地举牌。有人认出，这两个学生一个叫姒昊天，一个叫余默然。一个木牌上写着："放鲎归海！参观有罪！"另一个木牌上写着："过去并没有真的过去，过去就活在今天！"

有关部门无数次驱赶走跪地者，跪地者又无数次出现。终于有一天，这二人双双被警车带走。就在这天晚上，有八个蛙人趁水族馆换水间隙，顺着通海管道潜水进馆，砸碎水池玻璃高墙，放出了巨鲎。

水族馆工作人员追赶到海边，借月光看到了惊奇一幕。八个蛙人与两只巨鲎，站在陡峭的崖岩上一字排开，几乎同时一跃而起，扎入了大海，消失在夜色中。

后来一些日子，有人发现附近海域常有巨鲎出没。它们或直立在岛屿上远眺，或在海上巡游，或同蛙人戏水玩耍。这让日益增多的观者甚是惊喜。只是捕捞队再也没有捉住过巨鲨，公安人员也一直没把那八个蛙人抓捕归案。

有传言说，捉不住巨鲨是海洋捕捞队不作为。因为，在一次海难翻船事故中，有多只巨鲨及时赶到，把倒扣的捕捞船翻正过来，并四面托举把持住船帮，让落水捕捞队员一个个爬上船去，直到救援船队驰来把人救起。救援船队的摄像机，录下了巨鲨乘风破浪，列队撤离事故海域时的壮观景象。

当地电视台当晚播放了录像资料，后被有关部门收走，说是要上报验证其真实性。

真的假不了，假的也真不了。摆在眼前的一个真实情况是，余元谋又赢了彭寂一回，且赢得那老小子毫无察觉。

就在那一天，甄晓敏从彭寂那里知晓了余元谋那句临终遗言"等国家安定了，接你父亲回家"，再没说二话，带人直奔彭家庄园外一角荒芜之地。那里埋着前些年从法国起回的唐莫寂老英雄的尸骨。

甄晓敏认为，诡异奇才余元谋临终前，绝对不是因怀念老英雄，才简单复述那句遗言的；他不甘就这样败在彭寂棍棒之下，他一定是破了彭寂最后的那个迷局，猜到了"青铜瓮"那些秘密材料的藏身之处。

看来，这个一向善于编织迷宫的彭寂，没有严守住在人世间的最后一个秘密。他在那种惊悚而迫急的氛围中，没能万般缜密地回答甄晓敏那个看似无关紧要的问题。从根本上说，是他没有想到，千百棍棒之下的一堆碎骨烂肉，居然末了末了还会搬出老母亲来算计他一把。是的，甄晓敏听到余元谋说的那半句遗言，想到的却是彭寂临终说下的那下半句话："父骨有灵，棺内有魂！"

甄晓敏带人掘开了唐莫寂的坟墓。打开棺木，并没发现有什么秘密材料。遂扩大范围挖掘棺木四周的泥土，仍不见异物。

甄晓敏很执拗："余元谋的感觉一定是对的。那个彭寂，能干出这种事来。肯定有！必须有！挖！再挖！"

这时，有人发现棺木底下的泥土并非生土，便把棺木起出，继续下挖。最终，在棺木下方一米深处的石砌小穴里，找到了一个密封小箱匣，里面正是那些秘密材料。

不知出于何种考虑，甄晓敏用完那些秘密材料之后，又原封不动地埋回了原处。

同时，她还把彭寂老英雄的尸骨，迁移出那个隐秘阁楼，合葬在了这座坟茔里，并立了墓碑，上写：老英雄唐莫寂彭寂之墓。

对了，甄晓敏用完那些材料，也并非完全"原封不动"埋回原处，而是从中单取出了一卷竹简。她发现，这卷竹简与那些纸介秘密材料似乎无多大关系。

这卷竹简上刀刻了764个密码数字。细看方知，是以前彭寂那"一密二言"中，以"0348"密钥加密过的那段密码。用冣密破解通译了一遍，也还是那191字明文。甄晓敏思来想去，一时觉得，彭寂刀刻并埋藏此竹简的意图可能是："'尚记抗战之胜焉'等191个字，曾被余元谋、王小娇认定为是彭寂的'谢罪之书，悔过之言'。那么，现在，当真正面临死亡的时候，彭寂心里还对此念念不忘，说明了什么？这说明，彭寂对自己过去所干的坏事，是有谢罪悔过之态度的。同时，也说明，这个谢罪和悔过，与当前杀死余元谋无关。也即，他不会为杀死余元谋而谢罪的。在他心里，一直是破我冣密者，罪该万死！永不饶恕！"这些，全是甄晓敏的自我判断。然而，她又想到余元谋身上去了。若是余元谋没有死，他是不会这样认为的。依他的性格和职业习惯，按他对彭寂的了解，必定会再深想一步：中文密码优秀编码者彭寂，绝对不会犯"人民英雄王小娇之坟"这样低级的文字错误。也就是说，"人民英雄王小娇之坟"，不会是"人民英雄王小娇之墓"的口误。即便是他彭寂死到临头，也不会出现这样的慌乱。所以，彭寂那句"人民英雄王小娇之坟"，一定藏有什么猫腻！另外，彭寂也不会明面上用0348密布一层，刻下那764个密码数字就是那些数字本身。那些数字，小说里都明写过的，一字一码，一模一样，谁还能不清楚呢？

按说，一部传统密码的密钥，完全可以是一句话。到底要用哪句话，全凭编码者的兴致，想用哪句就用哪句，这没什么难的。但是，若非得让一句密钥词与某个具体场景和特定情况相吻合，而加密出来的密文内容，又得与这个特定情况毫不相干，且要准确表达出另外一个不相干的特定情况，那就难了！太难了！就像这段764个密码数字，让你再另选一句话密钥加一层密，来隐藏某些更深的秘密。而这个一句话密钥，还得与"王小娇""合葬""坟墓""碑铭"等要素相关。这个难度就更大了。一般水平的编码师，根本就制造不出这样的一部中文密码。可高级编码大师彭寂能行，他以前编制的那个"一密二言"，就属于这类大难度的密码。这次，彭寂依然做到了。但是，他难以做到无比完美，所以，只能用这句"人民英雄王小娇之坟"来凑合。如果单换成更加贴切的"人民英雄王小娇之墓"，虽有一字之差，那加密出来的那个"更深的秘密"，就不再是他想隐藏的那些文字内容了。因此，他彭寂只能留下这个瑕疵。

其实，絮叨这么多，只是想说明，那卷竹简并非与那些秘密材料毫无关系，而是紧密相连，且可能还是彭寂所隐藏的最核心的秘密。

是的。其间，甄晓敏感觉出，好像哪儿还有个结扣没有解开，这才想到了一个问题："取密是彭寂的命。明面上的764个密码数字，不可能刀刻火烤坟埋的就这么完了。取密一定活在其中。"于是，她着重对余元谋的思想脉络，进行了一次深度梳理！通过对手思维，换位思考，终是从余元谋的思想里，悟透了彭寂深藏的那份心思。然后，她请来密码专家，用那段明面上的764个密码数字，以"人民英雄王小娇之坟"这句话加了一层密，对照取密去破解，却依然无解；另换了"人民英雄王小娇之墓"来加一层密，还是不得结果。这下，她真慌了。她不知所措了。她把那卷竹简搂在胸口，想啊想啊想啊，终于想到，先用"人民英雄王小娇之坟"加密，紧接着，再用"人民英雄王小娇之墓"递加一层，二者共同发力之后，再次启用0348，最终才取取密底本来对照破解。

果真如此！这下成了！

咱们细看一下具体步骤呀。这个弯弯绕！这个迷魂鬼！他居然先用标准中文电码明码，制造了"人民英雄王小娇之坟"这组密钥，即：0086 3046 5391 7160 3769 1420 1293 0037 0970。以这组密钥，与那个竹刻764个数字依次相加，密布了一层；在此基础上，又用"人民英雄王小娇之墓"的鲨密密码数字，制造了一组密钥，再与这上一层数字依次相减，得以密文数字191组。然后，取0348，与这191组密文数字每组前两位相减、后两位相加，终是得到了一篇最新密文。这才取用冣密底本破解通译，结果，一通百通！

"好你个彭大疯子！"甄晓敏当即给局长打了一个电话，"请您协调属地警力，立刻包围圆融商厦和麦鲁小城！那里还隐藏有'青铜瓮'余孽。相关的详尽情报，我会设法直接发送到您的指挥现场！"

彭大疯子！你说你弄个冣密、鲨密、0348密钥数，不断花样翻新，一用再用，既难为了自己加密，又难为了别人破解，有意思吗？这就是你那压箱底的决绝技术吗？我看，这纯粹是你心理变态！没错。你搬出王小娇，用"坟""墓"二字搞恶作剧，以此来显摆自己，戏弄警方。你做这些，是不是一如挑逗余元谋那样过瘾，那样惬意呀？看来，你真是把我甄晓敏当作死了的余元谋来斗了。

这场抓捕来得太突然，以至于敌特和属地警方一线干警都还没反应过来，行动就结束了。警方正是按照这次所破解出的竹简上那份"更深的秘密"情报资料，实实地抓捕了一轮，最终，挖出了三个深度潜伏的特务。

然而，甄晓敏看完相关捷报通报，却怎么都兴奋不起来。她独自驾车消失在夜色中。她再一次提审了彭寂。

彭寂还以为她是来和他谈那个交易的。他还不知道埋藏在坟墓里的秘密都被发现并已遭破解，更不知道这个案子只需再走走程序，实质上已经终结，并没必要再向他盘问任何问题。

甄晓敏要问他的，是一个不是问题的问题，然而却急于听到答案。

"你彭寂怎么就忍心把余元谋一棍一棍地打成了一泡血肉？你怎么能下得去这个手哇？"

回想起来，这是甄晓敏走上公职以来，所见到的最残忍的杀人手段了。它的残忍之处，一方面在于物质形态上的改变——把一个骨肉饱满的会喘气儿的鲜活躯体，经过千百遍棍棒的捶打，变成了一堆稀瘫如泥的碎骨烂肉；另一方面还在于精神上的折磨——在对方失去知觉之前，凶手故意先不打破其眼珠和耳鼓，而是让他听着世上最恶毒的话语、看着最恶毒的面孔慢慢疼死。

甄晓敏曾经尝试过像卡夫卡以冷漠而残忍的手法，描述那架叫作"耙子"的杀人刑具一样，或者像王小波以同样的手法，在《万寿寺》中描写龙竹分尸刑罚一样，来详细描述彭寂棍刃余元谋的全过程。是的，就在那一天，她再一次看了一遍《万寿寺》，想象着自己血管里流淌着冰水，颤抖着温热不存的双手，勉强握住了那杆凌乱而感伤的秃笔。

　　按说，依照我这部小说内在架构要求，这一章节，如果能像卡夫卡和王小波那样精写细叙一段，整个小说的艺术层次就会提高一大截。可是，我做不到。一想到彭寂棍棒击打起的血肉，溅了他一裤腿一衣襟一脸一头，我就呕吐不止，几乎窒息而死。我真的写不了这个细活儿，我身上缺少那两位大作家的艺术忍耐力。我只能勉强如此这般地写上一段儿："余元谋忍受着皮开肉绽、碎骨断筋之痛，始终不发出一声吭响，他怕喊叫和呻吟声，影响彭寂下棍的力度和打下去的勇气，从而中断这共谋之下的警示之刑。其间，彭寂还真一度出现了下棍犹豫的情况，似是乱了心志，接连打错电码。那时，余元谋还清醒，忍着剧痛提醒说，既然我非死在你手里不可，那你就打出高水平来，你看你连点画都颠倒了，连码也混码了。你又不是不知道一字一码关乎着战争胜负，你慌的哪家子神嘛？你还是那个一等一的技术能手彭寂吗？你可别让我小看了你！就这样，余元谋对遭受棍棒肢解之痛的听之任之态度，和对行凶行为的漠然欣赏和怂恿，极大地鼓励或激怒彭寂下手更甚。余元谋心里却叫好不迭。好啊，我之身体变成肉泥的过程越残酷，对民众的警示作用就越大。"我觉得，我这样描写，不管是在文学艺术的表现上，还是在时代精神的暗示上，已然产生了直达内核的功效。也即，这一段儿，我是写给文学行内人看的。而一旦脱离文学艺术去看这一表述，大众是不会接受的，或许还会招来社会对我这个作者的斥责与唾弃。事实证明，我这种担忧并非多余。但是，我没有想到，首先跳出来斥责与唾弃的，竟是那个彭寂。他大言不惭地借机对过去某些事情，做了重复性强调和颠覆性推诿。原话如下。

我晓得，那样干，那样写，都是你们的文学图谋和所谓的艺术展现！前面对我那一段关于仇恨的自述描写，也统统都是披着文学艺术外衣的胡说八道和强加于人！以前就说过，我与这个敌手是有特殊感情的，让我如此残忍地把他个大活人打成一泡血肉，我办不到！我真的办不到。把我写成那种残暴的样子，全是你们文人的自慰自淫！

你想啊。先是"啪啪"地棒打骨肉，后是"噗噗"地棍拍肉泥，这是多么一个漫长而要命的过程啊。整个过程下来，恐怕连我自己也会死在自己的残暴之中。是的。我会因痛心过激、自责愧疚而猝死的！

事实上，事情也绝对没有你们想象的那么复杂。我再一次郑重强调，我彭寂与余元谋之间的仇恨，不是国与共之间的仇恨，不是爱国公民与潜伏敌特之间的仇恨，不是王小娇的青梅竹马与王小娇丈夫之间的仇恨，不是王小娇表哥与王小娇男友之间的仇恨，不是满天下的猫与耗子之间的仇恨，不是一般的破译师与编码师之间的仇恨，而仅仅特指最密破译师与最密编码师之间的仇恨。这个仇恨，不是敌我对抗的产物，不是政治斗争的产物，不是阶级立场的产物，不是感情上争风吃醋的产物，而仅仅是寄生于战争土壤之上的纯粹的密码技术对决的产物。

我这"纯粹的密码技术"一说能站住脚吧？没有矛盾之处吧？反正，在我眼里，我与余元谋之间的决斗和仇恨，就是纯密码技术性质的，绝对没有其他。是的，我最早假以帮助起回我父遗骸的名义，让儿子余之言与余元谋接触，到后来密诱余元谋介入九珠湾历史秘事和当下谍情，终极目的也是为了我要获得同余元谋进行面对面对决的机会，以报最密被破之仇，从而了结这段由密码技术问题而引发出的个人恩怨。事情绝对是这个样子的！我已多次从不同角度反复表明了这个观点。怎么想由你们。信不信由你们。

好了，不说这些了。不过，有一点，你们写得也没错。我与余元谋最后那个共谋是有的，并且还很强烈；他那个愿望和目的，也是有的；我帮他实现那个愿望的心，也是存在的。那么，怎样才能完成我二人共谋之下的警示之刑呢？后来，我想到了一个办法。也只有这一个办法，才能做到把余元谋打死而我感觉不到痛。于是，我就那样去做了。最终结果呢，当然是很完美！说"很完美"，那也是从你们文学视角来看的。如此惨烈血腥的一个场景，居然还能看出"很完美"，什么人哪。这说明，你们对这种残忍的描写手法，像卡夫卡王小波一样痴迷和偏爱。你们，真让人恶心！我俩这个共谋，也会让某些沉醉于安乐中的人们感到恶心！没错，这本身就是件恶心事儿。但是，它确确实实就这样发生了。你们谍卷案宗里怎么写，那是你们的事；你们小说里怎么写，我也管不了。那么，那到底是怎样的一种办法呢？其实很简单，用一个纯技术手段就能解决得好！

那一天，当我举起那根罪恶的棍子打下第一记时，我便强迫自己的脑子，迅速进到了关于最密技术的激烈搏杀之中。此刻，几十年来最密的编与破、攻与防，及其不断繁殖的技术对决，一幕幕一轮轮在脑海里重现，甚至在重现中又有新的发展。就这样，一个波次接一个波次的智力较量，不可遏制地上演开来。我心无旁骛地投入了战斗，痴迷不尽地排斥掉了一切杂躁，相应的技术演绎、心战、破算、辩争，自然而然地通过一双胳膊、一根棍棒表达了出来。

是的。我自始至终没有说一句话。棍起棒落，缓急分明，疏密有度，击打出来的都是电码的节奏。我陶醉其中，耳边没有"啪啪噗噗"击打骨肉声，取而代之的全是"嘀嘀嗒嗒"的电码声。你猜对了，我用的是最密底码语言。我的一切叙说，都变成了一个个码子，棍棒成了我的嘴巴。棍棒与肉体的无言交流，把我与他之间密码技术上的过往，都言无不尽地呈现在了心房里。此时的我，眼睛是瞎的，耳朵是聋的，嘴巴是紧闭的。棍棒之下是何物，在发生着什么，我已全然不知。这一刻，最密技术之外的世界，已与我彻底隔绝，再没有什么能够影响我心语传达、思想输出和心理感受。最密的繁衍对决过程有多长，棍棒击打肉体的时间就有多长；脑海里最密决斗有多么激烈，棍棒起落频度就有多么激烈，力度是随着最密密性的深度而不断加大的。不知过了多久，当最密蓬勃繁衍到极致时，再看那个余元谋，他已经成了一地血肉烂泥。此刻，我已走出了最密迷宫，发现自己全身上下都溅满了血肉末子，我吓疯了。我抓起唯一没被打烂的东西——余元谋那缕头发，捂在脸上号啕大哭起来。

我知道余元谋事先在哪个角落里偷装了摄像机。我跪在那孔洞眼前，铛铛地磕起头来，直磕得满脸血肉模糊。我并没有像前面你们写的那样，对着摄像头吼叫出那么一体子话来。实际上，我一言未发，只是一个劲地磕头。

我向罪恶的敌友磕头！

我向亲密的敌友磕头！

我向伟大的敌友磕头！

我向正义的敌友磕头！

我向和平的敌友磕头！

然后，我起身跑掉了！

之后，我精神崩溃了！

我真成了一个老疯子。有一段时间，只要一见到殷红如血的东西，我就伏地磕头，长泣不起。那一天，我蓬头垢面，破衣烂衫，磕长头匍匐在枫树前，还将了满把的红叶往嘴里塞，叫着"鸭血好吃，鸭血好吃"，引来一群孩童用泥巴打我。一队公安路过，把孩童赶走，把我扶起坐在石椅上，还给了我半块馍。我狼吞虎咽地裹着枫叶吃完馍，就在石椅上睡着了。我睡得很死，还做了一个梦。在梦的最后，余元谋扔下一句话，飘然离去："我一直在想，是你彭寂疯了之后才下狠手打死了我，还是打死了我之后你才变疯的？今天，我终于明白了，你是疯癫在先，杀我在后！"我冲那背影深鞠一躬，觉得还不够味，就又伏地磕了三个响头。自此之后，我的心才沉寂下来，我的耳边才安静下来，我的疯癫才稍有好转，但还是常念叨一件事儿——我对余元谋的谋杀，仅仅发生在冣密世界里，而在此之外的其他时空里，我俩皆为生死与共的亲密战友和兄弟！

这一次提审，彭寂情绪还算镇定，精神尚显正常。最后，他说："只有沉浸在冣密技术之中时，我才可以做到落棍碎余骨而不觉。长期以来，只要魔兽冣密一出现，我脑海里便不再有万事万物，对外界一切感知也都随之消失。"

甄晓敏情绪很激动，吼道："每一天，我对你都有更新更深的认识！彭大疯子，你这个幌布帘子还想打多久？你觉得，什么事情都往'过于沉迷冣密技术'上扯，说得过去吗？什么问题都往'纯粹密码技术问题'上靠，还有人信吗？什么罪过都归咎于'冣密技术大于天'的思想，你交代得了吗？欲盖弥彰，天理难容哟！"

彭寂表情复杂地看着她，嘴唇哆嗦着，一副欲言又止的样子。

甄晓敏掏出一瓶白酒、一只烧鸡递过去，说："什么也别再说了，美美地喝上一顿吧！"转念一想，又把酒瓶子要回来，拿出个塑料食品袋，在头上比画了一下，觉得足够小，才把酒倒入半瓶，然后，提着酒瓶走了。

"还是那个谨小慎微的毛病，怕我碎瓶割腕、塑料袋套头。呵呵，你就没有想到，鸡骨头也能要人命吗？呵呵，我若是自杀，岂不省下你一颗子弹。"彭寂笑笑，字正腔圆地说，"我决不会自杀的！更不会被政府枪毙！因为，我藏匿起来的那些秘密材料，是有大价值的，能足够帮我将功赎罪。我与王小娇遗骸合葬的心愿一定能够实现！"

彭寂打开那烧鸡，发现是一包无骨鸡肉，是用草纸包着的。他苦笑了一下，提起那酒袋一角，嘴凑上去，吮嘬了一大口。好久没有喝上一口酒了，真香啊！又突然想到了什么，他僵愣在那里，酒袋"叭"的一声掉落在地。

酒袋砸地的声音，清亮而绵长，就像嘴里的那口美酒，也像脑后传来的一声枪响。彭寂闻之，颤抖不止，瘫软下去。

告别彭寂，甄晓敏去了趟彭家庄园，又从那面摇摇欲倒的歪墙攀爬上去。这几天，她对那座阁楼之上的阁楼老房进行了研究，发现有史料记载，这面一碰即倒似的歪斜外墙，三四百年前就存在了。没有人知道它是何年何月开始裂歪的。甄晓敏却从蛛丝马迹中分析出，这面歪墙，很可能是在当初建房时，就故意建成了这个样子。也即，是房子的主人，一开始就刻意把这房搞成了危房的模样，弄得没有外人敢靠近它。目的是防范外贼攀爬窃偷宅院重地。

有了这个判断，甄晓敏攀爬歪墙时就不再小心翼翼，甚至还故意手推肩扛了几次。歪墙，动而不倒！"呵呵，在这些诡异多端的彭家族人身边长大的彭寂不诡异多端才怪呢！"她心里笑了笑，又想起了彭寂诡异多端的另一招儿。当时，在搜查凶手时，警方最初锁定了一座并不古老的大宅院。这座院子幽邃甚深，布局极其复杂，是彭家迷宫建筑技法之集大成者。这自然是凶手最好的藏身之处。另外还了解到，这座宅院，正是彭寂当年亲手设计，亲自监工，用时三年，建造起的那座大宅院。愈加认为，他对此宅会情有独钟，也格外熟悉。如果凶手是他，隐藏在此处的可能性最大。鉴于此，警方在这座大宅院里耗费了很大精力，而忽略了毗邻这座有歪墙的危房老院子。后来证实，彭寂已提前揣摩准了警方心思，并在那座大宅院一间空房卧床上，挂上了一件从外面捡来的破旧女褂，在床脚旁扔下几颗拣来的烟屁股。那几天，他躲在歪墙危房阁楼里，透过细缝看到警方把那座邻院围得水泄不通，进进出出一片忙乱，心里好生得意。女褂烟屁股，必有女特务。找吧找吧慢慢找你的去吧！

此刻，甄晓敏爬进了歪墙危房阁楼。这里面的尸骨已经处理干净。她觉得处理得还算妥当，死人活人都不会埋怨。

夜间，阁楼里愈显幽暗阴森。她却没感到一丁点儿恐怖，想到这里是给几十年的最密对决画上句号的地方，心里便五味杂陈。她坐在横梁上，梳理着复杂心绪，把剩下的那半瓶白酒喝了个精光。这才细看起这阁楼的结构造设来。

这是一个阁楼之上的阁楼，顶部藏着一个由近百根梁柱构成的隐秘空间。风尘的侵蚀，没有掩盖住梁架别具一格的情调，在撑起变幻多姿的诗意屋顶的同时，也激发了人对整座老宅的浪漫遐想。也许，早前这是一对偷情者常来约会的地方；也可能是一个孤独的灵魂栖息之所。当然，也是一处理想的避难之地。当然，这一点是当然的。

然而，此刻，甄晓敏心里念怀的，并非那个作死不休、苟且偷生的彭寂，而是越来越放不下的余元谋。她觉得，这个老人是逐步走进自己心里去了，其形象比以前那个余元谋立体多了。当那天看到那堆碎骨烂肉时，她这种触魂动魄之感就膨胀到了极点。她简直就要疯掉了："世界上真的有这么一类老革命、老英雄、老无名，叫余元谋吗?！"

要说给余元谋的一生，找出一个显而易见的特点也不难：自少年时期走上革命道路，被地下党称作"老狐狸"的那一天起，到被彭寂棍棒击打致死那最后一刻，他脑海里从来都没有离开过"嘀嘀嗒嗒"的电码声。没错。就像得了耳鸣症的病人，他耳边时时刻刻都响着那个千篇一律的声音。有所不同的是，耳鸣病人一旦睡着了，整个世界便可寂寂无声，而他往往是睡梦里的码子争斗依旧活跃激烈。

事实正是如此神奇。余元谋脑子里的密码对决，有时会影响一场战争的进程，"嘀嘀嗒嗒"里飞出来的军情清晰而准确，能让我方及时获取敌方近况详情，并预见未来战争走向。后来，战争结束了。那种耳鸣般的声音在他脑海里渐渐黯淡，代表战争脚步的点画，也越走越遥远越模糊，由此组合演变而成的词语，也逐步失去了情报意义，最终隔断了与战争的一切实际关联。

然而，当他第一次感觉到战争虚无时，那个不死鬼彭寂又出现了。于是，战争，在二人世界里再度延续。经历了战争创伤的两个灵魂，摆开了新的战场，不可遏制的战斗激情，给了彼此当下生活诸多新的注脚。开始时，他为彭寂对最密的衷情不改、痴迷繁衍而暗自欣喜过；那彭寂也为余元谋生命不息、战斗不止而深感慰藉。在彼此心里，战斗性质并没有改变，依然是敌我关系。而二人对决的背景和土壤，却成了时代更迭下的对敌斗争新环境、新形势。

真实存在的敌情特情和百年忧患，使余元谋惯常的使命感，敏而活泛地进入了现实生活。他要为国家安全而战斗，战斗的触发点和具体抓手，便是那个不死的老对手、不甘寂寞的技术疯子加政治骗子。是的。对这个政治骗子，要有个准确定性，不能再被他在战争年代的一贯表现蒙住了眼睛。

让那个彭寂没有想到的是，有关部门通过分析研究他藏在坟墓里的那些情报材料，反向发现了一些新的敌情特情；又经其他渠道的情报反复佐证校验，对他的潜伏身份有了一个重新认识。是的。这是个从未发现的新情况！这一新情况说明，彭寂这个人，在政治上，绝对不是以前所认为的那样蠢拙，反而是精高无比，常人难识。技术呆子，是他长年刻意伪装的假面孔。他本是一个政治上死不悔改的多面鬼，是有着很强思想能力的铁杆反革命加老牌大特务！尽管坟墓里的那些情报，余元谋生前无从得知，但丝毫不影响他对彭寂也有了同样的重新认识。所以，他才肯下如此大的功夫，不惜酷虐和牺牲自己而精心布设计谋，将这个似是死了多年的幽灵彭寂抓捕归案。因此说，人们不要把余元谋这一系列密诱行为，想得过于简单和表面化。因为对手太过复杂和强劲，很多事情余元谋都无法简单和草率。是的，对于彭寂而言，诡异技术加顽固政治，再加谨小慎微，基本上等于天下无敌。若不是余元谋长施妙计，以身密诱，别人是很难抓到他的。之前，余元谋就曾提供过具体线索和办案思路，试图请警方一举侦破此案。结果，警方百费周折，在认为手到擒来的时候，堵在屋里的却是那个退休人。

没错，退休人正是如此落网的。当时，退休人正在挑灯夜读。他一番肺腑之言，很是刺激到场警方人员的神经："经常读书，就不容易这么慌张。依我的计划和想法，应该让你们更晚些时候抓到我。那样，'青铜瓷'的那条深海大鱼，就有可能被我亲手钓上来送给警方！可惜了，太可惜了。现在，那条大鱼只是个影影绰绰的虚像，我连他的面目还未看清呢。本来是个十拿九稳的事，你们为何如此慌乱躁急，突然抓捕了我？一直怕的就是过早下手打草惊蛇，现在果然惊了他。下一步若想抓到他，可就难了！哎呀呀，警爷们沉不住气哟。难道你们没有读过书？就说嘛，不管干哪个行当，多读些书总是大有好处的。尤其要多用心读那部好书《家》。"听罢这话，余元谋无语多时，心里却明白发生了什么："是那个自以为天下无敌的人戏弄了警方。或者说，是那条狡猾的深海大鱼早有预案，退休人只是他长期精密编织起来的一个假幌子，是他的替死鬼。一旦他万不得已露了马脚，无奈之中留下纰漏，那被警方顺藤摸瓜抓到的，必定是这个退休人。彭寂这个老小子是谙熟金蝉脱壳之道的。早前，那再婚夫妻与那间谍夫妻就是这么设计来着。还有，那年那月那个版本的那部好书《家》，是青铜瓷组织在用的一部书本密码不假，可正是那彭寂将计就计巧用这部书本密码假放消息，散布迷雾，才将警方视线诱引到了替死鬼身上。而这些，退休人和警方都一直不明就里，毫无察觉。"鉴于此，余元谋这才决计拿出绝招，引老滑头彭寂上钩，最终以警捕之。

当然，不能否认，所发生的这一切，也是基于仇恨和情分，还源于共谋。后来，在最终那个过程里，余元谋拿出极大毅力，不让自己分神而陷入恋旧惜世之中，一再告诫自己别舍不得离开这个世界，要全身心去感觉彭寂击打的每一组电码。当时，周围除了棍棒击打声之外，没有任何能破坏一个愿打、一个愿挨这一悲壮气氛的声音存在。

余元谋就这样走了。实际上，他也是不想让人们铭记他的过往岁月。他逼着自己远离战争，甚至丢弃过去的全部战争荣耀以及对战争荣耀的怀念。尽管这种荣耀是隐秘的。他曾经说过的那句话太好了："那些密码破译师大功不语，习惯无名，喜好无声。他们最排斥的就是铭记。忘却他们，是对他们最好的纪念；抹去他们在战争中的影子，是对其卓越战功最好的颂扬。"在最后一次去彭家庄园之前，他一直忙碌的，就是毁去自己在世上留下的一切痕迹。他没有儿女，连血脉也未曾留下一支，所以处理起这事来并不难，只要处理掉带有他任何个人标记的东西即可。末了，他自己也成了一堆看不出面目和任何身份标志的血肉。这正是他想要消除自己一切痕迹的关键一项，由老敌友彭寂不知所以然地帮他完成了。

还另有一事，余元谋也托付给了彭寂。那天，余元谋刚被渔网死死罩住，就知道人生进入了尾声，便对自己的后事做了一个交代。在棍棒拍击声中，他对彭寂说："这一生，走进我心里的唯一一个女人，最终成了你彭寂的爱妻。我若要求死后与她合葬，显然不合适。连想也不能这样想。

这样想猪狗不如；这样想也对不起猪狗不如的你彭寂。我想好了。只有拜托你，在方便的时候，把我这把骨头渣子，撒到九珠湾那片海里去。这样，我便能毫无痕迹地在人世间消失。同时，我之魂魄还能在九珠湾海域永世值警。我倒要看看，将来还有哪些侵略者胆敢犯我九珠湾。"听罢，彭寂停了一下木棍，牙巴骨咬得咯嘣嘣响，重重地点头，眼角竟滚下了一串泪珠。事后，彭寂暂且把那袋尸骨顺进开阳井里安放。他没敢急于行动，想躲一躲警方搜捕，再去完成余元谋临终心愿。没想到，这一躲就是三年。

那么，在余彭的二人世界里，还有多少不可思议的事情正在发生？反刍过往历史，发生在彼此身上那些不可思议的事情，其思想根源又是什么呢？

那就再单说说这个彭寂吧。幼时，他是彭最寄养在娘家的私生子、小野种，一直是在大家族的冷漠与鄙视中长大成人的。他受够了身边人的冷眼和精神摧残，却又对彭家老建筑投入了莫大的热诚。是的。庄园里的人对他越冷漠，歧视越严重，他从老房子身上汲取温暖的心理越迫切。渐渐地，那些老建筑吸附了他的生命，给了他活下去的能量和乐趣。后来，作为对彭家封建礼教和陈规族习的奋起反抗，他肆无忌惮地与寡嫂乱伦。这是他唯一的复仇方式。彭家人摧毁了他幸福的童年和做人的尊严，连母亲也受到了连累。或者说，是母亲连累了他。反正都一样。母子俩在这个庄园里是异类，是不洁，是肮脏。在仇恨与绝望之中，他对庄园千百座老屋及老屋里的人和事研究了个精透。他玩弄了一系列花招，上演了一场叔嫂爱恋大戏，并不断从中吮吸复仇的喜悦，直到被族人驱赶出家门，送进兵营战场。

到了队伍上，他所编制的隐含着彭家老屋精魂的密码，又不断被共军破译师所摧毁。那些年，出于公职责任，他压力极大。连被共军破译师激怒了的蒋委员长，都曾数次骂到了他头上。他一个小小的密码编码师，"享受"的可是国军大将军的"待遇"。谁有这个"福分"，能领受到最高统帅指着鼻子尖的呵斥？尽管是在电话里，看不到委员长大叫"奇耻大辱"时的怒容，但他彭寂的心还是被一剑剑刺透了，精神几乎到了崩溃的边缘。于是，他童年生活被摧毁时积淀下来的复仇心理，渐渐找到了另一个发泄渠道和转嫁对象——共军密码破译师成了他复仇的新目标。后来，复仇对象指向愈加具体和明确，他把最密破译者视为永远的敌人，一生都未曾改变过。就这样，他病态性格逐渐形成，俨然成了一个失去理性的复仇狂，报仇雪恨的意念永不枯竭地从他身上涌流而出。

呀呀呀，今天这是怎么了？为何又单把那彭寂放到砧板上解剖了一番？不说他了，真的不说他了，看看眼前吧。哎哟哟，眼前！眼前谁又在妖言惑众？这话真是吓死个人儿："大沼泽西边毗邻的是广袤无垠的水面，那里有皮肤娇嫩的鲸类，它们长着女人的头颅和身体，凭借巨大乳房的魔力，让航行者迷失心智。"大沼泽西边毗邻，不正是我九珠湾海域吗?！没错。九珠湾海域东边毗邻，在远古时期就形成了一望无际的大沼泽！这事儿说来就真的来了。

近些日子，的确有人在九珠湾海域看见过长着女人头颅和身子的鲸鱼。还有人拍下了照片。它们松开迷人的长发，露出巨大的乳房，舞动着皮肤娇嫩的腰身，跟着归航渔船耕出的波浪，尽情施展着妖媚，还时常冲到船队前头来几个前后空翻，那动作煞是好看；也间或眼中饱含秋波，双唇半启，舌尖半露，发出"咯咯吱吱"的叫声，那纯粹是少女般的羞笑，真真诱醉了寂寞的航海人。恣意嬉闹之中，也有忘乎所以的时候，还未等到迷失心智的渔人触礁翻船，两个鲸女就先同时看上了一个俊朗水手，都想自己独占这份美餐，彼此便争斗撕咬起来，一旦咬急了眼，就忍不住叫唤几声，却是翼狼发出的嘶吼嚎叫。渔人闻之，顿觉毛骨悚然。

这时，有一艘警船驶过，上面有一个戴手铐的老者，正在往海里撒着什么，听到这瘆人的嘶鸣吼叫，惊得手里的东西一下子全都掉进了水里。有人看清，掉进海里的是人的白骨。本来白骨已沉落水下，翼狼般嘶鸣一响，那些白骨又纷纷冲出水面，悬乘在浪尖之上，像一把把白光利剑，发着嗞啦啦的声响，向那群鲸女斜刺过去。

警船上有一个女人，当即掴枪在手，边冲鲸女射击，边大声喊道："这群变异翼狼，真会蜕演伪装哟。小心它们的獠牙，给我冲上去！"女人话音未落，哗哗两声巨响，似有两枚潜射导弹从海下腾空而起。定眼一看，是两只巨鲨！巨鲨乘风破浪，呼啸前行，和那些嗞啦啦的白骨一起，向狼变鲸女群发起了猛烈攻击。

半瓶烧酒，劲儿真大，足以能把一头巨型变异鲸狼醉倒。不知过了多久，这方幽暗阁楼空间里，酒气才慢慢散尽。令人心碎的创痕，在甄晓敏心里隐隐泛起。一种内在的寒冷直入骨髓，即使是烈酒烧心，也让她不堪其苦。她难以做到把世上与余元谋有关联的事物全部去除掉。至少，余元谋那无时不在的战斗精神以及忧患意识，要永久留在人世，哪怕以无标签的形式留下来也行。

此刻，甄晓敏执拗地告诉自己："这个老人，在九珠湾这域神圣之地上是永生的，他或会像那巨鲨一样，随时复活人间。这一生，他爱憎分明，亦慈亦忧；技术神通，职德赤诚。在他的生命里，深深铭刻着伟大的职业精神和优良的风格秘密；时光岁月的隐性回弹，不时增添着他无名英雄身份的美感象征、现实价值和纪念意义。"显然，余元谋这个威望和地位，在她心里是谁也不可替代的。而那个彭寂，诡异其密，狡诈其人，怀远穷默，恪职肆毒。这个人，也针刺般扎进了她心里。她决定，在今后的日子里，要常到彭家庄园中这个歪墙老宅里来坐一坐，想想心事儿。

之后多年，每年清明，那个叫姒小天的独臂人，总要带领子子孙孙，专程到这个老园子里走走，到唐莫寂彭冣两位老英雄墓地祭拜，也时有碰上那个余默然到此扫墓。他知道，余默然是顺脚到两位老英雄坟上烧把纸，添两样供品。也偶然会遇上甄晓敏。大家免不了寒暄一阵，有时也到镇上小酒馆坐一坐，叙叙旧。

有一年，余默然喝了个酩酊大醉。姒昊天把他背回了宾馆。余默然吐了人家一身都不自知，居然还趴在人家背上，反复唠叨一句话："过去并没有真的过去，过去就活在今天。"然后，又磕磕巴巴地吟了一首长诗。姒昊天没读过这首诗，却又觉得耳熟，像是昨晚也梦到过似的。好一首闭环诗哟！其内又隐含了怎样的迷局呢？难道，这也是那个水到渠成局设的组成部分？当然，谜面上肯定看不出什么名堂，一头一尾的重叠句里，或许暗藏玄机。真是一条耐不住寂寞的"老狐狸"。只要一天不去除那千古心事和百年忧患，他就一天不让人省心！回去后，只有再刻一块石碑，立在那歪斜的古灯塔旁了。

看来，真正消除余元谋留在世上的一切痕迹，实在太难，也不情愿！甄晓敏想。

醉太平赋
老狐狸

九珠湾是一座水做的殿堂，
世界穿过它走进我的家乡，
艳阳高照，它搭起七彩虹桥，
把一群和煦的白鸽放飞远方，
雷暴来袭，它汹涛壁立如山倒，
把一匹复数的翼狼埋葬，
别指望我会跪求苍天，
澎湃着一颗战斗的心脏，
尧舜予我神职忠魂，
无畏生死何惧魑魅魍魉，

用呐喊制造一道闪电，
也要把黑暗变得明亮。

大音希声的夜海啊，
不曾被一盏盏渔火所否定，
灯塔却因险恶的黑暗而存亡，
狂风颠覆了航道的方向，
肆虐万年山海，
冲撞千古脊梁，
别想让我咽下这口屈辱的鲜血，
我用尊严建造的生命之光，
化作一把神圣的利剑，
也要斩除乌云的翅膀，
即使与长臂兽同归于尽，
也决不为横流的恶浪领航。

我喝着海风，吃着银沙，吻着礁石，
一次次把时间之门摔在脸上，
光阴漫流，虚构着美好故事，
莫怪夜猫子哀鸣不祥，
支离破碎的骨肉去哪里叫魂呀，
让鲎狼彼此相爱吧，一声声谎言在游荡，
自己编织一张渔网不好吗？
为何非要抢食邻里渔仓？
总想用坚船利炮降伏黎明，
那是醉夜里的一梦黄粱，
放出皮肤娇嫩的鲸女算什么本事？
黎明前的黑暗，从不以另一种形式登场。

岁月蚀不去祖先碑铭，

衣冠上国，礼仪之邦，
秦砖汉瓦尽显和颜悦色，
朋友来了祥云也会歌唱，
不是我宁死不肯泣别过去，
痛挖七窍也求不来恺切思想，
更没人听得进独角兽倾诉衷肠，
现在好了，真的好了，
熏风荡荡，海湾泱泱，
开门人踮起脚尖迎接朝阳，
九珠湾是一座水做的殿堂，
世界穿过它走进我的家乡。

尾　声

《取之书》

0382 0648 0037 2579

第一节

后来，这则故事在《半岛朝报》上做过大篇幅报道，还多次刊登了后续文章。一度成了自巨鲨现世、变异鲸狼出没之后的第三大奇闻轶事，引起了九珠岛人浓厚兴趣和深思，也撩拨出了不少人同情的眼泪和悲愤的咒骂。

九珠岛德国占领军少校朗姆·科赫的儿子维希·科赫，从小就承袭祖业学习制作糕点。这是个带有职业性质的姓氏，科赫的祖辈皆为厨师。只是到了朗姆·科赫这一辈，他被征了兵役，后被调防到中国。那时，九珠湾已成了德国的殖民地。他的儿子也不失时机地来到九珠湾碰运气，想发一笔财回国迎娶钢材大亨的长女卡拉·雷曼为妻。

维希·科赫远涉九珠岛的路途是曲折的。他从柏林登上国际列车，横跨西伯利亚，到达中国东北，再辗转到达天津，又搭乘了半个月的商船，迂回到了新牛岛，雇请了一架老牛车走了七天七夜，总算抵达了目的地。

旅程虽然艰难，到九珠岛后的事业还算顺畅。维希·

科赫开了一家蛋糕店，取名为古塔蛋糕店。店铺背后的九层古木塔，名扬中国北方。但他取这个店名，并非要沾古木塔的名气，反而是这古塔因蛋糕店的存在而愈加惹人注意。因为，他潜心研制的蛋糕在九珠岛打出了名堂，岛上的德国人和中国的富足人家都喜欢，常出现排队抢购的好景儿。

生意好，赚足了钱，维希·科赫便准备回国迎娶青梅竹马的卡拉·雷曼。没想到，等来的却是一场空。卡拉·雷曼的父亲把女儿许配给了机车制造商的儿子为妻。背后根由是，战争即将爆发，钢铁大亨与机车制造商要联手（联姻）制造战车，一图合谋同发战争财。得知卡拉·雷曼结婚的消息，维希·科赫大病了一场。他发誓再不回国。后来，他与九珠岛姑娘姒梅凤相爱。最终，没人能挡得住这对异国恋情、冤家联姻。

在儿子周岁生日那天，第一次世界大战爆发，日本对德国宣战。九珠岛日德之战历经数月，以德军投降而告终。岛上四千多德国军民成了战俘（日军认定岛上德籍居民都是预备役），大都被移送到日本大阪战俘营关押。一战结束后，日本释放了所有德国战俘，但有数百名战俘仍然选择留在日本大阪，这其中包括维希·科赫。他不想再回德国那块伤心之地；同时，也是看上了古塔蛋糕、德式糕点在大阪的广阔市场。后来，维希·科赫姒梅凤夫妇糕点房发展繁盛，还开了数家连锁店，持续红火了多年，直到1941年，其子舍下新婚不久的妻子和田恭子，被征兵役去了中国战场。

在孙子出生九个月时，家里收到了儿子阵亡通知和到码头领取骨灰的告知书。一家人悲恸欲绝。维希和儿媳匆匆忙忙去了码头，姒梅凤留在家里照看婴儿。婴儿哭，她也哭。她哭得天昏地暗，昏厥过去。等她醒来时，发现婴儿床空了。孙子不见了！

和田恭子一进家门，见丢了儿子，手里骨灰盒惊落在地。翁媳二人奔出门四处寻找孩子，妠梅凤则扑身在地，捧着儿子骨灰几次哭死过去。

婴儿还不会走，也不会自己爬出婴儿床，更不会爬出家门。显然，这是被人偷走了。警察本部倒是重视，成立专案组侦破半年，却也没找回孩子。从此，该案被挂了起来。

几十年之后，和田恭子得到一个消息，说她的儿子还活着，现在中国九珠岛。消息提供者，并不知当年是谁把孩子弄到了中国，只说其儿在九珠岛已是儿孙满堂，让他再回归日本不大可能，以后能当作亲戚常来常往也不错。很快，和田恭子三上九珠岛，与儿子见了面，也做了亲子鉴定。那儿子果然拒绝回日本，更不承认自己是日本人。还好，终是认了她这个亲生母亲。

后来，和田恭子在九珠岛开了一家古塔蛋糕店。店门口未竖任何糕点广告牌，却常年挂着一个老式木制啤酒桶。人们不禁纳闷，蛋糕店并不卖啤酒，门口挂个装酒的家什做啥？有人想起，岛东头那座古老灯塔上也曾挂过啤酒桶多年。渐渐地，整个九珠岛人都知晓了相关啤酒桶婴儿的故事。到和田恭子年迈干不动的时候，她那个儿子妠小天总算走进了店里，接手了买卖。她的孙子还承袭了一手制作德式糕点的好手艺。

听说，妠梅凤娘家后人，也常出入古塔蛋糕店，彼此都认了亲戚。这一天，请来摄影师为全家拍了一张合影。这张照片，与几十年前那对小夫妻的合影相比，画面上除多了些人和一个啤酒桶外，店铺门面及古塔背景几乎一模一样，看得出是在同一个地点同一个角度拍摄的。

那张小夫妻合影珍藏了几十年，背面写的地址清晰可鉴。有人照此地址把这张新拍的全家福寄到了柏林。收信人是哈特·科赫。

第二节

这一天，我决定给哈特·科赫写一封信。（之前，哈特·科赫正是收到了那张照片，才同我建立了书信往来。）作为作家同行，我很想向他倾诉一番苦恼，一番并非来自文学艺术方面的苦恼！毕竟，他与我、与甄晓敏，是同一套故事的书写者，彼此书里书外早已成了挚友。这会儿，敞开心扉说说心里话，也在情理之中。

"这些日子，我实在无法安心写作，时常浏览重大热点新闻，切身感受到了来自强大对手（或言好朋友）那明目张胆的霸凌和攻击；同时，也感觉到有个长臂侠躲在阴暗角落里，伸出一双无形毒手，时刻都在偷摸抓挠人的私密处。是的。这是一种连普通老百姓都能体察到的具有间谍性质的侵袭。它让人们深陷恐慌与焦虑中不能自拔——祖训《和策殇记》思想，以及恺切痛挖七窍诚求天下恭相爱、交相利、和为贵的良言善行，为什么就是得不到推崇？早上醒来，天下依然兵燹汹惶，武略攻伐横行，战争祸害日趋严重。这是为什么呀？噢，明白了，这是有人想吃独食呀。他吃饱了撑的到处惹是生非，却不让别人也过上好日子！回头再看看那个余元谋。与其说他是被棍棒打死的，不如说他正是被这种焦灼、忧患和责任意识压死的！没错。他严重缺乏安全感，不能无忧无虑地过正常人的生活，且为摆脱和改变这种状况，随时都准备献出自己的生命。对了，你可别说只有余元谋这种有着特殊职业背景的人，才会如此这般！真的别这样说！至少我和甄晓敏不会这样说。因为，我俩深深懂得，在百年忧患笼罩之下开展斗争，不只是哪一个人的事，而是全民族都应该敢于斗争，善于斗争！"

不久，哈特·科赫给我回了一封信。信很短，仅有55个字：

大沼泽西边毗邻的是广袤无垠的水面那里有皮肤娇嫩
的鲸类它们长着女人的头颅和身体凭借巨大乳房的魔力让

嘿嘿。哈特·科赫的汉字总没进步，歪七扭八的，连个标点也没有，远不如我那孙子在幼儿园时写得好看！好在，哈特·科赫是一位擅长德语叙事的作家，尤其擅长施尼茨勒在1900年采用的、此后在德语文学中流行的内心独白。这部《冣之书》便是先用德语写成的。其中，大段大段的内心独白令读者印象深刻。

因对哈特·科赫55字信有了透彻理解和领悟，我也就没有再给他回信。很快，哈特·科赫又来了一封信，上来就问："你为何不给我回信？你以为，就他余元谋能身怀百年忧患而慷慨赴死吗？你以为，就你和那甄晓敏才敢于斗争、善于斗争吗？错了，真的错了！还有一个隐藏更深的正义者也有如此这般境界呢！现在，我就把此人的亲笔信寄给你。这封信也许正是写给你和那甄晓敏的呢，要么就是写给中国警方的。对了，你别问我这信是从哪儿来的。"

当年，青铜瓮组织第一次试图拉拢我时，我很震惊，心里自然是一百个没想到，一百个不情愿。可又忽地产生了一个怪异想法：反正眼前活得正不如意，就顺水推舟，或叫赴汤蹈火一次又能怎样？！也即，我之所以决定要与青铜瓮组织暧昧周旋，或叫潜伏打入，起初是想进去改变个活法，当然也想体会一下"青铜瓮"是否在九珠湾真实存在，后来就琢磨着弄清"青铜瓮"到底是个什么东西，再后来便打算借机为人民做些好事儿。没错，我压根儿没想让人们知道，我是深怀大义擅自打入"青铜瓮"内部，去为人民做好事的！我这种好事，不是潜伏过去偷它几份情报，干掉它几个小特务，甚至不是急着摧毁它整个"青铜瓮"组织，而是进去要另外折腾一番大事，目的就是要把"青铜瓮"折腾得声势浩大，气势汹汹，经典瘆人，触目惊心，使它一旦暴露，便能震颤大半个中国——地动山摇才能惊醒某些沉睡的人！

话说回来，青铜瓮是信了我的，真把我当成死心塌地的自己人了。这一点毋庸置疑：我与余元谋因最密而结下的深仇大恨和由此而产生的"反革命动机"，连官方警方甚至余元谋都信了，尤其连我自己都信了，"青铜瓮"能不信吗?! 我长年演戏一直把自己演进了棺材，演得连自己都觉得自己是个彻头彻尾的大坏蛋。难道我还能变成大好人吗？我为取得"青铜瓮"的信任，自己直接出卖或通过退休人间接出卖了足以构成间谍罪的情报，还间接害死了我的英雄老婆王小娇。这些难道不是大坏蛋做的大坏事，还能是大好人做的大好事？所以，既然选择了如此诡异作为，我便不再顾及个人名誉，也从没考虑由此而要遭受多大罪罚！甄晓敏以公职人员身份，在《薛定谔的猫》里，把我写成了十足的大坏蛋！而在儿子余之言笔下，我也成了一个十足的大坏蛋！我还有好吗？我还能翻案吗？不可能了！我从来没有奢望让谁承认我不是大坏蛋！我只能自己心里明白：我这是一种心甘情愿的牺牲，大公无私的牺牲，罪有应得的牺牲！我是一个为正义而犯罪的大坏蛋！也是一个糊涂了又清醒，清醒了又糊涂，最终明白得为时过晚，但总归还算明白了的糊涂虫。

　　嗨嗨，絮叨这么多干吗，谁信呀？还有，我搬来一个外国作家写了一部《罪之书》，就能把自己洗白清楚了?! 做梦去吧，罪该万死的大坏蛋！我后脑勺那"砰"的一枪是谁打的？那是甄晓敏代表正义射出的子弹，和她射向变异鲸狼的子弹没有什么两样！我到死只想说一句话："深怀百年忧患的，不只有一个余元谋，还另有一个老革命老情报人他叫彭寂！只不过他隐藏得太深，其革命性和忧患意识，不容易被人发现、被人认识罢了。"说来话长。这是当年我在被借调远遣、被边缘化、被忘却、被无视、不被信任、不被重用、闲着也是闲着的情况下，能为国家安全做件大事的唯一方式。这件大事，也只有自己冒着粉身碎骨、身败名裂的风险，擅自而独立地去完成了。那个时候，受那个政治环境、工作条件和自身能力的限制，我对九珠湾那些历史隐秘资料的研究，已经很难再有新的进展，甚至到了山穷水尽的地步。无事可做还好，那段当过国民党兵的黑历史，也不幸被紧紧揪住不放，人也被列入了批斗整治的重点。这种状况，一直持续到运动结束好几年也未得到改观。鉴于此，由青铜瓮组织秘密制造了我被江洋大盗杀死而抛尸大海的假象。自此，我从人间蒸发，经改头换面，隐身社会中做了两面人。之后，表面上我是为外贼做事，内心却始终对国家忠贞不渝，一直从长远计，做长远事！哦，这叫战略性欲擒故纵也行！

是的。我正是以这种令人难以置信的诡异方式效命国家的。尽管我一生极度崇尚密码技术，但到什么时候，我都敢标榜，自己是一个早在战争年代就被教育改造好了的政治上的明白人。那些年，无论做出任何牺牲，我都在争取政治信仰上的新生！哼哼，你们说我是个技术疯子加政治骗子，一个政治上死不悔改的多面鬼。这只能说明，你们没能真正把我看透。有充分的更加秘密的新情报摆在那儿，就能说明一切了？那还得看你们的情报分析能力强不强。业务素养不同，对同一堆情报素材所分析出的结果也会大不一样。现如今，你们如此这般给我定性定论，便说明你们业务素养不够格，还差得远哩！

我诡异潜伏这些年，打入这么深，"青铜瓮"那帮蠢货自然没察觉，可谁知道她甄晓敏竟然也如此无知无理！后来，我为何非要幽曲鬼怪地把那些"充分的更加秘密的新情报"埋到坟墓里去，尤其给那卷竹简764个密码数字一再加密设局，目的就是要让甄晓敏们意识到谍患深重，谍情复杂，务必严肃对待，极深思考。可到头来，你们挖出那些珍贵而好用的情报资料后，只顾欢天喜地地依情报而堵门封户，掏窝子抓特务去了，却简单地处理了我的问题。

我不服！死也不服！可不服又能怎样呢？这一次，我真是没招了。看来，"绝招来也！"也只能是一句梦话了。

这封信是用红色墨水写成的，落款没有时间，不知是何年何月所写，却有亲笔签名，这名签得很别致，把"彭寂"两个苹果般大小的字，满满写了整张信纸，重叠覆盖住了一些字（还能看清）。

看罢，我思来想去，还是给哈特·科赫回了封信，就简单几句话。其实，这几句话，是写给以前我那个父亲的。自从我看了这封红色墨水信，我就不想再认那个父亲了。我要直呼他大名了。

"好你个彭寂！还战略性欲擒故纵呢，你这番鬼话，谁信呀？你如此谎说狡辩，如此开脱罪责，如此颠倒黑白，如此粉饰脸皮，如此恬不知耻，那我连你这个亲爹也不认了！真的没法再认你了。我也不会为你的死再流一滴眼泪。哼哼，一个没有信仰的人，何谈'忠贞不贰'？你这个死不悔改的狗特务，没有人性的大恶魔。你还以为余元谋也没看透你呢。你太故作高深了吧。余元谋是谁，那可是能穷尽浩繁事物、时间和空间的大破译家呀。在他眼里，你永远是一个玻璃人！没错。后来，形势愈加复杂，你隐藏在九珠湾繁诡迷宫里百变其身，耍尽了阴谋诡计，可你能逃得过余元谋那双眼睛吗？他逆光十里都能分辨清蜜虫子公母呢。他生前虽然没有过多强调你彭寂就是个坏透了的大坏蛋，可他对你的本质是心知肚明的。谁还能冤枉了你？！哎哟哟，我那变成了大坏蛋不能再叫你父亲的亲爹呀！你说，您那样做，天下人谁能理解？闹得自己妻亡子散、身败名裂的，何苦来着？！"

没想到，哈特·科赫很生气很粗鲁地给我回了一封长信，居然指责我说的"都是些臭不可闻的屁话！"，"在余元谋彭寂这种复杂而丰富的性格形象面前，一般意义上的政治标签、道德评价、好坏分辨，都显得过于苍白简单。你应该穿过那片概率云，真正走进他们的内心世界，否则，你头脑中一直会是两个结局，永远没有唯一。而一旦走进并抚摸了他们的内心，你才会发现，终极结局只有一个，且你的参与也直接干预了终极结局。"他那封长信是这样写的。

我警告你，作为《生死叠加》的作者，你别太自以为是了，总觉得你所写的这个弯弯绕结局，就是最真实的终极结局，其实不然；你也别太相信甄晓敏那个《猫》之尾声。她有官方公职身份和保密纪律，一些事不好多说。而我一个外国作家，写作态度一向是公正客观的。不客气地说，我的可信度，要远远高于你余甄二人。因此说，彭寂把我搬出来说话是明智的选择！

前面说过，警方在彭家庄园那个阁楼之上的阁楼里，发现了四具尸骨，其中一具是活着的，是那个彭寂！而那两具女性尸骨旁边的男性尸骨到底是谁？这个问题，当时没人知道，说"只有跟着那只量子猫，到量子力学时空里去解决了"。现在，我明确告诉你，别把事情搞得那么玄乎其玄。事实上，在牛顿力学时空里，就能解决掉这个问题！你听好了，余元谋与彭寂最真实的终极结局，在现实宏观世界里，应该是这个样子的。

前些年，连彭寂之子都认为他父亲一定是死掉了。但余元谋却隐隐感到彭寂还活着，这家伙躲在九珠湾阴暗处，随时都在窥视着警方一举一动。当然，这也只是一种朦朦胧胧的感觉，毫无事实依据。可他就是觉得，彭寂一定还活着。于是，他即刻采取了相应行动。他通过余之言说服甄晓敏在其小说里，详细描述了那段古建筑里的无名男尸谜图。（而实际情况是，在那个古老建筑里，确实有一具无名男尸，后经警方证实，那是另一件无头案中的死者，也并没摆出任何谜图姿势，随意扔在那里许久无人发现。后来，有人报案，才被甄晓敏写进了小说。哼哼，案有头，尸有名，怎么能叫无头案中的无名男尸呢？有人越狱逃跑，就得问责追责！显然是有人怕了，有关方面不敢说真话了。）而甄晓敏却不知背后还隐藏着一个秘密。即，这个无名男尸谜图，就是专门摆给暗地里的那个死鬼彭寂看的。

那彭寂只要看见这幅谜图，便能破解其中的暗语内涵。

实际上，这幅谜图是余元谋以暗号形式，给出的一个通信地址：大什字场双刀把子街桃花巷一号4幢。而那件衬衣，其内涵所指就更有针对性了。九珠岛一带老百姓，一般都称"衬衣"为"褂子"。"褂"字的中文标准明码数字是5962，而"5962"这个代码，在最密某版本中的底码，正是一个"寂"字。果不其然，死鬼彭寂看到小说中这幅谜图，即刻破解了余元谋抛出的橄榄枝，或者叫诱饵。他做好充分准备之后，试探着向那个地址寄了一封信。信自然是用化名写的，且是一封请人代写的没有暴露任何身份信息的平安信。虽然字迹陌生，但余元谋还是感觉出，此信出自彭寂之口。信上是留了回信地址的。余元谋化名复了一封平安信。自此，二人建立起了通信联络。但彼此都暗藏心计，自然不会轻易按通信地址去找对方。知道找也白找，双方地址肯定都不是实际居住地，那只是一个信件代收点而已。尤其，彭寂的通信地址和化名常变常新，有时是工厂、学校、医院的传达室，有时又是某条胡同口的小卖部，或自行车修理铺。

从内心讲，彼此都不想破坏掉这条秘密通信渠道，更不想泄露给第三方。这是二人在多年暗斗中形成的默契。心里都明白，谁也别动那个歪心眼，仅凭书信往来这一条线索，是谁也抓不住谁的，甚至到取信点守株待兔也是徒劳的。尤其彭寂这个万般精细、狡诈多端的变色龙，在国共阵营里混了那些年，练就了一身规避危机、深潜伪装的硬功夫，从来不打无把握之仗。他早就预谋好了万全之策，有十足把握不会被抓住，才同余元谋实施了书信往来。没错，一定是这样的！而从余元谋预期来看，也不想贸然惊动彭寂，不过早围捕之，才有可能达到既设的轰动效应和警示作用！余元谋就是要把这个案件，发展成它应该达到的那个程度、那种极致！所以，他采用的是步步为营、稳扎稳打之策。

　　按说，既然有了书信往来，相互约好时间地点见上一面并不难，却又都心存芥蒂。一防彼此密诱设圈套；二防外人窃取密信冒名顶替设圈套。因此，二人相互间就把本来挺简单的事情，搞得极其复杂。譬如，他俩以密信密语约定，分别取用一个黑皮塑料罐，各装进0.5升的柠檬黄颜料，然后，各自再加入0.5升只有自己知道的某种秘密颜料，密封后，相互邮寄给对方（那个年代，邮政规定，在本市内，可以用非易碎容器投寄某些水性颜料）。对方收到塑料罐后，再取那种只有自己知道的秘密颜料0.5升加入其中。同时约定在一周之内，要分别择机在彭家庄园歪墙老宅的破落大门内，用各自手中塑料罐里的颜料，在门板上画上各自想画的一幅图案。结果是，彭寂在左门板上画了一匹翼狼，写下了一行独特的密码标记；余元谋则在右门板上画了一幅鲎形图，也写下了密码标记。之后，二人又分别潜宅入院前来查看，发现两块门板上的鲎狼图形皆为熟褐色，密码暗标也对得上，心里便都有了数，就知道下一步该如何行动了。

　　看看彼此写在门板上的密码暗标，很是有些趣味。彭寂的密码暗标内容是："尼采名典痴如花，娇人嘴边常说它，哪卷哪本缘何处，警言伴他走天涯。"余元谋密码回复为："找回你自己！你现在所做的一切，所想的一切，所追求的一切，都不是你自己。"这句话，本是取自《尼采四卷本》第三卷之中，在延安时期曾被当作某部军事密码的密钥，王小娇常借用过来警示给还在接受教育改造的彭寂听。后来，余元谋对王小娇的姑舅亲情似是大不如从前，王小娇便把这句话也常警示给余元谋听。几十年前的细节，仅有该三人知道。所以，在此当作暗语暗号较为合适和安全。

　　那么，那些颜料的运用，就更有些科学味道了。显然，二人经过如此这般邮寄对调操作，最终双方手中塑料罐里的混合颜料必定完全一样，肯定都是：柠檬黄+纯黑色+玫瑰红=熟褐色。隐藏其中的技巧为，各自加入塑料罐里的那种秘密颜料只有自己知道，连对方也不会提前晓知，外人更不容易暗中插手搞鬼。为安全起见，余元谋还在一封平安信中，用密语给了彭寂三个字：碎羊毛！于是，邮寄颜料罐前，彼此便都在罐中加入了羊毛碎屑。收到对方的颜料罐后，用手指捻出颜料中些许碎屑，用火烧之，若有羊毛焦臭味，便无碍；若无碎屑，或无羊毛焦臭味，便说明被第三方半路截获调了包，事情已经败露。这是采取的多重保险措施。

他俩这么干，表面上看是鉴别对方身份，预防被第三方盯上。实质上，彼此依然在斗心眼儿，依然没有离开覆密。核心是要暗中交流传递一个新的技术问题，即新繁殖的覆密，应尝试取用一个单向函数做密钥，而不能取双向函数。单向函数可以轻易使数值进行正向变化，想要逆向变化难于上青天。亦即，单向函数是不可逆的，而双向函数是可逆的。以日常生活中的例子来说明，单向函数如同将三种颜料混合操作，把柠檬黄、纯黑色、玫瑰红混合起来，就会得到熟褐色，这是正向变化。但如果将这种熟褐色颜料，分别再还原为柠檬黄、纯黑色、玫瑰红，即逆向变化，几乎不可能。依据这个原理，争取为覆密制造一个单向函数密钥，较为科学和保险。如此一来，双方不需会面也能建立起同一个密钥，而第三方则难以截获分离之。

没想到，覆密连年不断的对决，竟然会有这么一个结局：在编破双方共谋之下，似乎给新一代覆密找到了一个建立密钥的新途径，致使二人之间的繁诡关系，以一个纯技术性问题而得到极简处理。显而易见，如果没有这个特别的纯技术环节，双方便不能相互鉴别对方真伪，露出自己真容，更不会有效地把对方密诱进彭家庄园。尤其作为余元谋，也正是以这个别出心裁的单向函数密钥为诱饵，以这种曲里拐弯的方式，把彭寂召唤到了自己面前。

接下来的事情，确实走向了极简。彭寂把余元谋引到了彭家庄园那座阁楼之上的阁楼——摆开了终极战场——尝试以单向函数性质密钥为新起点，开始繁殖更高层次的新生代最密。自然，还是老阵营，彭寂为编码方，余元谋为破译方，二人攻防层级递进，密度强度逐步提升，决战烈度也愈加火爆。这场诡异高端的灵魂之战，整整持续了三个多月，最终却发现单向函数已然不是一部传统密码所能承载得起的，他俩闯进了计算量超大的高不可攀的异域陌路。余元谋老身先吃不消了。在一天深夜，他心脏病突发，溘然长逝。在回光返照之际，他对彭寂说："本来，我是要等到这场对决结束之后，再把你交给警方绳之以法的。现在突然病危，我只有带着遗憾走了。"彭寂说："生与死、罪与罚都无所谓了。重要的是，你我大显身手，各尽所能，酣畅淋漓地把最后一场死亡对决推到了极端！尽管在南墙上撞碎了头颅，你我却死而无憾了！另外，还有一件无憾之事，是在你我及王小娇等三人共谋之下完成的。当年，你对王小娇说过一句话，而王小娇把这话转达给了我。我认为，这是你的一个目标，也是你的一个心愿。现在，我要感激涕零地对你说，你达到了，你完成了。我的灵魂早已得到了拯救！真的，我没说瞎话。老伙计，你可以安心地走了。"余元谋微微点了点头，上气不接下气地把他过去曾转达过的那句话复述了一遍："我们不但要破译彭寂的秘密，还要改造他的思想；不但要肢解他的技术，还要重塑他的灵魂！他顽固一时，我们就破解他一时；他顽固一生，我们就破解他一生。他堕落一时，我们就拯救他一时；他堕落一生，我们就拯救他一生。这就是，一个密码破译师，对一个密码编码师的永远的态度。这也是，那'薛定谔的猫之情报学意义'题中应有之义！"彭寂听罢，把余元谋揽在怀里，"呜呜"地哭起来。

余元谋没有心力再多说什么，趁着最后一口气儿，赶紧向彭寂拜托了一件事："把我的尸骨暂且安放在阁楼里彭冣老英雄身旁，待日后条件方便时，再由你亲手把我撒入九珠湾海域。假如总不方便，那就让我在这阁楼里一直和彭冣老英雄做伴，一年两年十年八年都行，我不着急！但你要记牢，我之最终归属地，我之死后战斗岗位，必是九珠湾海域！否则，我之灵魂不安，你也别想消停！"彭寂抱着余元谋渐渐失去温度的身体，悲恸欲绝，郑重地答应了他的临终嘱托。

　　是的。真实情况，就是这么极简——说余元谋被彭寂千百棍打成了肉饼，这可能吗？用脚指头想想也不可能——余元谋最终是死在了密码破译技术里呀。其实，一部传统密码一旦被破译，很少会在此基础上改进后再用，冣密也是如此，虽然它一再繁殖衍生出了系列密码，那也仅仅是彭余之间灵魂决斗的产物。事实上，近年来，彼此之间的技术对决，早已失去了任何现实情报意义和军事用途，但余元谋内心的使命感丝毫没有减弱，职业惯性压倒了虚无的作为和无效的事实，以至于他依然带着崇高的职业荣光，在一个并无多大实际价值的结局里死去。严格地说，这也算是牺牲在了他奋斗一生的无形战场上和精神世界里。

　　没错。真实情况，真的没有那么复杂！如果非得要添加一点反逻辑的事儿，故意把简单的事情搞复杂，那也不难。新情况还是有一些的。那是在技术对决的间隙，余彭二人出于换换脑筋小憩一下的目的，曾有闲谈过《红楼梦》趣事。两人有说有笑聊得正火热，余元谋不经意间提起了一个话题。他是这样说的："有足够想象力和阅读才华的读者，都能读出《红楼梦》背后的第二本《红楼梦》来。"见彭寂瞪大了眼睛直愣神儿，就又说："把曹雪芹在《红楼梦》中制造的诸多'留白'都串联起来，你会发现，像是还有另一本书深藏在《红楼梦》中。这'另一本'隐形

《红楼梦》，全是由'不写之写'构成的。"彭寂还是没说话，却也收起了笑容。余元谋并没留心观察他的神态变化，接着说："你彭家几代人研究多版本《红楼梦》上百年，也仿照《金陵十二钗》建造了彭家百屋，却谁也没有发现这部书里还潜藏着'另一本'。实话实说，我早就破解了这个秘密，只是未告知过任何人，包括王小娇。我之所以有这个破解，是受了战争年代大首长在《红楼梦》上那些眉批的启发。大首长的眉批心得，对书中多处留白和不写之写做了独到阐解和添释。本来，这部眉批宝书我是要转送给王小娇的，可遭到了她的冷脸拒绝。"

这一刻，彭寂显露出一副垂头丧气的样子，叹了口气说："我明白了，你这番话，意在告诉我，我最终的那个大秘密，也已经被你发现并破解了。我服了！我投降！"余元谋听罢，不禁打了个寒战——这家伙居然还有个大秘密——脸上笑容却没撤去，顺着彭寂话茬，继续密诱道："是啊，我之所以没有告诉你，那'另一本'隐形《红楼梦》被我破解了，是不想引起你过多联想和怀疑，怕对你刺激太大。终究，一个人深藏心底的大秘密被人识破，是件很残酷的事情；终究，兄弟情深是相互打出来的，也是相互维护出来的，弥足珍贵。所以，我不想靠这最后一击，把我最亲密的敌友摧毁掉。"

彭寂脸色愈发寡淡，口吻凄然："其实，早年，正是王小娇从那册复制本《金陵十二钗》和那本散发着枣红马焦煳气的《红楼梦》留白中，悟读出了潜藏着的'另一本'《红楼梦》，是她提示给了我，我才破解了这一红学秘密。没错。后来我逐年繁殖成的最密之阴本密，就是仿照彭家庄园古筑留白术秘编而成，而其整体架构思路，是受了《红楼梦》不写之写术的启发和影响。当然，不光是大的思路，不少具体技术也有实际借鉴和挪用。说实话，以前，我一直以为，你没有发觉《红楼梦》及彭家庄园留白之术，我也就对最密之阴本的存在与隐藏有十足信心。现在看来，你对最密是双密本制、阴阳密性质，早有所掌握和破解。这次，我服你了。彻底地服了！"

余元谋没事人似的拍拍彭寂的肩，笑笑说："服不服的，都无所谓了。你我都老了，友情第一，技术对决第二。说到这里，我倒想起，'双密本制阴阳密'这个称谓，是行内多年来一个习惯叫法，实际上这个俗称也不太规范。从传统密码分类上讲，它本应属于类似'来去本'性质的密码，但二者在数组排序规则上又有所不同。"他没话找话，神情装得轻松自然，心里却心急如焚，战火骤燃。下来后，他即刻展开了一番十万火急的攻坚战——我做梦都没有想到，到头来，最密竟然被彭寂制造成了双密本制阴阳密。居然，他老小子还利用留白与不写之写术，来给我玩了个"另一本"。看来，这个狗敌友依然不可小觑！好你个书外有书、密外有密。好你个阴阳本、龙凤胎、双头鬼，我跟你没完！

就这样，余元谋以命相搏，全身心投入到了新的战斗中。当完全拿下最密之阴本密时，自己的生命也走到了尽头。他，终是死在了最密里。

好了，故事总算终结在了彭家庄园之中。一桩事先张扬的密诱案，一桩源自远古的谍杀案，一声向安乐世事发出的泣血呐喊，就这样结束了——结束得就像牛顿的苹果砸到他头上一样简单！

第三节

"这也叫简单？！无论怎么说，这也只是他《最之书》一家之言，谁信呀？不过，这些都是多年前发生的事了，信不信的又能怎样呢？实际上，单从余彭二人的角度看，也确实没什么复杂的，长久以来，他俩不都是在围绕着两样东西打转转吗?! 一个女人，一部密码，充斥了彼此一生。真真是，一人一世界，一密一乾坤。双手握无限，刹那是永恒。"

这一天，甄晓敏心血来潮，又拿出小说《生死叠加》研读起来。她看得很认真，在不少章节段落间勾画上了各种符号，还在空白处写了一些批注，也纠正了几个错别字和标点，一时间弄得书页朱墨纷呈，叫人眼花缭乱。这还不够，居然又在以下这几页文字下方，密密麻麻地画了不少二直线，在旁边打了多个感叹号。

那一天，对九珠岛人来说，是极不平凡的一天。经警方特许，由公职人员甄晓敏破例陪押戴手铐的彭寂，把余元谋的遗骸撒进了九珠湾海域。在祭撒现场，还发生了一场骇人听闻的人兽大战。呵呵，与变异鲸狼的这场较量，不期而遇，天使然也。

当天夜里，甄晓敏躺在宾馆床上，想起过往诸多奇事，久久不能入睡。突然，传来几声敲门声。这么晚了，岂有来客造访? 不会是想啥来啥吧? 余元谋都入海为安了，他还找我干啥? 彭寂现被关押，不可能跑出来呀; 今天顺路到古灯塔看了下，莫非是王小娇的魂魄跟随而来了? 抑或是，海上那场人兽大战还未结束，变异鲸狼又找上了门?

敲门声一阵紧似一阵。甄晓敏不得不下了床。她把枪抓在了手里。可想了想，又放回了枕头下。她缓缓走近房门。片刻，又回到床边，还是抓起手枪，用睡衣遮挡着枪口，打开了房门。

来人是宾馆服务员，解释说，这个房间，很久以前就短缺了一副防毒防火面具，一直未能配置到位。今天，经理一见来了不速之客，连夜调配补齐，非让当即就送上来。

"什么叫不速之客?! 用词不当哟，老姐。"甄晓敏没好气地说，悄然关闭了手枪保险。

"是贵客，是贵客。对不起。打扰贵客休息了。晚安。"

甄晓敏躺回床上，想到那具大鼻子面具，又一下跳将起来。她出了一身冷汗，感觉身下像是叠加着一个人影。她愈加睡不着，索性拿出了一本诗集。威廉·布莱克长诗《天真的预言》深深吸引了她。很快，这首反映生命存在和充满禅理的诗作，激发出了她一番感慨，这才驱赶走了脑子里的杂念。

生命与世界如此复杂，但在智者眼里却又是那样简单——简直就是极简。因为，智者从来都拒绝战争，而蠢货才喜欢打仗呢！

在读一首浪漫主义诗作的时候，突然想到了惨烈战争，那将是一种怎样的心情？甄晓敏几乎一夜未眠。天快亮时，才打了个盹。

又是一阵敲门声。这次，甄晓敏没有犹豫，抓枪而起，一把打开了房门。

来人还是那个服务员，还是那一番解释。

甄晓敏瞪大了眼睛："你怎么又来送面具？昨晚不是刚送过了吗？你们经理是不是有病啊？！"

服务员也瞪大了眼睛："没有哇，我昨晚没来敲过您的门呀。"

"你这模样，我还能记错吗？！这不，面具还在这。"甄晓敏转身去拿面具，居然没找到。昨晚，明明是亲手放在衣柜角里的。这时，她才感到这个服务员身上，似有某些熟悉的味道，快速搜索脑子里的熟人印象，却没记起是谁。她不由得进入了小说《薛定谔的猫》。这下，一个女人，王小娇，一下子跃了脑海。

在现实生活中，甄晓敏并没见过王小娇真人，但她见过王小娇的照片，其小说里的肖像也是比对照片来描写的。应该说，甄晓敏是熟透了王小娇的。

没错。眼前站着的正是她！这声音，这身段，这老了老了还依然妖娆四溢的气场，不是她还能是谁？！尽管这嘴巴鼻子脸型同想象中的不一样，但这双眼睛，在写作过程中，始终是盯着我看的呀。这是王小娇无疑了！

定眼再看，甄晓敏发现这女人左脸之上却无任何疤痕。瞬间，她像是明白了一切："今晚，我见到活鬼了！"

服务员"咯咯咯"地笑了起来。她还像年轻时那样妖浪："隔墙有耳也有眼。我知道你一夜没怎么睡，可还是在天亮之前打了个盹。就是你这个盹，给我创造了机会。"

"好你个死鬼，你到底想干什么？"甄晓敏抬起了枪口。

"你们那个专案组老厉害了，既然连三封匿名信分别出自哪个牌子的打字机，都能一一鉴别得清楚，那么，分清写信人是男是女、是生是死，就更不在话下了。可你甄晓敏写的那个结案报告，实在不怎么样，居然敌我不分，好坏不辨！"

"这个就不用你多嘴多舌了。今晚，你弄一副面具送进偷出地折腾我，不就是想显摆你潜宅入室的本领高强吗？可眼前，你能逃过我这枪口吗？"

"其实，我黑夜出来找上你，只是想认识一下大战变异鲸狼的女英雄，向你表达我心中的一份敬意。事实上，我对那些如人一样的禽兽和如禽兽一样的人，也是深恶痛绝的！"

"专案组人人知道，你王小娇，也蜕变成了禽兽不如的人。你同样也会如那鲸狼一般倒在我的枪口之下的。"

"余元谋如若活着，他可不这样认为。我是个什么人，他心里最清楚。他神机妙算，没有他破不了的迷局。他必须、他应该、他一定知道我是谁。在九珠湾，他可能是唯一知道我是谁的人。但他不会把这个秘密告诉任何人，即便到死他也不会透露一丝风声。在维护大局、机要保密方面，他一向表现优秀。然而，你和你们那个专案组，在某些事情的处理上，就有问题了。是的。你们弄的那个匿名信事件及相关案情，可是一本糊涂账哩。上级才不信你们那个狗屁机密报告呢。你们就是那样结案的呀？逻辑推断存在错谬不说，某些结论也与事实不符。而北方 B 市警方上层独有密存的那份机密，才叫真机密哩。这个真机密，余元谋也一定是猜对了的。他死了之后，在九珠岛，除了我，没有谁再会知道那个机密是什么了！"

"你别以为，把自己谎说成重密在身，肚里有货，背景幽深，便唬住了我，我就不击毙你了。傻瓜才会上你的当哩，死鬼！"

"那一些话我再说明白一点！你们那个专案组，通过这次广泛调查，深入办案，对我某些方面的情况了解和认识越来越多，政治上的误会却也越来越深。这不能怪你们！这全是因为，我身上特殊的公职使命和涉密程度太过高深，你们这个层面难以探及，无能探及，也不允许探及。某些保密纪律严苛到了你们这个层面不可理解的程度。因此，从办案角度来说，你们对我一知半解、知之不深，会是一个结论。反之，会是另一个截然不同的结论。而与我相关联的某个机密链，你们又了解不到，眼前，以后，将来，永远了解不到！所以，你们误会我很正常，不误会反倒不正常。加之，我身上公职精神又过于强大而隐晦。强大隐晦到被误会至死，自己都觉得理所当然、命该如此。所以，这些年，我有充分的心理准备和承受能力，足以面对一切可能发生的误会和冤屈。今天，即使倒在你的枪口之下，我也不会认为你是蠢货。我会面带微笑地说，在你的公职认知范围内，你扣动扳机是正义行为。开枪吧，小妹，你是对的。我保证死而无怨！是的。在光天化日之下，我这个人，可能会被自己人击毙！这在几年之前上面警方制订那个死而复生计划时，我就已经预测到了。当然，对于九珠湾历史和现实大局，这也是一种必要牺牲。如若这种牺牲没有出现，那是万幸。那得敲着鞋帮子念佛！行了，我只能告诉你这么多了。再多说就犯纪律了。不过，就是犯纪律也已不妨碍大局了。因为，我身上的任务已基本完成。

一切都要结束了！"

甄晓敏听罢，发出一阵冷笑，笑得像一把把冰刀灌顶而下："我明白，你不惜口舌絮叨这么多，还不是要迷惑我，想从枪口下逃脱吗?！告诉你，今夜，你死路一条！"

那女人没再说什么，哼着一支歌子转身离去："谁人识君，常人难见，留得青史身外物，留得无名万古传。"

"你一个晚节不保之人，哪还有资格唱这歌子?！"甄晓敏狠狠地扣动了扳机。

然而，枪没有响。

走廊尽头，妖娆背影依旧，那柔声细语又幽幽传来："说实话，之前你把我写得像那歌子里说的一样光辉而忠诚，我是心存感激的。真的，我很在乎你那小说对我革命形象的刻画。小妹，历史将会证明，您写的是对的。我的解密日总会到来！今夜之事，就算是我鬼魅浮生吧，请不要对任何人提起。其中玄妙，你自己懂得就行了。尊敬的女英雄，后会有期！"

甄晓敏追上去。那女人已从走廊窗户翻出，沿墙爬到了邻楼顶上。在黑影消失的一瞬间，似是传来几声抑制不住的泣哭。

甄晓敏愕然而立，沉思良久，终是想明白了一些事情。她缓缓走回房间，上了趟卫生间。豁然发现，有八粒子弹整齐地排列在洗面镜前。她摇摇头，苦笑一下，收起子弹，走出了宾馆。

古老灯塔渐渐披挂上了霞光，斜影雄姿，华敷幽然，蔚为壮观。这还是第一次在朝阳之中游览这块圣地。她朝四处望了望，肃穆地向这座老塔和前面大海，以及那冉冉升起的太阳致意祝福。然后，只听到胸腔里发出一连串咯嘣嘣的声响。她脸上疲惫一扫而光。

从昨天到今天，她的心经历了冰火两重天。是那个神秘的女人，让她的情感世界潮起潮落，激荡不已。此刻，她肃立在塔前那几块石碑前，一一抚摸碑文，眼角浸出了泪花。又像是想起了什么，抬头凝望塔顶许久。然后，大踏步地走进了那依旧破落不堪的塔门。

第四节

小说《生死叠加》到此才真正收笔终结。其实，这个结尾，也是在甄晓敏讲了她在宾馆所经历的那一夜之后，余之言才添加上去的。此刻，甄晓敏掩卷深思，似觉隐匿未彰，余兴未尽。她又翻到了《生死叠加》最后一页，在空白处奋笔疾书，添写下了一段注解。居然文思泉涌，字多得写不下，就拿出办案时查收上来的一本信纸接着写。这是北京天明印刷厂生产的一种28行信纸。纸质很轻柔，写起来蛮舒服。

起初，天朗气清，惠风和畅，山海间万物静好。远远看去，那座歪斜的古老灯塔，像个迟暮老人倚坐在礁石上打起了瞌睡。渐渐地，似有鼾声响起。细一听，这哪是老人打鼾，分明是空中传来的噪鸣，却又分辨不清是何种飞禽走兽的叫声。抬头仰望，天上并无飞影，倒像是东边大沼泽里有什么活物发出幽响。这种如鼾声音，浑浊绵长而富有磁性，人听了像吃了催眠药般昏昏欲睡。突然，有两只飞鸟凄叫着疾翔而来。这次，听真切了。这种叫声清脆而有力，一下子掩盖住了那如鼾浊声。乍一看，飞临头顶的，是两只如鸟大的绿蝴蝶；再细瞧，原来是两只绿鹦鹉，叫出的竟然是孩童般人话："睡大觉，丢性命！睡大觉，丢性命！"

这个时候，太阳刚刚偏西，那个人出现在古灯塔前。他仰天苦笑一声，说："学舌鹦鹉，比人贫嘴。言多必失，失言必死。快快飞走吧，不然会有吭的一声枪响的。"鹦鹉果真飞走了。他久久看着那两团绿影渐飞渐远，缓缓落在一个小岛上。阳光晃亮刺眼，视线有些模糊。他隐约看到，那两团绿影，似是膨胀成了两个灰黢黢的庞然大物，还在小岛背坡上溜达呢。他揉了揉眼睛再看，却什么也没有，连那两团绿影也消失了。他又笑了笑，心回到了自己的世界里。他明白，这一次，引导他来斜灯塔的目的，似乎不同寻常，但并非难以实现。

昨天中午，他走进了离这里不远的一座古建筑里。他站在大厅中央，抬头看了那盏德式太阳灯许久，数清的确是镶嵌着一百零八个灯头。又见那近十米长的碗口粗吊杆，已漆锈斑驳，凹凸不平，想来人若臂抱脸蹭必会皮开肉绽。这时，只听到楼梯上有人轻轻走下。他紧紧盯着楼梯口看。先进入眼帘的，是一双红绿相间的绣花鞋。接着，是灰裤、灰褂和一方灰纱巾。方巾是盖在头脸上的，却也能隐约看出脸庞的清瘦样；还有裤褂也没掩饰住那清瘦的身段。下了楼梯走过来，一扭三摆的步态算是轻盈，看不出实际年龄，却能断定是个女人。女人围着他转了三圈，便轻手轻脚走出了破门。他没感到恐惧，反觉得是遇见了美丽的女鬼。他正想追出去看个究竟。女鬼却又踅回来，沿墙根地板看了看，拿起一块玻璃片，把地上淡酱色血水渍干痕刮刨起一层，归拢成一小堆，抬手想拿下灰纱巾，可刚露出左脸一侧，又停下来重新戴好，从衣袋里另掏出花手帕，把那堆酱色渍粉包好，装了起来，看也没看谁一眼，又迈出了破门。一个女鬼，她收集这些血渍干粉做什么？这可能是谁的血渍？她这是要珍藏什么？缅怀什么？抑或要鉴别什么？他像是有事没想明白似的，愣在那里好一阵儿，又呢喃自语一句"她左脸并无疤痕呀！也没看清她那双眼睛，总该还像飞燕小溪柳絮儿一样好看吧"，才抬腿追了出去。外面艳阳高照，已不见了人影。他想，鬼怕阳光，自然是逃匿了。他返回大厅，走向楼梯顶层，在一方破窗前停下，不经意间看到了窗外的景象：那女鬼清瘦灰影出现在了远方！她正在向歪斜古灯塔走去。

昨天晚上，在睡梦醒来之前，他就这么一直站在那方破窗前死死地盯看着，那个女鬼在正午阳光里，转过三道坝，穿过礁石滩，拉开斜塔门，坚定地走了进去。随即，他的梦就岔到别的梦里去了。醒来后，他脑子一片混乱，懒懒地躺着不想动，整整躺了多半天，直到下午斜阳照进窗户，一个魔幻般想法从天而降，才急火火穿衣下床走出了病房。（他因积劳成疾而住进了医院。）

走近斜灯塔，他久久凝望塔顶，犹犹豫豫前迈后踱了好一阵子，才大步走进了那破落不堪的塔门。

塔内旋梯陡窄而弯急，同样是破落不堪。他轻手轻脚，生怕踩塌朽木板阶。越往上走越幽暗阴黑，头顶吱声似鼠，脚下如蛇爬行。他心鼓急敲，不由得停下了脚步。片刻，他扯开嗓子喊道："母亲，母亲！我昨晚见您走进了这座古塔里。您老出来见见我吧。"塔内漆黑如夜，无人应答。

他又往上爬了几阶，学着昨夜梦中之言又喊了几声，不觉得是一个暗号来言："蝉鸣漠视螳臂长，螳螂捕蝉雀在旁，黄雀延颈欲啄食，弹弓手在树下藏，拉弓引弹向雀头，身后卧伏兽中王。"这下，旋梯上空即刻回响四起，声调失真却字字清晰，竟然是那个暗号去语："山里老虎莫张狂，荆棘丛中出猎枪，打死兽王扬威名，拧粑耳朵跪三娘，三娘凶患耳鸣症，盛夏死于蝉鸣忙。"

一时间，他惊汗如雨，怕自己耳朵听错了，又大声复喊了一遍，那回响音话依然如故。顿时，他头发直立，一阵眩晕，赶紧去扶旋梯，抓住的却是一双冰冷之手。这双手，毫无人体温气，干瘪硌硬如鬼爪。

魔幻般想象眼见变成现实。他险些昏厥过去，冥冥之中听到："吾候等久矣，今狭梯相逢，似避不及兮，却暗语证之，实同志同仁，何惊骇乃尔！"

"母亲，您就别装神弄鬼，学古人吓我了。即便您老真是冰鬼冷魅，我也不怕的。"他强打着精神回应道，"母亲，您为革命牺牲这些年，我很想念您。可近来有传说，您老还活着。我不信，我真的不信。可我又满心期望这是真的。您老既然没有死去，那为何从不出来见见亲人？难道您有难言之隐，抑或有纪律约束？"

随即，那回响音话又夹杂着浓重阴气倾泄而下："你是谁？你从哪里得来的接头暗号？告诉你，我不是谁的母亲，我只是党的女儿。"听罢此言，他亢奋起来，死死拉紧那双如冰纤手："那好，既然我俩对上了暗号，那就以革命同志的身份好好叙叙。"

那双手提拉力度很大，他绷直足弓用足尖点地，拾级往塔顶攀登。很快，已是通身大汗。而拉他的那双手依然冰冷如尸。他不再胆怯，说："以前，我只听说，那个案子里的重大棘手问题是上面直接解决的，具体情况却被捂得密不透风，少有人知。刚刚，我才突然明白，原来，长期隐藏在背后解决棘手问题的那个人，正是您老！"

那双手减缓了拉动，不由得抽搐了两下。他鼓足勇气，接着说："那个人妻被杀之前，凶手已经死亡！被杀者和杀人者，很可能都死于同一种不易被常人所发觉、所认知的高科技杀人手段。听说，就是这个棘手大案，曾困扰专案组许久，差点就当作悬案挂了起来。当时，按照在南京唐莫寂坟墓里搜出的情报，确实抓了几个潜伏更深的特务，但始终没有解决这个大案的根本问题。关键时刻，还是上面雪藏的革命高人出了手，最终才破了这个案子。我真没想到，这个高人会是您老！我猜断，执行秘密任务中的您，肯定比以往任何时候，更像一个心怀天下安危的赤诚战士，义无反顾地承担起了智斗敌特的使命。母亲，您太伟大了！"

"依我看，你这张嘴该用龙舌绳缝起来！哼哼，你一个局外人，哪有资格和我谈这个。"那双手突然一松，他顺梯翻滚而下。"你不想想，那个撬开棘手大案缝隙的人，怎么会是我呢？我一个死鬼哪有那个本事！退一步说，即便我真为这个大案做了点什么，那也是协助配合北方B市警方上层，发挥了一点余热而已。"

"母亲，您甭想把假话当真话说来迷惑我！"他挣扎着爬起来，擦了一把额头血，又快速向塔顶攀登，"您也甭想把真话当假话说来掩饰自己。今天，事情不弄个水落石出，我便死在这塔里！"

"谁是你的母亲？！谁说我还活着？不会是那个甄晓敏嘴浅吧？严格地说，甄晓敏也是个局外人，更深层的机密她并不真知，可别听她乱说。哪天再见面，我也要用龙舌绳缝她的嘴！"旋梯上飞落一物，他一躲，脚一滑，又翻滚而下。他借门外光线看清，那是一只绣花鞋。

"母亲，本来，我以接头暗号唤您出来，是抱了很大希望的。我早就知道，只有见到了您，故事才算真正开始！可您拒绝与我交流。我心不甘呀。"他又朝塔顶爬去。黑暗中，似有一物挡住了去路。他仰着脸，伸手一摸，是一双脚。一只光着脚，一只穿着鞋。

"母亲，您怎么穿了一双绣花鞋呢？"他搂住那双脚，紧紧贴在脸上，"母亲，我真的好想您呀。我打小就看惯了你那双纯净而灵动的美眼。我忘不了咱母子四目相对时的情景。这些年，您人不人鬼不鬼的，都藏到哪里去了？您受大苦了呀，我娇艳如仙的母亲哟！对了，母亲，你左脸上的疤痕何时整容整掉了呀？这下好了，普天下名副其实的最美最亲的母亲，非您莫属了！"

高坐在台阶上的那双脚一动不动地伸着，任凭他一再摩挲、脸拱、亲吻、诉说。热泪打湿了如冰光脚，炽唇一个个噙咬脚趾，就像儿时吮吸母亲的乳头那样急迫，可上面那团冷气依然无动于衷。

"妈妈哟，我真的是您儿呀。这一生，在我心里一直有着一个母亲，却有着两个父亲。我的两个父亲，为了您，那真是斗了一辈子呀。"他把脖子伸进那两脚之间，双手抱紧，用力往下拖拉。

那双脚抗拒着，后缩着，颤抖着，终于抖出了幽声细语，说的却是："我儿呀，什么叫为了我斗了一辈子？记住，他俩那本是为了眼密斗了一辈子！我儿呀，什么叫两个父亲？记住，那个人虽是你的亲生父亲，但必得把他排除在外。"头上一串泪水滴下来，落在了他脸上。是热泪，还是冷泪，他没感觉出来。那个声音愈加幽沉："一个亲爹，两个父亲。儿呀，为母的位置在哪儿呢？一个不知家在何处的孤旅单兵，一个不知爱如何挥洒的人妻人母，这些年，我是一直戴着面具，在践行着'我不是我'的奇异人生啊。这些事儿，说来话长，还是不说了吧。就说说你那两个父亲吧。我儿呀，你不是也不认你那个亲爹了吗？！我儿呀，你做得对，做得对呀！"

忽地，他胸腔一阵难受，似是疾恙发作，撕心裂肺地喊了声："妈妈，不，不是这样的。母亲，不，不不！"便昏死过去。

"儿你醒醒啊。你可曾懂得，在这个行当里，在某些事情上，其小大于大，其大小于小呀！我的儿哟。"

甄晓敏的这段注解，是最后一次对王小娇的生死状况进行追寻（她觉得，这句"其小大于大，其大小于小"，是最能涵盖小说之内核寓意的）。还好，终是在灯塔内遇到了王小娇，但那到底是她的鬼魂，还是她本人真身，已无从了解和对证了。因为，《生死叠加》所记载的这座古老灯塔，就在当天下午，于忽然之间，遭遇了一场特大龙卷风，没人能够再顶得住歪斜而倒下的庞重塔体。当瓦砾与尘埃的旋涡冲天而起，疾速消失在天海之间后，那里仅剩下了一个矮矮的塔座。

一切都被龙卷风抹去！

一切都从宏观世界里根除了！

一切都只能存留在书页之间，抑或隐藏在了"留白"和"不写之写"之中！

不，不不！塔座旁边还依然矗立着一块石碑。走近发现，竟然还有两具伤痕累累残缺不全人鬼难辨的无目无耳无鼻无舌的尸体，手拉着手，紧紧环抱着石碑坐卧在那里。

人们不禁纳闷：是因为人紧紧抱住了石碑而没被龙卷风卷走，还是因为石碑被人紧紧抱住才未拔地而起？

有人说，这并非问题的关键。关键是这双人鬼抱住的单单就是这一块石碑，而不是其他："九珠湾海域冲沙久积过甚，海床逐年抬高显现，局部已有怪涌恶浪形成，恐危及行船安全。破解方案为，对原三处峰口山石，再行爆破沉降十三米即可。之后，每二十年如此爆破沉降一次为最宜。"

"眼前这场罕见怪风提醒，那三处峰口又该沉降了。"

"这才刚沉降了三年呀！"

"胡说，最近的一次沉降，也是二十年之前的事了。这是我听老人们说的。"

"你才胡说哩，明明刚沉降了三年嘛！"

"行了行了，看这部小说最好别在时序和时间概念上较真儿。否则，好多事儿你都看不明白。"

"不过，今天这事儿时序还是清楚的。肯定是多年以前，不知在哪座城的哪个院里掀起了一股气浪，借由蝴蝶效应的作用，而引发了眼前这场龙卷风。这风刮得好蹊跷啊，以搬山移海之力，带走了千年灯塔，却留下了一方警铭石碑和两具人鬼尸身。"

"什么叫两具人鬼尸身?! 你人鬼不分，春狗子眼浑哟！"

"没错，有眼有珠的人都能看得清，这一具在龙卷风中被砖石瓦块刮割得血肉模糊的尸体，肯定是个人。那么，请你告诉我，另一具干瘪如柴、皮开无肉、断骨无血、手如鬼爪的尸体，是人还是鬼？"

"说你眼浑吧，你还不服气。仅凭抱住的单单是这一块石碑，就能判断出是人还是鬼了。"

"你这话等于白说。那我再问你，这场神秘莫测的龙卷风，是送一个活人升天了，还是接一个灵魂归巢了？抑或，还有其他什么不被人知的法力神威？"

"这样的问题你还问我？一听就知道，你没有好好读《生死叠加》。"

"你错了！这部小说我足足读了九九八十一遍。最终得出一个结论：这部小说，它本身就是一部纯粹而经典的密码，它的名字叫寂密。历史记载说，与这部密码同时代的人，一直未能编写完这部密码，也没人彻底破译过这部密码。尤其是还没人破了它的'留白'及'不写之写'之隐藏！据报载，曾有几届欧亚密码学年会上，都有两个与会专家，把小说《生死叠加》当作密码技术材料，呈送到与会人员手里，并提交了相关议题。一部小说，竟然上了国际性密码学会议，这一度成了新闻界热炒的话题。"

"今晨发现，我家房后那棵百年梧桐又添了新叶，树梢上两束叶子最为蓬勃灵动，细看竟是两只绿鹦鹉，爪子长在树枝皮肉中还没有完全挣脱出来，却已经学会说人话了。一只说：'纯属放屁！纯属放屁！'另一只说：'你别不信！你别不信！'"

"春天一到，树长绿鸟？噢，我信啦！"

"这天下午，海上万里无云，风平浪静，满舱返航的船队正在行进中，突然一阵黑风凌空而降，紧接着，一场太阳雨劈面而来。顿时，眼前出现了一幅奇特景象：船队这边斜阳如火，彩虹美幻，波涛平缓，而与船队首尾相接的后方海域，却是狂风大作，骤雨急倾，且夹着如盆大冰雹，细看才知那并非冰雹，而是密集砸落的砖石瓦块。航海人是见惯了太阳雨的，也熟知世界各地对太阳雨现象的俗称，如狐狸出嫁、老虎娶妻等。可今天这怪景儿真是见所未见，闻所未闻。正生纳闷，落石砸砖的那片海域，竟然惊跳起数十只遍体鳞伤的鲸鱼，一路惨叫着远逃而去。航海人这才恍然大悟，这些不速之客，本是从远海异域尾随船队而来的。自此，九珠湾人也给太阳雨定了个滑稽的俗名，叫鲸女求亲。对了，一直站在小岛上远眺的两只巨鲨，也见证了这场鲸女求亲的好景呢。"

"噢，原来如此，原来如此啊！这个故事，我也信啦。"

"呵呵，你又信啦?! 一则又一则的寓言，一个又一个的隐喻，一段又一段的历史，一次又一次的战争，一种又一种的生死叠加，都白纸黑字地呈现在了这里。这些，是很容易让人相信的。然而，还有一些只为人所感知、不为人所表述的东西，时刻隐藏在了白纸黑字背后。这些隐匿起来的东西，如若表述出来，说第一次，你会不信，就说第二次，你还是不信，那么再说第三次……当你对这些东西坚信不疑的时候，发现实际上这都是一些你根本听不懂的东西。然而，其意义和价值，不在于你相信了的这些东西是什么，而在于你相信了表述这些东西的渐进过程。"

"当孩童仍是孩童，把大树当作敌人，拿木棍当标枪，投向大树。现在，那杆标枪还插在那里，震颤不已。这句话，好像是出自哪个文学大师的诗篇，我记不太清楚了。"

"不。你的记忆出了问题。这本是我儿时顽皮，在我家房后干下的勾当，哪里就成了文学大师的诗篇?! 我是有物证的呀。我家那棵梧桐树还健在，那根木棍标枪还插在那里震颤不已，只是木棍和大树已然长成了一体，木棍借树命而复活，且繁殖出了蓬勃灵动的新叶，自然是那两只绿鹦鹉。就在这天中午，那两只绿鹦鹉终于挣脱了梧桐树脐带牵连，扇动着蝶状翅膀，异口同声地叫着飞走了。这可是我的眼见之实哟。"

"标枪生鹦鹉，鹦鹉长蝶羽，谁信啊？你说谁信啊？不过，那两只鹦鹉异口同声的欢叫，我还是真真切切地听到了：'你别不信！你别不信！'"

后　记

《情报眼》及其他

1906 1032 4190 0644 0366 0100

这里，有一事不得不说。不说，读者也会发现，在小说最后，我把自己写死了。现在，竟又站出来写这个《后记》，显然我并没有死。但本质上我没有撒谎。作为作者的我没有死，但作为彭寂与王小娇的儿子，的确在那场七百五十一年不遇的龙卷风（据姒家人气象史料记载）中死掉了。他和他的母亲抱着那块石碑，被飞瓦走石旋刮卷切得没有了五官和皮肉。这事，众人皆知，多年流传。还沸沸扬扬地上过当地报纸和电台。

另外，在创作中，因艺术表现需要而设置了少许留白，试图求得以无胜有，化虚为实之效；有些内容，也因保密纪律限制，我无权讲出实情，或根本就不知详情，而故意当作留白处理了（像暧昧的"蝉，螳螂，黄雀，弹弓手"一章便是如此）。同时，我似乎对某一叙事技巧（故意模糊和搞乱事件发生时序）格外着迷，也造就了一些虚假留白。好在，小说艺术最好的景观，是每一个读者都能成为潜在的作者。从这个意义上讲，这部小说，确实没有给出一个时序连续的故事和唯一结局。但我又担心某些留白埋藏得过于深，会给读者造成一定的阅读障碍。那么，这个问题怎么解决才好呢？

恰巧，这天我在书店发现了一本书，叫《警戒——百起窃密、泄密、间谍案例纪实》（最新修订版）。前几年我曾买过这部书的首版。前面小说中，那起某高校气象系对外学术交流涉嫌泄密案例，正是从这本首版书上看到的。这套书是国家某职能部门，为加强全民保密警示教育，由其主管的出版社出版发行的。眼前这本修订版，在大量增加最新案例的基础上，结合新颁布的相关法规，对每个案例进行了点评。在其中，我惊奇地看到了"破获青铜瓮间谍组织案纪实"一章。看完后，即刻产生了一种费力不讨好的感觉：与实际案件相比，我的想象力实在匮乏。我的小说远没有这个实案奇诡撼人。

下面，我就把这篇纪实文章中几个惊奇之处概略性地列举出来，也许会缝补上我小说中某些情节与逻辑的空缺，可能有助于读者扫除几多阅读障碍。

一如"蝉→螳螂→黄雀→弹弓手→老虎→猎人→扈三娘→蝉"情景再现，彭寂与余元谋在九珠湾建立信件联络、开展技术对决、相互密诱与反密诱等方面的情况，以及甄晓敏抓捕彭寂和退休人、起获坟墓情报、深挖九珠湾潜伏特务等行动，北方B市青铜瓮潜伏组织在背后都是详尽了解的，而彭寂还自以为他与余元谋接触，"青铜瓮"人从不知晓。B市"青铜瓮"并没揭穿彭寂所为，反而巧妙暗助他与余元谋实施勾连，意在把彭余对决争斗搞大搞乱，把九珠湾特情搞复杂，以吸引警方把注意力放到彭寂身上，目的是掩护在北方B市潜伏着的更大的特务安全行事。事实上，北方B市青铜瓮间谍组织这些隐秘局设，我警方上层也早已尽数掌握，并有详细应对方案。王小娇便是警方应对行动中的一员干将。她以某种敏感身份和老者的面目，秘密来往于B市和九珠湾之间开展活动。但这篇纪实文章，并未涉及王小娇参与该案的具体细节。譬如，她是怎样协同B市警方完成"死而复生计划"的？在破获敌特密报方面发挥了哪些作用？又是怎样整容祛疤而打入到敌特内部的？利用小说实施密诱见到了何种成效？等等。但文章中另有显示说，关于北方B市间谍案，及其王小娇暗助警方上层破案的密情，当时连九珠湾警方以及那个专案组也一概不知，他们是后来才发现了一些蛛丝马迹，竟然还对王小娇潜伏身份产生过误会和怀疑。

至于北方B市方面相关谍情案情，余元谋更是无从掌握。他是B市警方破获该间谍案的局外人，本就不该知情。（相对于九珠湾那桩源自远古的谍杀案，北方B市"青铜瓮"谍情已被列为另案处理，无须余元谋再度插手）。但余元谋却灵敏地感悟到了青铜瓮组织在北方B市的隐秘局设，也神机妙算到了B市警方的上层策略。所以，他才在九珠湾暗自向有利于破案大局的方向演戏。在警方尚未预料到之前，他就感觉到彭寂会置自己于死地，可他仍心甘情愿地迈向了死亡。另外，整个行动中，王小娇也在暗中看着余元谋自觉给予专业性配合，掌握着他逐步走向自我牺牲的全过程。但亦为破案大局计，她只能默不作声，强忍下悲痛，不能伸手相救。实际上，余彭之战高深莫测，繁诡难料，王小娇本也无能，更来不及采取某些救助措施。

这篇纪实文章，还记载了这样一段话："彭寂早已悟到了北方B市警方的秘密用意，也已觉察到'青铜瓮'有更为复杂的潜伏网，尽管他不知其详情，但能猜测出'青铜瓮'在北方B市相关要害部门还潜伏着大鱼。为了让警方彻底打尽'青铜瓮'，他一直不动声色地配合余元谋因势利导，乱敌耳目，在虚实相生之间，营造了生死叠加之迷局。尤其，其中的死局——那个棍杀余元谋之悲惨结局——有效地迷惑了北方B市青铜瓮间谍组织。"文章尤其做了一个特别说明："这一桩事先张扬的密诱案，是首例以图书出版和网载小说实施密诱而成功破获的间谍案。其间，余元谋、王小娇、彭寂等老一辈革命特情人，以各自特立独行的作为方式，为破获'那个人妻被杀之前，凶手已经死亡'连环大案做出了贡献。同时，我老一辈革命特情人，在战争年代彰显出的高强破敌能力，以及九珠湾历代姒家人不屈不挠的对敌斗争精神，和新时代民众身上所反映出的强烈忧患意识，给潜伏敌特造成了巨大的震慑。"

提到"震慑"一词，便想到了巨鲨神威！是的。官方这篇纪实文章，并未涉及九珠湾的忠诚卫士——巨鲨家族！难道鲨狼大战中的常胜将军巨鲨，对"青铜瓮"狗特务、狼间谍就没有一点震慑作用?！对太平盛世也没有一点警示效应?！有啊，一定有啊！九珠湾人都晓得有啊！如果没有，我干吗要把巨鲨家族以及山海之间水上水下的鲨造迷宫，从远古时光里拜请进我的小说，痛心泣脑地叙写了那么多鲨护家园的故事？可是，官方这册警示教育书却视有为无，只字不提。

当然，这册书对北方B市警方上层所首创的特别而持久的密诱行动，是给予了重点记叙和高度襃扬的。这也是应该的。好了，既然利用小说密诱间谍，是B市上层警方权宜之计、破案手段，那么，小说中所设置的相关生死叠加、亦生亦死的系列迷局，其真实性可就难给定论了。但无论怎样，有一个显而易见的事实是铁定了的，并被写进了官方这篇纪实文章中，那就是：北方B市青铜瓮间谍组织，之所以能被警方一网打尽，"余元谋、王小娇、彭寂等老一辈革命特情人"是有功之臣！（这可视为官方对彭寂的认可。）然而，可是，那么，另一个铁定的事实——大功臣巨鲨为什么就不写上一笔呢?！

我一向相信读者的眼光比侦探锐利。这一桩事先张扬的密诱案，至此不再需要更多诠释。再行啰嗦，天理不容；再多说一句，读者便会认为我别有用心，另藏了更深的密诱意图，甚至还真会怀疑："到小说最后一个字结束，我那密诱行动才真正开始！"放心！我保证不再多说一句，我闭嘴封笔专去干一件事儿——把关于巨鲨以及鲨狼大战的所有资料，包括网上相关文字见闻和视频录像、报纸上文图报道、渔民目击者采访实录、海洋生物专家和考古学者学术研究文章，以及那部《鲨狼大战》影片光盘，都一一搜集齐全，装包上肩，在一天清晨启程北上Ｂ市，直奔国家某职能部门大楼。进大门时，有人拦了一下没拦住，我冲进某大领导办公室，"扑通"一声就跪下了，接着，"铛铛铛"磕了三个响头，然后，丢下背包里的那些资料，一言不发地转身离去。

大领导和他的秘书，并没有追出来看看这个行为怪异的人是否精神正常，也忘了打电话让门卫截住我。大概，他俩是被那堆资料最上面的一张照片深深吸引住了："苍茫的大海之上，停着一艘警船，两只巨鲨高高举着大钳，分左右夹插着一只变异鲸鱼，死死地抵按在警船侧帮上。甲板上，有一个女人满脸怒容，正用手枪顶着鲸鱼的脑袋。显然，那女人已经开了枪。鲸鱼脑袋上的枪眼尚在'汩汩'外涌着血浆，枪眼旁边还深深插着一根白骨。船上还站着一个戴手铐的男子，正举起手铐，狠狠砸向变异鲸鱼的脑袋。"

我放慢脚步，听清了身后秘书和大领导的几句对话。

"杀害鲸鱼是违法行为！戴手铐的犯人和持枪的女人都在犯罪呀！"

"难道，你没看见水里还有巨鲨在战斗吗？巨鲨钳下必是变异鲸狼。这犯人和女人纯属正当防卫！"

"奇怪了，大海茫茫，哪来的那根如刀白骨？"

"光在办公室里看照片就能找到答案吗？我们立即带人奔赴九珠湾！"

"从照片上看，那鲸鱼女性特征倒是明显，可獠牙也龇出来了。是该去看个究竟了。"

"那首歌唱得多好。朋友来了有好酒，若是那豺狼来了，迎接它的有猎枪。"

我好一阵激动，转身冲大领导办公室恭恭敬敬地鞠了一躬。觉得还不够味，就又挺直腰杆，像一个战士一样，敬了个还算标准的军礼。礼毕。我突然觉得如芒刺背，似是有一双眼睛在盯着看我。我缓缓转身，看见我那个孙子正背着双肩包，手里提着个东西，远远朝这边走来。走近了才看清，孙子提的是一块破旧木牌，上面的字依稀可见："过去并没有真的过去，过去就活在今天！"

在政府大机关里，与许久不见的大孙子偶然相遇，按说应该多说几句，但我依然不想开口。孙子指了指双肩包说："我是为王子文的事来的！"王子文是退休人的那个孙子。一听这话，我更不能多嘴，转身离去。

小说前文，给了退休人一个模模糊糊的结局。那是听了余元谋的意见才如此这般写的。其实，关于退休人，还有一段极为离奇的逃跑经历，余元谋坚决反对将其写入小说。那时，我对这段奇闻的细枝末节还不是很清楚，只好听了余元谋的建议——不清楚的便当作留白处理了。后来，我才从王小娇那里听到了相关详情。我敢保证这个详情，在九珠湾，除了我和王小娇之外，再也无人晓知，包括眼前这个孙子。这孙子若是早知这段奇闻，可能也就不来硬闯大领导办公室了。

是的。小说中哪些事该写，哪些事不该写；哪些事详细写，哪些事含糊着写，全得考虑那桩间谍案的需要。实际上，这样干，对作品是有致命伤害的——为了达到密诱目的，小说故意省略或混淆了某些情节，隐去了部分精彩片段，还一再歪曲叙事方向，使得某些桥段不能自圆其说。当然，会有少数读者一定是从中猜到了警方策略和计谋；不排除也有读者把这部小说都翻烂了，却是遍找无着，看不清事实真相。那是因为，对这些读者来说，还需要再读读以下这段文字——那个退休人的逃跑经历，以及其他。

　　我叫汤涎涵。我的祖先是东瀛人，可我出生在吉林长春市。我的生父从东瀛而来，长年在长春做皮货生意，娶了长春舞女三瓣花为妻。母亲是当地舞厅头牌，漂亮得让父亲不顾了一切。长大后，我成了一个活脱脱的三瓣花，是爸爸一时都离不了眼的掌上明珠。可这一年，有人非要推荐我入燕京大学学习。这个人背景极其诡异，父亲舍不得却也不敢不从。自从被人领上道那一天起，我便没有了人身自由。这个道，便是帮助日本人秘密监视燕京大学的抗日活动。也即，我成了日本人安插进大学生中的密探。入大学前，我的档案都被篡改了。我成了地地道道的中国人。他们作假作得天衣无缝。我自然是被培训了间谍基本技能之后才入校的。对这个道上的组织，我得百依百顺，稍有腻烦，便有恶果。我的外祖父，在一天傍晚被一颗流弹击中身亡。据说，这颗子弹来自日军训练场。流弹不长眼，碰上谁谁倒霉。其实，我父母心里明白，是他俩思女心切托人给我捎了件毛衣惹了祸。身穿慈母衣，哪能断得了母女关系?! 之后，我在学校不得不积极表现，国共反日组织在校内外搞的很多活动，我都能打探得清楚，再秘密汇报给这个道上的组织，以换取我长春家人安然无恙。现在知道，我为日特通风报信建立了功业，却对中国人民犯下了不可饶恕的罪行。大学毕业后，我被安排留校工作。这个时候，已是1943年的夏天，日本对华侵略战争败势突显，日特上层已开始考虑战败后应变策略，拟秘密安排一批特工潜伏人员长期定居中国，以便日后"东山再起"时发挥作用。我不幸被他们选中。首先，让我立即停止监视中国师生，只管全力做好校方本职。然后，他们偷偷把我父母送回日本，却悄然制造了一场火灾烧毁了家院，对外谎说我全家人已葬身火海。到了1945年6月间，有人给我留下半个青铜瓮，叮嘱"暂停活动，长期休眠。若遇极特殊情况，可到礼世胡同27号联系上线"。还交代，接头时，必须由我拿着半个青铜瓮，与上线手中另一半青铜瓮严丝合缝地对接上，同时，还得有第三者（上级）在场，拿出他手里的一个原装瓮盖，配封合扣地拧在对接好的青铜瓮之上，然后，三人各自说出暗号，"秦骊有坟不可挖"，"金陵无陵葬六家"，"空冢枯骨双头兽，化作孤狼亦噬他"。如若两半瓮体合不严，瓮盖丝扣拧不上，暗号对不准，则就不是自己人。这些接头程序，我都牢牢地记在了心中。可是，一年两年，十年八年，几十年过去了，一切都不再发生，谁也没有找过我，我也没有找过谁。我成了一个普通的人民教师。这期间，我与某某大学江小川恋爱结婚，后调入了爱人所在大学政治理论教研室工作。我夫妇相亲相爱几十年，育有一子一女。我淡忘了过去那段黑色历史，甘愿在学习中受教育，在教育中蜕变身心。我志愿加入了中国共产党，对政治理论研究投入了一辈子的热诚，还成了先进工作者、优秀共产党员、马克思主义理论研究专家。我专心著书立说，教书育人，可谓桃李满天下。我的子女也成了国家有用之才，还都当上了领导干部。我早已信仰共产主义；忠于共产党；拥护社会主义。我的理论著作和学术研究成果，统统都发乎于内心，源自生命，一字一句皆为本真。组织上和我家先生、儿女，对我那段阴暗的真历史一无所知。在我头脑中，那些事也似未曾发生过。可是，到了晚年，我重病住院，绝症无治。我决定自首！向党组织言无不尽，向老公子女交代一切。闭眼之前，我要在心灵深处获取新生。不然，我死不瞑目！我给组织提出的唯一要求是：在惩处治罪时，请为我改名换姓，最好保证我在图书馆里的著作和杂志上的文章，能够得以被正常借阅和流传。明天，我或将死去。请准许我以一个中国人的身份死去！这个材料，是我人生终极笔墨，泣血之作，期望能送达到我敬爱的中共组织手里。

某些事情总会有反转的。那一天，重病住院一年多的汤泳涵老教师，竟然病愈出院了。听说是她的儿女不惜巨额自费，请了国内最著名的医生，用了国外最好的药，才把她从死神手里夺了回来。

江小川和儿女们一起欢天喜地地把汤泳涵接回了家。在楼下，老邻居们见了，都说这一年多院没白住，除了比以前清瘦了些，多了几缕白发，其他没什么大的变化，腿脚反而更利索了，人也有了精神。她不用儿女搀扶，由江小川挽着胳膊走进了电梯。在电梯里，她还一个个去握老邻居的手，激动得一时说不成话，眼泪一个劲地往下流。江小川说："只有到阴曹地府里溜达过一圈的人，才会激动成这个样子，也才会知道珍惜生命。接下来，我要陪老汤多到儿女家住一住，享享天伦之乐，也勤到外地转转，疗养疗养。"邻居们说："儿女孝顺，逢灾务除。大病不倒，必有后福。好日子长着呢，慢慢享用吧。"

好话都能说得轻巧。殊不知，一个治好了不治之症的奇迹背后，可能会是一个家庭倾家荡产的悲剧。人没死，家财破，同样是一场灾难。汤涵涵得的这个绝症，叫慢性粒细胞白血病。这种病经用好药和骨髓移植还有一线希望治愈，却需要自筹部分费用。汤江夫妇一对退休教师，一儿一女也是工薪阶层，若想拿出巨额费用，只有卖房一条路可走。老夫妻一直住学校公寓房，显然无房可卖；女儿家有一套房，却做不了女婿的主；只有儿子得把三居室卖掉。儿子说了，为救母，媳妇就是闹上天来这房也得卖。

汤涵涵表了态："让我出院等死吧！若卖儿房，我即刻从楼上跳下去！"她开始拒绝用药。谁劝都不行。一家人陷入了绝望。儿子在病床前跪了一天一夜，等着老母亲回心转意。黎明时分，汤涵涵说话了。她说，她有一个多年前的老朋友，家底殷实富足，也许能借给一笔钱。她决意去试一试。她不让任何人陪伴，只身去找了那个老朋友。事实上，她哪里有富翁老友啊！她是被绝境逼出了绝招。她把藏匿了几十年的那半个青铜瓮悄悄取出，走进了礼世胡同27号住宅。运气不错，得到了与这家老先生单独聊谈的机会。

"我不想死，我要活下去。"她开门见山！她孤注一掷！她背水一战！她把自己过去那段黑历史和得绝症缺钱的情况，一股脑儿全都倒了出来。尤其着重说了就她这个年纪，一般是不宜再行骨髓移植术。但鉴于她这病发现得早，身体健康状况又一向很好，各种检查指标也适配，医院建议可尝试手术，他们有信心创造一个医学奇迹。"能把我这匹老马死马当活马医，风险很大。但我甘愿一试。车到山前必有路嘛。没钱就来找组织嘛。谁不渴望生命长远呢。谁会明明有百分之一的希望，而放弃百分之百的努力呢。"

她不厌其烦，絮叨个没完。人家一言不发，只是静静地听。

"您老若是早已弃暗投明，投诚了中国警方，那今天算我汤泍涵自投罗网！反正，病死也是死，遭逮捕也是死。您老若还是原来的上线，咱组织上的人，那我就是找到了娘家。这个巨额费用，我也不是白花组织上的。我会把手里一份机密要情奉献出来。这些日子，我那儿子为我的病急昏了头，忘了把包里的文件掏出来，直接带到了医院。我原本没想到要找失联多年的组织，正是我无意中看到了儿子包里的机密文件，才燃起了这个念想，也有了一线生的希望。"说完这番话，汤泍涵把那份文件内容复述了一遍，"请您老对我的情况去做调查，如若信了我，肯帮我，那我便把那文件翻拍件送达你手上。当然是一手交钱，一手交货。反正我是认准您老了。只要能筹到救命钱，您老让我做啥都行。"

老人叫赵有德，早前道上组织给汤泍涵暗号时，并未介绍更多详情。因此，汤泍涵并不了解赵有德其人。今天，她如此莽撞上门，赵有德并没多说什么，一句话打发了她："你说的话我一句也听不懂。我看，你该去精神病医院看医生。"

汤泍涵被赵家人轰出了家门。强烈的求生欲望，迫使她一再冒险，又有了第二次、第三次登门求见，均被挡在了门外。到第四次再去时，还未走进礼世胡同，便被一辆三轮篷车拽了上去。车里坐着赵有德和一个三十多岁的女人。车子进了一片废旧厂房。赵有德掏出半个青铜瓮。汤泍涵也赶紧拿出另外半个。严丝合缝地对上了。那个女人掏出瓮盖一拧，完全配封合扣，一看就是原装一套。三人各自说了暗号，也都能一一对应上。那女人摸出一张照片，

368

又对比着端详了一番。这是汤泾涵几十年前的学生照，看上去那双眼睛格外纯净，且极富灵性，像飞燕像小溪又像柳絮儿。那女人点了点头，依然没吭声，下车扬长而去。赵有德说话了："我们动用多方隐秘关系，了解清楚了你的病情及家庭子女现状，情况完全属实。尤其，验证核准了你儿子涉密公职人员身份。那好，明天这个点，就在这个地儿，一手交钱，一手交那份文件。如果这次真出现医学奇迹，你的病治愈了，将来会告诉你我们的联系方式，也会为你提供更多为青铜瓮组织效力的机会。如果你不治而亡，那也算咱组织上尽了点心意。记住，这笔钱，要以不同人的名义，分四笔打下欠条，不然会遭到怀疑的。其他的一切注意事项，就不用我嘱咐了吧。"说完这番话，赵有德也下车离去。

如实叙述后来发生在汤泾涵身上的事相当困难，并且也不合适——小说写到这种程度再细写详述，肯定会失去留白艺术之韵味。拣着重点情节略表一二，便能取得事半功倍之效。一些事情确实难以想象，但不容人们不相信，因为事实俱在。最突出的事实便是：医学奇迹真的在汤泾涵身上发生了！B市多家报纸都做了重点报道。主治医生还专门发表了相关学术文章，在医学界引起了不小的轰动。对此，汤泾涵颇为得意。出院后，常到儿子家住住，也时由老伴陪着到外地转转。九珠湾气候宜人，风景上好，那是她夫妇俩最愿意去也最常去的地方。

这期间，汤泾涵又干下了一些秘密勾当。譬如，接连偷拍了儿子的三份秘密文件；还奉命同九珠湾方向的青铜瓮组织接过几次头。其中，就包括同那个退休人有过接触，也接下了退休人交上来的关于某新型远洋技术的情报资料。后来，九珠湾谍情被神秘人搅和得越来越复杂，一些事情她并不能很好地控制。她藏在诸事背后，眼睁睁看着这个退休人，被一个叫彭寂的人诱引给了警方，充当了这个彭神人的替死鬼。她并不敢过多去掺和，怕也被人下了套，暴露了自身。不过，她还是把退休人的最终结局摸得一清二楚，写成报告送到了赵有德手里。也就是这一次与赵有德见面，她才最终认识并弄清了握有瓮盖的那个女人"上级"的情况。这个女人，便是在 B 市青铜瓮组织的头儿。她现为北方一位重量级人物的儿媳。这个重量级人物的儿子，也是某科研单位要害部门的技术权威，某尖端技术领域的精英人才。这儿子的前妻是个事业型女强人，为公獬死在了工作岗位上。之后，眼前这个女人"上级"，才有机会制造了一场马拉松式凄美爱情，顺理成章地同这个丧偶男人结下了百年之好。没错。这个女人及其精英丈夫，均为"那个人妻被杀之前，凶手已经死亡"案件的主要当事人。

取此一案，我拟另作成书，现已完成故事大纲。事件的核心人物，自然是这个精英丈夫。之前，敌特为了秘密控制这个精英男人，足足用了五年零七个月的时间，做了一个长远而精密的暗局，才使那个原配女强人自然"猝死"，而让这个女间谍自然上位成婚；这个成了主妇的间谍，又用了三年半的时光，逐步设计密诱，才安全策反了精英丈夫；精英丈夫从犹犹豫豫、半推半就，到彻底蜕变成一个死心塌地的间谍，继而获得良好情报效益，又用了两年多的时间。而这个时候，他们夫妇的儿子已经四岁多了。真可谓十年磨一剑。最终，总算把一颗钉子搠进了某科研单位要害部门。

好了，下面，再重点说说这个退休人。事后，关于退休人的最终结局，汤泓涵是这样给在北方 B 市的青铜瓮间谍组织写报告的：

据我多途径私密了解，退休人不幸被捕后，未向警方交代任何不利于青铜瓮组织的情况，表现极其勇敢，可谓宁死不屈！退休人不愧为智商奇高的科技工作者，他成功转移了警方视线。他向警方供认，他在秘密研究一种不为人知的高科技杀人技术。这种技术叫次声波。（他还说：保密局甄晓敏对高科技杀人手段很感兴趣。方便时，请警方代我转告她一下。）

他先给警员讲了一段历史故事。大意是，二战期间，无论是盟国，还是法西斯国家，都开始着手研究杀人于无形的次声波。譬如，德军和苏军就曾把次声波武器应用到了战场上。有科学家推断，次声波技术发展到一定水平，且用于战争，那将是比核武器还要恐怖的灾难。这些故事和说法，大多数警员都闻所未闻过。退休人又详解了次声波杀人原理：频率小于20赫兹的声波叫次声波。次声波和人体器官的振动频率相近，容易和人体器官产生共振，对人体内脏有很强的伤害性。其攻击距离远，穿透力强，却又听不到，看不见，具有良好的隐蔽性，在外表皮肤毫无破损的情况下，便能致人死亡。尤其次声波武器的制造，并非复杂得难以想象。一个小型次声波武器，可以仅有一个啤酒箱大小。据退休人交代，他研究次声波技术已经六年有余，曾试验成功一款此种装备，叫次声波定向发生器。去年九月十一日，他在一艘废弃的远洋船上，架起这个装备，对两公里之外山坡上的黄牛实施了定向攻击。两头黄牛正好好地吃着草，突然同时倒地毙命。

"那个放牛的老汉叫刘三贵。你们可以去刘格庄找他。"警方就真的去找了。了解到的情况与退休人所说完全相符。当时，刘老汉以为他的牛是中毒死亡，也没敢宰了吃肉，直接就地掩埋了。警方挖出了死牛尸骨，经法医解剖化验确认并非食料中毒。黄牛是受到了不明外力的神秘攻击，五脏遭受大面积内伤而死亡的。

这下，惊炸了警方，回来直接逼问那台次声波装置现在何处。退休人说，就藏在了延湾老码头那艘废弃的远洋船上。警方按他说的位置未能搜查到，只好带他去现场指认。他被七名警察带到了废船舱中。他戴着手铐给警察指指点点，终是在一舱箱里找到了一方木箱。开箱时，几个警察都围上去看。果然有一台啤酒箱大小的精密机器。

"各位，先别动它！"退休人高声叫道，"大家都知道，利用次声波发生仪，可以获得地下土层构造的精准信息，探测到埋在深处的矿藏和油气田。可人们很少知道，也可以利用次声波发生专用仪，像勘测矿井一样，把相应频率的次声波信号打入人的头脑，人脑中反馈信号即刻会在仪器屏上显示出来，人的思维活动情况以及脑子里的秘密隐私，便都一目了然。而被探测的对象却毫无察觉。这是某国用于窃取情报和监视敌手的最新间谍技术。眼前，我这台仪器，也具备了这个功能。这是国内首创，非常娇贵，要轻拿轻放。拜托大家都帮把手。"一听此言，警察们全都弯腰伸手，像抬一筐公鸡蛋一样小心翼翼，生怕碰了磕了。

退休人悄然后退，身贴船舱板，按下了一个隐秘按钮。随即，四处传出剧烈的爆炸声。顿时，整个船舱黑烟滚滚，火药味呛鼻。警察一时不知发生了什么，有人赶紧摸黑去抓退休人，却没抓着。炸声停止，烟雾散开，这才看清有一个暗舱侧窗被打开，外面有几条废弃破船，水面上正翻滚着水花。有警察跃入水中潜追而去，也有警察跳上废船逐一搜寻。结果什么也没找到。警察们又进入岸边树林去搜索。有两人返回船舱，找到了扔在地板上的手铐和钥匙。闻了闻，汗臭味刺鼻。"妈的。这把钥匙，是早就藏到了他鞋底子里的。"

警察没忘把那台次声波机器带回局里。请来专家鉴定，才得知该装置只是一台普通的电源机。显然，是退休人已预感到自己会被捕，早在入狱之前，就合计好了逃跑计划。他说研究次声波杀人技术，还能探测到人脑中秘密，纯属子虚乌有。这一切全是为他这次逃跑而制造的骗局。

这还没完。警方在全市实施了大搜捕。其实，退休人根本就没跑出这艘废弃的远洋船。当时，他趁浓密的黑烟打开暗舱侧窗，扔进水里一个铁件，制造了跳水而逃的假象，自己却闪进了旁边的消防柜里。这柜里的东西也是他早前就掏空了的。

退休人窝在船舱里没有动。到第三天上午，才化装走进火车站，把一双肩包扔到一角落里，又返回了破船。警方在那包里发现了退休人要去B市的迹象：一张B市交通图。于是，便把追捕力量转向了B市。而退休人却在九珠岛上，稳稳妥妥地采取了新的行动——在一座老建筑大厅里跳楼身亡。死前，他用身体摆出了一幅神秘图案。

那么，退休人为什么要蓄意逃跑，逃跑后却又跳楼自杀？后来，有人从那幅神秘图案里琢磨出了道道，认为这是退休人给青铜瓮组织留下的表忠图："使命圣大，两肋插刀，一颗忠心，以死相报。"他觉得，与其坐牢无期，不如眼前一死。显然，在牢里是死不成的，就逃了出来。又觉得，天网恢恢，迟早会被抓回，还不如能死则死。

鉴于此，我汤泾涵郑重建议，青铜瓮组织对退休人在外的那个孙子应予关照。至少，还那孙子人身自由；至少，不再加害于那孙子。否则，会冷了人心，让人觉得对我青铜瓮组织忠心耿耿者没有好下场。（没错。我一向反对间谍工作祸及家人。几十年来，一想到无辜的外祖父被暗枪击毙，我就心如刀割，痛心不已。）

因了我隐秘身份的限制，以上某些相关情况，不可能全都详尽掌握，有些细节属我合理推断所得，但主要内容是绝对属实的。

此报告，汤泾涵敬上！

这一天，汤泾涵带江小川及其子女，来到陵园墓地，在一块墓碑前，献上花束，摆上供养，点了香，烧了纸。她泪流满面，冲墓碑深深鞠躬，久久才直起身来，又拿了一块松软白布，一遍遍擦拭墓碑上的几个大字：人民教师汤小妖之墓！

江小川掏出几本书和杂志，摆在墓碑前，泣不成声地说："老汤呀，你那些书和杂志，在图书馆里一直都还能借阅到啊。王府井图书大厦也还有售呢。小妖啊，待事情彻底完结后，一定会有人还你真名的！老婆子，你就安息吧。"

扫完墓，这个汤泛涵依然心难素静，又深鞠一躬说："学妹啊，还你本来面目的那一天很快就会到来。届时，我要把你年轻时的美人照，亲手影雕到你的墓碑之上！"

事犹未了，后记继续。

好读者比好作者更加挑剔，读者容忍了我那些故作惊人的空缺或留白，却无论如何也不肯接受我弯弯绕的笔法，都怪我不直接给小说一个明了的结局——余元谋、王小娇、彭寂、退休人等，到底是死了还是活着？

在此，我再一次声明，这些历史事件中主人公的生死问题难有准确答案，绝不是我在玩弄文学技巧，而是密码战领域本身就是这个样子。换句话说，这些文学技巧和相应笔法，是这条隐蔽战线上的自身规律召唤而来的，是一种职业性"呼之欲出"，或"应运而生"。业内曾有一句行话，叫作"生死叠加状态，本是这个领域最真实的职业状态"，我只是把这种职业状态，婉转而负责任地呈现给了读者。所以，谁都不该给我扣上一个"弯弯绕"的帽子。

其实，这部小说，唯一一个我应该交代清楚而故意没有交代清楚的，是故事时序问题（有人说，我热衷于以代际更迭、子孙衍续来标示故事发展时序，故意不明确事件发生的具体时间，全是为了回避国家现行保密期限）。这个问题也简单，两句话就能说清楚。其一，"我小说中的故事，均发生在至少二十多年之前。鲨狼大战、战争密码战发生时间自不必说；破获九珠湾和北方 B 市青铜瓮间谍案，也是上世纪八九十年代的事了；而那场七百多年不遇的龙卷风害死王小娇及其子的灾难，也发生在同一年代"。其二，"《中华人民共和国保守国家秘密法》明文规定的保密期限是，绝密级不超过三十年，机密级不超过二十年，秘密级不超过十年。（特殊情况除外）。而我的小说内容，从来都不会涉密的（我根本无从掌握秘密事项），有些不得不涉及的，顶多也是些具备了解密条件，且已公开了的内幕资料。所以，二三十年、七八十年之前发生的事情，出现在我小说里，没有任何涉密泄密之嫌"！

不过，涉密方面的敏感问题，也不是一个没有。甄晓敏，某市国家保密局的那个公职人员——我小说里唯一一个肯定未死去的人，就惹上了一个麻烦。因了这个麻烦，她被调离了某市国家保密局，而平调到了某个基层单位。本来，从公职任务上来说，B市青铜瓮间谍案，与甄晓敏并没有直接关系。可她在看了小说《生死叠加》"后记"之后，在一个文学访谈类节目《作家在线》中，对我故事情节的严谨性提出了异议。她说，那个赵有德及其女人上级，仅凭两半青铜瓮和一个瓮盖能配套合扣，暗号照片也对得上，就轻信了汤泫涵的身份，是有漏洞的。应该再做个DNA鉴定，才能万无一失！而这对于"青铜瓮"并不难——悄然偷取这个汤泫涵的生活痕迹和头发，再去与还健在的汤家父母或其尸骨做DNA比对，便可分出真假来——与他们接头的那个汤泫涵，并非真正的汤泫涵，实为祛疤整容过的王小娇。没想到，这个访谈节目结束不久，上面就有人找到了甄晓敏，严厉批评她不该在公开场合谈论这件事情。

"尽管你谈的是文学，是小说，但你不要忘了，这部小说身上是有公职使命和密诱任务的。"

"《生死叠加》都出版很久了，B市青铜瓮间谍案也早已结案，怎么就不能说说了？我不说，人家'青铜瓮'总部那边就不反思这一过失了？读者就不诟病这一漏洞了？"

"难道让余之言发表这部小说之前，我们上面就不会想到这些？！事实上，那个前去接头的王小娇，和那个赵有德及其女人上级，都没有想到这个DNA的问题，但我们上面早在密谋这一行动前就想到了，可并未告知王小娇。我们为什么会故意留下这一漏洞，这自然有上面的深层考虑。后来，王小娇在那座古建筑大厅地板上刮血渍干粉时，才突然意识到了这一漏洞。她惊出一身冷汗，赶紧联系了上面。我们这才告诉她，不要多管多问，照原计划行事即可。很快，我们从相关途径获知，在假汤泳涵找到赵有德家不久，赵有德上面的上面，就知道了上门人的真实底细，后来也明白由退休人窃取的那些关于某新型远洋技术的机密情报，一经假汤泳涵之手转送给'青铜瓮'便变了味，一定是被警方调了包，但'青铜瓮'上面也未声张，让赵有德和那个女人一直蒙在鼓里依旧开展活动。你想想，他们这么做是为了什么？是因为，赵有德和那个女人及其精英丈夫（这个女人的公公并非间谍）的背后，还有更大的鱼需要有人转移警方视线，加以深度掩护。也即，多年来，对青铜瓮组织来说，彭寂、退休人、赵有德、那个女人上级及其精英丈夫的存在，在一定程度上，也是为了背后那条大鱼的存在。而我们警方上面要的是斩草除根，最终务必捕捉到那条深潜之鱼！现在，你都听明白了？尽管现在这个除根行动已完胜收兵，你那个访谈节目也未对破案造成什么恶果，但你做的这事儿不专业，至少暴露出你缺少敏锐意识。"

"那就是说，这部小说里的这个漏洞，是余之言为配合你们上面更深一层的密诱，而故意留下的?!"

"其实，这个漏洞，并不是个根本性问题。DNA只能鉴别一个人肉体的真假，而鉴别不了一个人的灵魂是否忠诚。就像那个血脉纯真的汤泳涵，其思想已经脱胎换骨，真就给她做了DNA鉴定又能怎样?!"

"对我这个作家同行，他余之言这嘴可真够严的。看来，他真是被人用龙舌绳缝了嘴的。这次，组织上无论怎样处理我，我都没意见。我要去找那个余之言算账！"

"算了吧。就余之言那无边无际的想象力，一句话便打发了你——你甄晓敏就没有想到，组织上把你处理发配到那个基层单位，实质上又是一个有意为之的秘密局设?! 那个单位有一个敏感的窃密案，需要你去微服潜伏呀。实际上，这是组织对你的信任和重用哟。"

"好个绕死人不偿命的余之言！沉重的忧患心疾，都把他折腾成精神病了。我倒要看看，他还会把薛定谔的猫之情报学意义泛化到哪里去！"甄晓敏像是又想到了什么，"刚才你说，那个除根行动已完胜收兵？我想知道你们是如何收兵的。"

"现在可以透露一点情况给你。不过，要绝对保密！事情是这样的。余元谋有一句怪异之言——其小大于大，其大小于小。当这句话在连载小说中被重复第六次的时候，那位读者——身披厅局级领导干部外衣的大人物——彻底明白自己的间谍身份已惨遭破解。于是，在一个电闪雷鸣夜，他投案自首了。原来，'其小大于大，其大小于小'，正是由他亲手密传的一份加密情报的英文密钥。他把这句密钥词重复书写了六遍，其字数才与情报明文的字数相等。然后，对照'维热纳尔方阵'，依次写出了情报密文。他一向信赖这种加密法（密钥和明文一样长），在他心目中，'维热纳尔密码'是牢不可破的。况且，他使用的又是一次一密制。所以，他觉得，他所传递的加密情报，其安全性是巨大的。即便破译者穷尽生命，也无法达成破解。然而，余元谋神机鬼藏，剑走偏锋，专摘其心密，借小说作者之笔，不多不少，先后六次重复这句独一无二的密钥词，从而逐步击垮了这个人的加密自信和心理堡垒。这条深藏已久的大硕之鱼、变异鲸狼，终是惊跳出了水面！"

"关于这次间谍密报的截获与破译，关于这次余元谋的直接参与，我想听点详情细节。因为，前面专门讲过，这起北方B市青铜瓮间谍案，已被列为另案处理，无须余元谋再度插手。他怎么会……"

"对不起，密不配位，无可奉告！不过，倒是有一件事，非告诉你不可。余元谋曾亲手写过一段话，题名叫《情报眼》。他专门嘱咐，一定要把这篇文章转给你。请你务必将此补写进再版的《薛定谔的猫》里去。"

情报眼

尖啸声划破了夜空。今晚，你所期望见到的那个人并没有出现。此时，一位著名军事专家正在一档电视栏目《军机处》中接受访谈。

"战争史不是随意打扮的小姑娘，非得以谁喜欢的面目出现！战争史也不能因某些战争秘密不能公开、某些职业行为需要保密，而任人沽名钓誉，贪窃他功，随意摘取桃子。事实上，在功名利禄面前，的确有极少数的人丧失了党性，精于往自己脸上贴金，还大言不惭地说，这个山头本来就是我拿下来的嘛！其实，攻到山头上的人都与敌人同归于尽，英勇牺牲了，唯有趴在山脚下石头缝里装死的那个人活了下来。只是，这个秘密，只有这个活下来的人知道。是的。这个活下来的人，就是这样认为的。但他却忘了一句话，要想人不知，除非己莫为。在他干这件事的时候，除上天有眼之外，他背后还往往藏有一双情报眼。这个情报不是不报，而是时候不到，只能让他戴着英雄的桂冠，再风光几年。这几年，也许他又官升三级。可他官做得再大，在情报秘密档案里，他还是那个趴在石头缝里苟且偷生、贪窃他功的小人，一有利益诱惑就会丧失人格国格的卖国贼。由此说来，战争历史的记叙，应该充分考虑战争情报保密性这一要素。从科学角度讲，往往公开呈现出的战争历史，不一定就是战争的全部，也不一定全部都是战争的真相。总有那么一些历史片段，因其保密性，而暂时或永久封存。而这些片段，或许就能改变某次重大战役和事件的历史色彩及某个人的政治面目。日后，倘若条件成熟，解密政策允许，从情报学角度，去叙写一下革命战争史，可能会有重要的历史和现实意义。"

　　警车的尖啸声划破了B市白家巷夜空。今晚，你所期望见到的那个芷姓女人并没有出现。那么，曾经趴在燕尾岭山脚下石头缝里装死的那个人，你可要听仔细："情报眼从来都是睁着的。你的好日子不多了！"此刻，你心里应该比谁都清楚你的过去到底发生了什么、眼前还将发生什么。话都说到了这个份上，如果你还没听出个所以然来，那就再给你讲一个故事。这本是哈特·科赫在《冥之书》里，引用的博尔赫斯的一段文字。而这段文字又是借凯尔特人之口讲述的：“有一天，有两个著名的吟唱诗人搞比赛。一个诗人弹着竖琴，从黎明唱到黄昏。星星和月亮爬上来时，他把竖琴交给对手。后者把琴搁在一边，站起身走了。前者认输了。”听完这个故事，再回望一下那位军事专家的访谈，事情便一目了然了。

“要素指向愈加具体，可我并没看出这篇《情报眼》与那只鼹鼠自首有什么必然联系，也未悟出他让我写入小说的真实意图。倒是，‘其小大于大，其大小于小’这句话很能打动人心。它本是这部小说的内核寓意之涵盖呀，怎么倒成了间谍用的密钥词？并且，居然，我还毫不知情地帮他重复沿用过，才凑够了六次。可见，这个余之言的心，真真是深不可测的。”

“实际上，这个余之言，纯粹是被余元谋的魂魄附了身，一心想把国家安全意识渗透到公众生活的每一个角落，以谆谆善言，不断敲响警钟，直到永远。这种无法自拔的喋喋不休，并不令人厌烦。难道，你没觉得吗？”

“余元谋受的教育是密码技术，却对哲学痴爱有加，且一直讳莫如深，只管封在自己脑壳里乱用一气。没错。余之言正是被他附了身，却又别出心裁地利用他这一秘密爱好，把某些可见与不可见的东西，都统统写入了小说。实际上，余之言这样干，很有可能会落得个杞人忧天之名，被视为写了一本空白之书。”

“是不是杞人忧天，是不是空白之书，那就看你甄晓敏这次能否把《情报眼》成功植入小说了。”

“兹事体大，恕难从命，你们还是找那个余之言或者谁谁谁去干吧。文学的天空里，从此再无甄晓敏！我要全身心去干我该干的事情了！”

这一刻，余之言的心被一列特别客车带走了。这列客车的特别之处在于，当夜间行驶到秦骊火车站时，在其尾车后边又悄然挂上了七节闷罐子车皮。车里乘坐的是解放军某部陆战队训练基地待分配的士兵。之后，闷罐子车一路甩着尾巴昼夜前行，又数次改挂到其他客车或货车屁股后面。"咣当当"的声音响彻小说的结尾，车皮里的青春燥热浸润着连绵不断的文字。这是寒冬腊月天，车厢通铺上一排排挨肩而坐的士兵心里却似盛夏。十个月的陆战新训生活结束，终是要奔赴新的岗位，没有谁不激情澎湃，也没有谁不急于知道自己的分配去向。然而，没人告诉你要到哪支部队服役。在没到达目的地之前，这属于军事秘密。闷罐子车小窗遮挡得严严实实，只有车顶上的气窗通往外面的世界。每当车一停下，火车站的气味夹杂着旅客的喧嚣声，便从气窗倾泄而下。来自五湖四海的新训队员们想象着能想到的一切，有心的士兵还清楚地记下火车已停靠了多少站。余炳焕眼巴巴望着气窗说："这是第三十三站了，不知我们的兵营在哪里?"妣重天把手里的一本书塞过来："在哪里都一样，都能手握钢枪保家卫国! 你还是先看看这部小说，强化一下忧患意识吧。"余炳焕也掏出一本："我也买了这书的最新版本。我懂得，只要带着兵者之心去阅读，前辈们深藏的一切都将得以彰显!"说着，把罩灯靠近拿了，闷头翻看起来。

　　火车站的气味又翻卷而进，罩住了充满神秘寓意和象征符号色彩的小说封面。一生一死的两只写意猫，对卧在阴阳太极图中，一睁一闭的眼睛昭示着彼此正处在生死叠加状态。从外面的光亮判断出，闷罐子车至少又跑了三个昼夜。此刻，余炳焕和妣重天几乎同时跃起，异口同声地叫道："家乡的海味!""哗啦"一声闷罐子车门被打开，带兵军官高喊："目的地到了，各排连依次下车列队!"余妣二人看清站牌，紧紧地拥抱在一起："九珠湾是一座水做的殿堂，世界穿过它走进我的家乡。真没想到，我俩回到自家门口来当兵了!"

　　"上岛后的第一个星期天，要先去你家房后看看那棵长着标枪的梧桐树，没准那对绿鹦鹉又飞回来了呢。"

　　"你想啥呢，这季节枯枝败叶的哪还有绿鸟。我看呀，还是先到古灯塔底座废墟上去坐坐。那里可是咱俩定下投笔从戎志向的地方。那上面还刻着咱俩的誓言呢。"

"是啊，连那座古老灯塔，都化作砖瓦石块打击来犯之鲸狼去了，何况我俩这血肉之躯呢！"

"那当然！"

平面与立体，剖切与叠摞，水平剖面与立体架构。没错，弄懂这三对几何学概念及其相互关系，是顺利结束本小说的关键。

无论彭寂、余元谋是以何种方式死去的，生前又有着何种寓意的胜利与失败；也不管彭寂怎样醉心搜罗彭家庄园诸多秘密，并基于此编制出了多少新密码；更不管余元谋如何耗尽心血和生命，去破解九珠湾山海迷宫，并最终借助国家力量摧毁了它，都改变不了一个铁打的事实：彭余二人到死都未能发现一个与各自命运密切相关的特大秘密！

在彭余死后多年，这个秘密终是被姒重天和余炳焕发现了！于是，姒余二人请了几个技术精湛的老工匠，仿造了一架一模一样两米见方的九珠蓝珊瑚礁盘，按照盘上三层九条暗河逐层平行剖开，再把这三个平行剖面依次衔接在一个水平面上，即组成了一个宽两米、长六米的平面构图。然后，又把彭家庄园整体布局，按一定比例微缩绘制成一个宽两米、长六米的平面构图。把二者并排放在一起比对观测，奇迹出现了：这两个平面图其基本架构、布局走势、诸单元组成皆尽一致。俯瞰下去，入彭家庄园正门，穿过第一个山水花园，便是一个由三条街道构成的建筑群；接着，穿过第二个山水花园，进入了第二个由另外样式的三条街道构成的建筑群；之后，走出第三个山水花园，又跨进第三个不同布局的三条街道建筑群，最终，才走出整座彭家庄园。这个时候，能清楚地看到，三个山水花园的山座和水面位置，与礁盘上九珠湾三层山海平行剖面之山水位置极度吻合，而那三层九条暗河的各自平行剖面，与庄园中三个古建筑群九条街道平面图完全相同，不但各条暗河与各条街道的布局走势几无区别，就连每条街道上每一座院落的位置，也与每条暗河中每一个窟洞窟穴的位置丝毫不差，数量也都是三百三十三个（座）。回头再把三个山水花园和三个古建筑群图样，依次垂直叠摞成为一个立体结构，这便极像既定比例的九珠湾山海迷宫结构全貌！

可见，彭家祖上最初在规划庄园时，正是按照九珠湾山上海下迷宫结构三层平剖图而布局设计的，之后诸代诸辈逐年便统一照此设计建造各家宅院。也即，彭家祖上与九珠湾姒家并不是从彭冣母亲这一辈才开始联姻的，而是早在几百年之前，姒家就曾有女嫁与金陵彭家，并带来了九珠湾山海迷宫诸项秘密，后又以建造彭家古园子的方式，把这些秘密藏在了人世间。显然，姒家藏在无名小岛水下礁洞里的礁盘和带到法国去的古卷秘册，并非九珠湾山海秘密的唯一遗存。看来，彭寂余元谋实为当局者迷，其熟尽了彭家庄园和九珠湾山海迷宫各自内核，却从没有以联系的观点，把庄园三大山水花园和三大古建筑群，依次立体叠摞起来进行研究；也没有把蓝珊瑚礁盘三层九条暗河平剖开来勘察分析；更没有想到对二者之叠摞与平剖状态实施比对图解破译，因而也就未能发现二者内置的某些一致性关联（包括皆具备借助特异构造而聚势起能、呼风唤雨之神威）和潜匿其中的血脉传承。是啊，谁会想到，彭姒高祖神灵竟会联手依托一座江南古异庄园，把遥远的九珠湾山海迷宫精魂筑藏下来呢！

事实上，过去几百年来，彭家庄园这个秘密一直牢不可破，从未受到过任何威胁，直到1937年年底侵华日军实施南京大屠杀时，才险些毁于一旦。《彭家镇志》第九十七页，详细记载了当年一支日军小分队闯入彭家庄园时的情景。

锵锵三人行，互文写英雄，却未能善始善终。甄晓敏找了个正经借口，丢下《薛定谔的猫》，从文学圈里逃逸了；而哈特·科赫找到其兄长及家人在九珠岛的踪迹后，也从此洗手不再版《冣之书》。那么，我不知道，在余之言和我之中，谁会来续写这最后一节文字。眼下，这一节文字，可不是随便写写，而是要完成一个重要使命的——更正前面一个不小的错误。

说心里话，小说以抖搂出那个特大秘密的方式而宣告终结，我没意见。但是，我坚决反对说余元谋彭寂到死都未发现那个特大秘密！九珠湾山海迷宫和彭家庄园之精魂，是融入了这二人生命的，他俩不可能对这两大构架奇迹中所蕴藏的某种一致性没有感知和发现。况且，当年冣密和鲎密的灵感源头便分别来自这两大奇迹，显然这两部密码之间也必定内含了某种一致性。作为其二密的编码者和破译者，必是用烂了剖切与叠摞技术的，所以，至少在基于山海迷宫内核而编制出的鲎密出现之后，他俩对那一特大秘密都是心知肚明的，只是一直像先辈们那样守口如瓶，到死都未曾说出来，且还有意做过掩饰和误导，余元谋就曾说："谁说鲎密是冣密的继续？谁说二者有其内在一致性？那都是胡说瞎猜。鲎密身上毫无残留和延续冣密密性，显然是彭寂老小子另立了一座技术堡垒，试图把我余元谋阻隔在这个世界之外。"而那彭寂生前在任何场合，也都未曾提及过九珠湾山海迷宫与彭家庄园、鲎密与冣密等之间有什么技术关联。现在回想起来，那纯粹是他在刻意回避那个特大秘密。后来，有人找到了真凭实据，在国家有关部门档案里，查到了当年余元谋呈送的那个关于消除九珠湾重大海难隐患的建议报告，上面白纸黑字写道："炸毁九珠湾山海迷宫，是民心所向，渔人所盼，平安所求。而即便毁灭之，这神斧天工奇迹精魂，也不会消失于世。因为，祖上前辈早已把九珠湾山海诸密诸谜，都隐藏筑造进了金陵彭家庄园建筑群里。"报告中，还附带有78张相关图纸，皆为运用剖切与叠摞技术绘制而成。其中，有57张是彭氏祖辈秘传下来的原始古老图纸（含一张大幅九珠蓝珊瑚礁盘迷宫全貌工笔画。其惟妙惟肖，精美至极，令人震惊）；另有21张是新绘的比对研究图解。经技术鉴定，其7张是彭寂手迹，5张为余元谋手迹，9张为彭余二人共同绘制。有人不解，这21张新绘图纸，难道也曾是彭余二人冣密对决的战场？

    到底是谁徒劳无益地写下了这最后一节文字？难道，把那个特大秘密当作小说留白来处理不好吗？你就那么低估读者的悟性，非要把话说得如此直白？你就不怕由此削弱了《情报眼》那节文字的密诱效用，而使那个冥顽不化的人，在尖啸声划破夜空之后再生侥幸心理？不相信读者比作者更聪明的作者不是好作者。你便是。我便是。而他不是。因为，你我只知道，"寂密这部密码的结构，本质上是编码者和破译者本人的生存结构、灵魂结构，而这些结构又极具隐蔽性和迷惑性，读者在破解过程中，只有理性地同彭余二人产生心灵交流，才能到达那个虚无的迷宫中心。"而他则不然！他心里自始至终都明白一个道理，却从不对读者言说——"余元谋凭借自身罕见繁诡的职业灵感和想象力的致命飞翔，以用谜来解谜的方式，进入到那个并非虚无的迷宫中心，完全是为了赋予彭家庄园一种新的生存状态，使得那千古山海迷宫精魂，能在金陵腹地形胜之区安全复活。"

    是的。他就这样写完了这个关于迷宫形成、消亡与再生的故事。

图书在版编目（CIP）数据

生死叠加：一桩事先张扬的密诱案／余之言著. -- 北京：
作家出版社，2020.12

ISBN 978-7-5212-1215-0

Ⅰ.①生… Ⅱ.①余… Ⅲ.①长篇小说 - 中国 - 当代
Ⅳ.①I247.5

中国版本图书馆CIP数据核字（2020）第250908号

生死叠加：一桩事先张扬的密诱案

作　　者：余之言
特约策划：人民文学杂志社
责任编辑：兴　安
特约编辑：杨海蒂
封面设计：意匠文化·丁奔亮
出版发行：作家出版社有限公司
社　　址：北京农展馆南里10号　　邮　　编：100125
电话传真：86-10-65067186（发行中心及邮购部）
　　　　　86-10-65004079（总编室）
E-mail:zuojia@zuojia.net.cn
http://www.zuojiachubanshe.com
印　　刷：河北鹏润印刷有限公司
成品尺寸：152×230
字　　数：330千
印　　张：24.5
版　　次：2021年2月第1版
印　　次：2021年2月第1次印刷
ISBN　978-7-5212-1215-0
定　　价：68.00元